Von Hans Hellmut Kirst
sind als Heyne-Taschenbücher erschienen:

Letzte Station Camp 7 · Band 01/839
Kein Vaterland · Band 01/901
Faustrecht · Band 01/937
Gott schläft in Masuren · Band 01/981
Held im Turm · Band 01/998
Mit diesen meinen Händen · Band 01/5028
Kameraden · Band 01/5056
Die Wölfe · Band 01/5111
Aufstand der Soldaten · Band 01/5133
Fabrik der Offiziere · Band 01/5163
Wir nannten ihn Galgenstrick · Band 01/5287
Aufruhr in einer kleinen Stadt · Band 01/5335
Kultura 5 und der Rote Morgen · Band 01/5403
Die Nächte der langen Messer · Band 01/5479
Der unheimliche Freund · Band 01/5525
Eine Falle aus Papier · Band 01/5808
Bedenkliche Begegnung · Band 01/5971
08/15 in der Partei · Band 01/6042
Geld – Geld – Geld · Band 01/6092
Die gefährliche Wahrheit · Band 01/6205
Ausverkauf der Helden · Band 01/6251
Ende '45 · Band 01/6491
Die seltsamen Menschen von Maulen · Band 01/6774
Ein manipulierter Mord · Band 01/6905
Die merkwürdige Hochzeit in Bärenwalde · Band 01/7698
Geschieden durch den Tod · Band 01/7737
Der unheimliche Mann Gottes · Band 01/7844

HANS HELLMUT KIRST

BLITZMÄDEL

Roman

WILHELM HEYNE VERLAG
MÜNCHEN

HEYNE ALLGEMEINE REIHE
Nr. 01/6746

5. Auflage

Genehmigte, ungekürzte Taschenbuchausgabe

Printed in Germany 1989
Umschlagfoto: Ullstein Bilderdienst, Berlin
Umschlaggestaltung: Atelier Ingrid Schütz, München
Satz: IBV Satz- und Datentechnik GmbH, Berlin
Druck und Bindung: Elsnerdruck, Berlin

ISBN 3-453-02349-8

Als Hermann Göring, bereits Reichsmarschall, vor einer Gruppe Jugendlicher stand, die bewundernd zu ihm aufblickten, fragte er sie, was sie einmal werden wollten. Wie aus der Pistole geschossen riefen sie: »Soldaten!« Doch unter diesen gewiß sehr deutschen Jünglingen befand sich auch ein weibliches Wesen, bei dessen Anblick der Reichsmarschall zunächst stutzte, um dann mit leutselig-herzlicher Geringschätzung auszurufen: »Ach du – du bist ja nur ein Mädchen!«

Er ahnte noch nicht, daß die deutschen Mädchen – ›Maiden‹ oder ›Mädel‹ genannt – schon bald dringend gebraucht würden, weil plötzlich ›Not am Mann‹ war. So an die 500000 von ihnen stellten sich dem Vaterland zur Verfügung. Ein Teil davon brach sogar in ein bis dahin streng männliches Privileg ein: Sie wurden für den ›Dienst an der Waffe‹ verpflichtet. Wenn man den Historikern glauben will, die sich bemühen, sachverständig jene Zeit zu ergründen, dann war das Ansehen dieser ›soldatischen‹ Mädchen äußerst gering; bei konservativ eingestellten Zeitgenossen stießen sie auf Mißtrauen und Ablehnung, nicht selten wurden sie geradezu mißachtet.

Dabei waren diese ›Blitzmädel‹ durchaus als vom sogenannten idealistischen Geist durchdrungen zu bezeichnen; etliche von ihnen betrachteten ihre Tätigkeit als wichtige nationale Aufgabe und versuchten ihren Auftrag nach bestem Wissen und Können und mit einer gewissen Begeisterung zu erfüllen. An welche Einsatzmöglichkeiten dabei ›höheren Orts‹ gedacht wurde, als es dann um den ›Endsieg‹ ging, läßt sich in einem der Tagebücher des Reichsministers für Volksaufklärung und Propaganda und Reichsbevollmächtigten für den totalen Kriegseinsatz, Dr. Joseph Goebbels, nachlesen:

Es gibt unzählige Frauen, die sich jetzt zum Frontdienst melden.

Man müßte sie in der zweiten Linie einsetzen. Dann würde den Männern schon die Lust vergehen, in der ersten Reihe zu kneifen.

Von einigen endkriegsbedingten Schicksalen solcher Blitzmädel soll hier berichtet werden; so realistisch wie möglich, so eindringlich wie notwendig. Etliche abstoßend anmutende Peinlichkeiten und Fragwürdigkeiten sind nicht etwa einer enthemmten Fantasie des Autors entsprungen – sie entsprechen den Tatsachen. Sie liegen sozusagen in der Natur der Sache.

Viel Vergnügen läßt sich dem Leser dabei wohl kaum wünschen.

H. H. K.

Das Vorspiel

Schauplatz: eine Industriestadt im Ruhrgebiet. Eine ehemalige Industriestadt – denn genau wie die wabengleich aneinandergereihten Schwesterstädte war nun auch sie nicht viel mehr als ein Trümmerfeld.

In monoton prasselnder Heftigkeit loderten Flammen auf. Große schwebende Rauchschleier schienen das Inferno gnädig verhüllen zu wollen – es war vergeblich. Der Höllengestank vermochte die Todesschreie von Menschen fast zu ersticken; dennoch waren, wie aus unendlicher Ferne, Hilferufe vernehmbar, mit letzter Kraft mühsam hervorgestöhnt.

Aus dem schwefligen Dampf der Bombennacht kroch irgendwo eine menschliche Gestalt hervor. Ein Mädchen. Es taumelte, tastete nach einem Halt, fand keinen – stand dann da; umhüllt von einer angesengten uniformartigen Bekleidung. Schweiß verklebte seine Haare, das Gesicht war verschmutzt. Das klein wirkende Wesen hob die Hände, streckte sie aus – sie flatterten wie die Flügel eines schwergetroffenen Vogels; eine rührende Geste der Hilflosigkeit.

Ein zweiter Mensch stolperte ihr entgegen; in seiner ähnlich verschmutzten militärischen Uniform war er gerade noch als Gefreiter erkennbar. »Nur keine Panik, Mädel!« rief er ihr zu; es klang wie: Mach dir nicht gleich in die Hosen! Der Anblick dieses schlotternden Rest-Weib-Kriegswesens inmitten der zerbombten Häuser schien sein männliches Überlegenheitsgefühl herauszufordern.

»Wo sind die anderen?« fragte er.

Sie wies zitternd hinter sich. Sprechen konnte die Kleine wohl nicht, stellte der Gefreite fest, die hatte es mächtig erwischt. Ihre Gebärde, wie von einem zuckenden Schmerz begleitet, besagte: Dort... dort unten!

»Alle?« fragte er.

Sie vermochte nur zu nicken.

Der Gefreite zuckte die Schulter. »So ist das nun mal«, stellte er dann fest. »Da muß man die Zähne zusammenbeißen, und nichts wie durch...!« Durch diese Scheißgrube, hatte er sagen wollen, und dann noch etwas von Arschbakken zusammenkneifen, was er jedoch unterdrückte. Vor diesem bibbernden Kind kam er sich vor wie ein Vater, der trösten mußte. Dabei war er selbst kaum dreißig.

Er nahm das Mädel am Arm und zog es mit sich. Das ließ sie, offenbar völlig willenlos, mit sich geschehen, gleichsam eine leblose Puppe aus Porzellan. Nur noch ein winziger Stoß, so schien es, und sie wäre zerbrochen.

Solche ›Lagerfeuer der Zeitgeschichte‹, denen große und inzwischen auch schon mittlere Städte unbarmherzig zum Opfer fielen, waren für diesen Gefreiten geradezu Alltagsereignisse. Die Zeit, in der er regelrecht die Hosen voll hatte, lag längst hinter ihm; soviel scheißen, wie man Angst hatte, konnte man ohnehin nicht. Einen Vorteil immerhin schien das Ganze zu haben: Man entdeckte da so was wie Menschlichkeit.

Der Gefreite führte das verstörte Mädel in einen tiefen Bunker zu seinem Hauptmann, der hier eine der allerletzten Reserven befehligte. Dessen Gesicht erinnerte teils an einen Papagei, teils an eine Eule; man hätte aber auch an einen zerzausten Zaubervogel aus einem exotischen Märchen denken können. Zumal seine Augen eine gewisse Klugheit verrieten; Verständnis und Anteilnahme noch dazu.

»Siehe da, das Fräulein Monika Hofer!« rief er dem Blitzmädel zu. »Sie sehen mitgenommen aus. Verschnaufen Sie sich erst mal, setzen Sie sich zu mir... Und nun erzählen Sie: Was ist passiert?«

Monika vermochte nicht den von ihr verlangten Bericht zu erstatten. Sie blickte den Hauptmann nur an wie ein waidwund geschossenes Reh. Nach dem, was sie erlebt hatte, war sie keiner Äußerung fähig; nicht ein einziges Wort brachte sie heraus.

Der Gefreite sprang für sie ein, durchaus Anteil nehmend, doch mit wohl angebrachten, soldatisch kargen Formulierungen. »Unsere zweite Vermittlungszentrale, Herr Hauptmann – total im Eimer! Volltreffer. Vier von den fünf dort im Einsatz gewesenen Blitzmädel sind abgekratzt. Nur Monika Hofer hat überlebt, weil sie sich kurz mal entfernt hatte; sie mußte wohl gerade dringend...«

»Verdammte Sauerei!« Der zerknitterte Vogelmensch im Rang eines Hauptmanns war durchaus darauf eingestellt, beständig Federn lassen zu müssen. »So was kommt leider vor. Neuerdings immer wieder. Doch was soll man da machen? Schließlich haben wir Krieg.«

Der Gefreite nickte verständnisvoll. Monika jedoch blieb still; bleich, verhalten, fast scheu saß sie da. Ihre fragenden Rehaugen schienen noch größer geworden zu sein.

»Das beste, wie immer, wir überschlafen zunächst einmal alles«, regte der Hauptmann mitfühlend an. Dann wandte er sich an den Gefreiten: »Geleiten Sie unser Blitzmädel zu deren Unterkunft. Aber machen Sie unterwegs Zwischenstation im Krankenrevier – irgendein beruhigendes Mittel dürfte in diesem Fall angebracht sein.«

Wie mit lahmer Flügelhand winkte der Vogelmensch Monika zu; was gewiß als Ermunterung gedacht war: »Nur keine Aufregung, meine Liebe – immer mit der Ruhe! Schon morgen – alte Erfahrungstatsache – sieht diese Welt ganz anders aus. Und dann werden wir weitersehen.«

Tatsächlich sah ›diese Welt‹ zwölf Stunden später anders aus; so schien es jedenfalls. Die Brände waren erloschen, die Rauchschwaden verweht, die Verwundeten versorgt und die Toten beiseitegeschafft. Der penetrant süßliche Verwesungsgeruch war kaum noch wahrnehmbar.

Als sich Monika Hofer wieder bei dem Hauptmann meldete, wirkte sie nicht mehr so verstört, mitgenommen und beschmutzt wie in der vergangenen Nacht. Ihr noch vor Stunden leichenblasses Gesicht besaß nunmehr einen rosigen Schimmer, vermutlich vom Waschen mit kaltem Wasser. Und immerhin hatte sie jetzt wieder jene verhaltene Gelassenheit wiedergefunden, die ihrem Wesen entsprach.

Das alles registrierte der Hauptmann mit erheblicher Erleichterung. Schließlich hatte er sich bereits nicht unerhebliche Sorgen um Monika gemacht, die er als zartes, höchst sensibles, fast mimosenhaftes Geschöpf kannte; und das wie ein rohes Ei behandelt werden mußte. Der Schock derartiger fataler Erlebnisse hätte da nur allzu leicht zu einer Katastrophe führen können. Mithin war der Hauptmann mehr als froh darüber, daß sich ihm jetzt eine günstige Gelegenheit bot, die Verantwortung für dieses eigenartige, eigenwillige Mädchen loszuwerden; unauffällig.

Nahezu väterlich-wohlwollend erklärte er ihr: »Nach dem Bombenangriff in der Nacht ist unsere Dienststelle funktionsunfähig geworden. Womit hier unsere Aufgabe beendet ist.«

Das hieß nichts anderes, als daß die Abteilung aufgelöst wurde. Eine solche Entwicklung tat ihm keineswegs leid, das konnte dem Hauptmann angesehen werden, obgleich er sich einige Mühe gab, seine innersten Gefühlsregungen zu unterdrücken.

»Somit werde ich also zu einer anderen Dienststelle versetzt«, stellte Monika fest. »Das geht in Ordnung, Herr Hauptmann. Ich bin zu jedem Einsatz bereit, der befohlen wird. Wann erhalte ich den Marschbefehl?«

»Langsam, mein Mädel – nur nichts überstürzen!« mahnte der verständnisvolle Offizier. »Nach meinen Unterlagen haben Sie bereits seit zwei Jahren keinen Urlaub mehr gehabt. Aber der könnte Ihnen jetzt bewilligt werden – vielleicht sogar einen für drei bis vier Wochen.«

»Danke, Herr Hauptmann.« Ihre Ablehnung erfolgte sehr leise, aber entschieden, beinahe schroff. »Ich habe keinen diesbezüglichen Bedarf.«

»Sie können damit aber, ganz gewiß, Ihrem Herrn Vater eine Freude machen«, meinte der Hauptmann in ahnungsloser Biederkeit. Dieser ihr Vater war eine hochgestellte Persönlichkeit mit weitreichendem Einfluß. »Der ist sehr besorgt um Sie! Der hat sich mehrmals telefonisch erkundigt, wie es Ihnen geht.«

»Bei dienstlichen Vorgängen, Herr Hauptmann«, entgegnete Monika, »bitte ich sehr darum, die Person meines Vaters aus dem Spiel zu lassen.«

Der Hauptmann holte einmal kurz Luft, bevor er zu einem solchen Verlangen Stellung zu beziehen gedachte. Dann meinte er: »Verstehe, was Sie bewegt. Sie wünschen es nicht, bevorzugt zu werden – nicht der Position Ihres Vaters wegen, was Sie ehrt; durchaus!«

»Dann erwarte ich also meine Versetzung – nichts weiter sonst.«

Der Hauptmann blickte nachdenklich die vor ihm stehende Monika Hofer an. Aus diesem Mädchen wurde er nicht recht schlau. Was dachte und fühlte sie wirklich? Was ging hinter ihrem hübschen Gesicht vor? War sie warmherzig und verständnisvoll – oder glatt und kalt wie Eis? Gab es einen schwerwiegenden Vater-Tochter-Konflikt im Hintergrund? Sich dabei jedoch einmischen konnte man nicht; nicht bei diesem Vater! Zwecklos mithin, dazu weitere Fragen zu stellen.

»Ich habe hier eine Anforderung vorliegen«, sagte er schließlich. »Von einer zentralen Nachrichtenbefehlsstelle im süddeutschen Raum. Dort werden Blitzmädel mit hoher Ausbildungsstufe benötigt. Wäre das etwas für Sie?«

»Mir ist alles recht«, antwortete sie. Und es war völlig unerkennbar, ob das nun ehrliche Zustimmung, bloße Ergebenheit oder frappierende Gleichgültigkeit war.

»Jedenfalls kann ich Ihnen etwas Besseres im Augenblick wohl kaum anbieten«, meinte der Hauptmann, merkwürdigerweise nicht ganz frei von einer gewissen Ironie. »Dabei handelt es sich offenbar um ein regelrechtes Idyll. Ein Schlößchen am Waldrand, umgeben von Weinbergen, gelegen in der Nähe einer kleinen Stadt mit mittelalterlichen Fachwerkbauten. Friedrichsruh heißt der Ort. Die dazugehörige Bahnstation nennt sich Friedrichswalde. Aber die von dort ausgehende Anforderung ist dringlich. Sie müßten sich sofort entscheiden.«

Monika Hofer nickte. Sie war einverstanden.

1.
Männer – oder eben: Kerle

»Jetzt kommen sie – tatsächlich!«

Das verkündete der Obergefreite Koralnik mit einer, wie man deutlich sehen konnte, lebhaft bewegten Vorfreude. Er leckte über seine fleischigen Lippen, als habe seine Zunge dort allerbesten Honig aus der Provence entdeckt; gesogen aus Lavendel, Rosmarin und sonstigen wundersamen Blüten und Kräutern. Wobei vorweg anzumerken wäre, daß ihm solche geschmacklichen Feinheiten tatsächlich gegeben waren. Seine gesammelten Lebenserfahrungen schlugen sich in seinen stattlichen Lebensmittelbeständen nieder.

»Nun geht es hier erst richtig los«, fügte er hinzu, den Gefreiten Helmreich damit vertraulich aufklärend – und für die Mitarbeit bereit zu machen.

Koralnik kam direkt vom sogenannten Schlößchen Friedrichsruh. Das war ein dereinst von irgendeinem Untertanenausbeuter errichtetes Luxusgebäude, das in nicht unähnlicher Funktion zu erhalten auch jetzt noch erstrebt zu werden schien. Was diesen Obergefreiten nicht davon abhielt, den Prunkkasten mit frecher Geringschätzung gerne als ›zerbröckelnde Barockbude‹ zu bezeichnen.

Von dem Schlößchen aus war er in seine nahegelegene Baracke geeilt, um sich erst einmal herzhaft zu stärken, was dringend notwendig erschien, weil es ihm ›dort oben‹ vergönnt gewesen war, an einer ›großen Lagebesprechung‹ teilzunehmen. Und zwar in seiner Eigenschaft als spezieller Betreuer jenes hier amtierenden Generals, den er, der Einfachheit halber, ›mein General‹ zu nennen pflegte.

Selbstverständlich war er nicht gleich persönlich zu einer derartigen Konferenz hinzugezogen worden. Er hatte sich dabei in einem Zimmer aufgehalten, das neben jenem Raum lag, in welchem der General mit seinen Offizieren seine Planungen machte. Dabei pflegte Koralnik bei der leicht geöffneten Zwischentür zu sitzen, von wo aus er alles mitbekam, was wichtig war.

Daran ließ er nun seinen Gefreiten Helmreich einigen Anteil nehmen, obwohl er erkannt hatte, daß es mit dessen Fantasie nicht sonderlich weit her war. Doch eben gerade dies machte den zu einem angenehmen und sehr brauchbaren Mitarbeiter.

»Was denn, was geht nun richtig los?« fragte der und blickte Koralnik vertraulich-vertrauensvoll an. »Was passiert? Wer kommt?«

»Na – Weiber, Mensch!« Koralnik hatte sich in dem allein für ihn reservierten Lehnstuhl niedergelassen, umgeben von Schnapsflaschen, Kisten und Kaffeebüchsen, getreu seiner Devise: Zu einem gesunden Geist gehört ein gut gefüllter Magen. Er lachte genüßlich: »Weiber in Mengen! In rauhen Mengen! Blitzmädel!«

»Aber von dieser Sorte laufen doch schon in unserem Stab etliche herum«, meinte Helmreich nicht wenig verwundert. »Reichen die denn dort nicht aus?«

Koralnik schüttelte nachsichtig den Kopf. »Bring mir erst mal meine Feldflasche!«

Der Gefreite spurte sofort; gleichsam wie ein treuer Deutscher Schäferhund – er war stets bereit, seine Ergebenheit zu beweisen, so kam er am sichersten über die Runden. Mithin überreichte er Koralnik dessen Feldflasche, bei der es sich um ein ganz besonderes, ein sehr ›spezielles‹ Gefäß handelte. Das war nämlich ständig mit Champagner, vorzugsweise *Pommery,* abgefüllt. Davon pflegte dieser Obergefreite in kleinen, genußvollen Schlucken zu trinken – tagtäglich bereits am frühen Morgen. Möglicherweise, vermutete der Gefreite Helmreich, putzte der sich sogar die Zähne mit Champagner – falls er sich überhaupt Zähne putzte.

Dieser Champagnergenuß war ein hierorts geradezu elitäres Privileg, über welches, außer dem Herrn Obergefreiten, nur noch der General, ›sein‹ General verfügte. Den versorgte Koralnik, sehr intensiv und auch einfallsreich, mit Speis und Trank – jedoch niemals in verschwenderischem Ausmaß, sondern mittels planvoll durchdachter Teillieferungen.

Schließlich war ja darauf zu achten, daß eine gewisse gegenseitige Abhängigkeit erhalten blieb.

Konrad Koralnik, der Obergefreite, zuständig für die Verpflegung dieser Einheit, hatte die Besonderheiten, die Stärken und Schwächen seines Generals eingehend studiert. Und wenn er auch, rein äußerlich, eine unscheinbar, manchmal vielleicht sogar bewußt grotesk wirkende Person mit wulstigen Lippen, Hängebacken und triefenden Augen darstellte, von Kameraden hinter seinem Rücken ›Knollennase‹ und ›Mondmannvisage‹ genannt – konnte er – nun ja, das Gras wachsen hören; wußte immer, woher der Wind wehte und witterte seine Möglichkeiten wie ein Perigordschwein die Trüffel. Dabei war er ausgekocht genug, seine Kenntnisse, Fähigkeiten und Absichten möglichst gut zu verbergen. Wenn er dabei gegenüber seinem Wach- und Hofhund Helmreich so manches seiner Geheimnisse ab und zu ein wenig lüftete, so war das sozusagen interne Strategie. Sein Gefreiter brauchte solche kleinen Einblicke. Um zu wissen, wie er richtig zu spuren hatte, um zu erkennen, wohin die Reise geht.

»Du mußt das so sehen, mein Guter.« Koralnik kam auf die Blitzmädels zurück: »Bisher sind uns etwa ein Dutzend von diesen Weibern zugeteilt worden. Die verschwanden dann allerdings ohne Ausnahme in Richtung Stab, wo sie angeblich dringend gebraucht und wohl auch verbraucht wurden. Jetzt aber rollt Nachschub an.«

»Schön und gut, da werden also Weiber nachgeschoben. Doch was hat das mit uns zu tun? Die Nutznießer sind, wie schon immer, die dort oben.«

»Mein lieber Schwan!« Der Obergefreite schlürfte edlen Champagner und blickte versonnen auf seine Schaufelbaggerhände, denen mächtige Zugriffe zuzutrauen waren. »Wer oder was hier eigentlich oben und was unten ist, das wird sich erst noch herausstellen – dies nur nebenbei gesagt. Im übrigen sind diesmal sage und schreibe gleich vierzig von dieser schwanzlosen Sorte angefordert und auch bewilligt worden. Also werden die hier nun antanzen und ihre hoffentlich prächtigen Hintern herumschwenken. Und das gleich in den nächsten Tagen.«

»Menschenskind – vierzig von der Sorte! Mit achtzig Titten! Hört sich verdammt gut an!«

»Eine mächtige Menge Weiblichkeit! Welche jedoch, kannst du dir wohl denken, unser Stab nicht mehr allein zu verkraften vermag. Das aber bedeutet: Jetzt kommen hier auch andere zum Zug. Wie etwa – ich und du. Wobei dann allerdings nicht übersehen werden sollte: Wenn sich diese Weiber hier breit machen, muß für sie Platz geschaffen werden. Kapierst du das?«

Helmreich kratzte sich am Kopf. »Verdammt! Bedeutet das Aufkreuzen der vierzig Weiber etwa die Ablösung von vierzig Soldaten? Die dann zum nächsten Frontabschnitt abgeschoben werden?«

»Du sagst es!« Koralnik saß da, als belauere er eine auf ihn zukriechende Fliege.

»Und wen wird das betreffen? Was meinst du?«

»Keinesfalls mich. Schließlich bin ich hier nicht zu ersetzen.«

»Und was ist mit mir?« Helmreich war echt besorgt, seine Stimme flatterte. »Komme ich etwa auf die Abschußliste?«

»Kann sein. Muß aber nicht sein. Nicht gleich.« Koralnik schien deutlich machen zu wollen, daß ihn ein solches Gespräch langweile. »Vierzig Kameraden werden fliegen; und mindestens achtzig bekommen inzwischen das große Arschsausen; bis dann die Frontversetzungen feststehen. Womit ich Gott sei Dank nichts zu tun habe.«

»Aber darauf könntest du Einfluß nehmen, wenn du wolltest – du schon!«

»Könnte ich. Möglicherweise.« Die Antwort kam sehr gedehnt. »Doch warum sollte ich – mich auch noch damit belasten?«

»Das fragst du noch? Weil ich mit dir zusammenbleiben möchte. Ich wäre dir wirklich sehr dankbar, wenn...«

»Ach, mein Lieber, was ist schon Dankbarkeit? Sind denn Fische dem Wasser dankbar, in dem sie schwimmen? Bedankt sich ein Tier bei dem Gras, das es frißt? Doch immerhin würde ich gern wissen, was du dir darunter vorstellst, wenn du von Dankbarkeit schwafelst.«

»Alles, was du willst!« antwortete Helmreich schnell. »Auf mich kannst du dich, was du weißt, in jeder Hinsicht verlassen. Zum Beispiel könnte ich, wenn hier Weiber kommen, bei denen den Friseur machen – wie ja bisher bei unseren Kerlen auch. So was brauchen die, darauf werden sie fliegen.«

»Hört sich gar nicht schlecht an«, meinte Koralnik, nicht unanerkennend. »Zwar bist du keine sonderlich große Leuchte in meinem Betrieb – aber was nicht ist, kann ja noch werden. Eine gewisse Veranlagung dazu scheinst du zu haben.«

»Also läßt du mich mitmischen – bei diesen Weibern? Selbstverständlich zu deinen Bedingungen.«

»Mal sehen, ob hier nun die Züge auf die richtigen Gleise gebracht werden können. Was gar nicht leicht sein wird – bei diesen Konstellationen. Nun, zumindest ist unser General ein nobler Mann. Und sein Adjutant, Hauptmann Rommelskirchen, hört auf ihn. Auch Feldwebel Wegner, unser technisches Genie, läßt jederzeit mit sich reden. Dabei allerdings könnte sich unser Dienststellenleiter, Oberleutnant Crusius, ganz mächtig querlegen. Nicht nur, weil der Komplikationen nicht sonderlich mag. Hinzu kommt dann wohl noch, daß er mich nicht ausstehen kann.«

Helmreich winkte ab. »Mit dem wirst du ganz gewiß fertig!« Er war da sehr zuversichtlich. »Dieser Crusius ist doch nichts als ein hohltönender Berg – hast du selbst gesagt. Der kommt sich bloß wichtig vor; du aber hast hier viel mehr zu melden.«

Dazu sagte Koralnik weder ja noch nein. Er registrierte nur: Dieser kleine Fisch Helmreich zappelte bereits in seinem Netz und konnte nach Bedarf jederzeit ins Bassin geworfen werden zum Verkauf. Zur günstigen Stunde, zum guten Preis. »Abgemacht, Helmreich. Unser Geschäft ist perfekt. Ich bürge für dich, und du arbeitest für mich. Mal sehen, was wir gemeinsam zaubern können!«

Noch am selben Tag, in den Abendstunden, suchte der Obergefreite Koralnik den Feldwebel Wegner auf. Er brachte zwei gut gekühlte Flaschen eines trockenen italienischen Weißweins aus der Frascati-Region mit.

»Ich störe hoffentlich nicht?« fragte er.

Der Feldwebel blickte den Eindringling an, als würde er ihn am liebsten sofort wieder rausschmeißen. Doch dann blinzelte er den zwei mitgebrachten Weißweinflaschen zu, die Koralnik demonstrativ vor ihm aufgebaut hatte. »Immerhin bist du raffiniert geug, deine Sorte von berechneten Störungen einigermaßen erträglich zu gestalten.«

Feldwebel Anton Wegner gehörte zu den ganz wenigen Bevorzugten dieser Spezialeinheit, denen im Barackenbau neben dem Schlößchen ein eigener Raum zur alleinigen Verfügung zugeteilt worden war. Außer ihm war so was Ungewöhnliches hier nur noch zwei Personen ermöglicht worden: Dem Dienststellenleiter Oberleutnant Crusius – zuständig für einfach alles, was da hier so passierte, oder eben nicht passierte – oder für das, was er passieren lassen wollte. Der Dritte dieser Privilegierten war natürlich Koralnik – wer denn wohl sonst.

Wenn jedoch hier überhaupt jemand eine derart ungewöhnliche Bevorzugung verdiente, dann war es dieser Feldwebel Wegner, das nachrichtentechnische Genie dieser Kommando-Leitzentrale Südwest. Sein Gehirn schien aus einer Rechenmaschine zu bestehen; seine Gedanken richteten sich offenbar nach wohlgeordneten Tabellen. Von dem wurde sogar behauptet: Wenn er sich erleichtern mußte, dann besorgte er dies penibel genau in dafür vorgesehenen Planquadraten.

In seiner Barackenbehausung war er von verwirrend anmutenden Schaltplänen umgeben, von Entwürfen für neuartige Übermittlungsapparaturen, von Modellbauten zur modernen Nachrichtentechnik mit genauesten Details. Kurzum: Von diesem Feldwebel Wegner konnte ohne Übertreibung gesagt werden, daß er die eigentliche ›Seele‹ dieses hochtechnisierten Unternehmens war. Ohne ihn funktionierten die Verbindungen nicht richtig, brachen komplizierte Schaltungen kurzgeschlossen zusammen, gingen alle Signallampen aus.

»Na, du elitärer Arsch!« rief Koralnik munter. »Unermüdlich am Wecker, was? Aber für wen und wofür arbeitest du hier eigentlich? Für unseren geliebten Führer? Für deinen Gönner von General? Oder etwa schon für den nächsten Krieg?«

»Für mich«, antwortete er kurz.

»Das hört sich aber gar nicht dumm an«, stellte der Obergefreite fest. »Solltest du tatsächlich so weitsichtig sein, nicht nur über deinen Nachrichtenzauber nachzudenken, sondern auch noch über die Großlatrine, die sich Welt nennt?«

»Das hätte ich schon viel früher machen müssen.«

»Vielleicht bleibt uns gerade noch die Zeit dazu, gewisse Abzugskanäle zu graben, damit wir nicht in dieser Kloake ersticken.«

Wegner schüttelte den Kopf. »Es ist zu spät, und das weißt du genauso gut wie ich.«

»Stärken wir uns erst mal!« Koralnik wies auf die Flaschen, die er mitgebracht hatte. »Falls die nicht ausreichen, Nachschub ist jederzeit möglich. In dieser Hinsicht ist bei mir noch allerschönster Krieg mit erstklassigen Besäufnismöglichkeiten; nur so können wir die morschen Knochen erheben.«

Wegner machte keineswegs den Eindruck eines typischen Feldwebels des großdeutschen Heeres. Vielmehr wirkte er, so an die dreißig Jahre alt, wie ein verhinderter Schreibtischgelehrter. Er war ein kleiner, fast konnte man schon sagen: zierlicher Mensch. Mit verträumt-nachdenklichen Augen. Seine Kleidung war herausfordernd salopp: weit geöffneter Kragen, überbequemer Rock, Knautschhosen, hellgelbe Socken und Turnschuhe. Offensichtlich fühlte er sich pudelwohl in diesem provozierend unmilitärischen Aufzug.

»Du hast es also auch erkannt«, meinte Koralnik vertraulich, »daß sich der lange Landregen schon sehr bald zu einem Ungewitter hochschaukeln wird. Aber – muß man sich dem ausliefern?«

Der Feldwebel kostete genießerisch den herrlichen trockenen Weißwein, bevor er antwortete. »Dem entkommt keiner! Bezahlen müssen werden hier alle. Noch leben wir mitten in einem scheinbaren Idyll – die einen mehr, die anderen weniger gut. Aber das ist nur eine Galgenfrist. Unsere Tage sind gezählt, seit geraumer Zeit schon.«

Ungewöhnlich offene Worte, über die Koralnik nur staunen konnte. Zwar waren er und Wegner bereits seit Monaten so gut wie befreundet; vermutlich nicht zuletzt wegen ihrer unausrottbar zivilen Einstellung – der eine war ein schöpferischer Ingenieur, der andere ein cleverer Geschäftsmann. Ein Gedankenaustausch jedoch über die militärische und politische Lage war bisher zwischen ihnen tabu gewesen.

»Wir sitzen hier wie auf einem Pulverfaß«, fuhr der Feldwebel fort. »Irgendwann einmal werden die sogenannten Feinde, die ja schließlich nicht so dämlich sind, wie man sie gern hinstellt, unsere hochtechnisierte Bunkeranlage orten und sie dann mit ein paar Bomben dem Erdboden gleichmachen, wie es so treffend heißt.«

»Kann sein, muß aber nicht«, widersprach Koralnik.

»Solltest du etwa«, fragte Wegner ungläubig, »neuerdings an optimistischen Anwandlungen Gefallen finden?«

»Ach, Quatsch! Ich bin Geschäftsmann und kann rechnen. Schließlich weiß ich, daß unser Eldorado militärisch ziemlich gut getarnt ist, durch eine Scheinanlage, die etliche Kilometer weiter nördlich existiert. Und die bietet sich doch geradezu an – zum Ausradieren.«

»Dann hast du aber keine Ahnung, was man heutzutage für Luftbildaufnahmen machen kann. Selbst bei Fotos aus einer Höhe von zehn bis zwölf Kilometern ist jeder einzelne Baum auszumachen; und von dem kannst du schon beinahe die Blätter zählen. Erst kürzlich geisterte hier wieder so ein Flugzeug herum.«

»Na, und wenn schon!« Der Obergefreite gab sich völlig unbeeindruckt. Heitere Gelassenheit, ob nun vorgetäuscht oder nicht, war eine bewährte Basis für gute Geschäfte. »Immerhin existieren da noch vier Flakbatterien in unserer Nähe, welche den Aufklärern kaum entgangen sein dürften. Mensch, unsere lieben Feinde werden doch nicht jetzt noch in Erwartung des sicheren Sieges Helden spielen wollen.«

»Du bist vielleicht naiv, mein Lieber! Seit wann denn stellen Militärbefehlshaber vernünftige und menschliche Überlegungen an? Ist es zum Beispiel vernünftig und notwendig, daß man hier bei uns spezialisierte Männer für die sogenannte Front freimacht – und dann durch Mädchen ersetzt?«

»Verrückt ist das schon. Aber irgendwie vielversprechend auch. Denn mit den Weibern läßt sich garantiert einiges anfangen. Meinst du nicht auch?«

Wegner schüttelte den Kopf. »Mir tun die Mädel bloß leid. Die ahnen ja nicht, was auf sie zukommt. Sie wollen sich ehrlich und mutig einsetzen für Volk und Vaterland und geraten in einen stinkenden Sumpf.«

»Jetzt muß ich mal kurz und kräftig lachen, Kamerad Feldwebel. Das ist doch reichlich dummes Zeug. Von wegen Vaterlandsverteidigung! Hier handelt es sich um stramme Weiber und kräftige Kerle – um nichts weiter. Die wollen liebend gern miteinander rammeln, sobald die Gelegenheit dazu günstig ist. So was muß man erkennen, also dafür rechtzeitig entsprechende Voraussetzungen schaffen.«

»Deine Gedanken sind gemein und oberflächlich«, entgegnete Wegner; er wollte sich sein Weltbild, in dem die Moral noch einen bedeutsamen Stellenwert hatte, nicht zerstören lassen. »Du kannst doch die deutschen Mädchen und Frauen nicht alle über einen Kamm scheren, sie pauschal als minderwertige Geschlechtswesen abqualifizieren. Denn selbst wenn unter denen, die zu uns kommen, nur eine einzige wäre, die deine Frau sein könnte und die Mutter deiner Kinder – allein schon dann würde dein primitives Kartenhaus der Unmoral einstürzen.«

»Ach, du bist ein unverbesserlicher Traumtänzer! Mit rosaroter Brille. Und so was jetzt noch! Menschenskind, eine mögliche moralische Schwalbe macht doch noch lange keinen schönen Sittenfrühling. Warum sollten wir auf Wunder warten? Betrachten wir die ganze Angelegenheit lieber realistisch! Dazu gehört die Tatsache, daß du über eine sturmfreie Bude verfügst. Und nun mal Hand aufs Herz: Hast du dorthin denn nicht, hin und wieder, eines von unseren Kriegsweibern abgeschleppt?«

»Das geht dich einen feuchten Staub an, verstanden?«

»Gut, wird akzeptiert! Mir geht es ja dabei auch gar nicht

um deine Person, sondern um deine Bude, die fast immer leersteht, weil du dich zumeist in deinem technisch überzüchteten Befehlsbunker aufhältst. Du könntest also zwischenmenschliche Beziehungen erleichtern und außerdem noch gute Geschäfte machen.«

Der Feldwebel faßte sich an den Kopf. »Jetzt allerdings wird mir so manches klar! Es ist also gar kein Gerücht, sondern tatsächlich wahr, daß du deine Unterkunft gewissen Interessenten für eine Nacht zur Verfügung stellst – natürlich nicht ohne angemessene Gegenleistung.«

»Da muß ich doch sehr bitten! Das ist eine Verleumdung. Ich bin entsetzt, daß du auch noch auf diesen Misthaufen kackst, der sowieso schon widerwärtig genug stinkt. Du verkennst mich in meinem innersten Wesen!« Koralnik gab sich empört, doch in seinen Augen glitzerte schalkhafte Durchtriebenheit. »Von wegen eine Nacht! Höchstens doch für eine Stunde; meist genügt eine halbe – mit jedesmal frisch ausgewechselter Bettwäsche.«

»Das kann dich um Kopf und Kragen bringen«, warnte Wegner. »Oberleutnant Crusius wartet nur auf einen Grund, um dir das Fell über die Ohren ziehen zu können. Er wittert schon seit langem, was du hier veranstaltest. Erst neulich hat er versucht, mich danach auszufragen; wobei er genaue Einzelheiten wissen wollte.«

»Die du ihm selbstverständlich nicht gegeben hast.«

»Sagen wir: die konnte ich ihm nicht geben, weil ich von denen nichts wußte – bis jetzt. Aber wie wir beide Crusius kennen, wird er nicht locker lassen, der ist ungemein hartnäckig, kann außerordentlich gefährlich werden.«

Koralnik winkte ab. »Gefährlich für wen? Nicht unbedingt für mich.«

»Der jedenfalls wird keine Gelegenheit auslassen, dir eins überzubraten, um in deinem Jargon zu reden.«

»Ach, Mann! Das kann der sich gar nicht leisten – wir wissen viel zu viel voneinander. Falls der aber so was trotzdem wagen sollte, dann bringe ich ihn auf null; und zwar total. Doch sobald hier erst die Miezen eintreffen, ist sowieso alles anders.«

»Was versprichst du dir von denen? Die scheinen dich ungemein zu beschäftigen?«

»Du mußt das so sehen: Solange Weiber in der Minderheit sind, spielen sie Anpassung und schleichen sich raffiniert auf Umwegen zum Ziel. Da ist zum Beispiel dieses Biest Marianne, von welcher der General glaubt, er habe sie für sich an Land gezogen. Und sie macht nun, scheinbar brav, einfach alles, was er will. Doch in Wirklichkeit sahnt sie bei dem nicht nur ab, den wickelt sie ein, beeinflußt ihn mit tausend untergründigen Tricks. Was hier im Endeffekt darauf hinausläuft, daß der eigentliche Befehlshaber von uns allen ein abkochbereites Blitzmädel ist.«

»Da übertreibst du! Daß sich persönliche, sehr intime Beziehungen gelegentlich vielleicht in private Vorteile verwandeln lassen, muß doch wohl als Ausnahme betrachtet werden.«

Koralnik schüttelte den Kopf. »Ausnahmesituationen hin und her – sie ist nun mal ein Weib! Aber nun stelle dir vor: Bald gibt es nicht nur einige wenige von dieser Sorte, sondern vielmehr gleich ganze Gruppen. Und die befriedigen dann die Männer sozusagen mit vereinten Kräften. Aber ganz genauso, ebenfalls mit vereinten Kräften, werden sie dann bestimmen wollen, was hier für eine Musik gemacht wird. Dann nämlich haben die es gar nicht mehr nötig, sich anzupassen – die werden versuchen, sogenannte männliche Wesen ziemlich direkt unterzubuttern.«

»Mensch, das hört sich ja geradezu vielversprechend an«, feixte Feldwebel Wegner.

»Ist es auch!« bestätigte der Obergefreite. »Denn sobald unter diesen Blitzmädels nur ein paar klug genug sind, daß sie nicht nur wissen, was sie wollen, sondern sogar zu ermessen vermögen, wie weit sie gehen dürfen, was sie sich also in diesem Umfeld ›leisten‹ können – dann dürfte hier ein ganz schönes heißes Feuer zum Vorschein kommen.«

»Vielleicht aber auch nur ein Strohfeuer.«

»Hauptsache, es brennt und raucht zunächst mal! So was macht tränende Augen und vernebelt die Sinne, raubt die klare Sicht und läßt Herzen und Hintern ansengen. Dabei müssen wir nur fleißig für Befeuerungsmaterial sorgen. Wenn ich mir das vorstelle, überkommt mich jetzt schon so ein richtig herrlicher Durst. Auf unser Wohl also, Kamerad!«

Zunächst passierte indessen nichts Aufregendes. Alles verlief im gewohnten alltäglichen Trott – jedenfalls schien es so. Die zentrale Befehlsstelle Südwest im Tiefbunker wurde rund um die Uhr besetzt. Die jeweils 36 Soldaten der Achtstundenschichten waren vorerst weiterhin männlichen Geschlechts.

Sie zogen ihren Dienst genau nach Plan ab. Die restlichen Stunden verbrachten sie schlafend, essend, verdauend.

Selbstverständlich erfolgten zwischendurch weltanschauliche Schulungskurse und wehrsportliche Ertüchtigungsübungen; so etwas war ebenso unvermeidlich wie unbeliebt.

Die dunkel drohenden Zeichen der Zeit wurden hier kaum registriert; waren wohl auch nur von besonders sensiblen Gemütern zu erspüren, welche nach wie vor erheblichen Seltenheitswert besaßen. Keine aufflatternde Warnung, kein irrlichthaft zuckendes Aufglühen der Angst. Noch ahnte niemand, daß in diesem Frühling des Jahres 1945 das Großdeutsche Reich in einem gigantischen Massengrab versinken sollte. Daß auch hier, gleich um die Ecke, der Tod lauerte, Hand in Hand mit dem Teufel.

Nein, noch immer war diese abgelegene Baracken- und Bunkerwelt neben dem Schlößchen Friedrichsruh eine Art Idyll. Eine Welt, die in Ordnung zu sein hatte – also war sie auch in Ordnung, jawohl! Einigermaßen. Die Unterkünfte waren gepflegt. Es gab Bettwäsche, Duschen, sauberes Wasser, reichlich Seife. Die Verpflegung war ausreichend. Dank Koralnik gab es sogar noch wöchentliche Tabak- und Weinrationen.

Deutsches Landserherz, was willst du mehr!

Die hier stationierten Soldaten wurden nicht einmal von der Sorge heimgesucht, daß man sie etwa an die Front abkommandieren könnte. Sie vertrauten auf ihren General Blutenberger. Denn der hatte ihnen immer wieder versichert oder eben versichern lassen: ihr Einsatz in dieser Nachrichtenbefehlsstelle sei enorm kriegswichtig, wenn nicht gar kriegsentscheidend.

Dieser General war ein Offizier, wie er im Buche steht. Ein dekorativer Leuchtturm gewissermaßen. Erfüllt von jenem erhabenen und wohl auch erhebenden Pflichtbewußtsein, dessen höchstes Ziel es ist, das heilige Vaterland bis zum letzten Blutstropfen zu verteidigen. Es mußte ja nicht gleich das eigene Blut sein.

Jedenfalls, mehrfach bezeugt, kam über dieses Generals feingeschwungene Lippen niemals ein negatives Wort über Führer, Reich und Wehrmacht. Er war stets bestrebt, einen Kavalier der alten, seiner Meinung nach allerbesten Schule darzustellen; mithin ein entsprechend ritterliches Wesen zu demonstrieren.

Diese Kommando-Leitzentrale Südwest war im wahrsten Sinne des Wortes ›seine‹ Dienststelle; wobei gemunkelt wurde, sie sei ihm vom Oberbefehlshaber der Wehrmacht, von Adolf Hitler, höchstpersönlich anvertraut worden. Unbezweifelbar war sie von ungewöhnlicher, geradezu einzigartiger Bedeutung, durfte als ein modernes Herzstück des Krieges bezeichnet werden – wenn nicht gerade als ein Triumph unbezwingbaren deutschen Geistes.

Wieder einmal hatte dieser General seine engsten und, wie er hoffte, ergebensten Mitarbeiter in das ›Lust- und Jagdschlößchen‹ gebeten. Die Besprechung fand in seinem Arbeitszimmer statt; einer Räumlichkeit, die seinem Wesen und seiner Stellung durchaus angemessen war. An den Wänden: etliche braunschwarz gedunkelte Ahnenbilder früherer Schloßbesitzer, zwischen eindrucksvollen Geweihen erlegter Hirsche. Auf dem Fußboden: prächtige, wenn auch bereits ziemlich abgetretene Tierfelle von erheblichen Dimensionen.

Der General lächelte den vier ihn scheinbar ergeben ansehenden Männern väterlich huldvoll entgegen. Da war einmal sein Adjutant, Hauptmann Rommelskirchen, ein freundlicher, höchst angenehm wirkender Mensch; und wenn der auch im Grunde zu nichts nütze war, so schien er doch als bewährter Jasager trotzdem unentbehrlich. Ihm dicht, nahezu eng zur Seite hockte Hauptfeldwebel Himmelsheimer, der sogenannte ›Spieß‹ der Nachrichtenkompanie; bekannt dafür, daß der alles und jedes perfekt und vorbildlich erledigte, was man ihm anbefahl oder anvertraute.

Der Dritte im Bunde: Oberleutnant Crusius, der ›Dienststellenleiter‹. Zu seinen Aufgaben gehörte es, Einsatzpläne auszuarbeiten, alle Nachrichtensoldaten in diesem Bereich zu kommandieren und zu dirigieren, Küche und Kantine, Unterkünfte und Latrinen zu kontrollieren – allerdings nicht das Kasino im Schlößchen. Sein offizieller Titel war *Chef der Stabskompanie.* Der General glaubte genügend Gründe zu haben, seine Tüchtigkeit zu schätzen.

Der vierte Mann in diesem Verein, dessen Mitglieder sich für erlesen hielten, war eigentlich eine Null, ein Neutrum, ein abseitiger Einzelgänger: Stabsarzt Dr. Säbisch. Ein rein menschlich keineswegs unangenehmes Wesen, zumal dem General durchaus ergeben. Dennoch mußte er sich in dieser militärischen Umwelt wie ein Fremdkörper vorkommen. Was er scheinbar gelassen hinnahm; er blieb höflich und zuvorkommend – obwohl er genau wußte, daß ihn etwa Oberleutnant Crusius, und nicht nur gelegentlich, als Made im Militärspeck zu bezeichnen beliebte.

Sozusagen am Rande dieses Kreises gab es dann noch eine fünfte Person; einen dienstbaren Geist, der sich den Anschein gab, als sei er nur anwesend, um schattengleich für das leibliche Wohl des Generals und seiner Gäste zu sorgen: Obergefreiter Koralnik. Auf den von ihm wie herbeigezauberten, auf Eis gelagerten Champagnerflaschen befand sich zwar das gleiche Etikett, sie enthielten jedoch unterschiedliche Getränke.

Während Koralnik ›seinem‹ General das Beste vom Besten einschenkte, nämlich *Pommery Brut Royal,* durften dessen Mitarbeiter lediglich ein zweitrangiges Gesöff schlürfen. Das waren so Feinheiten, die sich der Obergefreite gerne leistete. War er doch der Ansicht, daß diese Kerle, die sich um seinen General versammelt hatten, lediglich als bornierte Banausen bezeichnet werden konnten, welche gar nicht die Fähigkeit besaßen, Mineralwasser von Pferdepisse zu unterscheiden. So was zu bemerken, amüsierte Koralnik in hohem Maße;

doch hütete er sich davor, derartiges deutlich werden zu lassen.

Der General richtete das Wort an seine Offiziere: »Ich habe Sie, meine Herren, bereits schon gestern dahingehend informiert, daß wir in Kürze rund vierzig weitere weibliche Wehrmachtshilfskräfte zu erwarten haben. Was erhebliche Veränderungen mit sich bringen und ohne Zweifel auch zu gewissen Komplikationen führen wird. Übrigens möchte ich an dieser Stelle einfügen, daß ich zu dieser Besprechung unsere Dame Warnke absichtlich noch nicht hinzugezogen habe...«

Damit meinte er die Führerin der Blitzmädels, die bereits im Bereich der Kommando-Leitzentrale Südwest eingetroffen, auch schon hier im Schlößchen tätig geworden war.

»Wir sollten unsere verehrte Frau Warnke noch nicht mit diesen Dingen belasten. Zunächst würde ich gern wissen, welche Gedanken Sie sich inzwischen darüber gemacht haben, wie wir die neue Situation am wirksamsten« – er meinte: am bequemsten – »in den Griff bekommen.«

Adjutant Rommelskirchen hielt es für angebracht, nach den bedeutungsschweren Worten des Generals bedächtig seinen schön gelockten Schafskopf zu wiegen. Zu ihm blickte Hauptfeldwebel Himmelsheimer in vertrauensvoller Ergebenheit auf. Stabsarzt Dr. Säbisch tat so, als sei er in tiefe Nachdenklichkeit versunken. Der Obergefreite Koralnik im Hintergrund blinzelte vor sich hin – wie seinen Champagnerflaschen zu.

Allein Oberleutnant Crusius begehrte, sich als entschlußfreudiger Mann der Tat zu erweisen, dem es gegeben war, Probleme ebenso schnell zu erkennen wie auch zu bewältigen. »Was befohlen wird, Herr General, muß gemacht werden; soldatisch einwandfrei. Wenn dabei Schwierigkeiten auftreten, sind die zu beseitigen.«

»Welche Schwierigkeiten, Crusius, vermuten Sie denn?« Die Formulierung ›befürchten Sie...‹ verwendete er absichtlich nicht.

»Nun, wenn hier vierzig Weiber – pardon, ich meine: Blitzmädel – aufkreuzen, dann bedeutet dies, daß gleich viele Männer abhauen müssen; ganz klar, wohin. Was böses Blut geben dürfte – wenn man so was hinauszögert. Also ist es angebracht, die dafür in Frage kommenden Soldaten auf schnellstem Wege vor vollendete Tatsachen zu stellen, bevor sie richtig nachdenken können. Überraschungseffekt nennt man so was! Dazu bin ich bereit – vorausgesetzt, man läßt mir dabei völlig freie Hand.«

»Sagten Sie: völlig freie Hand?« Hauptmann Rommelskirchen schien aus seiner schweren Nachdenklichkeit ganz plötzlich herausgerissen worden zu sein. »Soll das etwa heißen, daß Sie ganz allein bestimmen wollen, über unsere Köpfe hinweg, wer dabei baden geht?«

Hauptfeldwebel Himmelsheimer stieß unverzüglich in das gleiche Horn: »Dabei ist doch wohl selbstverständlich, daß auf die Organisation, die wir gemeinsam mühevoll aufgebaut haben, gebührend Rücksicht genommen wird. Unsere Dienststelle, erlaube ich mir zu bedenken, muß weiterhin einwandfrei funktionieren, so wie bisher.«

Stabsarzt Dr. Säbisch hatte wohl das Gefühl, daß auch er in dieser wichtigen Auseinandersetzung Stellung beziehen müsse. »Da kann ich nur zustimmen«, nickte er. »Was sich bewährt hat, sollte man nicht einfach beiseite schieben.«

»Ach was!« winkte Crusius unwillig ab. »Außergewöhnliche Situationen können nur durch harte, energische Maßnahmen bewältigt werden. Im Schicksalskampf unseres Volkes werden die besten Männer an der Front gebraucht. Alles andere ist zweitrangig. Und wenn Sie das nicht begreifen können, Herr Stabsarzt, dann...«

»Stopp!« rief General Blutenberger aus. Was sich fast so anhörte wie: ›Kusch!‹ Als ob Hunde ermahnt werden müßten, sich gefälligst ruhig zu verhalten. »Ich muß doch sehr bitten, meine Herren! In meiner Gegenwart – mehr Harmonie!«

Der General gehörte nun mal zu jenen Menschen, die unnötige Komplikationen verabscheuen wie schmutziges Wasser. Er hieß übrigens, und das hielt er keineswegs für Zufall, mit Vornamen Felix und Baldur. Gewissen von ihm bevorzugten Damen erlaubte er gerne, ihn ›Felix‹ zu nennen. Seine männlichen Freunde jedoch durften ihn, im Bewußtsein der germanischen Werte des deutschen Volkstums, mit ›Baldur‹ anreden.

»Daß der Fronteinsatz Vorrang hat, ist so selbstverständlich, daß sich jede Diskussion darüber erübrigt«, erklärte er jetzt bedächtig. »Diese Einsicht schließt jedoch nicht aus, daß irgendeine Schwächung unserer Organisation keinesfalls stattfinden darf. Zumindest muß ich hier nun feststellen, daß keiner der hier Anwesenden« – und da schloß er ganz offensichtlich Koralnik mit ein – »irgendwie entbehrlich ist. Aber auch auf Fachleute wie Feldwebel Wegner können wir doch wohl unter keinen Umständen verzichten.«

Wenn er dabei Feldwebel Wegner besonders heraushob, so hatte das gewiß seinen Sinn. Denn so gut wie alle Angehörigen der Kommandozentrale wußten von den internen Spannungen zwischen dem und Oberleutnant Crusius. Abneigungen allerdings, die offenbar auf Gegenseitigkeit beruhten.

Hauptmann Rommelskirchen jedenfalls hatte nichts Eiligeres zu tun, als wieder einmal mehr seine vollste Übereinstimmung mit seinem Vorgesetzten zu demonstrieren. »Dabei ist schließlich zu bedenken, daß die hier zu erwartenden weiblichen Hilfskräfte lediglich Soldaten der unteren Ränge ersetzen können, da deren Ausbildung vermutlich für höhere Posten nicht ausreicht. Woraus zwangsläufig folgt: abgeschoben werden also nur einfache Soldaten.«

»Sehen Sie das auch so, Crusius?« wollte der General wissen.

»Selbstverständlich, Herr General!« kam prompt die Antwort.

Blutenberger nickte dem Oberleutnant betont freundlich zu. Auch wenn ihm dabei klar war, daß dessen ›jawoll‹ oder ›selbstverständlich‹ nicht unbedingt auch gleich eine gegenseitige Übereinstimmung bewies. Vielmehr war bekannt, auch diesem General, daß der Chef seiner Stabskompanie stets bereit war, Befehle so auszulegen, wie er es jeweils für richtig hielt.

Daraus erklärten sich wohl auch so manche jener Komplikationen, die dann auf diese Wehrmachtsdienststelle des

Großdeutschen Reiches zukommen sollten – gleich gefährlichen Lawinen.

Unmittelbar nach der Besprechung auf ›höchster Ebene‹, wie der General persönlich diese seine Befehlsausgabe zu bezeichnen beliebte, erfolgte eine bemerkenswerte Aufforderung: Oberleutnant Crusius ersuchte den Obergefreiten Koralnik, ihn zu begleiten.

»Schnappen wir ein wenig frische Luft, vertreten wir uns die Beine!« Was sich nahezu freundlich-kameradschaftlich anhörte.

Koralnik erwiderte scheinbar dankbar: »Schaden kann so was ja nicht.« Er belauerte den Oberleutnant, weil er wußte, daß der ihn belauerte. Sie schienen Katz-und-Maus-Spiele zu veranstalten, ohne bereits zu wissen, wer hier von ihnen was war.

Ihr gemeinsamer Spaziergang führte sie zunächst um das *Jagd- und Lustschlößchen Friedrichsruh* herum. Daß sie sich der angeblich dekorativen Schönheit dieser Anlage bewußt gewesen wären, durfte kaum angenommen werden. Zumindest im Augenblick war es ihnen ziemlich wurscht, daß hier bereits vor Jahrzehnten poetisch gedachte Beschreibungen dieses ›Bauwerks‹ verursacht worden waren, wie:

›... vom Walddunkel umhegtes Friedrichsruh! Dies Traumgebilde der Stille und Einsamkeit. Im Morgenlicht immer wieder neu erglühend, von keiner Abenddämmerung auszulöschen und in den Mondnächten betörend funkelnd. Errichtet gleichsam aus der Musik eines Bach und eines Mozart, erhaben und leicht, erblühende Blumen in Stein. Mit Fenstern wie Augen, welche in weite Fernen schauen, hinaus in die geheimnisvolle Welt ...‹

Oberleutnant Crusius – Macher, Praktiker und Realist, wie ja auch der Obergefreite Koralnik – wußte genau, wohin er wollte – er strebte den getarnten Mannschaftsunterkünften unweit des Waldes entgegen. Dabei umging er den Tiefbunker, in dem sich die Nachrichtenzentrale mit den Warn-, Leit- und Kommandogeräten befand. Diesen Komplex schien er nicht sonderlich zu mögen, was sich erklären ließ: denn der gehörte nicht – noch nicht – zu seinem direkten Einflußbereich.

Diese Wohnbaracken, bei denen sie kurz darauf ankamen, waren zwar mit kriegsbedingter Kargheit ausgestattet worden, besaßen aber immerhin elektrisches Licht und fließendes Wasser. Es existierten sogar Duschen, die morgens und abends benutzt werden durften – natürlich nicht für die sogenannten kleineren Geschäfte. Doch wer ein echter Landser war, der mißachtete derartige Verbote lässig – schließlich war doch wohl kaum von ihnen zu erwarten, daß sie bei jedem menschlichen Rühren zu der gemeinschaftlichen Feldlatrine rasten. Zumal diese in einiger Entfernung von den Baracken errichtet worden war. In sogenannter kriegsklassischer Machart – mit Donnerbalken und Fallgrube.

Auf diese Endverdauungsbude wies nun Oberleutnant Crusius mit bedeutsamer Geste, fast so, als gedenke er tiefe Einsichten zu verkünden: »Das, mein Lieber, ist bereits eines der drängenden Probleme, die nun auf uns zukommen. Können Sie sich vorstellen, was ich damit sagen will?«

Der Obergefreite nickte. Auch solche Feinheiten zu erkennen, war ihm gegeben. Denn die bisher zur Kommandozentrale gehörenden Blitzmädel – es handelte sich nicht einmal um ein Dutzend – waren im Schlößchen einquartiert worden. Dort kamen sie mit einer kleinen separaten Toilette aus, neben der sie sich auch waschen und duschen konnten. Eine Räumlichkeit jedoch, die keinesfalls mehr ausreichen würde, sobald hier die angekündigte Weiberinvasion stattfand. Sich diese Mädel zwischen den Kerlen in der Donnerbalken-Bretterbude vorzustellen, mochte gewiß so manchem Landser verlockend erscheinen, war aber doch wohl eindeutig unmöglich.

Ehe Koralnik hierzu seine Anregungen äußern konnte, wurde er von Crusius wie beiläufig gefragt: »Ist Ihnen während der Besprechung beim General irgend etwas Ungewöhnliches aufgefallen?«

»Kaum. Außer vielleicht, daß der Herr General die Dame Warnke, unsere Blitzmädelführerin, diesmal nicht gleich mit in sein Planungsgespräch einbezogen hat.«

»Richtig erkannt«, sagte Crusius.

»Irgendwie merkwürdig ist mir das vorgekommen, zumal wenn man bedenkt, mit welch großer Höflichkeit der Herr General diese Dame ansonsten stets zu behandeln pflegt...«

»... was ich durchaus für berechtigt halte!« unterbrach der Oberleutnant; vorsichtig und absicherungsbereit. Für Koralnik tönten seine Worte wie die Rufe eines Nebelhorns, mit denen man unbeabsichtigte Zusammenstöße unbedingt zu vermeiden trachtete. »Sie ist eine Dame – jawohl! Eine große deutsche Frau. Durchaus verehrungswürdig.«

Am liebsten hätte jetzt Koralnik ausgerufen: Warum tust du dich dann nicht gleich mit der zusammen! Doch er hütete sich, seine Ansichten derartig deutlich und direkt zum Ausdruck zu bringen. Das hier war eine gar nicht ungefährliche Klippe, die es sorgsam zu umschiffen galt.

»Eine gewiß einzigartige und sehr zu bewundernde Frau. Doch eben diese nicht unnötig zu belasten, war vermutlich der Herr General bestrebt. Zumal es hier um Entscheidungen geht, welche männliche Vernunft und Tatkraft erfordern – unter Berücksichtigung der gegebenen Möglichkeiten. Anders ausgedrückt: Der Herr General legt Wert darauf, daß niemand in Ihre Anordnungen, Herr Oberleutnant, hineinzureden hat.«

»So sehe ich das auch!« Crusius nickte zufrieden. Dieser Obergefreite, dachte er wohl, ist gewiß ein hinterhältiger Sauhund, besitzt jedoch ein ziemlich helles Köpfchen – was vermutlich voreilige Dummheiten ausschloß. Was sodann dieser Oberleutnant sagte, hörte sich fast so an, als wäre nunmehr ein kameradschaftlicher Handschlag unter wahren Männern beabsichtigt: »Sind Sie bereit, mich zu unterstützen? Damit hier auf schnellstem Weg geordnete Verhältnisse geschaffen werden können?«

»Aber selbstverständlich!« beeilte sich Koralnik zu antworten. »Und wie, meinen Sie, Herr Oberleutnant, könnte eine solche Unterstützung aussehen?«

»Die gröbste Dreckarbeit dabei lasse ich Ihnen abnehmen.«

Crusius wies auf die Baracke A. »Dieser Schuppen jedenfalls muß unverzüglich geräumt werden. Was dann, leider, zu erheblichen Überlagerungen in den anderen Unterkünften führen wird. Damit jedoch hat Hauptfeldwebel Himmelsheimer fertig zu werden; wird sowieso Zeit, daß sich dieser Penner endlich mal am Riemen reißt.«

So also wurde das gemacht, klarer Fall. Die einen gaben kaltschnäuzige Befehle – auch wenn sie noch so dumm und unüberlegt waren. Die anderen, die kleinen Befehlsempfänger, hatten sie auszuführen, stur ergeben, ohne nach Sinn oder Unsinn zu fragen. Hauptsache dabei: brav mittrotten, nur nicht auffallen!

»Sie jedenfalls, Koralnik«, fuhr der Oberleutnant fort, »werden dafür sorgen, daß die geräumte Baracke anschließend renoviert wird. Und zwar sehr gründlich, von oben bis unten und von vorn bis hinten. Hinzukommen sollte auch, was Sie gewiß möglich machen können, eine neue gediegene Einrichtung.«

»Und dazu dann noch eine spezielle Latrine, sowie eine Weiberbespülungsanlage.«

»Genau! Und das alles möglichst gediegen! Denken Sie stets daran, daß der General diese hoffentlich munteren Miezen maximal betreut wissen will. Tun wir ihm diesen Gefallen. Aus einem sauberen Körper kommt ein gesunder Furz!«

»Diesbezüglich, Herr Oberleutnant, bin ich ganz Ihrer Meinung. Allerdings sehe ich bei der gewünschten Totalrenovierung vorerst noch schwarz. Dazu gehören Lieferanten und Handwerker.«

»Dazu gehören nichts als Beziehungen; und die haben Sie ja. Spielen Sie die jetzt mal aus. Beweisen Sie Ihr Talent!«

»Was immerhin gar nicht billig sein dürfte.«

»Eventuelle Unkosten werden sich erstatten lassen. Da finden wir schon Quellen, die wir anzapfen können.«

»Und woher nehme ich die dabei notwendigen Arbeitskräfte?«

»Mann, Sie sind ja sonst nicht sonderlich schwer von Begriff! Sie brauchen doch nur diese kriegsgefangenen Russen anzufordern, aus dem ehemaligen Viehstall. Dort lungern so an die vier Dutzend von dieser Sorte herum. Auch denen muß man hier endlich Feuer unter ihren lahmen Ärschen machen.«

Das hörte sich einfach an, war jedoch gar nicht unkompliziert. Denn diese Russen – armselige, ausgemergelte Menschenschweine in Tuchfetzen, die hier sozusagen als ständiges Reinigungskommando eingesetzt wurden – unterstanden offiziell Hauptmann Rommelskirchen. Sollte etwa Crusius den Versuch wagen wollen, über diesen Umweg dem Adjutanten des Generals eins auszuwischen?

»Mein lieber Koralnik!« sagte der Oberleutnant gönnerhaft und mit betont demonstrierter guter Laune. »Unsere derzeitige Situation ist doch wohl diese: Jetzt geht es hier ums Ganze! Doch wer dabei in den Verdacht geraten sollte, ein Saboteur zu sein – der dürfte damit bei dem Herrn General garantiert in Ungnade fallen.«

Das war deutlich genug; war gleichzeitig ein Angebot und eine Drohung. Hieß unverkennbar: Entweder du ziehst mit mir am gleichen Strang oder ich mache dich fertig! Mit Hilfe von Anschwärzung bei Vorgesetzten.

Crusius steuerte nunmehr auf einige Russen zu, die den Auftrag hatten, die Parkwege beim Kampfental-Schlößchen in Ordnung zu halten. Bei diesen zerlumpten Gestalten angekommen, blieb er leicht breitbeinig stehen und beobachtete sie geraume Zeit. Die Gefangenen taten so, als merkten sie das nicht; doch sie duckten sich, arbeiteten noch emsiger, wollten unter keinen Umständen unangenehm auffallen.

»Unterernährt wirken die nicht gerade«, stellte Crusius fest. »Ganz im Gegenteil: die setzen Fett an. Die schieben hier eine ruhige Kugel, werden offensichtlich unzulänglich bewacht, sind nicht genug ausgelastet.«

Aha, dachte Koralnik. Das waren wohl Hinweise für mich; Munition für jene wohl unvermeidlichen Kleinkriege zwischen den Offizieren des Stabes in Zuständigkeitsfragen. Worauf er sagte: »Einsatz und Betreuung dieser russischen Gefangenen werden regelmäßig abgesprochen – zwischen Hauptmann Rommelskirchen und Unteroffizier Zander. Und die lassen dabei kaum jemand anderen mitmischen.«

»Das werden wir ja sehen!« rief Crusius entschlossen aus.

»Zander, dieser plattgewalzte Unteroffizier, müßte eigentlich Flunder heißen. Jedenfalls gehört der immer noch zu meiner Stabskompanie. Den werde ich schon noch auf Trab bringen!«

»Darf ich darauf aufmerksam machen, daß Unteroffizier Zander hierfür eingesetzt worden ist, weil er einigermaßen die russische Sprache beherrscht.«

»Na – und wenn schon! Wie ich mal gehört habe, können auch Sie Russisch.« Crusius gab sich gern den Anschein, ein Vorgesetzter zu sein, der so gut wie über alles informiert war. »Oder ist das falsch?«

»Nein, Herr Oberleutnant. So was gehört, meine ich, sozusagen zum Kriegshandwerk. Denn es genügt doch wohl nicht, wenn wir diesen feindlichen Kanaken in den Arsch treten – wir müssen denen auch erklären können, warum. Und dann möglichst auch noch mitbekommen, was die da so in ihrem Kauderwelsch von sich geben.«

Zur Zeit lernte Koralnik in seinen Mußestunden, die er sich in reichlichem Maß selbst bewilligte, die englische Sprache; genauer wohl: die amerikanische Abart davon. Schließlich vermochte er sich bereits einigermaßen auszurechnen, daß es alsbald nicht mehr die Deutschen sein würden, sondern eben diese Amis, denen es gegeben war, in alle irgendwie erreichbaren Ärsche zu treten.

»Sehr gut, Koralnik«, versicherte ihm der Oberleutnant, »wenn auch Sie die russische Sprache sprechen, dann ist Zander hier nicht mehr der einzige, der sich mit diesen Untermenschen verständigen, mit denen umspringen kann. Damit ließe sich eine ganze Menge Mist wegräumen, der sich hier gerade aufzutürmen droht.«

»Zu Befehl, Herr Oberleutnant!« sagte Koralnik. Und dachte sich sein Teil.

Die sogenannte ›große Ablösung‹ – der männlichen durch weibliche Kriegsteilnehmer – erfolgte einige Tage danach. Exakt geplant, intensiv vorbereitet, schien dieses Unternehmen völlig komplikationslos zu verlaufen. Wie sich das ja auch wohl so gehörte! Hier war der Endsieg zu organisieren;

und in dem Zusammenhang waren so was nur kleine Fische.

Als der Henschel-Lkw, ein Zwölftonner, mit seiner weiblichen Last herbeituckerte, hing eine grellblendende Spätwintersonne am fahlen Himmel über Friedrichsruh, als begehrte sie dazu beizutragen, dieses doch wohl ungewöhnliche Spektakel möglichst deutlich zu beleuchten. Dieser vom grauen Straßenstaub bedeckte Transportelefant schaukelte dem Parkplatz neben dem Schlößchen entgegen – jenem Platz, auf dem sonst Appelle und Befehlsausgaben stattfanden und der auch als Sportgelände benutzt wurde.

Dumpf polternd wurde das kastenartige Hinterteil dieses Lasters aufgeklappt. Und dort entstiegen dann, kichernd, kreischend, lachend, munter und erwartungsvoll unzählige Blitzmädels, mit Taschen, Koffern und Rucksäcken. Und die sahen sich nun voller Interesse um, als erhofften sie die lokkende Atmosphäre eines sonnigen, heiteren Urlaubsortes zu erblicken. Was irgendwie ja auch zutraf: Die Sonne strahlte, ringsum befanden sich sanft leuchtende Wälder, und noch dazu erblickten sie ein ungemein idyllisch anmutendes Schloß! Durchaus anzunehmen, daß so manche der hier Angekommenen schnell in Erwägung zogen, von hier aus, von dieser Postkartenlandschaft einen ersten Gruß zu senden – an Mami und Papi.

»Mann, die flattern ja wie die Schwalben!« stellte der Gefreite Helmreich geradezu entzückt fest. Dieser hoffnungsvolle ›Auftrieb‹ vermochte ihn in eine hochbeschwingte Stimmung zu versetzen. »Schau dir das an!« sagte er zum Obergefreiten Koralnik, der neben ihm stand. »Was da so alles unter den Blusen hüpft; und das gleich achtzigfach!«

Der Obergefreite Koralnik schien sich dieses einzigartige Schauspiel ebensowenig entgehen lassen zu wollen wie auch andere Kameraden. So gut wie alle Barackenfenster in einigermaßen brauchbarer Sichtlage waren von Neugierigen eng besetzt, welche reichlich ungeniert diese Weiber anstarrten. Ihr männliches Grinsen sprach Bände.

Welche Gelüste dabei zutage traten, war nicht sonderlich schwer zu erraten. Zumal dabei Wortfetzen aus dem vielfachen Gemurmel herauszuhören waren. Wie etwa ›Kuheuter‹

oder ›Stutenhintern‹ oder aber ›Breitkußmaul‹ – im Hinblick auf jene bei Kantinenbesäufnissen kolportierten Gerüchte, wonach ein großer Mund mit einer großen Spalte korrespondiere.

Und wenn da nun einer rief: »Die mit den langen Beinen ... Mensch, wenn diese Beine einen unten umschlingen!« – dann applaudierten die anderen. Doch was wohl als Sachverstand gedacht war, schien in Wirklichkeit der Ausdruck ratlosen, verlegenen Staunens zu sein. Noch wußten diese Soldaten nicht, wie sie sich in der neuen Situation zurechtfinden sollten.

Der Gefreite Helmreich sah so was wesentlich einfacher.

»Haltet gefälligst eure schäbigen Fressen!« rief er seinen Kumpels zu. »Kaum seid ihr Saukerle gerade noch so einer Versetzung entkommen, und schon wieder denkt ihr nur noch ans Pimpern. Hirnrissig ist das!«

Auf eine Antwort darauf brauchte er nicht lange zu warten: »Versuch ja nicht, uns die Freude am Spaß zu versauen, du doofer Heini! Oder bist du etwa impotent?«

»Gespenstisch ist das«, meinte Koralnik. »Da hüpfen nun diese Mädchen reichlich ahnungslos herum, wie einem nächsten Frühling entgegen. Aber sie wissen gar nicht, ob es so was für sie überhaupt noch geben wird – einen Frühling.«

Nur wenige Meter von dem Lkw entfernt, der die Blitzmädels ausgespuckt hatte, standen vierzig Soldaten bereit. Die Ablösung für die ›Weiber‹. Mit Rucksäcken, Taschen, Persil- und Maggikartons. Steif, mürrisch, gleichgültig geworden. Vor ihnen, geschäftig, äußerlich imposant wie ein balzender Truthahn, bewegte sich Hauptfeldwebel Himmelsheimer, der Spieß. »Also dann, Kameraden!« rief er. »Für das Großdeutsche Reich und unseren Führer und Reichskanzler!«

Die Männer bestiegen jenes Fahrzeug, mit dem die munteren ›Bienen‹ herbeigekarrt worden waren. Dabei vernahmen sie Zurufe wie »Macht's gut, Kameraden!« Und: »Reißt euch am Riemen!« Auch: »Viel Glück!« Wobei einer von denen zurückrief: »Leckt euch doch selber am Arsch!«

Sodann wurden sie davongekarrt, lebendes Futter für den Moloch Krieg. Staubwolken wirbelten auf und entzogen die

Davonfahrenden den Blicken derer, die ihnen nachsahen – falls das hier überhaupt noch irgend jemand tat. Jene, die soeben noch Kameraden waren, schienen bereits schon vergessen.

Indessen formierten sich die Blitzmädels in drei Reihen, exakt ausgerichtet nach der jeweiligen Körpergröße. Ein Vorgang, welchen der General beobachtete, vom Schlößchen aus mit einem Fernglas. »Bestes Material«, sagte er, »das spürt man sofort.« Und sein neben ihm stehender Adjutant nickte dazu: »Das stimmt hoffnungsvoll.«

Auf dem Appellplatz hatte sich inzwischen die Führerin Warnke ihrer Mädchen angenommen; wobei sie bestrebt war, Mutter, Schwester und Freundin zugleich darzustellen.

»Willkommen!« rief sie ihnen mit einer glashellen Stimme zu, die gelegentlich auch schroff und blechern klingen konnte. »Mein Name ist Warnke. Ihr seid mir zugeteilt, ich bin für euch verantwortlich. Versuchen wir, das Beste daraus zu machen. Doch nun – die Meldung!«

Worauf eines dieser Blitzmädel offenbar begehrte, sich durch Zackigkeit und schnelle Befehlsausführung bei der Dame Warnke überzeugend einführen zu wollen. Sie nahm Haltung an und verkündete: »Achtunddreißig Wehrmachtshelferinnen zur Stelle!«

»Achtunddreißig?« fragte die Warnke zurück. »Dann fehlen ja zwei!«

»Die kommen noch – vermutlich per Bahn«, wurde ihr versichert. »Bestimmt schon morgen. Die haben den Anschluß verpaßt.«

»Das werde ich nachprüfen«, erwiderte die Warnke streng. »Nachlässigkeiten werden hier bei mir nicht geduldet. Disziplin ist das höchste Gut in unserer Gemeinschaft. Bezieht zunächst einmal eure Unterkünfte. Weitere Befehle werden ergehen, sobald wir vollzählig sind. Weggetreten!«

Munter, geradezu beschwingt stürmten die Mädchen in ihre Wohnbaracke. Von dem, was hier vorging, hatten sie noch nichts begriffen. War wohl auch zu viel verlangt.

2.
Die Mädel – oder eben Weiber

Das war ein Bahnhofsgelände wie im Kleinformat. Es wirkte verloren im wuchernden Abseits. Verwahrlost. Unkraut zwischen den Geleisen, zertrampelte Pfade, ein Verwaltungsschuppen mit abblätternder Fassade. Der Stationsname war nur noch mühsam erkennbar: *Friedrichswalde.*

Bis hierher schien der Krieg noch nicht gekommen zu sein. Nicht das geringste Anzeichen ließ erkennen, daß eine ›große Zeit‹ angebrochen war und schon wieder unterging. Dieser winzige Bahnhof dämmerte vor sich hin – umgeben von Weinbergen und Wäldern, in Besitz genommen von fröhlich zwitschernden Vögeln; ein Idyll im Hundehüttenstil, vom Weltenschicksal beiseite gespuckt.

Täglich kamen hier zwei Züge an. Einer vormittags 11.05 Uhr mit Weiterfahrt Richtung Süden, einer aus der Gegenrichtung nachmittags 16.16 Uhr. Keiner von ihnen hielt länger als eine Minute. Wozu auch? Was war denn schon Friedrichswalde? Anfahren, halten, abfahren – nichts wie weg! Es stieg ohnehin kaum einer ein oder aus.

Diesmal war es anders. Dem vordersten Wagen des Vormittagszuges entstieg, mit Tasche und Koffer, ein Blitzmädel – Monika Hofer. Sie stellte sorgsam ihr Gepäck an der Bahnsteigrampe ab; erst dann blickte sie sich um. Mehr vorsichtig als neugierig lächelte sie scheu in die offenbar menschenleere, dekorative Gegend.

Dabei entdeckte sie zu ihrer Überraschung am anderen Ende des Bahnsteigs eine zweite Person. Die schien verloren dazustehen wie sie selbst, ebenfalls wie ausgesetzt, gleichermaßen uniformiert. Sie hatte ihre Kopfbedeckung, das *Schiffchen,* mit dem in der Sonne blinkenden Hoheitsadler flott in die Stirn gezogen. Auf dem linken Oberarm das Kennzeichen der weiblichen Nachrichtenhelferinnen – der stilisierte Blitz.

Sie war anders als Monika. Sie bewegte sich schwungvoll, warf ihr Gepäck achtlos auf den Boden, ließ es liegen, wo es hingefallen war. Dann begab sie sich unverzüglich, mit nahezu tänzelnden Schritten, Monika Hofer entgegen. Eine pralle Demonstration weiblichen Selbstbewußtseins.

»Ich bin Susanne Singer«, stellte sie sich vor. »Ich nehme an, wir haben das gleiche Ziel.«

»Wird vermutlich so sein«, wurde ihr zurückhaltend bestätigt. »Ich heiße Monika Hofer.«

»Na, fein – du gefällst mir!« rief Susanne ohne Scheu. »Ich hoffe, ich gefalle dir auch.« Das war ein offenherziges, freundschaftliches Angebot, das sodann unverzüglich eingeschränkt wurde durch die frappierend aufrichtig klingende Warnung: »Allerdings hält man mich für ein ziemlich ausgekochtes Luder. Irritiert dich das?«

Monika lächelte. »Kaum. Schließlich habe auch ich meine Eigenarten.«

Susanne begann sie ein wenig eingehender zu mustern und kam wohl zu dem Ergebnis: eine recht nette Kleine; macht einen wohlbehüteten Eindruck, kommt vermutlich aus halbwegs geordneten Verhältnissen, ist also schutzbedürftig. So etwas konnte sie als Freundin gut gebrauchen. Die kam ihr bestimmt nicht in die Quere, wenn da irgendein heißer Kerl zurechtzubügeln war – und andererseits konnte die in ihrer seidig-samtenen Weichheit als distanzierende Trennwand bei unvermuteten männlichen Angriffen wirksam verwendet werden.

Sie hatte da nun mal ihre besonderen Erfahrungen – gelegentlich sogar recht gerne gemacht. Das war dieser um vier oder fünf Jahre älteren Susanne anzusehen; und gar nicht selten demonstrierte sie das auch – sehr bewußt. Sie durfte als pralle, bereits weitgehend ausgereifte Schönheit bezeichnet werden, besaß verwirrend blondgelockte Haare, ein rosiges Gesicht mit zierlicher Stupsnase und vollen Lippen. Ganz offensichtlich gehörte sie zu jenen Menschen, die entschlossen waren, sich niemals die Butter vom Brot nehmen zu lassen.

»Sieht aus, als seien wir am Arsch der Welt gelandet!« rief sie betont provozierend; wobei sie sehr genau auf Monikas Reaktion zu achten versuchte, die allerdings kaum zu erkennen war. »Kein Schwanz in Sicht, der uns willkommen heißt. Wie findest du denn das?«

Monika zuckte die Schulter. »Damit müssen wir uns wohl abfinden.«

»Machen wir aber nicht!« versicherte Susanne munter. »Wir lassen uns doch von diesen Kerlen nicht verschaukeln!« Wobei sie dann im Hintergrund einen Angestellten der Reichsbahn erspähte, der so tat, als habe er irgend etwas zu tun. Und dann rief sie ihm zu, mit überraschend lauter, heller Stimme: »He, Sie müder Sack! Ja, ich meine Sie – hören Sie etwa schwer? Setzen Sie mal Ihre Stelzen in Bewegung und tanzen Sie an! Wir werden Sie schon nicht beißen; so was brauchen Sie nicht gleich zu hoffen!«

Der Mensch, der sich daraufhin näherte, war ein zwergenhaftes, seltsam vierschrötiges und unbeholfenes Wesen, das – obwohl ohne deformierte Glieder – an den Glöckner von Notre Dame erinnerte. Sein Lächeln war schief, seine Kälberzähne bleckten gelbgrau, seine Lippen wirkten wie ein hauchdünner roter Strich. Immerhin war er auch ein Mann und als solcher offensichtlich sehr angetan von diesen überraschend aufgetauchten Vertreterinnen – recht ansehnlichen – des weiblichen Geschlechts.

»Keine Sau hier, die uns in Empfang nimmt«, sagte Susanne; »dabei sind wir herbestellt. Können Sie uns weiterhelfen?«

»Wollen die jungen Damen nach Eichenberg oder nach Friedrichsruh?«

»Was ist denn da für ein Unterschied? Klären Sie uns mal auf – selbstverständlich nur in dieser Hinsicht.«

»Würde ich sehr gern tun, verehrtes Fräulein, wirklich – kann ich aber nicht. Darf ich nicht. Wegen der Geheimhaltung, verstehen Sie?«

»Mann, machen Sie sich doch nicht gleich ins Hemd! Sehen Sie denn nicht, daß wir zu so einem Verein gehören?«

Ob nun den Reichsbahnbeamten dieses sachliche Argument überzeugte oder ob sein Verstand unter Susannes Glühaugen dahinschmolz – jedenfalls geizte er mit seinem speziellen Wissen nicht länger und sagte: »Also das ist so – in Eichenberg wird geknallt, in Friedrichsruh wird gekurbelt.« Dieses Fachchinesisch bedurfte für die Blitzmädels keiner zusätzlichen Erläuterung; sie wußten, was das hieß: dort Flakbatterien, hier Nachrichteneinheiten. So einfach war die Erklärung dafür – für ›Knallen‹ und ›Kurbeln‹.

»Ganz klar!« rief Susanne. »Wir beide sind für Friedrichsruh bestimmt. Verständigen Sie diesen müden Haufen, damit wir unverzüglich abgeholt werden.«

»Wo denken Sie hin!« wehrte der Bahnheini ab und wand sich vor Verlegenheit wie eine Raupe, die in eine Salatschüssel gefallen ist. »Die haben eine Geheimnummer, die darf ich offiziell auf keinen Fall wissen.«

»Sie sollen uns diese geheime Nummer doch gar nicht bekanntgeben, lieber Herr«, schaltete sich jetzt Monika Hofer ein, »sondern nur dort anrufen. Schließlich handelt es sich um einen Notfall. Wenn wir wieder umkehren müßten, würden Sie noch mehr Ärger bekommen. Und wir auch. Was Sie aber gewiß nicht wollen.«

Während sie das sagte, wirkte sie leicht verlegen, mehr noch: rührend hilfsbedürftig. Susanne stellte anerkennend fest: diese verhalten-suggestive Sanftheit war eine äußerst wirksame Masche, um diese Kerle einzuwickeln. Ihre neueste Freundin Monika schien es ziemlich dick hinter den niedlichen Ohren zu haben – die war ja geradezu ein Monstrum an Liebenswürdigkeit. Solchen Typen, wußte sie, war es gegeben, härteste Ablehnungen aufzuweichen, böseste Vorurteile wegzuradieren; die konnten Zement in Butterschmalz verwandeln.

Tatsächlich zeigte der großdeutsche Reichsbahngartenzwerg bereits Wirkung. Jedenfalls starrte er Monika geradezu bewundernd an, wie hin- und hergerissen zwischen Pflichtgefühl und Zuneigung. Wie ein seltsam schöner Schwan wollte ihm dieses Mädchen vorkommen, während ihn das andere niedliche Weibsbild mehr an eine Tigerkatze erinnerte – eine gleichfalls eher niedliche.

Zu seiner Erleichterung hatte er in diesem Augenblick einen guten Einfall, der ihn aller Sorgen enthob. Mit leicht zitternder Hand wies er in Richtung der hinteren Bahnanlagen: »Da drüben beim Lagerschuppen befindet sich jemand von der Friedrichsruh-Einheit, um angekommene Waren einzuladen. An den sollten Sie sich wenden. Der nimmt Sie mit – vielleicht.«

»Der ist mit Sicherheit dazu bereit«, Susanne erklärte das mit der Überzeugungskraft eines Mädchens, das noch nie einen Korb bekommen hatte. »Schließlich ist er ja nur ein Mann!«

Der sogenannte Lagerschuppen paßte genau zu diesem Bahnhof. Er war so verwittert, daß er auseinanderzufallen drohte. Es schien schon lebensgefährlich, überhaupt in seine Nähe zu kommen.

Der Mensch jedoch, der dort mit kräftig zupackenden Schaufelhänden verschiedenartige Kisten und Kartons auf einem kleineren Lkw verstaute, schien nichts davon zu bemerken. Er erweckte den Eindruck, als würde er sich durch nichts und von niemandem von seiner Tätigkeit ablenken lassen.

»Was mag denn das für eine Type sein?« Susanne musterte dieses ameisenartige Wesen intensiv und nicht ganz unbesorgt. Diesen emsig, wie aufgezogen arbeitenden Menschen vermochte sie zunächst kaum in einer ihrer zahlreichen Schubladen für Männertypen einzuordnen. »Irgendwie gefällt der mir nicht.«

»Da bin ich anderer Meinung«, hörte sie Monika neben sich sagen. »Ich glaube, das ist ein recht netter Mensch.«

»Wie kommst du denn darauf?« staunte Susanne. »Von wegen netter Mensch! Sieh dir diesen Kerl doch nur mal richtig an. Das ist eine Mischung aus Hamster, Wiesel und Fuchs. Von so was kann nichts Gutes kommen.«

Monika lächelte lediglich ein wenig; kaum erkennbar. Dann begab sie sich mit Susanne zu diesem fleißigen Landser. Der war ein Obergefreiter. Und er hatte sie entweder noch gar nicht bemerkt, oder er tat nur so. Jedenfalls stapelte er weiter seine Kisten und Kartons.

»Heh da, Sie Schwerarbeiter!« rief Susanne und trat noch einen Schritt näher. »Guten Tag oder Heil Hitler – wie es Ihnen gefällt.«

»Guten Tag!« kam prompt die Antwort. Und erst jetzt richtete sich dieser Mann auf. Erstaunlicherweise schien ihn seine Tätigkeit nicht im geringsten angestrengt zu haben; weder ging sein Atem gepreßt, noch glänzte Schweiß auf seiner Stirn.

Als er gewahr wurde, wer ihn da angesprochen hatte, zeichnete sich auf seinem faltenreichen Dackelgesicht so etwas wie Freude ab. »Grüß Gott, meine lieben jungen Damen!« rief er. »Falls ich irgend etwas für Sie tun kann, brauchen Sie es nur zu sagen.«

Susanne führte weiterhin das Wort. »Ob wir tatsächlich lieb sind, wird sich herausstellen, wenn wir erst mal in Friedrichsruh angekommen sind. Dort müssen wir nämlich hin. Das ist Monika Hofer, und ich bin Susanne Singer. Wir beide gehören zusammen.«

»Na, wie schön! Monika und Susanne. Susanne und Monika. Hübsche Namen habt ihr; die passen zu euch. Mich nennt man übrigens Papa Koralnik. Da staunt ihr – was? Papa – weil ich eine Menge männlicher und neuerdings auch weiblicher Wesen betreue, die gewissermaßen irgendwo noch Kinder geblieben sind.«

»Mann, das ist ja eine ganz neue Masche!« Susanne lachte ihn an. »Aber von wegen liebes, wohlwollendes Väterchen – so was zieht bei uns nicht. Zumal wir wirklich keine ahnungslosen kleinen Kinder mehr sind. Und versuchen Sie ja nicht, das irgendwie bei uns auszuprobieren, Herr Obergefreiter! Das würde Ihnen unter Garantie schlecht bekommen!«

»Da sehen Sie mich aber völlig falsch«, meinte Koralnik nachsichtig belustigt. »Das werden Sie schon noch mitbekommen. Jedenfalls nehme ich Sie beide mit nach Friedrichsruh; wenn Sie wollen.«

»Zu welchen Bedingungen?« erkundigte sich Susanne vorsorglich.

»Vermutlich trauen Sie mir eine ganze Menge zu – was.

Glauben Sie etwa, daß ich Ihnen zwischen die Beine greifen, Sie kurz mal vergewaltigen will? Kein derartiger Bedarf – nicht bei mir. Aber da gibt es andere, die auf so was scharf sind. Das werden Sie bald merken.«

»Soll das eine Warnung sein? Wollen Sie uns aufklären?«

»Aufklärung, nehme ich an, dürfte hier kaum nötig sein. Zumal so was schließlich eine Sache der Bereitwilligkeit ist, der günstigen Gelegenheiten, der gegenseitigen Sympathie. Wobei mir übrigens jetzt erst auffällt, daß Sie Singer heißen. Susanne Singer? Kann sein, daß ich diesen Namen schon mal gehört habe – und zwar von unserer Marianne Dengler. Oder irre ich mich da?«

»Wohl kaum«, bestätigte Susanne. »Marianne ist meine Kusine. Wie geht es ihr?«

Worauf nunmehr der Obergefreite Koralnik sein Gesicht in zusätzliche Dackelfalten legte. »Der geht es gut; die freut sich ihres Lebens.« Das sagte und das meinte er auch so. Denn bei Marianne Dengler handelte es sich um die engste Mitarbeiterin des Kommandierenden Generals Blutenberger – wenn nicht noch um etwas mehr. Hinter ihrem Rücken wurde sie ›Fräulein General‹ genannt.

Angesichts solcher Zusammenhänge schien für den kommißerfahrenen Koralnik eines klar zu sein: Diese Susanne Singer war nicht einfach zufällig hierher ›versetzt‹ worden; das mußte wohl eher als ›angefordert‹ bezeichnet werden. Da hatten offenbar gewisse Beziehungen eine Rolle gespielt.

»Und Sie?« Koralnik wandte sich an Monika. »Haben Sie hier auch so was wie eine Kusine?«

»Monika hat mich«, stellte Susanne abweisend fest. »Aber darf ich einmal fragen, Herr Obergefreiter, wann Sie uns nach Friedrichsruh zu karren gedenken? Noch heute oder erst in einigen Wochen?«

»Ganz schön munter, das Fräulein«, meinte Koralnik. »Aber bestimmt nicht mehr lange.«

Das Lagernebentor war hier der eigentliche Haupteingang. Denn das Haupttor zum Schlößchenbereich war aus Tarnungsgründen sichtbar verschlossen, verriegelt, wurde fahrzeug- und menschenfrei gehalten. Offiziell existierte hier nichts und niemand.

Als der Obergefreite Koralnik in seinem Lkw mit zwei ausnehmend hübschen Mädchen am Nebentor herantukkerte, war der dortige Posten ziemlich überrascht, zeigte das aber nicht. Er war im Dienst. Und sein Vorgesetzter war Oberleutnant Crusius.

»Koralnik mit Fahrzeug und Ladung kann passieren!« rief er laut. »Die Wehrmachtshelferinnen begeben sich mit Gepäck und bereitgehaltenen Papieren zur Baracke A, Vordereingang, erste Tür rechts.«

Monika Hofer und Susanne Singer stiegen aus. Koralnik reichte ihnen ihr Gepäck nach und rief: »Macht's gut, Mädels!« Dabei grinste er wie ein Gartenzwerg; und bevor er weiterfuhr, schwenkte er seine Mütze, als wäre sie eine Signalflagge.

Die Baracke A, nunmehr ausschließlich für weibliche Wehrmachtsangehörige reserviert, war inzwischen gründlich renoviert, mit einem neuen Dach versehen und mit grau-gelb-grünen Tarnfarben frisch angepinselt worden. Die intensiv gereinigten Innenräume wirkten geradezu einladend. Unmittelbar rechts am Eingang prangte das ›Markenzeichen‹ der Barackenbewohnerinnen: ein metergroßer Blitz.

Wer hier eintrat, gelangte zunächst in einen Vorraum mit einem zwei Meter breiten Korridor, in dem sich auf beiden Seiten je eine Tür befand. An der linken war ein Schild mit der Aufschrift *Privat* befestigt. Dabei handelt es sich um den Wohn- und Schlafzimmerbereich der hier amtierenden ›Führerin‹ Erika Warnke. Auf der rechten Korridorseite befand sich deren Dienstraum, ihr Büro; dort pflegte sie die ihr anvertrauten Möbel zu ›bearbeiten‹, tägliche Dienstpläne abzufassen, unvermeidliche Verwaltungsaufgaben zu erledigen.

Räumlichkeiten, welche betont einfach eingerichtet waren. Krieg erlaubte keinen Luxus. Was allerdings eine schlichte Gediegenheit nicht ausschloß; galt es doch, sich gewisse Werte zu bewahren. Und selbstverständlich glänzte hier alles vor Sauberkeit; war sozusagen blitzmädelsauber. Schließlich strebte Erika Warnke stets danach, als Vorbild in Erscheinung zu treten.

Hinter diesem Befehlsbereich existierten in einem längeren Korridor zweimal fünf Türen. Sie führten in die zehn Unterkunftsräume, die als großzügig bemessen gelten durften; sie boten für jeweils vier Personen Platz. Was recht bemerkenswert war, worauf auch oftmals hingewiesen wurde: die männlichen ›Vorgänger‹ der Nachrichtenhelferinnen hatten sich hier zu acht, mindestens, einen Raum teilen müssen. Der General persönlich hatte geäußert: »So muß es auch sein – unsere jungen Damen verdienen das.«

»Willkommen, meine Mädel!« rief nunmehr die Führerin Warnke zackig aus, als Susanne Singer und Monika Hofer bei ihr eintraten. Sie war eine selbstbewußte Person von federnder Beweglichkeit, mit sportlich betonten breiten Schultern und scharfem Adlerblick unter straff zurückgekämmtem Haar. Sie nannte ihren Namen, verkündete ihre Bereitschaft zu wohlwollender Zusammenarbeit und streckte die rechte Hand aus: »Doch zunächst einmal – die Papiere, wenn ich bitten darf!«

Susanne und Monika übergaben ihr die Marschbefehle und die Personalkarten mit Lichtbild. Diese Schriftstücke studierte Erika Warnke ziemlich eingehend, womit sie sachverständige Gründlichkeit demonstrierte – diese ›ihre Praxis‹ beherrschte sie überzeugend.

»Ihr kommt von verschiedenen Einheiten, wie ich sehe. Wo habt ihr euch kennengelernt?«

»Auf dem Bahnhof Friedrichswalde, bei unserer Ankunft vor etwa einer Stunde«, gab Susanne Auskunft. »Hierher transportiert hat uns ein Obergefreiter. Er nannte sich Papa Koralnik; was mir irgendwie merkwürdig vorgekommen ist.«

»Ach – der! Der spielt sich hier immer wieder auf, gefällt sich offenbar in dieser Betreuerrolle.« Die Warnke stellte das leicht verächtlich-unwillig fest. »Doch ich nehme nicht an, daß ihr derartig naiv seid, um auf so was hereinzufallen. Laßt euch eines gesagt sein: Geht stets auf Distanz bei diesen aufdringlichen Kerlen. Das ist hier die Regel Nummer eins. Doch nun zu eurer Unterkunft!«

Sie blickte in eine Liste auf ihrem Schreibtisch, wobei sie allerdings eine Überlegung anstellte, die für sie recht bezeichnend war. Diese beiden Mädel, die sich ja gerade erst kennengelernt hatten, waren also nicht sogenannte ›Stallgefährten‹. Wären sie das gewesen, hätten sie aufgrund alter Erfahrungen unverzüglich voneinander getrennt werden müssen, um unerwünschte Gruppenbildung zu vermeiden. Bei solchen Zufallsbekanntschaften indessen, wie hier, war nichts dagegen einzuwenden, sie im selben Raum unterzubringen.

»Nummer neun«, ordnete somit die Warnke an. »Dort sind noch zwei Betten und Spinde frei, gleich rechts von der Tür. Die könnt ihr beziehen.« Und zu Susanne Singer sagte sie: »Dich werde ich der Einfachheit halber Susie nennen.«

»So heiße ich aber nicht!« protestierte die Angesprochene. Das zur Überraschung ihrer Vorgesetzten, die in einer solchen Angelegenheit keinerlei Probleme erwartet hatte. »Mein Vorname ist Susanne. Eine Tante von mir besaß einen Pinscher, den sie ›Susie‹ rief. Soweit ich mich erinnere, war das zwar ein sehr liebes Tier – trotzdem wünsche ich nicht so angeredet zu werden.«

Die Warnke verbarg ihre Verwunderung über ein derartiges Ansinnen nicht. Wohin denn, mußte sie sich wohl fragen, sollte das führen, wenn sich schon bei derart unwichtigen Dingen lästige Auseinandersetzungen anzubahnen drohten. »Ein sehr deutscher Name ist Susanne ja gerade nicht«, tadelte sie. »Außerdem haben wir hier bereits ein Mädel, das so heißt.«

»Da gäbe es ja wohl noch die Möglichkeit, uns mit ›Susanne I‹ und ›Susanne II‹ zu bezeichnen«, schlug Susanne Singer vor.

Worauf sich dann auch Monika Hofer zu Wort meldete: »Wäre es nicht vorstellbar, daß die andere Susanne dazu bereit ist, sich Susie nennen zu lassen?«

An und für sich war das kein schlechter Vorschlag, aber in Erika Warnke erklang eine Warnglocke. Zuviel Eigenwilligkeit und Selbständigkeit ihrer Untergebenen konnte sie nicht zulassen; aus kleinen Steinchen vermochte eine Lawine zu entstehen. So etwas mußte abgeblockt werden; nach dem alten bewährten Grundsatz aller zur Führung berufenen Persönlichkeiten: Wehret den Anfängen!

»Was hier geschieht, das habe allein ich zu entscheiden und zu verantworten«, erklärte sie deshalb. »Selbstverständlich greife ich brauchbare Anregungen gern auf, wenn sie dem Wohle unserer Gemeinschaft dienen. Unqualifizierte Einmischungen jedoch werde ich niemals dulden. Verstehen wir uns?«

»Zu Befehl!« antwortete Susanne. »Das habe ich durchaus verstanden.«

»Ja«, nickte Monika Hofer.

»Na also! Doch entgegenkommend wie ich bin, werde ich dich Susanne nennen. Dafür brauchst du mir nicht zu danken. Ihr beide bezieht eure Unterkünfte und meldet euch dann in spätestens einer Stunde bei Stabsarzt Dr. Säbisch zur vorgeschriebenen routinemäßigen Untersuchung.«

»Wir fühlen uns völlig gesund«, sagte Susanne.

»Falls das zutrifft, wird es von Dr. Säbisch bestätigt werden – Vorschrift ist nun mal Vorschrift. Unmittelbar nach dieser ärztlichen Untersuchung habt ihr euch bei Oberleutnant Crusius einzufinden. Der ist für euren militärischen Einsatz als Nachrichtenhelferinnen zuständig und wird feststellen, für welche spezielle Aufgabe ihr am besten geeignet seid.«

»Und das ist schon alles?« So was zu fragen, konnte sich Susanne nicht verkneifen.

Eine leichte Frechheit, welche jedoch die Warnke zu überhören schien. »Anschließend könnt ihr euch entweder in eure Unterkunft zurückziehen oder eine Tasse Kaffee in der Kantine trinken. Aber Vorsicht! Diese Kantine ist hier weit und breit der einzige Ort, an dem sich weibliche und männliche Soldaten begegnen dürfen; wobei die sogenannten Männer geradezu wild darauf zu sein scheinen, uns gewisse Schwierigkeiten zu machen. Hört also auf mich, haltet euch zurück! Sonst könnte es sein, daß ihr euch die Finger verbrennt – oder mehr...«

Stabsarzt Dr. Säbisch pflegte täglich drei bis vier ihn höchst langweilende Routinestunde im sogenannten Krankenrevier zu verbringen. Das war eine vom übrigen Dienstbetrieb freigehaltene Halbbaracke zur Betreuung der ›körperlich Gefährdeten‹. Doch wurde hier nur äußerst selten ein Soldat eingeliefert.

Denn einmal abgesehen davon, daß ihm die Landser erzählen konnten, was sie wollten – er wußte es schließlich besser. Wenn die ihm etwa mit schweren Blähungen kamen – welche der Führer auch haben sollte –, Dünnschißöl half. Bei Fieberanfällen und ähnlichen Leiden gab es Tabletten – in jeder Menge und Farbe. Zumeist waren die Kranken nichts als Schwindler, die rasch entlarvt werden konnten.

Sobald jedoch der Verdacht auf eine möglicherweise dennoch ernsthafte Krankheit vorlag, pflegte Dr. Säbisch kurzen Prozeß zu machen. Dann verordnete er unverzüglich eine Einweisung in das nächstgelegene Lazarett. Eine Methode, die ihn vor unnötigen Komplikationen bewahrte und dazu führte, daß es sich hier jeder dreimal überlegte, bevor er tatsächlich zu diesem Arzt ging.

Mithin kein Wunder, daß der Doktor über so viel freie Zeit verfügte, wodurch er so manche Stunde im gemütlich eingerichteten Schlößchen-Kasino verbringen konnte. Mußestunden allerdings, die erheblich getrübt wurden – und zwar dadurch, daß sich gewisse Offizierskameraden kaum eine Gelegenheit entgehen ließen, ihn zu frozzeln.

Der General, eben ein Gentleman, hielt sich dabei immerhin vornehm zurück. Sein Adjutant indessen, Hauptmann Rommelskirchen, war derartig fragwürdigen Späßen keineswegs abgeneigt. Dann gab es aber auch noch diesen Oberleutnant Crusius, der ihn, den Arzt, sogar als eine Art Medizinalclown zu bezeichnen beliebte. In nächtlichen, trunkenen Kasinostunden wurde er immer wieder mit spöttischen Bemerkungen überschüttet, die zu ertragen immense innere Kraft erforderte.

In dieser tristen Situation bedeutete die Ankunft von vierzig großdeutschen und treudeutschen Nachrichtenhelferinnen auch für den Doktor einen Lichtblick. Sie zu betreuen, und sei es auch nur in ärztlicher Hinsicht, bereitete ihm echte

Freude. Zumal er sich somit nun endlich auch als bedeutende Persönlichkeit und medizinische Kapazität aufführen konnte. Als aber dann, nach dem Abschluß von so an die vierzig durchweg erfreulichen Untersuchungen, auch noch unvermutet zwei Nachzüglerinnen auftauchten, und zwar in Gestalt von Monika Hofer und Susanne Singer, war das eine schöne Überraschung; sozusagen der I-Punkt auf das Ganze. Sachverständig vermochte Dr. Säbisch festzustellen, daß es sich bei diesen beiden Geschöpfen um recht bemerkenswerte Vertreterinnen des weiblichen Geschlechts handelte. Die eine war als vollerblühte Venus zu bezeichnen, bei der anderen handelte es sich eher um eine Madonna. Die Singer hätte für Botticelli Modell stehen können; an der Hofer hätte vermutlich ein Cranach künstlerisches Interesse gehabt.

»Ziehen Sie sich bitte aus«, ordnete der Stabsarzt an. »Ich möchte Sie eingehend untersuchen.«

Dazu schien Susanne Singer ohne weiteres bereit zu sein; schließlich hatte sie nichts zu verbergen, sondern im Gegenteil allerlei vorzuweisen. Doch ein Blick zu Monika ließ sie erkennen, daß es wohl zweckmäßiger war, die Angelegenheit ein wenig distanzierter zu betrachten.

Denn das Gesicht ihrer Monika wirkte jetzt noch bleicher, noch gläserner als bisher schon. Und sie sagte mit einem kühlen Unterton in der Stimme: »Ich fühle mich keinesfalls irgendwie krank.«

Dr. Säbisch sah sie halb überrascht, halb ermunternd an. Dann meinte er: »So was festzustellen, ist hier allein meine Sache. Sie brauchen doch keine Angst vor mir zu haben – haben Sie Vertrauen. Ich bin Arzt.«

»Moment mal, Herr Doktor!« Susanne stellte sich vor ihre Freundin. »An und für sich ziehe ich mich ja gar nicht ungern aus, sofern ich darin irgendeinen Sinn erkennen kann. Aber so ganz leuchtet es auch mir nicht ein, warum Sie uns jetzt in allen Einzelheiten zu betrachten wünschen. Das will mir vorkommen wie eine Rekrutenmusterung mit grundsätzlicher Körperbeschau. So was halte ich für keineswegs angebracht.«

Das Antlitz des Doktors überzog sich mit Zornesröte. »Was

bilden Sie sich denn ein?« schrie er sie an. »Wollen Sie Befehle verweigern?«

»Ich bezweifle, daß Sie zu einem solch unsinnigen Befehl berechtigt sind. Es sieht eher danach aus, als ob Sie Ihre Kompetenzen überschreiten. Monika und ich, wir sind erst vor kurzem, und zwar ziemlich gründlich, auf unseren Gesundheitszustand untersucht worden.«

Das war eine Behauptung, die möglicherweise gar nicht zutraf, jedoch im Augenblick auch nicht widerlegt werden konnte. Unsicher blätterte der Stabsarzt in irgendwelchen Papieren und meinte dann, wesentlich ruhiger geworden: »Mir liegt kein medizinischer Untersuchungsbefund vor.«

»Das kann er auch nicht«, stieß Susanne siegessicher nach. »Soweit mir bekannt ist, werden derartige Unterlagen nachgereicht. Und Sie wissen ja, wie lange normale Kurierpost oft unterwegs ist. Schließlich gibt es im Schicksalskampf des deutschen Volkes wichtigere Dinge als unsere Gesundheitszeugnisse. Ich nehme an, daß Sie als deutscher Patriot dafür Verständnis aufbringen.«

Diesen raffinierten Dreh mußte Säbisch erst einmal verkraften. »Nun gut«, erklärte er dann und hüstelte verlegen. »Ich werde also diese Befunde abwarten und dann entscheiden, was zu geschehen hat. Sie können jetzt gehen!«

Das ließen sich Monika und Susanne nicht zweimal wagen. Sie schwebten davon wie Schwalben, und der Stabsarzt sah ihnen mit gemischten Gefühlen nach. Als sie seinen Blikken entschwunden waren, wusch er sich automatisch die Hände. Anschließend griff er zum Telefon und führte zwei Gespräche. Eines mit Erika Warnke, das zweite mit Oberleutnant Crusius.

Der Wohn- und Dienstbereich von Oberleutnant Crusius befand sich am Kopfende der zentral gelegenen Baracke C und bestand aus einem einzigen Raum. Darin stand ein schlichtes Feldbett der Art, wie es dem Vernehmen nach auch der Führer benutzte. Wenn sich dort Crusius abends hineinlegte, dürfte er sich dem obersten Befehlshaber der deutschen Wehrmacht sehr nahe gefühlt haben.

Dieses drahtige Schlafgestell befand sich derzeit in der äußersten Ecke des Zimmers. Im Mittelpunkt des Raumes stand ein Schreibtisch; gerade überquellend von Akten, Tagesbefehlen, Vorschriften, Dienstplänen, Personallisten und Zeitungen. Sogar einige Bücher konnten gesichtet werden. Eine Ansammlung jedenfalls, die offenbar signalisieren sollte: Bin schwer beschäftigt; verbitte mir unnötige Störungen.

Den Dienstantritt der beiden neuen Blitzmädels schien er allerdings keineswegs als Störung zu betrachten – im Gegenteil! Die waren ihm telefonisch avisiert worden, für die hatte er eigenhändig zwei Stühle aufgestellt, selbstverständlich unmittelbar vor seinem eindrucksvollen Schreibtisch.

»Heil Hitler!« rief er, als Monika Hofer und Susanne Singer mit einiger Korrektheit eintraten. »Herzlich willkommen, meine Damen! Nur hereinspaziert! Machen Sie es sich bequem!« Er wies mit großer Geste einladend auf die beiden bereitgestellten Sitzmöbel. »Plaudern wir ein wenig, wenn Ihnen das recht ist!«

Eine ausgesprochen freundliche Begrüßung. Eine sogar recht ungewöhnliche noch dazu – denn normalerweise waren derartig konziliante Umgangsformen gegenüber untergeordneten Personen bei einem Crusius keinesfalls üblich. Sie waren eben nicht angebracht – geborene Herrenmenschen müssen die Distanz wahren.

Er hätte gern einmal – wohl eine Art Jugendtraum – den Titel *Rittmeister* getragen. Das klang nach edler Vornehmheit und prachtvollem Pferdematerial – was jedoch in diesem Krieg leider Mangelware war. Da aber Crusius begehrte, wenigstens doch atmosphärisch einen Hauch seiner Traumwelt zu verspüren, stellte er sich seine Umgebung gewissermaßen kavalleriebezogen vor. Dann pflegte er die Wesen seiner Umgebung, um Sachverstand bemüht, einzuteilen: in Reittiere, Renntiere, Kutschtiere, Zugtiere und Arbeitstiere.

So zum Beispiel auch diese beiden Mädchen. Susanne war in seinen Augen eine Prachtstute. Monika hingegen, was er auf den ersten kenntnisreichen Blick festzustellen zu können glaubte, besaß alle Anlagen zu einem rassigen, feinnervigen Springpferd.

Nachdem er sie sichtbar wohlwollend betrachtet hatte, erklärte er ihnen: »Ich bin hier der Einsatzleiter sämtlicher Nachrichtenkräfte, also dafür verantwortlich, daß alles einwandfrei und wie geschmiert läuft.« Worauf er diesen ihm offenbar vielversprechend vorkommenden Neuzugängen einige Fragen stellte, um sich ein Bild über deren Fähigkeiten zu machen: Woran ausgebildet, wo, wie und wie lange bislang eingesetzt? Vermittlungsschränke, in welcher Größenordnung? Fernschreiber, welche Systeme? Hellschreiber, Zentralauswerter, Signalübertragungsgeräte?

Die Antworten der Mädel fielen überraschend positiv aus: Sein freundliches Nicken machte das deutlich. »Gut! Sehr gut sogar!« stellte er fest. »Damit sind alle Voraussetzungen dafür gegeben, Sie beide in der Befehlszentrale im Tiefbunker einzusetzen.«

»Darüber haben wir uns gewiß zu freuen«, meinte Susanne mit dem schönsten Lächeln, das ihr gegeben war. »Und Sie sind also in rein dienstlichen Belangen unser direkter Vorgesetzter. Dürfen wir uns an Sie wenden, wenn irgendwo etwas schieflaufen sollte?«

Crusius nickte. »Selbstverständlich stehe ich Ihnen jederzeit zur Verfügung – wie allen meinen Leuten.« Worauf er sie augenzwinkernd anblinzelte. »Im übrigen – auszuziehen brauchen Sie sich bei mir nicht.«

Susanne sah ihn überrascht an. »Also hat Sie der Herr Stabsarzt darüber unterrichtet, was passiert ist – und das vermutlich in seinem Sinne interpretiert. Wir haben uns jedoch nichts zuschulden kommen lassen; zumal es meines Wissens keine Dienstvorschrift gibt, die ...«

Der Oberleutnant winkte groß ab. »Aber ich bitte Sie! Schließlich kenne ich Dr. Säbisch und seine Untersuchungsmethoden bei weiblichen Wehrmachtsangehörigen.«

»Und diese mißbilligen Sie, Herr Oberleutnant?«

»Sie gefallen mir nicht sonderlich – aber dafür bin nicht ich, sondern vielmehr Ihre Betreuerin Warnke, die mit mir in ständiger Verbindung steht, zuständig. Sie wird Ihnen auch in dieser Hinsicht Schutz und Hilfe angedeihen lassen, soweit es in ihren Kräften steht.«

Dabei betrachtete er Monika Hofer mit großer Aufmerksamkeit. Die allerdings hielt ihren Blick gesenkt, bot jedoch damit, dachte er, ein schönes Bild fraulicher Ergebenheit. Wie allein zu ihr sagte er dann: »Bei außergewöhnlichen Vorkommnissen bin ich Ihr aufmerksamer Gesprächspartner.«

»Das hört sich ja geradezu nach bereitwilliger Beschützergeste an«, mutmaßte Susanne Singer; »und so was werden wir in diesem Verein bestimmt brauchen können; aus welchen Gründen auch immer.«

Außerdem machte dieses Angebot fast schon den Eindruck, als habe der Oberleutnant ein ziemliches Wohlgefallen gefunden an den wunderschönen blauen Augen der Monika Hofer. Ein wenig merkwürdig dabei war allerdings, daß Crusius mit keinem Wort ihre, Susannes, verwandtschaftliche Beziehungen zu Marianne Dengler erwähnt hatte. Ihm mußte es eigentlich als Offizier des Stabes bekannt sein, daß sie beide Kusinen waren.

Doch kein Wort darüber. Der Oberleutnant geleitete sie zur Tür und verabschiedete sie dort mit einem sich kraftlos anhörenden »Heil Hitler!«

Als die Mädel wieder draußen waren, meinte Susanne munter: »Na – das war doch ziemlich vielversprechend.« Sie lachte hell auf. »Bin jetzt geradezu gespannt darauf, was hier in diesem Laden noch so alles läuft!«

Einiges von dem, was sich da so alles in diesem Lager außerhalb des vorgeschriebenen Dienstbetriebs dennoch ermöglichen ließ, kam noch am selben Tag, in einer frühen Abendstunde, zum Vorschein. Und zwar in einer nichtssagenden, wenn auch unter den gegebenen Umständen nicht ganz ungemütlichen Umgebung: der sogenannten Kantine.

Dieser Bretterbudenraum war ein Teil der Küchenbaracke, der in den Mittagsstunden als Speisesaal benutzt wurde; dabei jedoch, laut Befehl von Oberleutnant Crusius, getrennt nach Geschlechtern. Von 12.00 Uhr bis 13.00 Uhr war das männliche Personal an der Reihe; von 13.00 Uhr bis 14.00 Uhr das weibliche. Danach erfolgte, beantragt bei

Hauptmann Rommelskirchen, von diesem dann auch angeordnet, eine gründliche Reinigung durch die russischen Gefangenen.

In den Nachmittagsstunden jedoch, von 15.00 Uhr an, wurde dieser Kantinenraum umgewandelt und freigegeben für Unterrichtszwecke sowie Schulungsveranstaltungen. Dabei abermals Männlein und Weiblein streng voneinander getrennt. Außer bei gemeinsamen Feierstunden.

Am Abend allerdings, zwischen 19.00 Uhr und 21.30 Uhr, wurde diese Lokalität abermals umfunktioniert; und zwar in eine Gemeinschaftskantine. Davor hatte der Oberleutnant, diesmal überraschend unterstützt von der Mädelbetreuerin Erika Warnke, gewarnt – bei einer solchen, nicht unheiklen, großzügigen Verordnung aber vergeblich.

Denn der General war anderer Meinung gewesen und hatte zu diesem fragwürdigen Experiment seine Zustimmung gegeben. Möglicherweise nach Einflüsterungen seines Adjutanten, Hauptmann Rommelskirchen; was wohl eine weitere Manipulation mehr war, gerichtet gegen Oberleutnant Crusius, den Einsatzleiter. Denkbar aber auch, daß des Generals ständiger Schatten, Marianne Dengler also, Susanne Singers Kusine, dabei ihre Hand im Spiel gehabt hatte, nur um der Ober-Warnke, die sie nicht mochte, eins auszuwischen.

Jedenfalls war nunmehr dadurch in dieser Kantine eine Vermengung der Geschlechter unvermeidlich geworden; natürlich aber nicht, ohne die Kontrollfunktion einer ›Aufsichtsperson‹.

Das war an diesem Abend Hauptfeldwebel Himmelsheimer. Der hockte wie ein Zerberus beim Eingang und blickte mit wachen Augen, jederzeit einsatzbereit, umher.

Dieser Kantinenbetrieb wurde – wie denn wohl sonst – von der Verpflegungsgruppe des Obergefreiten Koralnik organisiert. Ohne den konnte hier nichts laufen – der beherrschte alle Spielarten der Truppenbetreuung. Er wußte: Brot mußte sein, also das Fressen. Dann die Getränke, mithin das Saufen. Den männlichen Soldaten wurde zumeist Leichtbier ausgeschenkt, die weiblichen Helferinnen erhielten Tee und Gebäck. Wobei sich als nahezu unentbehrlich Koralniks sogenannte Kreatur erwies; der gute Gefreite Helmreich.

Koralnik selbst pflegte sich bei solchen Kantinenabenden in unmittelbarer Nachbarschaft des Ausschanks aufzuhalten – an einem für ihn persönlich reservierten Tisch. Dabei durften ihn einige von ihm ausgesuchte Kameraden umgeben; was eine irgendwie ehrende Auszeichnung war. Sie erhielten Tee in großen Tassen – der jedoch eine vielbegrüßte Besonderheit besaß: Er war durch einen Schuß Rum angenehm verstärkt worden. Ob aber nun dieser Schuß groß oder klein ausfiel, hing von der jeweiligen Lust und Laune des Obergefreiten ab. An diesem Abend hatte er viel Lust und gute Laune.

Das war seinem zufriedenen Gesicht anzusehen, wenn auch nicht gleich in seinen Augen erkennbar. Mit denen betrachtete er, halb neugierig, halb lustbereit diese Blitzmädel, die an den vollbesetzten Tischen saßen oder erwartungsvoll irgendwo herumstanden. Dabei fiel ihm eine von ihnen besonders auf – diese prächtige Susanne Singer. Mit der konnte ein Mann sicherlich eine ganze Menge anstellen. Falls die sich darauf einließ.

Neben Koralnik hockte ein kompakter, breitgewichtiger Kerl, ein Unteroffizier namens Bleibtreu. Ein Handlanger des nachrichtentechnischen Genies Anton Wegner, von ihm zum Fachidioten erklärt. Dieser, sein sogenannter Vorgesetzter, der Feldwebel, war gleichfalls anwesend, hatte sich jedoch, wie immer, in eine der hintersten Ecken verkrochen, um dort ein Bierchen zu schlürfen und in den mitgebrachten technischen Unterlagen zu blättern.

Ein Herumrobberer war dieser Wegner! Er jedoch, Bleibtreu, war da gewiß aus ganz anderem Holz geschnitzt. Der wurde als ›sanfter Anton‹ bezeichnet, er jedoch als ›flotter Oskar‹; als ein durchaus potentes Saft-und-Kraft-Kerlchen. Was zumal dann zutraf, wenn er, wie eben jetzt, durch erhebliche Alkoholzuteilung angefeuert worden war.

»Schau dir diesen Auftrieb an, Mensch!« ermunterte ihn Koralnik. Dabei wies er speziell auf Susanne Singer hin, die sich mit einigen anderen Mädchen in der Nähe der Tür aufhielt: »Ist die nicht eine Wucht?«

Der leicht benebelte Unteroffizier brauchte nur noch sanft angeregt zu werden, um sofort Feuer und Flamme zu sein. Zumal noch hinzukam, daß er sich hier, als Fachmann in punkto Weiber, herausgefordert fühlte. »Jawoll!« rief er. »Dieses Exemplar ist das knackigste vom ganzen Angebot! Entspricht auch ziemlich genau meiner Hosenweite!«

»Willst du damit etwa sagen«, meinte Koralnik mit raffiniert gespielter Gelassenheit, »daß du in der Lage bist, so eine Zuchtstute scharf zu machen?«

»Ach, Mensch!« winkte Bleibtreu geringschätzig ab. »Da hab' ich doch schon ganz andere Weiber aufgerissen!«

»Daß ich nicht lache!« meinte der Obergefreite mit bohrender Herausforderung. »Wetten, daß du dich nicht traust?«

Eine angelgleich ausgeworfene Behauptung, die erfahrungsgemäß nicht nur biedere Dummköpfe auf die Palme zu bringen vermochte, sondern der es auch gegeben war, stattliche Platzhirsche aus der Reserve zu locken. Eine Fangfrage, auf die auch dieser Unteroffizier Bleibtreu prompt hereinfiel.

»Ich – mich nicht trauen?« orgelte er empört. Er wähnte seine männlichen Qualitäten ehrenrührig unterschätzt. »Mein Lieber! Bei Weibern kenn' ich mich aus. Diese pralle Type wartet doch nur darauf, daß man ihr den Hintern betätschelt.«

»Kann schon sein, daß die nur darauf wartet«, meinte Koralnik. »Aber wer wagt es, das auszuprobieren? Nicht einmal du!«

Bleibtreu straffte seine Brust. »Was bietest du, wenn ich es dir beweise?«

»Nun ja – jede Leistung hat nun mal ihren Preis. Und für solche Demonstration, aber eine ganz eindeutige, wäre ich bereit, drei Flaschen Wein zu opfern.«

»Fünf!« forderte Bleibtreu. »Vom Allerfeinsten. Möglichst Mosel, sanft und süß. Das ist der wahre Büchsenöffner.«

»Ich erhöhe auf sechs«, konterte der Verpflegungsgewaltige. So was konnte er sich leisten; denn Wein, noch dazu von der süßen Sorte, wurde hier wenig begehrt. Harte Zeiten ließen sich wohl nur mit harten Getränken überstehen. Süßes Gesöff wie das von ihm verlangte, verstopfte höchstens seine Lagerräume; dieses Zeugs entledigte er sich gern.

»Abgemacht! Also dann – zeig mal, was du auf dem Kasten hast!«

Unteroffizier Bleibtreu ließ sich so was nicht zweimal sagen. Er stemmte sich hoch und setzte sich entschlossen, wenn auch leicht schwankend, in Bewegung. Er stelzte durch den Kantinenraum; wobei es für Nichteingeweihte so aussah, als beabsichtigte er, in Richtung Toilette davonzutraben.

Als er an Susanne Singer vorüberkam, hob er – als habe er ein Verkehrssignal zu geben – seine flach ausgestreckte Hand. Und diese ließ er, mit einer geradezu liebevoll wirkenden, schwungvollen Geste, auf deren Hinterteil landen. Was ein deutliches, scharf klatschendes Geräusch erzeugte.

Die dabei Näherstehenden vernahmen diesen ungewöhnlichen Prallton, drehten sich um, blickten mit erstarrtem Staunen und spannungsvoller Erwartung auf dieses seltsame Paar. Alle Gespräche verstummten. Was war denn das? Was nun?

»Kleiner Scherz!« feixte Bleibtreu in die als unheilvoll zu bezeichnende Stille. »War höchst anerkennend gedacht!«

Susanne war, nur einige Sekunden lang, ungläubig erstarrt. Doch dann wandte sie sich dem Unteroffizier voll zu, holte mit einer Hand weit aus und verpaßte ihm eine ungemein kräftige, prächtig plazierte, laut knallende Ohrfeige. Ein Volltreffer. Ein Blattschuß sozusagen.

Bleibtreu drohte zu taumeln. Sein Gesichtsausdruck schwankte zwischen würgender Verwunderung und lähmendem Entsetzen. Auch die Zuschauer wußten nicht recht, wie sie diesen Vorgang einzuschätzen hatten: Sollte sich da jemand geirrt haben, war das ein Zufall, oder mußten sie nur Zeugen eines vorbedachten folgenschweren Angriffs sein?

Mitten in die lähmende Stille hinein klang die sonore Stimme des Obergefreiten Koralnik. Und stellte mit kaum versteckter Schadenfreude mit nahezu gemütlich klingenden Tönen fest: »L'arsch pour l'arsch!«

Was wohl ein durchaus zutreffender Kommentar war, noch dazu aus gewissermaßen berufenem Munde. Der allerdings vermochte unversehens, wohl weil mißverstanden, wieder Leben in den Unteroffizier Bleibtreu zu bringen. »Sie... Sie... was erlauben Sie sich!« fauchte er mit hochrotem Kopf Susanne Singer an. »Wie kommen Sie denn dazu, einen Vorgesetzten zu beleidigen? Und noch dazu tätlich!«

»Ach was, Vorgesetzter!« entgegnete Susanne kühl. »Eine Sittensau sind Sie, weiter nichts.«

Inzwischen hatte sich Monika Hofer dicht neben ihre Freundin gestellt, als gedenke sie zu demonstrieren, daß sie zu jeder Hilfestellung bereit sei. Auch etliche andere Blitzmädels schienen gewillt, gegen diesen Unteroffizier Front zu machen, der sich ihrer Meinung nach in typisch männlicher Weise fatal daneben benommen hatte. Einige zeigten sich ehrlich empört; anderen war anzumerken, daß sie nur allzu bereit waren, sich enorm belustigt zu fühlen.

Worauf nunmehr jedoch der wohl entscheidende Eingriff in diese Situation erfolgte. Der kam von einer völlig unerwarteten Seite: von Feldwebel Wegner. Der eilte – es konnte sogar gesagt werden: der schnellte – aus seiner Ecke herbei, um sich dann demonstrativ zwischen die Mädel und den männlichen Täter zu stellen.

Die an der direkten Aktion unbeteiligten Anwesenden verfolgten dieses Schauspiel mit steigendem Interesse. Das drohte sich offenbar ganz prächtig auszuweiten. Jene, die weiter hinten standen, reckten sich hoch, stellten sich auf einen Stuhl. Und Koralnik kletterte sogar auf den Tisch; diese Vorstellung war so recht nach seinem Geschmack.

Mit klarer Stimme, dabei jedoch völlig frei von jedem Kasernenhofton, forderte jetzt Feldwebel Wegner: »Entschuldigen Sie sich gefälligst, Unteroffizier Bleibtreu! Die Wehrmachtshelferin hat ein Anrecht darauf.«

»Was denn, was denn – ich, ich soll mich entschuldigen?« fauchte der Mann mit der fatal geröteten linken Gesichtshälfte empört. »Wo doch diese unverschämte Person versucht hat, mir die Fresse zu polieren?«

Worauf sich überraschend Monika einschaltete, Susannes

Freundin. »Ein ausgleichendes Wort wäre ganz gewiß die beste Lösung«, sagte sie leise, nahezu sanft. »Dann ließe sich schnell vergessen, was nun mal passiert ist.«

Feldwebel Wegner blickte Monika Hofer mit überraschtem Erstaunen an: In diesem Augenblick sah er dieses Mädchen zum ersten Mal. Offenbar, mutmaßte er bereitwillig, handelte es sich um ein sehr tolerant veranlagtes Geschöpf; solche Menschen waren ihm von vornherein äußerst sympathisch. Im übrigen schien sie überhaupt von sehr liebem Wesen zu sein. Er verspürte gleich den Wunsch, sie näher kennenzulernen.

»Ein guter Vorschlag zur rechten Zeit«, stellte er dann laut fest. »Also, Unteroffizier Bleibtreu! Sie brauchen jetzt nur noch zu sagen: Tut mir leid, dann wäre die peinliche Angelegenheit aus der Welt geschafft.«

Bleibtreu stand stiernackig da, leicht geduckt, noch immer voller Abwehr und angestauter Wut. Diese gespannte Stille wurde dann, ganz plötzlich, von einem Ruf aus dem Hintergrund unterbrochen. Das war nicht Koralniks Stimme – sie klang mehr wie jene des Gefreiten Helmreich: »Na los, Mensch, mach schon – kneif deinen Schwanz ein!«

Dieser handfesten Aufforderung folgte ein vielstimmiges, entfesseltes Gelächter. Das hätte, unter richtiger Anleitung, einen Stimmungsumschwung herbeiführen und die Situation retten können. Unteroffizier Bleibtreu aber war ein Mensch, dem jeder Humor mangelte. Er vermochte diese günstige Gelegenheit nicht wahrzunehmen; er schaltete auf stur und schrie: »Ich bin es, bei dem man sich zu entschuldigen hat! Diese Megäre hat mir eine geschmiert. Wo kommen wir denn da hin, wenn solche Angriffe auf einen Vorgesetzten ohne Folgen blieben? Wo sind wir denn hier, verdammt noch mal!«

Nun erst, nachdem sich jeder Besänftigungsversuch als vergeblich erwiesen hatte, trat dann auch Hauptfeldwebel Himmelsheimer in Aktion – in seiner Eigenschaft als dienstplanmäßig eingeteilte ›Aufsichtsperson‹ dieses Abends. Wegen der ihm vorgeschriebenen Enthaltsamkeit war er ohnehin schlecht gelaunt. Er hatte weder Bier getrunken noch hatte ihm diese Wanze Koralnik heimlich einen Rumtee gegönnt. Er überschrie das Stimmmengewirr um sich und befahl:

»Ab sofort erkläre ich diesen Kantinenabend für beendet. Alle Teilnehmer der Gemeinschaftsveranstaltung begeben sich unverzüglich in ihre Unterkünfte. Dort halten Sie sich, jederzeit abrufbereit, zur Verfügung. Was sein muß, muß sein. Weggetreten!«

Noch in den späten Abendstunden dieses ereignisreichen Tages wurde die vielfach benutzbare Kantine erneut umfunktioniert. Diesmal in eine Art Gerichtssaal.

Dem vorausgegangen war eine Besprechung auf sozusagen höherer Ebene. Hauptfeldwebel Himmelsheimer hatte sich in das Schlößchen Friedrichsruh begeben, um dort dann, im Vorraum, den Adjutanten des Generals, Hauptmann Rommelskirchen, ins Bild zu setzen. Worauf der sich zu seinem General begeben hatte, der gemeinsam mit Oberleutnant Crusius, Stabsarzt Dr. Säbisch, seiner ständigen Begleiterin Marianne Dengler und der Mädelführerin Erika Warnke einem Nachtessen im Speisesaal huldigte. Glücklicherweise war eine sonderlich große Störung nicht mehr notwendig. Denn die Damen und Herren hatten soeben die Nachspeise hinter sich gebracht: köstlich mundende heiße Himbeeren über Vanilleeis.

General Blutenberger hörte sich den Bericht seines Adjutanten in unerschütterlich erscheinender Gelassenheit an. Es gelang ihm fast immer, dank exakter Selbstbeherrschung, seinen Unwillen hinter jovialer Souveränität zu verbergen. In seiner Stimme aber klang fernes Gewittergrollen auf.

»Die Angelegenheit muß unverzüglich bereinigt werden«, ordnete er an. »Dafür werden Sie sorgen, Oberleutnant Crusius – gemeinsam mit unserer verehrten Frau Warnke, wenn ich bitten darf. Dabei stelle ich mir vor, daß Sie sozusagen mit vereinten Kräften vorgehen, ein gemeinsam erarbeitetes, befriedigendes Ergebnis erreichen. Die letzte Entscheidung allerdings behalte ich mir persönlich vor.«

Marianne Dengler lächelte ›ihren General‹ bewundernd

an. So, als sei er ein Held aus dem Nibelungenlied, zumindest aber ein wackerer germanischer Recke edelsten Blutes. Blutenberger erfreute ihr inniger Blick; er empfand ihn als Bestätigung seiner männlichen Qualitäten.

»Unser Führer und Reichskanzler«, beendete er dann seine Weisungen, »hat einmal gesagt, und zwar in meiner Gegenwart: ›Was unserem großen Ganzen dient, ist zutiefst sinnvoll!‹ Diese Wahrheit müssen wir uns stets vor Augen halten, jeden Tag, jede Stunde und in jeder Situation.«

Die Anwesenden nickten zustimmend, ohne überhaupt richtig zugehört zu haben. Zuhören lohnte sich nicht mehr; die üblichen hohltönenden Schlagworte kannten sie auswendig. Jedenfalls machten sich Oberleutnant Crusius zusammen mit Erika Warnke an ihr ›Werk‹, auf den Weg zur Kantine.

Oberflächlich betrachtet, schienen beide vom gemeinsamen Verantwortungsbewußtsein durchdrungen zu sein. In Wirklichkeit ging es bei ihnen um Positionskämpfe, Zuständigkeitsbereiche, Einflußmöglichkeiten. Sie lächelten sich dennoch an. Dabei glaubte die Warnke einer gewissen Überlegenheit fast sicher sein zu dürfen. War es denn nicht Katzen gegeben, selbst schärfsten Wachhunden erhebliche Unsicherheit zu bereiten, sobald sich deren schwache Stellen herausfinden ließen? Sogar Elefanten, hieß es, sollten beim Anblick einer ihnen unberechenbar erscheinenden Maus geradezu erbeben.

Inzwischen war die Kantine völlig umgekrempelt worden. Das Organisationstalent Koralnik und die Tüchtigkeit der von ihm ausgesuchten Leute hatte ganze Arbeit geleistet. Nunmehr stand, fast genau in der Mitte des ansonsten freigeräumten Raums ein großer, blitzsauber gescheuerter Tisch. Und an dem ließen sich nun Oberleutnant Crusius und die Mädelführerin Warnke nieder. Vor ihnen waren einige Stühle bereitgestellt worden – für zu Befragende.

Hauptfeldwebel Himmelsheimer hielt sich in dienstlich strammer Haltung unweit der Eingangstür auf. Offensichtlich war er dazu bereit, als eine Art Gerichtsdiener zu fungieren. Falls es notwendig werden sollte, würde er auch einen geradezu vorbildlichen, rächenden Erzengel abgeben – zwar ohne Flammenschwert, dafür aber mit Dienstpistole.

Als erster ›Zeuge‹ wurde der Obergefreite Koralnik herbeizitiert. Der hatte das erwartet, trabte an, machte Männchen und rief etwas, das sich anhörte wie: »Heil Hitler!« Die Fragen, die ihm gestellt wurden, beantwortete er willig wie ein gutmütiger Maulesel – eine für ihn typische Sonderdarbietung, die allerdings Oberleutnant Crusius bereits kannte. Daß sich Koralnik als Elefant im eigenen Porzellanladen betätigen würde, war kaum anzunehmen. Mithin keine sonderliche Überraschung, daß der mit großem Bedauern erklärte:

»Tut mir leid, ich weiß von nichts. Von dem, was sich hier ereignet haben soll, habe ich nichts mitbekommen.«

Crusius versuchte, an dessen sogenannten Kameradschaftsgeist zu appellieren.

»Mein lieber Koralnik! Sie sind doch ein Mann, der die Augen immer offenhält, über alles Bescheid weiß und damit schon manchem Kameraden geholfen hat. Soweit uns bekannt ist, hat sich Unteroffizier Bleibtreu an Ihrem Tisch aufgehalten, wo er unmittelbar neben Ihnen saß. Also werden Sie wohl auch mitbekommen haben, daß er plötzlich aufstand. Und dann auf die Wehrmachtshelferin Singer zuging.«

»Aber ja doch!« rief Koralnik. »Daran erinnere ich mich – daß er aufgestanden ist. Mit der Bemerkung, daß er mal pinkeln gehen... pardon, Frau Warnke, ich wollte sagen: Es überkam ihn das Verlangen, einem kleineren menschlichen Bedürfnis nachzugeben. Das war mir durchaus verständlich, da er erhebliche Mengen Tee gesoffen... ich wollte sagen: getrunken hatte. Nachdem er von seinem Stuhl aufgestanden war, habe ich seinen weiteren Weg nicht mehr verfolgt, da ich mir sicher war, er werde ohne meine Hilfe zum Klo finden.«

»Lassen Sie gefälligst diesen Trick, Koralnik«, verwies ihn der Hauptfeldwebel ohne die geringste Schärfe. »Dann jedenfalls entstand eine heftige Unruhe.«

»Nun ja, nun wohl – eine gewisse Unruhe hat es gegeben, eine mehr allgemeine. Und eine sehr kurze – dann war alles schon passiert. Diesbezügliche Einzelheiten konnte ich von meinem Tisch aus nicht beobachten. Wollte ich auch gar nicht. Nach dem bewährten Grundsatz: nur nichts unnötig aufbauschen.«

»Herr Obergefreiter!« protestierte nun die Mädelführerin Warnke mit strengem Blick. »Ich ersuche Sie, zur Kenntnis zu nehmen, daß hier nichts aufgebauscht wird! Diese Untersuchung ist durchaus notwendig, zumal sie vom Herrn General angeordnet wurde. Ich rate Ihnen nicht, Ihre Mitarbeit bei der Aufklärung dieses Falles zu verweigern. Sollten Sie etwa die Absicht haben, Unteroffizier Bleibtreu in Schutz zu nehmen?«

»Das allerdings ist eine Vermutung, die ich entschieden zurückweisen muß!« meinte Koralnik aufklärungsbereit. »Wenn ich nun mal meine Meinung...«

»Geschenkt!« unterbrach ihn Crusius. »Meinungen interessieren hier nicht. Sie können wegtreten, Obergefreiter.«

Der stand kurz stramm und entfernte sich, nicht ohne es sich geleistet zu haben, dem Oberleutnant leicht zuzublinzeln.

Der aber wandte sich nicht unbesorgt an die Warnke: »Darf ich Ihnen sagen, daß ich es für wenig zweckmäßig halte, den Leuten Fangfragen zu stellen, welche sie unter Druck setzen könnten. Solche Methoden führen hier nur in eine Sackgasse.«

Erika Warnke holte tief Luft; wohl, um nicht ihre Selbstbeherrschung zu verlieren. »Daß Sie sich schützend vor Ihre Männer stellen, ist ja, bis zu einem gewissen Grad, durchaus zu begreifen. Aber zugleich werden Sie doch wohl auch mir zugestehen, daß die mir anvertrauten Mädel kein Freiwild sein dürfen – für die hier eingesetzten Soldaten. Wenn wir uns nicht energisch gegen solche Anfänge wehren, könnte das jede Disziplin und damit unsere Einsatzbereitschaft gefährden.«

»In diesem Punkt sind wir uns durchaus einig«, nickte Crusius absolut zustimmend. »Vielleicht auch weit einiger, als Sie vermuten – schließlich ziehen wir hier am gleichen Strang. Darf ich nun vorschlagen, daß wir diese Verhandlung mit dem Verhör von Unteroffizier Bleibtreu fortsetzen?«

Der stelzte herbei, gab sich als verkannter Biedermann aus und mimte gekränkte Leberwurst. Seine darstellerischen Fähigkeiten waren gewiß keinesfalls so gekonnt wie jene des Obergefreiten Koralnik, doch auch sein Auftritt blieb nicht ganz ohne Wirkung. Bevor ihm überhaupt noch eine Frage gestellt worden war, versicherte er:

»Da soll ich mich unsittlich benommen haben! Ausgerechnet ich! Wo ich doch dafür bekannt bin, nachweisbar, daß ich unseren deutschen Mädels und Frauen nur mit Hochachtung begegne – schon meiner verehrten Mutter zuliebe. Außerdem habe ich eine Schwester, mit der...«

»Was Sie jedoch nicht davon abgehalten hat«, stoppte die Warnke ziemlich energisch seinen Redefluß, »eines unserer Mädel auf höchst fragwürdige Weise zu berühren. Sie haben Susanne Singer einen Schlag versetzt.«

»Aber nicht doch gleich so was. Das ist sozusagen ein Irrtum, ein bedauerlicher. An dieser Singer, dieser Susanne, bin ich ganz zufällig vorbeigegangen. Und weil es beim Kantineneingang verdammt eng war – dort standen eine Menge Kameraden und Mädel herum –, kann ja sein, daß ich sie gestreift habe. Durchaus möglich, daß ich dabei auch deren Rückenpartie berührt habe. Aber nicht aus Absicht! Auf keinen Fall!«

Worauf nunmehr an Hauptfeldwebel Himmelsheimer die Anweisung erging, er möge die beiden Blitzmädels aufrufen: Susanne Singer und Monika Hofer. Doch nach denen rief er nicht nur – die befahl er streng dienstlich herbei. Dabei befleißigte er sich eines Tons, den er nun mal Untergebenen gegenüber für angemessen hielt.

Dagegen protestierte die Mädelführerin Erika Warnke prompt. »Herr Hauptfeldwebel«, rief sie ihm zu, »Sie sind keinesfalls dazu berechtigt, meine Mädel wie Ihnen unterstellte Soldaten herumzukommandieren.«

Über einen derartigen Verweis staunte der Spieß der Nachrichtenkompanie nicht schlecht. Den empfand er nicht nur als unberechtigt, vielmehr geradezu als unverschämt – da er hier doch nichts als seine Pflicht tat. Beistand suchend sah er zu Oberleutnant Crusius hin; um schnell erkennen zu müssen, daß von dem keine Unterstützung zu erwarten war – schlimmer noch: der fauchte ihn an!

»Auch ich lege entschieden Wert darauf, Hauptfeldwebel, daß unsere Wehrmachtshelferinnen stets äußerst korrekt behandelt werden. Achten Sie gefälligst darauf, Mensch! Oder – Sie sind hier fehl am Platze!«

»Jawoll, Herr Oberleutnant!« Himmelsheimer knallte die Hacken zusammen. Er produzierte einen ziemlich exakten Deutschen Gruß. Dann machte er stramm kehrt und marschierte ab.

Crusius war davon überzeugt, daß ihm nunmehr in diesem Augenblick gleich drei hervorragende Schachzüge gelungen waren, die es ihm erlaubten, sein Spielfeld zu erweitern und zu beherrschen. Erstens hatte er dem Hauptfeldwebel deutlich gemacht, daß es für den nicht nur einen Hauptmann Rommelskirchen gab, sondern eben auch einen Oberleutnant Crusius; und dem hatte er sich anzupassen. Zweitens hatte er der Mädelführerin Warnke zu verstehen gegeben, daß sie auf ihn zählen konnte – unter der Voraussetzung einer gewissen, auf Gegenseitigkeit beruhenden Bereitschaft zur Zusammenarbeit. Drittens sodann hatte er erneut deutlich gemacht, daß er bereit war, hier als erklärter Beschützer der Blitzmädel zu wirken.

Wie richtig er diese Situation eingeschätzt hatte, glaubte er zu spüren. Und zwar am Verhalten von Susanne Singer und Monika Hofer. Die schienen ihm vertrauensvoll zuzulächeln.

Nach jener Kantinenohrfeige befragt, erklärte Susanne:

»Da schlug der mir, dieser Unteroffizier, ganz plötzlich, ohne jede Vorwarnung, auf mein Hinterteil – sogar ziemlich kräftig. Und das hat der – ohne jeden Zweifel – in voller Absicht gemacht.«

»Was ich bestätigen kann«, versicherte Monika Hofer. »Das habe ich in allen Einzelheiten gesehen.«

»Doch zu irgendwelchen Überlegungen«, sagte Susanne, »blieb dabei überhaupt keine Zeit. Als ich den Schlag spürte, habe ich ganz automatisch reagiert.« Worauf sie mit blitzenden Augen eine ungemein schwungvolle Handbewegung demonstrierte. »Ich habe einfach hingehauen! Mir war in diesem Moment völlig gleichgültig, ob es sich dabei um einen Unteroffizier gehandelt hat oder sonst einen Kerl. Eine Reflexreaktion – sagt man nicht so?«

»Ich muß da doch wohl sehr bitten, Fräulein Singer!« erklärte Crusius nahezu streng. »Unsere Offiziere und Soldaten sind schließlich keine ›Kerle‹. Wir befinden uns hier bei der deutschen Wehrmacht und nicht in irgendeinem Puff. Bitte, achten Sie darauf. Und da die Spuren dieser Ohrfeige selbst jetzt noch sehr deutlich erkennbar sind, könnte es sich also dabei nicht nur um eine Reflexbewegung gehandelt haben – vielmehr um eine ganz gezielte Aktion.«

»Eine Auffassung, der ich entschieden widerspreche«, entgegnete die Warnke. »Wenn etwa jemand gewagt haben würde, mich zu schlagen, und ganz egal, wohin, würde ich vermutlich genauso reagiert haben wie Susanne. So etwas ist Notwehr. Jawohl.«

Der Oberleutnant schüttelte bedächtig den Kopf. »Der Begriff Notwehr scheint mir hier nicht angebracht. Darunter versteht man doch was ganz anderes.«

»Darf ich mir dazu eine Bemerkung erlauben?« fragte Monika Hofer mit ihrer sanften Stimme.

»Aber ja – selbstverständlich«, stimmte Crusius zu. Ihr gegenüber mit großer Bereitwilligkeit.

»Nun, ich möchte darauf hinweisen«, meinte Monika, »daß es sich hierbei in Anbetracht der gegebenen Umstände tatsächlich um einen Akt der Notwehr gehandelt hat. Sowohl das Bügerliche Gesetzbuch als auch das Strafgesetzbuch definieren Notwehr als einen Akt der Verteidigung, um einen gegenwärtigen rechtswidrigen Angriff von sich oder einem anderen abzuwehren. In diesem Zusammenhang verweise ich auf eine Bestimmung, nach welcher Notwehr auch dann straffrei bleibt, wenn dabei, etwa infolge von Bestürzung, Furcht oder Schrecken, die Reaktionen darauf sonstige gesetzliche Grenzen überschreiten. Mithin ist hier wohl jede Diskussion darüber überflüssig, ob nun Susanne angemessen gehandelt hat oder eben nicht. Entscheidend dabei ist einzig und allein das Verhalten des Unteroffiziers Bleibtreu. Was der Herr Feldwebel Wegner sicherlich bestätigen wird.«

Angesichts solcher in komplizierte juristische Fachprobleme abzugleiten drohende Entwicklung des Verhörs war Crusius froh darüber, daß nunmehr das Stichwort ›Feldwebel Wegner‹ gefallen war.

»Wir danken Ihnen, meine lieben jungen Damen. Wir werden Ihre Ausführungen berücksichtigen; versteht sich von selbst. Doch zunächst dürfen Sie sich zurückziehen – beide.«

Was Susanne Singer und Monika Hofer offensichtlich gerne taten. Unmittelbar danach wandte sich Oberleutnant Crusius an Erika Warnke: »Bei der nun wohl unvermeidlichen Befragung von Feldwebel Wegner sollte einiges nicht außer acht gelassen werden. Etwa die Tatsache, daß der und Unteroffizier Bleibtreu alles andere als Freunde sind. Wegner, unser Nachrichtengenie, ist ein ziemlich versponnener Einzelgänger. Bei Bleibtreu jedoch handelt es sich um einen massiv realistischen Praktiker. Der würde liebend gern Wegners Aufgaben übernehmen, was der weiß. Mithin anzunehmen, daß beide versuchen werden, sich gegenseitig eins auszuwischen, wo immer es geht. Doch lassen Sie mich das machen; ich weiß, wie solche Typen zu behandeln sind.«

Als sodann Wegner erschien, schaltete Crusius prompt auf eine seiner Spezialmethoden. Er fragte ihn zunächst einmal: »Gedenken Sie hier etwa eine Art Striptease zu veranstalten?«

Worauf dieses Nachrichtengenie reichlich verwirrt reagierte. »Strip... wieso?... Nein...«

»Dann schließen Sie gefälligst den oberen Knopf Ihrer Uniformjacke.«

Die Warnke verzog keine Miene, als nun der Feldwebel, reichlich unsicher, an seinem Knopf hantierte. Sie sagte zu ihm:

»Sie wissen ja, worum es sich hier handelt. Also – dann schildern Sie uns bitte möglichst knapp, aber korrekt, wie sich die bewußte Angelegenheit abgespielt hat.«

Wegner nickte. »Ja, also ... die beiden Blitzmädel standen nicht weit von der Ausgangstür der Kantine entfernt. Dabei sah ich, wie Unteroffizier Bleibtreu auf eine von denen zuging und sie unsittlich berührte.«

Oberleutnant Crusius schaltete sich ein: »Der Unteroffizier hat ausgesagt, daß er sich zur Toilette begeben wollte; wobei er sich, da es vor jener Tür sehr eng zuging, zwischen den herumstehenden Leuten hindurchschlängeln mußte. Dabei sei er zufällig mit der Wehrmachtshelferin Singer... na ja, also, sagen wir: zusammengestoßen.«

»Nein, so war es nicht«, entgegnete Wegner. »Der hat sich, und zwar ganz direkt, auf Fräulein Singer zubewegt. Das konnte ich genau sehen – ich saß dort in unmittelbarer Nähe an einem Tisch.«

Der Oberleutnant sah nunmehr Erika Warnke bedächtig an: »Sollten Sie jetzt noch irgendeine Frage haben – an diesen Zeugen?«

Sie schüttelte den Kopf. »Nein, keine Fragen mehr.«

Damit war eine Untersuchung beendet worden, die praktisch nichts zutage gefördert hatte, was hier nicht bereits schon vorher bekannt gewesen war. Dabei wurde deutlich, daß sowohl Erika Warnke als auch Oberleutnant Crusius, wenn auch aus sehr unterschiedlichen Beweggründen, eine Bestrafung dieser Kontrahenten zu vermeiden trachteten. Womit dann diese ganze Angelegenheit ausgegangen wäre sozusagen wie das Hornberger Schießen. Hätte da nicht auch noch der General ein Wörtchen mitzusprechen gehabt.

Felix Baldur Blutenberger hatte den Ersten Weltkrieg als Oberleutnant überstanden, um es in den unruhigen Zeiten danach zum Major zu bringen; beim sogenannten – angeblichen – Hunderttausend-Mann-Heer. Von dieser Reichswehr löste er sich, ging zur Industrie; bei Siemens in Berlin stieg er zum Direktor der Entwicklungsabteilung auf. In dieser Position gelangen ihm wesentliche Verbesserungen des von etlichen Heereseinheiten benutzten Feldfernsprechers 29. Worauf er dann die großdeutsche Wehrmacht – in der er nach mehreren Reserveübungen zum Oberst befördert worden war – mit einem modernisierten Funksprechgerät 36 zu beglücken vermochte. Aus diesem Zusammenspiel militärischer Erfahrungen und technischen Erfindergeistes entstanden dann jene in beliebiger Größe zusammensetzbaren Blutenberger-Gerätegruppen. Mit denen konnten zum Beispiel Meldungen von Feindflügen in dem überwachten Luftraum unverzüglich in spezifizierte Abwehrbefehle umgewandelt werden. Dank solcher hochentwickelter technischer Neuerungen konnte dann im süddeutschen Friedrichsruh diese Kommando-Leitzentrale Südwest errichtet werden. Ein Geheimobjekt allererster Ordnung.

Daß Oberst Blutenberger, alsbald Generalmajor, dann per Führerbefehl vom 5. Dezember 1943 mit der Leitung der zentralen Nachrichtenbefehlsstelle betraut wurde, also mit der praktischen Auswertung neuester Entwicklungen und Forschungsergebnisse – so was überraschte kaum jemanden.

Seitdem schwebte dieser ›General‹, wie Blutenberger alsbald kurz genannt wurde, als ›Kommandierender‹ über dem Ganzen. Dabei fühlte er sich, ›von seinen Leuten‹ ungemein geachtet, verehrt und manchmal sogar geliebt. Zumindest fühlte er sich wie in Liebe eng verbunden mit Marianne Dengler. Die wurde hier offiziell als Vorzimmerdame geführt – im Landserdeutsch abgekürzt: ›Vozida‹. Als Beweis für die Tiefe seiner Zuneigung hatte er ihr gestattet, ihn unter vier Augen Baldur zu nennen.

Als dann Oberleutnant Crusius, gemeinsam mit der Mädelführerin Erika Warnke, unmittelbar nach Abschluß dieser Ohrfeigen-Verhandlung bei ihm im Schlößchen Friedrichsruh auftauchte, erwies sich der General als einigermaßen informiert. Zumindest darüber, daß sich Mariannes Kusine, also Susanne, in einigen Schwierigkeiten befand. Sonst aber fühlte er sich über den Fall und dessen Hintergründe bestens ins Bild gesetzt, während ihm Crusius und die Dame Warnke die Verhöre der Beteiligten und der Zeugen schilderten.

»So, so«, sagte dann General Blutenberger. Er schien intensiv nachzudenken, wobei er erfreut registrieren konnte, daß seine schöpferische Versonnenheit bestaunt wurde. Worauf er dann seinen Besuchern betont andächtig erklärte:

»An erster Stelle müssen wir uns immer fragen: Was dient unserer Gemeinschaft, was fördert die Erfüllung unserer

Aufgaben? Dabei könnte es katastrophale Auswirkungen haben, wenn wir uns dazu verführen lassen, zwischen unsere Soldaten und die von uns so dringend benötigten weiblichen Hilfskräfte einen Keil zu treiben.«

»Was, Herr General, nicht unkompliziert zu sein scheint.«

»Sehen wir das so! Im vorliegenden Fall hat sich einer unserer Männer von einem reizvollen Anblick verführen lassen; dabei ist er einen Schritt zu weit gegangen. Und wenn sich dabei das Mädchen spontan zur Wehr gesetzt hat – dann ist wohl auch sie ebenfalls einen Schritt zu weit gegangen. Mithin wohl kein sonderlicher Grund zur Aufregung. Eine Bestrafung jedenfalls wäre fehl am Platz. Doch um die Gemüter zu beruhigen, neige ich dazu, mich dem Vorschlag des wie stets recht vernünftig denkenden Feldwebels Wegner anzuschließen. Der Unteroffizier Bleibtreu soll sich entschuldigen. Sagen wir: vor versammelter Mannschaft – diesmal der weiblichen!«

»Was ich für eine ausgewogene, kluge Entscheidung halte«, ließ sich die Mädelführerin Warnke vernehmen.

Crusius schüttelte den Kopf. »Das macht dieser Bleibtreu nie! Denn so was, wird der behaupten, geht gegen seine Ehre als Soldat und Mann.«

»Überreden Sie den dennoch dazu«, ermunterte der General seinen Oberleutnant. »Und wenn er dann nicht prompt pariert, dann befehlen Sie ihm das! Wäre doch gelacht, wenn wir diese alberne Sache nicht aus der Welt schaffen könnten!«

3.
Wo viel Rauch ist, muß ein Feuer sein

Die Blitzmädel sicher in den Griff zu bekommen, das war für Erika Warnke keine leichte Aufgabe. Doch sie war überzeugt davon, daß ihr dies gelingen werde. Wenn jemand dafür geeignet war, die stattliche Herde auf die richtige Weide zu bringen, dann sie!

»Meine Mädel!« Eine Anrede der ihr Anvertrauten, die sozusagen familiär klang, ohne allzu vertraulich zu wirken. »Bisher«, sagte sie, »waren wir hier in der Minderheit und hatten es nicht gerade leicht, uns gegen männliche Überlegenheitsgefühle durchzusetzen. Nunmehr jedoch, da endlich verstärkt, sind wir ein einheitlicher Verband, der ein eigenes Gesicht hat und an dem niemand vorbeikommt.«

Sie waren nun 48 junge Mädchen insgesamt, im Alter zwischen 20 und 25 Jahren; untergebracht in der Baracke A, aufgeteilt in vier Zwölfergruppen. Jede dieser Gruppen unterstand jeweils einer Unterführerin; diese jedoch war nicht dazu ernannt worden, sondern lediglich in diese Funktion eingewiesen. Ein Einfall der Mädelführerin Warnke, aus dem sich ein unschätzbarer Vorteil ergab – so konnten diese Hilfskräfte nämlich jederzeit ausgewechselt werden; falls sie nicht richtig parierten oder leichtfertige Fehler machten.

Der Tagesablauf der Mädchen sah wie folgt aus: 6.30 Uhr Wecken mit Musik aus Lautsprechern; diese hatte der Feldwebel Wegner installiert – dazu angeregt von seinem Kameraden Koralnik. Die Musik dazu pflegte Erika Warnke auszusuchen – mal Mozart, mal deutscher Chorgesang, mal schmissige Marschmusik. Danach erfolgte eine erste Durchsage, ins Mikrophon gesprochen ebenfalls von der Warnke: »Ein neuer Tag, meine Mädel! Wir wollen ihn fröhlich begrüßen und bereit sein, uns einzusetzen – für Führer, Volk und Vaterland. Und nun frisch ans Werk!«

Dieses ›frisch ans Werk‹ hieß: Aufstehen, Betten bauen, Waschungen, Frühsport – das alles bis genau 7.15 Uhr. Der Frühsport fand in genau vorgeschriebener Kleidung statt – weißblauer Turnanzug, darunter jedoch Höschen und Büstenhalter. Die Warnke achtete scharf darauf, daß bei einer solchen Betätigung die weiblichen Geschlechtsmerkmale unter keinen Umständen deutlich zum Vorschein kamen. Denn während die Mädel in freier Natur die Beine spreizten, den Oberkörper nach hinten wippten und sonstige der Ertüchtigung des Leibes dienende Übungen vollführten, tauchten wie auf Kommando urplötzlich männliche Neugierige auf. Die trabten von überall herbei, lungerten an den Ecken; sogar die russischen Kriegsgefangenen schienen von solchen Darbietungen magisch angezogen zu werden – und das führte beinahe dazu, daß die Morgenreinigung der Lager vernachlässigt wurde.

»Ignoriert diese männlichen Windbeutel!« befahl die Mädelführerin mit energischer Stimme. »Straft sie mit Verachtung! Die müssen das Gefühl haben, als ob es sie hier gar nicht gibt. Dann werden die es bald aufgeben, hier herumzuschnüffeln.« Allerdings sah es gar nicht so aus, als könnte diese Erwartung in Erfüllung gehen – jedenfalls nicht gleich von heute auf morgen.

Die Zeit von 7.15 Uhr bis 8.00 Uhr war der angenehmste Abschnitt des Vormittags: das Frühstück! Dabei – dank Koralniks Organisation! – Frischmilch, Roggenbrot, Landbutter und Marmelade aus echten Früchten. In ausreichenden Mengen.

Anschließend fand der Frühappell statt, bei dem der ›Tagesbefehl‹ ausgegeben wurde. Dieser Appell erfolgte unmittelbar vor der Frauenbaracke, begann präzise um 8.00 Uhr und dauerte zumeist nur wenige Minuten. Doch in diesen Minuten erfolgte der große Auftritt der Erika Warnke. Sie wußte, daß sie dabei – genau wie ihre nunmehr in voller Uniform angetretenen Mädel – lauernd beobachtet wurde. Die zuschauenden Soldaten diverser Dienstgrade warteten geradezu auf einen Fehler, eine Panne, eine Ungeschicklichkeit – die waren sozusagen auf

Schadenfreude programmiert. Deshalb mußte Disziplin demonstriert werden.

Die Mädelführerin stand hocherhobenen Hauptes vor der Front und ließ sich von den Unterführerinnen jede Gruppe als einsatzbereit und – noch waren sie es – vollzählig melden. Dann schritt sie in straffer Haltung die Reihen ab, wobei ihr nichts zu entgehen schien, was irgendwie nicht stimmte – seien es unordentliche Haare unter der Kopfbedeckung, dem sogenannten ›Schiffchen‹, seien es falschgelegte Uniformfalten oder nur unvollkommen beseitigte Flecke. Und sobald sie Spuren von verbotener Lippenstiftbemalung erblickte, reagierte sie betont ungehalten.

»Das deutsche Mädel ist einfach und natürlich«, pflegte sie dann zu sagen. »Arische Schönheit strahlt von innen heraus und wird durch künstliche äußere Mittel nur zerstört.«

Was ihr diesmal auffiel, war der Busen eines im ersten Glied stehenden Blitzmädels; den betrachtete sie mit interessierter Mißbilligung. »Ist der etwa echt, Elfriede? Oder solltest du ein bißchen künstlich nachgeholfen haben? Melde dich bei mir – unmittelbar nach dem Appell.«

Dann wandte sie sich an alle: »Deutsche Mädel! Denkt immer daran, was der Führer von euch erwartet und richtet euch danach. Wahrt eure Ehre und eure Würde, wenn ihr hier nun im Lager mit Offizieren und Soldaten zusammenarbeiten werdet, damit wir gemeinsam den Endsieg erringen. Laßt euch von den Männern nicht provozieren – auch nicht im Wald oder zwischen den Baracken. Mir ist zu Ohren gekommen, daß es in der Toilette beim Tiefbunker gewisse Zwischenfälle gegeben haben soll. Wer sich nicht beherrschen kann, beweist damit nur seine Unreife und stellt sich außerhalb der Gemeinschaft. Im übrigen sind Frühlingsgefühle weitaus verfrüht; die Nächte sind noch kalt. Falls es einer von euch im Herzen oder sonstwo zu heiß werden sollte – in solchen Fällen wirkt eine kalte Dusche oft Wunder.«

»Was läßt denn die da vom Stapel?« fragte Susanne. Zwar flüsterte sie nur, doch ausreichend deutlich für ihre allernächste Umgebung. »Worauf will denn diese Oberkrähe hinaus? Will die uns anöden oder einlullen?«

»Unterschätz die nicht, Susanne«, warnte die neben ihr stehende Kusine Marianne leise. »Die ist ein ganz raffiniertes Biest und weiß genau, was gespielt wird.«

Zur Überraschung der angetretenen Wehrmachtshelferinnen erschien nunmehr Oberleutnant Crusius und hinter ihm trottete artig der Unteroffizier Bleibtreu. Die Mädelführerin begrüßte den Oberleutnant zeremoniell mit »Heil Hitler« und Händedruck; ohne dabei den Unteroffizier eines Blickes zu würdigen. Sodann verkündete sie laut:

»Unteroffizier Bleibtreu will sich offiziell vor euch entschuldigen, meine Mädel. Und zwar wegen der peinlichen Vorgänge in der Kantine. Damit sollte dann diese Angelegenheit aus der Welt geschafft sein.«

Bleibtreu stellte sich, mit verlegenem Grinsen, vor dieser geballten Weiblichkeit auf und wollte gerade den Mund aufmachen, da wurde völlig unerwartet die helle, klare Stimme von Susanne Singer vernehmbar. »Ich jedenfalls verzichte auf eine derartige nachträgliche Entschuldigung! Geschenkt!«

Das wurde in einem solchen Ton gerufen, daß zwischen den Worten durchaus etwas herausgehört werden konnte wie: Der kann mich doch am Arsch lecken, dieser Scheißkerl!

Der Unteroffizier wurde abwechselnd rot und blaß, um dann geradezu flehend zu Oberleutnant Crusius hinüberzublicken. Doch selbst der schien nun etwas aus der Fassung geraten zu sein und starrte die widerspenstige Susanne an wie ein Wesen aus einer anderen, ihm fremden Welt. Die Mädel im Glied wurden sichtlich unruhig; und einige von ihnen schienen sogar nur mit Mühe ein Kichern unterdrücken zu können.

Blitzartig erkannte die Mädelführerin Warnke, daß nun für sie wieder einmal eine entscheidende Minute der Bewährung gekommen war. Zumal in der Gegenwart des Oberleutnants Crusius, der auch wohl nur darauf wartete, sie versagen zu sehen. Doch das gedachte sie dem nicht zu gönnen – niemandem! Mithin befahl sie nun mit einer kalthart klingenden Stimme: »Wehrmachtshelferin Singer! Treten Sie zwei Schritte vor!«

Nachdem Susanne diesen Befehl betont lässig befolgt hatte, stellte sich die Warnke vor ihr auf: »Was bildest du dir eigentlich ein? Wer glaubst du denn zu sein? Hier wird eine Entschuldigung angeboten, welche für die Zusammenarbeit hier in diesem Lager von grundsätzlicher Bedeutung ist.«

»Die ich jedoch für sinnlos halte.«

»Deine Ansicht hierzu, Susanne, ist gar nicht gefragt. Hier geht es nicht um dich, um deine persönlichen Beweggründe – sondern eben um das große Ganze! Kapiert?«

»Kapiert«, sagte Susanne Singer, und das sogar lächelnd. Und trat zurück – ins Glied.

Worauf die Warnke Crusius zunickte.

»Darf ich Sie nun bitten, Herr Oberleutnant, zu veranlassen, daß sich Unteroffizier Bleibtreu seiner Aufgabe entledigt!«

Crusius nickte Bleibtreu kurz zu, der dann zu seiner Entschuldigung ansetzte, die er jedoch vor lauter Aufregung nur noch stotternd hinausbrachte: »In der bewußten Sache kann sein, daß ich mich hinsichtlich der... möglicherweise habe ich mich geirrt... was ich hiermit bedaure... bin ich bereit, ein Fehlverhalten, von mir niemals gewolltes, einzugestehen... und weil mir das sehr leid tut...«

Er hatte sich völlig verhaspelt, unterbrach somit seine Ansprache, stand schafbockartig da. Der Oberleutnant rief ihm unwillig zu: »Mann, reißen Sie sich doch zusammen.«

Aber es war zu spät. Die Blitzmädel schienen aus heiterem Himmel auf einmal erkältet zu sein. Sie schnieften und husteten. Manche schienen sogar unter Erstickungsanfällen zu leiden. So was gibt es eben, wenn Fröhlichkeit und Spaßvergnügen offiziell nicht gezeigt werden dürfen.

Unteroffizier Bleibtreu stand da wie ein Ochse, wenn es donnert. Die Warnke befahl sich Energie und rief: »Weggetreten, Mädel! Wir sprechen uns noch!« Und ihr Haufen stob auseinander, als sei einer Herde schnatternder Gänse aufgescheucht worden.

»Denen«, verkündete die Warnke, »werde ich schon noch beibringen, wie die sich hier richtig zu benehmen haben.«

Oberleutnant Crusius betrachtete sie nun geradezu bewundernd – er lächelte ihr sogar zu. Alle Hochachtung, dachte er; jawohl, die scheint ja doch eine ganz patente Frau zu sein. Hatte Haare auf den prächtigen Zähnen! Konnte man mit der hier Pferde stehlen?

Gleich nach dem Mittagessen desselben Tages folgte Susanne Singer einer Einladung ihrer Kusine Marianne Dengler, sie im Kampfentalschlößchen aufzusuchen. »Nur um ein bißchen miteinander zu quatschen.« Sie trafen sich im Vorzimmer der Diensträume des Generals.

Die beiden Mädel ließen sich auf einem in der Ecke stehenden Sofa nieder, vor dem sich ein kleiner Tisch befand, darauf eine bereits geöffnete Flasche Champagner. »Mit Grüßen von Baldur«, erklärte Marianne. Was, wie Susanne bereits wußte, einer der beiden Vornamen des Generals war.

»Hoffentlich«, wollte sie dann wissen, »störe ich hier nicht!«

»Keinesfalls in der Mittagsstunde!« Marianne schüttelte lachend ihren Lockenkopf. »Nach dem Essen pflegt sich Baldur in sein persönliches Etablissement zurückzuziehen. Dort ruht er sich ein wenig aus, um anschließend an seinem Kriegstagebuch zu arbeiten.«

Worauf Susanne mit der ihr eigenen robusten Munterkeit feststellte: »Der pennt dort also – ohne dich.«

Eine Antwort hierauf blieb Marianne erspart. Denn nun geschah etwas keinesfalls Vorhergesehenes: Es klopfte kurz, aber deutlich an der Tür. Gleich darauf trat Hauptmann Rommelskirchen ins Zimmer, der Adjutant des Generals Blutenberger.

Bei dessen Anblick registrierte Susanne: Bei diesem Mann scheint sich die sogenannte Natur allerlei Kapriolen geleistet zu haben. Der wollte ihr erscheinen als eine äußerst seltsame Mischung aus Hamster und Hase, Kater und Fuchs, Pinscher und Dackel, mithin repräsentierte der also nicht gerade den Inbegriff männlicher Schönheit – doch immerhin war er ein Mann.

In seinem Gesicht erschien ein verunglücktes Lächeln. »Ich bitte sehr um Entschuldigung, wenn ich störe, verehrtes Fräulein Dengler«, sagte er zu Generalsfreundin Marianne.

»Darf ich Ihnen meine Kusine Susanne Singer vorstellen, Herr Hauptmann?«

»Freut mich, Sie kennenzulernen.« Rommelskirchen machte Anstalten, Susanne anzustrahlen. Dabei wies er auf ein Kästchen, das er mitgebracht hatte: »Gestern habe ich in einem Liebesgabenpaket eine Schachtel Königsberger Marzipan bekommen. Wobei ich mir gedacht habe, daß ich Ihnen damit vielleicht eine kleine, aber feine Freude bereiten könnte. Ihnen beiden – wenn genehm.«

»Das ist sehr lieb von Ihnen, Herr Hauptmann!« versicherte ihm Marianne Dengler.

»Auch ich bedanke mich«, schloß sich Susanne Singer an. Sie betrachtete den Hauptmann derart intensiv, daß der sichtlich verlegen wurde. Er stotterte irgend etwas von gutem Appetit und schönem Tag. Um sich unvermutet rasch zurückzuziehen.

Kaum hatte er die Tür hinter sich geschlossen, wollte Susanne wissen: »Was stellt denn der hier dar?«

»Ach!« winkte Marianne ab. »Das ist so eine Art Echo, oder eben das Sprachrohr von Baldur, weiter nichts. Der wollte dich kennenlernen. Der scheint ganz schön an dir interessiert zu sein.«

»Gedenkst du mir den etwa anzubieten?«

»Es gibt da noch ganz andere Möglichkeiten. So etwa hat die Warnke dem General angeboten, für ihn, also für seinen Stab, eine zusätzliche Wehrmachtshelferin zur Verfügung zu stellen. Das aber könntest du sein – nun wieder in meiner Nähe.«

»Das ist doch Quatsch«, meinte Susanne. »Darauf läßt sich die Warnke niemals ein!«

»Die Entscheidung darüber liegt beim General. Der hat mich diesbezüglich befragt, und ich habe dabei gleich an dich gedacht. Und das hat dann Baldur, großzügig, wie er ist, sofort akzeptiert. Du kannst also jederzeit zu uns überwechseln. Zunächst als Schreibkraft. Alles weitere findet sich dann schon.«

»Und was würde das sein – dieses ›alles weitere‹? Habe ich etwa nach Beendigung der Schreibarbeiten mit dem Generalsecho Unmengen von Marzipan zu verspeisen? Womöglich in dessen Bett, das dann voller Krümel ist... Oder bietet sich dabei der Medizinmann Säbisch befreierisch an, mit allerbesten Verhütungsmitteln in der Tasche? Wenn ihm dabei nicht unser Herrenmensch zuvorkommt, dieser Oberleutnant Crusius – hier wohl größtes Streitroß von allen.«

»Deine abwertende Ironie, finde ich, ist übertrieben und ungerecht«, kritisierte die Kusine. »Im Grunde sind das sehr nette und sympathische Menschen. Es lohnt sich, mit denen zusammenzuarbeiten. Was sich darüber hinaus sonst noch ergeben sollte, bleibt durchaus deiner eigenen Initiative überlassen. Zu irgend etwas zwingen wird dich niemand. Was sich außerhalb des Dienstbetriebs abspielt, ist eine Sache sehr persönlicher Übereinkünfte.«

»Ich merke schon, du hast dich hier ganz schön eingelebt.« Susanne trank Champagner und naschte von dem Marzipan. »Dabei hast du ja auch bei deinem General die wohl beste Position erwischt, die hier überhaupt zu vergeben ist. Damit verglichen sind alle anderen Kombinationen zweitrangig.«

Marianne Dengler setzte zu einer theatralischen Geste an. »Du bist ja ganz schön anspruchsvoll – irgendwie blöde will ich nicht gleich sagen. Willst du es darauf ankommen lassen, auch weiterhin dieser Warnke ausgeliefert zu sein? Die fürchtet manchmal sogar der General; ohne so was zuzugeben. Die ist ihm in ihrem hochmütigen Getue nicht ganz geheuer. Offenbar kennt die nur einen einzigen Heiligen: Hitler. Bei ihrem Adolf hört für sie jeder Spaß auf – falls sie überhaupt weiß, was Spaß ist.«

»Ist die eigentlich lesbisch?« fragte Susanne.

»Weiß ich nicht. Das, glaube ich, weiß niemand so genau. So was wird zwar gelegentlich geflüstert; doch einen konkreten Beweis dafür gibt es nicht. Wenn das der Fall sein sollte, kann sie es jedenfalls prima verstecken. Aber warum fragst du? Solltest du da eventuelles Interesse haben?«

Der Lachanfall, den Susanne nach dieser Frage bekam, klang wie ein Fanfarenstoß in C-Dur. »Ach, Kusine!« japste sie. »Wer will denn schon mit einer derartigen Überzeugungshyäne schlafen! Diese Typen sabbern doch noch im Sexualrausch nichts anderes hervor als elitäre Spucke.«

Worauf sich Marianne Dengler die Bemerkung nicht verkneifen konnte: »Na ja, dagegen ist man wohl gefeit – wenn es sich um eine Monika Hofer handelt.«

»Ich werd' verrückt!« rief Susanne mit einem fröhlichen Jauchzer auf. »Solltest du etwa auf diese Kleine, die mit mir gekommen ist, eifersüchtig sein? Ich bitte dich! Die habe ich gerade erst kennengelernt, die kannst du ruhig aus dem Spiel lassen. Dabei sollten wir uns wohl lieber mit sonstigen Möglichkeiten beschäftigen, die hier in deiner Luxusabsteige für mich in Betracht kommen könnten. Wie etwa steht es denn dabei, zum Beispiel, mit dem Hauptfeldwebel?«

»Dieser Spieß Himmelsheimer«, brachte Marianne überzeugend hervor, »ist doch nur ein zweitklassiger Mann – in jeder Hinsicht. Im Augenblick versucht der sich an Hauptmann Rommelskirchen ranzuhängen. Was eine völlig falsche Adresse ist. Besser wäre es für ihn, sich mit Crusius gut zu stellen.«

»Und was hältst du von Feldwebel Wegner?«

»Sollte der dich etwa interessieren?«

»Was heißt denn hier interessieren? Den habe ich kennengelernt und auch ein wenig näher angesehen. Scheint ein netter, gefälliger Mensch zu sein; aber wohl auch ein ziemlicher Traumtänzer. Sonderlich viel anfangen läßt sich mit dem wohl nicht.«

»Ganz schöner Irrtum!« feixte Marianne ihre Kusine an. »Dieser Wegner spielt hier, bei uns hier, speziell beim General, eine ganz besondere Rolle. Den schätzt Baldur ganz hoch ein; wegen dessen Begabungen und Fähigkeiten auf nachrichtentechnischem Gebiet. Ohne diesen Feldwebel, darf da wohl gesagt werden, wäre der General ganz schön aufgeschmissen. Schließlich ist Wegner außer Baldur hier der einzige wirkliche Nachrichtenfachmann. Und selbstverständlich weiß das Wegner ziemlich genau. Doch der hat seine Sonderstellung noch niemals irgendwie ausgenutzt – was man ihm wohl hoch anrechnen muß. Er ist ein ungemein bescheidener Mensch. Irgendwie ein Außenseiter.«

»Mithin gibt's hier nichts als graue Mäuse; wenn auch hochbegabt und tüchtig. Die schmeißen jeden Laden, haben aber im Grunde nichts zu melden. Und das ist hier schon alles? Also kein Mann im Hintergrund, auf den zu warten ist, den einige zu fürchten haben? Weil sie von ihm abhängig sind?«

Marianne Dengler lächelte. »Dabei fällt mir nur ein einziger ein. Und zwar ein gewisser Obergefreiter Koralnik. Ist der dir schon über den Weg gelaufen?«

Susanne nickte. »Diese Type ist Monika Hofer und mir begegnet auf dem Bahnhof, als wir hier ankamen. Der hat uns vollgequatscht, doch dann zu unserer Einheit gebracht. Erkennbar dabei, daß der den ahnungslosen Deppen bloß spielt. Der ist jedoch einer von jener Sorte, die kein Regen naß macht; die immer wissen, wo man sich bei Gewitter unterstellen kann.«

»Mensch, Susanne, den hast du erkannt. Doch ich sage dir: Dieser Kerl Koralnik ist ein Phänomen. Der hat die Ausmaße eines ganz großen Tieres; noch dazu ist er einfallsreich wie eine Horde Hamster. Der schafft alles ran, was man so braucht und anderswo nicht bekommt. Von dem lebt das Kasino ebenso wie die Kantine. An dem kommt hier niemand vorbei, der möglichst gut leben will.«

»Und das betrifft auch deinen General?«

»Auch den! Ob da nun Champagner gebraucht wird oder Cognac oder guter Wein oder sonstige Spezialitäten – nur nicht verzagen, Koralnik fragen! Der macht's möglich! Mit dem verbringt Baldur so manche abendliche Stunde. Die beiden verstehen sich recht gut. Rein menschlich, meine ich.«

»Und worüber palavern die da so? Da lacht wohl einer den anderen aus?«

»Die spielen Schach miteinander. Dabei ist Koralnik hier weit und breit der einzige, der Baldur in dieser Hinsicht fast ebenbürtig ist – glücklicherweise nur fast!«

Dieser ausgekochte Hund, dachte Susanne – der läßt den General gewinnen. Und das mußte man sich mal vorstellen: auf der einen Seite beim Schachtisch eine Vermischung aus Jupiter und Pfau – auf der anderen eine Kreuzung aus Hamster und Wachhund; in Krummstiefeln, Schlauchhosen und Knautschrockuniform. Geradezu zum Brüllen komisch – oder etwa doch nicht?

Susanne staunte ehrlich. »Irgendwie muß an diesem Wurzelzwerg Koralnik etwas dran sein. Scheint angebracht, sich den mal näher anzuschauen.«„

»Von dem solltest du lieber die Finger lassen, Susanne«, wurde sie von ihrer Kusine gewarnt. »Dieser Koralnik hat es faustdick hinter den Ohren. Und mein Baldur hat mal gesagt: Wenn der zur Zeit Napoleons gelebt hätte, wäre er dessen Fouché geworden. Was das jedoch zu bedeuten hat, weiß ich nicht.«

An diesem Nachmittag glaubte der Oberleutnant wieder einmal mehr, die übliche Veranlassung zu haben, seinem General gegenüber eine gewisse Unzufriedenheit zu empfinden: der glich immer nur aus, bereinigte nichts. Dann hatte Crusius die russischen Kriegsgefangenen beobachtet, bei der Pflege des Parkgeländes zwischen den Baracken – die waren auch nicht gerade ein fleißiges Bienenvölkchen. Dann aber erblickte er Feldwebel Wegner — und der wollte offenbar gerade mit dem Blitzmädel Monika Hofer einen Spaziergang unternehmen.

Was die beiden zu besprechen hatten, konnte er natürlich nicht hören. Er vermutete jedoch gleich, daß sich da etwas sehr Persönliches anzubahnen drohte. In Wirklichkeit erklärte Wegner der wißbegierigen Monika das Grundprinzip eines von ihm selbst weiterentwickelten Fernschreibers, der eingegebene Texte verkürzt in Kennziffern umzuwandeln vermochte.

Ein Anblick jedenfalls, der Oberleutnant Crusius mächtig mißfiel. Doch bevor er noch dazu kam, über Möglichkeiten nachzusinnen, wie er geschickt und wirksam eingreifen konnte – wurde er zum General gebeten. Eine Einladung, der Folge zu leisten war.

General F. B. Blutenberger empfing ihn betont dienstlich und begann unverzüglich mit seinen Ausführungen: »Bis jetzt haben wir ja noch Glück gehabt. Und wenn auch, selbstverständlich, am Endsieg nicht zu zweifeln ist, so darf doch die militärische Lage im Augenblick... na, sagen wir: als leicht verworren bezeichnet werden. Nicht einmal auszuschließen, daß die mehr und mehr vordrängenden Amerikaner hier aufkreuzen könnten – in vielleicht gar nicht allzu ferner Zukunft. Sie verstehen, was das bedeutet?«

Crusius nickte. Es existierte eine *Gekados*, eine Geheime Kommandosache, die der General einigen wenigen Offizieren zugänglich gemacht hatte. Danach hatte, im äußersten Notfall, der Alarmplan Rot in Funktion zu treten, welcher bedeutete: Verteidigung dieses Spezialobjekts mit allen zur Verfügung stehenden Mitteln und ohne Rücksicht auf Verluste. Das jedenfalls so lange, bis die Totalsprengung der im Tiefbunker installierten Nachrichten- und Kommandozentrale sowie die Vernichtung sämtlicher militärtechnischer und personeller Unterlagen abgeschlossen war.

»Wir haben zwar den Alarmplan Rot bereits mehrfach durchgesprochen«, fuhr der General fort, »aber leider ändern sich immer wieder einige Voraussetzungen dafür. Das betrifft einmal die vier Flakbatterien, die zum Schutz unseres Objekts eingesetzt worden sind.«

»Sollen die etwa abgezogen werden?«

»Leider, mein Lieber. Denn im Falle einer Entscheidungsschlacht, hat man mir angekündigt, werden diese Batterien dem nächstgelegenen Heereskampfverband zur Panzerabwehr zugeteilt. Dafür waren diese 8,8-Geschütze eigentlich nicht gedacht, sie sollen jedoch für den Erdeinsatz, etwa gegen Panzer, hervorragend geeignet sein.«

»Kann ich bestätigen«, nickte Crusius. »Das habe ich selbst erlebt, in Polen, Frankreich und Rußland.« Nun hatte er wieder einmal Gelegenheit, seine Fronterfahrung herauszustellen. Schließlich war er mehrfach ausgezeichnet worden und trug das Eiserne Kreuz I. Klasse. Das *Deutsche Kreuz in Gold* allerdings, das er seiner Meinung nach unbedingt verdient hätte, besaß er nicht. Das hatte ihm sein damaliger Divisionskommandeur sozusagen vor der Nase weggeschnappt – übrigens ein General von der Sorte dieses Blutenberger; mithin einer mit Beziehungen.

Doch darüber bei Gelegenheit mehr. Im Augenblick mußte sachverständig festgestellt werden: »Wir müssen also mit einer Situation rechnen, in der wir völlig auf uns selbst gestellt sind.«

»Sie sagen es«, bestätigte der General. »Wobei dann auch noch zu bedenken ist, daß wir erst vor wenigen Wochen vierzig Männer abstellen mußten; an deren Stelle dann die Wehrmachtshelferinnen getreten sind. Doch diesen Mädchen können und dürfen wir nicht die soldatischen Funktionen der Abkommandierten aufbürden – jedenfalls nicht zwangsweise.«

»Aber was wäre dann, wenn sich die Mädel freiwillig zur Verfügung stellen?«

Der General schwieg einen Augenblick. »Daran habe ich auch schon gedacht«, meinte er, wie versonnen. »Wobei die Frage jedoch nicht ist, ob so etwas zu verantworten wäre. Entscheidend vielmehr dürfte die Einstellung der Warnke sein.«

»Die macht dabei mit, Herr General – da bin ich ziemlich sicher. Die hat durchaus ihre speziellen Qualitäten – die hat ihre Blitzmädel verdammt gut im Griff. Könnte mir vorstellen, daß man die nur an der richtigen Stelle packen muß, bei ihrer Ehre als deutsche Frau, die ihren Teil zum Endsieg beizutragen hat. Der das beizubringen, übernehme ich.«

Der General betrachtete seinen Oberleutnant mit einigem Erstaunen. Denn bisher hatte der um die Mädelführerin stets möglichst einen großen Bogen gemacht; nunmehr erbot er sich höchstpersönlich, dieses höchst eigenwillige Weibsbild auf Vordermann zu bringen. Geschahen da nun Zeichen und Wunder – oder stimmte irgend etwas nicht?

Laut sagte er: »Nun gut, Oberleutnant! Außergewöhnliche Situationen erfordern außergewöhnliche Methoden. Warum sollten denn unsere deutschen Mädel nicht ihren Mann stehen, wenn es darauf ankommt, für Führer und Vaterland zu kämpfen?«

Das erste männliche Wesen, dem es gelang, erfolgreich in die ›Weiberbaracke‹ vorzudringen, war der Gefreite Augustus

Helmreich. Seine Kameraden pflegten ihn mit Vorliebe ›August‹ zu nennen – was er jedoch jedesmal mit stoischem Gleichmut überhörte.

Die Wehrmachtshelferinnen jedenfalls erlebten ihn als munteren, immer fröhlichen Burschen, mit blitzenden, unternehmungslustigen Augen und einer angenehmen Stimme. »Stets zu Diensten, meine Damen!« rief er ihnen zu. »Ich bin Helmreich, Ihr Betreuer.«

»Na, in welcher Hinsicht denn wohl?« wurde er prompt gefragt. Und zwar von Susanne Singer. Die tauchte immer dort auf, mit ziemlich sicherem Gespür, wo sich amüsante Abwechslungen anzubahnen schienen.

»Der totale Krieg ist proklamiert worden«, gab der Gefreite augenzwingernd bekannt. »Und deswegen hat hier auch meine Betreuung absolut total zu sein. Mithin haben Sie also Vollmacht, über mich zu verfügen – in jeder Hinsicht und in jedem gewünschten Ausmaß.«

Susanne lachte belustigt auf. Gemeinsam mit etlichen anderen sich ermuntert fühlenden Blitzmädels betrachtete sie diesen im hinteren Teil der Baracke unvermutet eingedrungenen jungen Mann. »Wer hat denn so was Originelles wie Sie auf uns losgelassen?«

Nach dem Urheber solcher Darbietungen braucht nicht erst lange gesucht zu werden. Denn Helmreich gehörte zur Versorgungsgruppe Koralnik. Und dieser Obergefreite war laut Lagerbefehl zuständig für die außerdienstliche Betreuung der Blitzmädelbaracke. Was er darunter verstand, wurde hier nun deutlich.

Helmreich fühlte sich ganz in seinem Element und trat erfolgreich in Aktion. So lieferte er mächtige Stapel nahezu neuwertiger Bettwäsche an, wobei er beinahe sendungsbewußt erklärte: »Wird alle drei Tage ausgewechselt. Bei den Soldaten geschieht dies nur einmal wöchentlich. Aber das eben sind hier nun mal die feinen Unterschiede; wie es sich gehört.«

Kein Zweifel daran, daß die Mädel an solchen Darbietungen alsbald erheblichen Gefallen fanden. Zumal der Gefreite dann auch noch ganze Berge von Seife anschleppte, welche sogar leicht parfümiert war. Schließlich offerierte er noch Zahnpasta, Hautcreme und Haarwaschpulver. Nach der möglichen Qualität dieser Dinge wurde nicht gefragt; die Mädel waren froh, daß es so was überhaupt noch gab.

Worauf sich dann Augustus Helmreich, vertraulich blinzelnd, ganz ›Hahn im Korbe‹, zu einem noch weitergehenden Angebot verstieg. »Wie ist es denn, meine Mädel, mit eurer Unterwäsche?«

»Na, was denn, was denn, du niedliches Kerlchen!« wurde er prompt gefragt. »Willst du etwa deine Nase auch noch in unsere intimen Geheimnisse stecken?«

Derartig unkeusche Verdächtigungen wehrte Helmreich mit großer Geste ab. »Unsere männlichen Kameraden«, erklärte er, »verfügen über jeweils zwei Unterhosen und Unterhemden; ein Paar tragen sie, das andere ist Reserve. Für Sie, meine Damen, sind laut dienstlicher Anordnung jeweils drei Garnituren Unterwäsche vorgeschrieben. Was aber gewiß nicht ausreicht – oder? Somit wird nun dafür gesorgt werden, daß jede von Ihnen in Zukunft über ein halbes Dutzend verfügen kann.«

»Das sind vielleicht Einfälle!« meinte Susanne Singer amüsiert. »Sollte sich so was etwa der liebe Papa Koralnik ausgedacht haben?«

»Na, wer denn sonst?« rief Helmreich freudestrahlend. »Was aber noch lange nicht alles ist. Wir haben in der Nähe eine Wäscherei aufgerissen, die regelmäßig für uns arbeiten wird. Außerdem steht euch Mädels ab sofort ein erstklassiger Friseur zur Verfügung. Und zwar ich – höchstpersönlich.«

Eine Nachricht, die echte Begeisterung hervorzurufen vermochte. Denn welche Frau, ob jung oder alt, glaubt denn schon ohne Friseur auskommen zu können? Die munter schwatzenden Mädel umringten den Gefreiten, redeten auf ihn ein, verlangten nach seinen Künsten.

Bereit, diese zu demonstrieren, zog nun Helmreich Kamm und Schere aus einer Tasche und schwenkte sie vor den neugierig blitzenden Augen der Mädel. Wobei er sich dann als erstes Demonstrationsobjekt eine Wehrmachtshelferin aussuchte, deren ›Drahthaare‹ besonders dringend nach Auflockerung und künstlerischer Gestaltung verlangten. Schwungvoll begann er sein Werk, wobei ihn die Mädel mit freudig glucksenden Anerkennungsrufen umringten.

Eine solche übermütige Heiterkeit konnte der Mädelführerin Erika Warnke natürlich nicht entgehen, jedenfalls nicht auf die Dauer. Sie hielt sich in ihrem Büro beim Haupteingang der Baracke auf, wo sie gerade Einsatzlisten bearbeitete. Dabei hatte sie bereits seit einer Stunde gewisse Geräusche aus dem hinteren Barackenteil registriert. Und zunächst einmal hatte sie großzügig darüber hinweggehört. Sie wollte ihren Mädels durchaus ein paar Albernheiten gönnen. Schließlich waren sie noch sehr jung; und wohl nur jugendlicher Unbekümmertheit war es gegeben, sich über jede noch so einfache Blödelei maßlos zu amüsieren. Andererseits jedoch durfte so was keinesfalls ausarten, sich nie ins Endlose fortsetzen. Übertreibungen mußte ein Riegel, möglichst rechtzeitig, vorgeschoben werden.

Also machte sich die Warnke auf, um nach dem Rechten zu sehen. Was sich dann am anderen Ende der Baracke ihren entsetzten Augen darbot, wollte ihr jedoch kaum glaubhaft erscheinen. Da hockte doch tatsächlich, mitten im Korridor, eine ihrer Schutzbefohlenen auf einem Stuhl und ließ ihre Haare bearbeiten – wie beim Friseur von einem männlichen Wesen. Und eine größere Anzahl ihrer Kameradinnen betrachtete dieses Treiben mit unverhohlenem Interesse.

»Was geht hier vor?« fragte die Mädelführerin mit befehlsgewohnter Stimme. Worauf denn, von einer Sekunde zur anderen, alles Lachen verstummte. Was sie mit Genugtuung zur Kenntnis nahm.

Doch nachdem sich der erste Schock einigermaßen gelegt hatte, setzte Susanne Singer zu einer Erklärung an. »Hier wird frisiert – und zwar ziemlich gekonnt.«

»Das sehe ich!« explodierte die Warnke. »Aber wie kommt dieser... dieser Soldat in unseren Wohnbereich? So was ist nicht gestattet.«

Der Gefreite Helmreich mimte unverzüglich überzeugend den ebenso gutmütigen wie gutwilligen Trottel. Er sah die

Mädelführerin geradezu mit dem hilflos rührenden Blick eines ganz braven, lieben Hundes an, dem völlig zu Unrecht der Vorwurf gemacht wurde, er habe einen unästhetischen Haufen an verbotener Stelle hinterlassen. »Erlauben Sie mir, darauf hinzuweisen«, sagte er höflich, »daß mir befohlen worden ist, unsere Kameradinnen zu betreuen.« Und mit einer Geste, als gedenke er in Fortsetzung seiner Hundekomödie den Schwanz einzukneifen, um mit unterdrücktem Jaulen das Weite zu suchen, erklärte er: »Falls hier jedoch keinerlei Wert auf meine Dienste gelegt wird...«

Weiter kam er nicht; die Warnke vermochte wenig Sinn für jene freudig-hinterhältigen Spielarten zu entwickeln, wie sie von Koralnik und dessen Kumpel nicht selten veranstaltet wurden. »Reden Sie keinen Unsinn, Mann! Selbstverständlich lege ich Wert auf eine Betreuung der Wehrmachtshelferinnen, zumal sie vereinbart worden ist. Aber das hat dienstlich exakt zu geschehen, auf dem offiziellen Weg, also nicht heimlich, hinten herum. Sie aber haben sich hier durch den Hintereingang eingeschlichen!«

»Weil dieser unserem Versorgungsdepot am nächsten liegt«, versuchte ihr der Gefreite zu erklären.

Doch die Warnke winkte energisch ab: »Wenn Sie in Zukunft hier wieder antanzen, dann melden Sie sich gefälligst zuerst bei mir; in meinem Dienstraum am Haupteingang der Baracke. Haben Sie das verstanden, Herr Gefreiter?«

»Jawoll!« Helmreich salutierte betont straff und setzte zu einer gekonnten Kehrtwendung an. Bevor er erhobenen Hauptes davonschritt, blinzelte er den Damen noch mal verschwörerisch zu – und die lächelten ihm nach.

Was der Warnke selbstverständlich nicht entging. Sie reagierte streng dienstlich. »So etwas möchte ich nicht noch mal erleben! Mehr Disziplin – die Mädelbaracke ist kein Tummelplatz für irgendwelche Kerlchen.«

Die Wehrmachtshelferinnen gehorchten knurrend. Doch eine gute Viertelstunde später erschien im Dienstzimmer der Warnke eine Abordnung der Mädels. Und sie brachten, betont höflich, die Bitte um eine Unterredung vor.

»Selbstverständlich bin ich immer für euch da«, nickte ihnen die Mädelführerin zu. »Mit mir kann man immer reden – möglichst vernünftig, aber dann über einfach alles. Setzt euch also zu mir, meine Mädel. Die Stühle werden wohl ausreichen.«

Sie reichten aus. Die Wehrmachtshelferinnen setzten sich und wurden von der Warnke aufmerksam gemustert. Dabei mußte sie zuerst einmal feststellen: Schon wieder waren Susanne Singer und Monika Hofer mit von der Partie. Und die hatten drei verhältnismäßig unscheinbare Wesen mitgebracht; noch dazu solche mit unattraktiven Glotzaugen, Froschmaul und Backfisch-Hautausschlägen. Die gehörten zu der Sorte, die auf Betriebsamkeit versessen war, um ihre Minderwertigkeitskomplexe zu kompensieren.

Wie nicht anders zu erwarten, führte Susanne Singer das Wort. Das allerdings, mußte die Warnke anerkennen, machte sie recht geschickt. Sie gab sich weder provozierend, noch schien sie auf irgendwelche massiven Forderungen aus zu sein. Das raffinierte Luder ging das Anliegen ihrer Gruppe gewissermaßen ganz sanft an.

»Zunächst einmal möchten wir uns entschuldigen – zugleich im Namen unserer Kameradinnen, für die Vorkommnisse im Flur«, begann sie. »Wir sind da wohl ein bißchen zu unbedacht und zu laut gewesen. Andererseits war wohl unsere Freude durchaus verständlich – und zwar darüber, daß sich der Gefreite Helmreich unserer Frisuren annehmen könnte. Schließlich sind wir hier im Lager ganz auf uns selbst gestellt.«

Über das Gesicht der Erika Warnke huschte so etwas wie ein listiges Lächeln. »Das ist der entscheidende Punkt, Susanne«, sagte sie. »Wenn wir hier auf uns selbst gestellt sind, dann beziehen wir auch daraus unsere Stärke, jede Situation aus eigener Kraft zu meistern. Jedenfalls ist hier ein Schaumschläger, der aus reichlich durchsichtigen Gründen in unserer Baracke einen Friseursalon eröffnen möchte, völlig überflüssig. Das würde höchstens die Disziplin aufweichen.«

»Immerhin könnte uns ein gelernter Friseur ein gewisses Gepflegtsein ermöglichen.«

»Ein gewisses Gepflegtsein ist nicht nur zu begrüßen«,

meinte die Warnke, »sondern bei deutschen Mädels und Frauen selbstverständlich. Was jedoch nichts mit Gefallsucht, Eitelkeit und Effekthascherei zu tun haben darf. Der arische Mensch legt Wert auf natürliche Anmut. Dazu bedarf es keiner fremden Hilfe. Wir schneiden und kämmen unsere Haare selbst; falls notwendig, stehen sich die Mädel untereinander bei.«

Susanne dachte nicht daran, sich geschlagen zu geben. »Grundsätzlich stimme ich mit Ihnen vollkommen überein«, erklärte sie. »Trotzdem verstehe ich nicht, weshalb wir die angebotene Dienstleistung eines Fachmanns ablehnen sollten, wenn er sowieso hier ist, jederzeit zur Verfügung steht und bereit ist, sich nach unseren Wünschen zu richten. Außerdem, falls ich richtig informiert bin, enthalten die Richtlinien für den Einsatz der Wehrmachtshelferinnen, beziehungsweise der Nachrichtenhelferinnen, einen Passus – und zwar den Punkt 22, Absatz a. Demzufolge sollte auch, neben Körperpflege, eine regelmäßie fachgerechte Friseurbetreuung ermöglicht werden. Oder bin ich da falsch unterrichtet?«

Die Warnke kochte innerlich angesichts der Unverfrorenheit, mit der diese Singer sie vor den Kameradinnen bloßzustellen versuchte – doch sie beherrschte sich. »Du bist da zwar nicht falsch unterrichtet, aber oberflächlich. Denn zu diesem Punkt 22, auf den du hingewiesen hast, gehört nicht nur ein Absatz a, sondern auch ein Absatz b. Und aus dem geht hervor, daß die jeweiligen Gegebenheiten zu berücksichtigen sind und daß es im Ermessen des Vorgesetzten liegt, ob und inwieweit dienstliche Belange Vorrang haben.«

Mit diesem Hinweis glaubte die Mädelführerin alle Trotzreaktionen ihrer Schäfchen abgeblockt zu haben. Doch dann meldete sich Monika Hofer zu Wort. Und wenn die auch immer wieder, hatte die Warnke bereits herausgefunden, das scheue Reh mimte, so konnte sie doch, und zwar reichlich unerwartet, feinsten Dreck durch die Gegend schleudern. Aber sie durfte selbstverständlich sprechen – besser hier als hinter ihrem Rücken.

»Wäre es nicht eine annehmbare Lösung für alle«, meinte Monika, »wenn hier eine Art Frisierstation eingerichtet werden könnte – mit vorher festgesetzten Zeiten, an einem neutralen Ort? Zum Beispiel im Hauptbüro?«

Dies war ein reichlich hinterhältiger Schachzug, denn mit dem ›Hauptbüro‹ meinte diese sanfte Type nichts anderes als das Arbeitszimmer von Erika Warnke. Das mußte sofort abgeblockt werden. »Bei allem Wohlwollen, Monika, bei all meinem bereitwilligen Entgegenkommen – aber die Zweckentfremdung von Räumen in unserer Wohnbaracke halte ich weder für angebracht noch für berechtigt. Doch da habe ich einen Gegenvorschlag zu machen. Ihr könntet euch, von Zeit zu Zeit, in kleinen Gruppen, und natürlich jeweils mit meiner speziellen Erlaubnis ins nächste Städtchen begeben. Wo dann von einem Fachmann eure Haare sachgerecht gepflegt werden.«

Monika Hofer lächelte zurückhaltend und bescheiden: »Darf ich darauf hinweisen, daß eine solche Methode nicht nur Geld, sondern auch eine Menge Zeit kosten würde. Während hier im Lager eine Frisur kaum mehr als eine Viertelstunde beansprucht und noch dazu kostenfrei ist.«

Mädelführerin Warnke lachte kurz auf. »Glaubst du wirklich, daß sich euch dieser Gefreite aus reiner Menschenfreundlichkeit anbietet? Da lachen ja die Hühner. So naiv kann doch wohl keine von euch sein! Im übrigen wollen wir diese Diskussion jetzt abschließen. Ich werde mir die Sache noch mal durch den Kopf gehen lassen. Ihr hört dann von mir.«

Damit waren die Wehrmachtshelferinnen entlassen. Sie entfernten sich gehorsam, sie watschelten hinaus wie eine Reihe Enten; die Hofer als erste, die Singer zuletzt. Erika Warnke blickte ihnen nachdenklich hinterher. Dann griff sie zum Telefon und ließ sich mit dem Obergefreiten Koralnik verbinden.

Koralnik meldete sich mit munterer, erwartungsfroher Stimme. Wie fast immer war er zu einem seiner Späßchen aufgelegt. Doch er schaltete sofort auf disziplinierte Sachlichkeit um, als er erkannte, wer ihn zu sprechen wünschte. Allerdings kam er erst gar nicht dazu, sich zu erkundigen, was der Dame Begehr sei, denn die Mädelführerin fauchte ihn sofort an: »Werter Herr Obergefreiter Koralnik: Ihr Gefreiter Helmreich hat sich in meinem Revier herumgetrieben und die Wehrmachtshelferinnen belästigt. Unterbinden Sie das sofort – und für alle Zukunft! Sie wissen genau, daß es den Soldaten untersagt ist, sich in der Frauenbaracke aufzuhalten.«

»Gnädige Frau«, erwiderte Koralnik – als ständiger Kasinogast konnte er sich diese Anrede leisten; jedenfalls nahm er sich die Freiheit dazu. »Das ist mir selbstverständlich bekannt. Ich möchte jedoch darauf hinweisen, daß Helmreich nicht ›mein Gefreiter‹ ist, sondern zur Stabskompanie gehört und Herrn Oberleutnant Crusius untersteht.«

»Worauf wollen Sie damit hinaus?«

»Auf gar nichts Bestimmtes, gnädige Frau. Ich erlaube mir lediglich, auf ein paar bestehende Tatsachen hinzuweisen. Etwa darauf, daß der Gefreite Helmreich, soweit ich informiert bin, dieser Frauenbaracke weder einen Besuch abgestattet noch sich dort herumgetrieben hat, vielmehr versuchte er dort als beauftragter Betreuer zu fungieren. Dabei ist mir nichts davon bekannt, daß er Ihre Schutzbefohlenen belästigt haben soll. Falls Sie jedoch dieser Ansicht zuneigen, könnte der Gefreite ohne weiteres abgelöst werden. Eine entsprechende Meldung Ihrerseits, an die zuständige Stelle gerichtet, dürfte genügen. In diesem Fall könnte ich dessen Funktion übernehmen.«

»Unterlassen Sie gefälligst Ihre billigen Witze, Koralnik, mir gegenüber. Das ist eine sehr ernste Angelegenheit. Jedenfalls verlange ich von Ihnen, daß Sie diesem Helmreich verbieten, sich bei meinen Mädels anzubiedern. Etwa durch das fragwürdige Angebot, bei ihnen Friseurdienste verrichten zu wollen.«

Koralnik blieb betont höflich. »Bitte sehr um Vergebung, gnädige Frau. Aber ich kann einem Helmreich weder etwas verbieten noch befehlen. Schließlich bin ich nicht sein Vorgesetzter; das ist Oberleutnant Crusius. Im übrigen, erlauben Sie mir, das noch zu bemerken, unterstehe ich nicht Ihrem Befehlsbereich. Leider nicht. Darf ich Sie bitten, auch das noch in Betracht zu ziehen?«

Die Warnke hielt es für angebracht, dieses Gespräch schroff zu beenden. Unmittelbar darauf ließ sie eine Verbindung herstellen, von der sie sich einiges versprach. Eine Verbindung mit Oberleutnant Crusius.

»Herr Oberleutnant«, wobei es war, als flöte sie ihn an, »gewisse Vorkommnisse lassen es ratsam erscheinen, daß wir beide uns mal zusammensetzen. Wir sollten darüber sprechen. In aller Ruhe – und natürlich streng vertraulich.«

Crusius reagierte geradezu wohlwollend, um nicht zu sagen beschwingt. »Zwei Seelen – ein Gedanke!« rief er ihr zu. »Genau darum, verehrte gnädige Frau, habe auch ich Sie bitten wollen.«

Oberleutnant Crusius erschien in jener Baracke A, in welche die Nachrichtenhelferinnen untergebracht waren, kurz nach 18 Uhr.

Die Sonne war gerade untergegangen, die beginnende Dunkelheit kam den Absichten des Kompanieführers entgegen. Schließlich brauchten ja nicht gleich alle zu sehen, wohin er sich begab. Obwohl die Aktentasche, die er sich unter den linken Arm geklemmt hatte, seinem Unternehmen einen dienstlichen Anstrich verlieh.

Erika Warnke verfügte, was er selbstverständlich wußte, beim Haupteingang über zwei Räume: ein Dienstzimmer und eines mit der Aufschrift *Privat*. An dieser Tür klopfte er an. Durchaus dezent, doch nicht zaghaft.

»Wer ist da, bitte?« fragte eine Stimme von drinnen.

Crusius nannte seinen Namen einschließlich Dienstgrad. Um dann hinzuzufügen: »Zur Stelle – und zwar mit Vergnügen!«

Die Tür wurde nun einen Spalt breit geöffnet. Die Warnke wirkte ein wenig verlegen. »So schnell habe ich Sie gar nicht erwartet.«

»Ich bin nun mal einer von der schnellen Truppe«, scherzte Crusius. »Sie haben gerufen, und ich bin gekommen. Und zwar gern gekommen.«

»Das bringt mich allerdings in Verlegenheit«, erwiderte sie leicht geziert. »Ich habe gerade geduscht und bin nicht eben ausgesprochen salonfähig. Ich bin lediglich mit meinem Morgenrock bekleidet.«

»Was mich keineswegs stört, meine Verehrteste«, versicherte er schwungvoll.

»Nun – wenn dem so ist, dann kommen Sie herein!«

Das ließ sich Crusius nicht zweimal sagen.

»Bitte nehmen Sie Platz!« Die Warnke deutete auf einen Ledersessel, der vermutlich aus den Beständen des Schlößchens abgezweigt worden war.

Dort behaglich zurückgelehnt, betrachtete der Oberleutnant seine Gastgeberin und dachte bei sich: Das ist ja eine Wucht von Weib! Was da ansonsten unter der reichlich plumpen Uniform verborgen blieb, kam jetzt voll zur Geltung: ein straffer, strammer Busen, kräftige Schenkel, dazu ein wohlgeformtes Hinterteil; rund, aber nicht ausladend. Das alles wurde von einem dünnen Hausmantel aus blauer Seide mehr enthüllt als verborgen.

Selbstverständlich ging nun Crusius nicht gleich zum Angriff über. Schließlich war er sich und seinem Dienstgrad Selbstbeherrschung schuldig. Doch immerhin gestand er sich ein: Wo habe ich da bloß meine Augen gehabt, daß ich nicht gleich gemerkt habe, welch ein Prachtexemplar von einem Vollblutpferd diese Erika ist; sozusagen eine Stute mit gewiß hervorragenden Rennqualitäten. Hinzu kam allerdings dann auch die Tatsache, daß diese Erika hier weit und breit das einzige weibliche Wesen war, das über ein eigenes Zimmer verfügte, also eine sogenannte ›sturmfreie Bude‹.

Zunächst jedenfalls gedachte er sich selbstverständlich als Kavalier zu erweisen; wenn auch nicht gleich als einer von der alten Schule – so was überließ er dem General. Er hatte da so seine eigene, ihm angemessene Taktik.

»Sie haben den Wunsch geäußert, verehrte gnädige Frau, sich mit mir zu unterhalten. Wie Sie sehen, stehe ich zu Ihrer Verfügung.«

Was wohl mehr symbolisch gemeint war. Denn er stand nicht – er saß. Wobei er fasziniert auf ihren Morgenmantel starrte, der ihre Beine bis über die Knie freigab.

Sie registrierte seine anerkennenden Blicke, hielt es jedoch für angebracht, sich noch etwas zu zieren. Sie zog ihren seidenen Mantel noch ein wenig enger um sich. Nicht etwa aus falscher Scham: In einem gesunden deutschen Körper durfte auch ein Geist mit gesundem Verlangen walten. Zumal Erika wußte, was sie zu bieten hatte. Sie setzte sich, in geradezu verheißungsvoller Pose, auf ihr Feldbett. Eine Liegestatt, welche das übliche Kriegsformat besaß: einen Meter breit, zwei Meter lang. Nur wohl eben, daß die Warnke nicht – wie ihre Mädchen – unter einem blauweiß karierten Deckenüberzug schlafen mußte. Bei ihr erstrahlte alles appetitlich in reinstem Weiß.

Oberleutnant Crusius setzte sich zu ihr. Nicht ohne seine Aktentasche. Als er die dann mit leicht bebenden Händen öffnete, kamen nicht nur amtliche Unterlagen zum Vorschein, sondern auch eine Flasche Wein.

»Das Beste vom Allerbesten«, versicherte er ihr. »Uns beiden angemessen.« Daß diese Flasche von Koralnik für ihn aus den Beständen des Generals abgezweigt worden war, verschwieg er lieber.

»Sie verwöhnen mich, mein Lieber«, gurrte die Warnke anerkennend.

Er deutete im Sitzen eine Verbeugung an; wobei er etwas näher auf sie zurückte. »Niemand verdient es so sehr wie Sie, meine Verehrteste, verwöhnt zu werden.«

Seine Blicke saugten sich an ihren wahrlich nicht geringen Blößen fest. Offenbar lechzte er jetzt danach, bei dieser Hirschkuh der Hirsch zu sein. Wobei Erika nunmehr keinen Zentimeter mehr zurückwich. Sie gab ihm durch Blicke zu verstehen, daß sie durchaus gewillt war, seinen Annäherungsversuch nicht nur zu dulden, sondern sogar zu genießen. Um dennoch einer gewissen Schicklichkeit Genüge zu tun, flüsterte sie: »Aber wir haben hier doch noch so viel miteinander zu besprechen.«

»Haben wir, meine Erika!« Er legte mit engem Zugriff den Arm um sie. »Aber das muß doch nicht gleich sein? Entscheidend wichtig ist allein, daß wir beide uns verstehen. Alles andere findet sich dann schon.«

Er zog sie an sich, und sie entzog sich ihm nicht. Er atmete ihren Duft ein. Und sein Begehren steigerte sich noch, als sie vor Aufregung und Erwartung zu schwitzen begann. Als dann der Morgenrock von ihr abrutschte, dachte er an das Prinzip, dem er immer gehuldigt hatte:

Was immer du auch tust, deutscher Mensch, tu es mit überzeugender Gründlichkeit! Eine Einstellung, die offenbar Erika Warnke mit ihm zu teilen begehrte. Nun fielen alle Hemmungen – wurden fortgeweht wie welke Blätter in einem Herbststurm.

»Mach schon!« rief ihm Erika zu, eng an ihn gepreßt. »Komm zu mir! Oh, Konstantin!« – so hieß Crusius mit Vornamen – »Laß uns endlich, endlich vereint sein!«

Für einen derartig vulkanartigen Ausbruch der Leidenschaft reichte das schmale Feldbett natürlich nicht aus. Sie glitten auf den Fußboden, stießen dort mit ihren Füßen die Stühle und den Tisch beiseite, wälzten sich auf dem Teppich. Ineinander verklammert wie Teichfrösche während der Begattungszeit.

Dabei jedoch schrien sie nicht vor Lust, auch stöhnten sie kaum. Nicht nur, weil Wand an Wand mit ihnen neugierige Blitzmädel wohnten – nein, das war es nicht. Vielmehr wohl das: Enthemmte Laute wären ihrem deutschen Wesen wohl kaum angemessen gewesen.

Als er sich dann in ihr verströmte, flüsterte sie schweratmend, ohne ihre Umschlingung zu lockern: »Mein Gott – du bist so wunderbar! Das ist, als ob die Erde bebt.«

»Genauso ist es, meine geliebte Erika«, stöhnte er sie an; völlig erschöpft und dennoch vollkommen befriedigt.

Das Seltsame dabei war: Die Erde hatte tatsächlich gebebt. Einige Kilometer entfernt vom Ort solcher Begattungsfreuden.

Ein amerikanisches Bombengeschwader war angerauscht, empfangen von wie wild kläffenden Flakbatterien. Doch deren Salven blieben wirkungslos. Was dann den Obergefreiten Koralnik zu der defätistischen Bemerkung verführte: »Das ist, wie wenn ein Hund den Mond anbellt.«

Jedenfalls waren zu registrieren: ein Sausen, Krachen, greller Feuerschein. Die Amerikaner hatten ihre Bomben abgeladen. Irgendwo in der Umgebung – also eben nicht auf dieses Lager.

Diese Bombeneinschläge in der Ferne hatten Crusius und die Warnke durchaus vernommen, ohne sich aber bei ihrer innigen Beschäftigung sonderlich stören zu lassen. So was war Kriegsalltag. Irgendwo fielen hier in den Nächten immer Bomben. Dennoch löste sich Konstantin Crusius nach einer Weile von seiner Erika. Während er in zärtlicher Dankbarkeit ihren Busen streichelte, sagte er: »Du erlaubst, mein Liebling, daß ich kurz mal telefoniere? Schließlich lege ich keinen Wert darauf, daß man mir ein Versäumnis vorwirft.«

Erika blieb auf dem Teppich liegen; sie genoß die Nachfreude dieser herrlichen Vorgänge, war auch zu weiterem Genuß bereit. Von dort aus betrachtete sie ihren Konstantin und stellte fest: Er war schön und stattlich, um nicht zu sagen herrlich; einem Siegfried gleich. Er stand nun sozusagen in strahlender Nacktheit da, als er zum Telefon griff und eine rasche Verbindung mit der Befehlszentrale im Tiefbunker verlangte.

»Was ist dort los?« verlangte er zu wissen; sich seiner Wichtigkeit voll bewußt.

Den Bericht, den ihm dann der Feldwebel erstattete, hörte er sich an. Dann legte er, ohne ›Danke‹ zu sagen, den Hörer auf. Um sich wieder seiner Erika zuzugesellen, die empfangsbereit auf dem Teppich lag.

»Da ist nichts Besonderes passiert«, teilte er ihr mit, während er mit zärtlichem Griff den strategisch wichtigsten Punkt in ihrer weiblichen Landschaft berührte. »Da sind doch diese blöden Amis, diese Materialverschwender, tatsächlich auf unseren Trick hereingefallen. Diese Deppen haben genau jenes Attrappengelände bombardiert, das zu ihrer Irreführung in der Umgebung aufgebaut worden ist.«

»Damit«, glaubte die Warnke zu erkennen, »haben wir hier nun vorläufig keine weiteren Störungen zu befürchten.«

»Wir können also, mein wunderbarer Liebling, ungestört so weitermachen. Willst du?«

»Und ob ich will!« versicherte sie ihm mit einem kaum unterdrückten Jauchzer. Dennoch löste sie sich vorsichtig aus seinen zupackenden Händen. Sie war nun mal praktisch veranlagt, in jeder Lebenslage. »Wenn du erlaubst«, flüsterte sie, »gehe ich noch mal unter die Dusche. Inzwischen kannst du mein Waschbecken benutzen.«

Sie war eben ein Prachtweib, konstatierte Konstantin Crusius voller Anerkennung; souverän noch in heikelsten Situationen. Ein kerndeutsches Klasseweib, ihm wesensverwandt, seiner würdig. Er tastete ihre Rundungen ausgiebig ab, bevor sie den Raum verließ.

Dann begab er sich zum Waschbecken, wobei er sich gewisse Körperteile abspülte; gewiß in dem Bewußtsein, daß eben nichts über Hygiene geht. Was ihn allerdings nicht daran hinderte, anschließend seine Blase ins Waschbecken zu entleeren.

Entspannt, gesäubert, unentwegt erwartungsfreudig ließ er sich dann wieder links auf das Feldbett fallen. Erika erwartend.

Die erschien und warf mit geradezu aufregendem Schwung ihren Morgenmantel von sich. Sie legte sich auf ihn; und er vermochte zu erspüren, daß ihre noch feuchte, kalte Haut nach Erwärmung lechzte. Ihre nassen Haare fielen über sein Gesicht und erregten sein Verlangen noch zusätzlich. Und gleichermaßen erregend empfand er, was sie ihm ins Ohr flüsterte:

»Jetzt fühle ich mich dir unendlich verbunden, mein Konstantin. Du bist einzigartig. Nun sind wir zwei eine unzerstörbare Einheit.«

»Jawohl!« sagte er. »Eine unzerstörbare Einheit. Und so muß es auch sein.«

4.
Katzen kann man nicht waschen, ohne sie naßzumachen

Am Morgen nach diesem nächtlichen Intermezzo suchte der Feldwebel Wegner seinen Kumpel Koralnik in dessen Verpflegungsbaracke auf. »Hoffentlich störe ich dich, du alter Hamster«, sagte er zur Begrüßung.

»Durch so was wie dich, du zweckentfremdetes Nachrichtengenie, kann ich nicht gestört werden«, erwiderte der Obergefreite. »Was willst du saufen – weiß oder rot?«

Dabei handelte es sich keineswegs um Weiß- oder Rotwein, vielmehr um die Farben von Koralniks Thermosflaschen. In der weißen befand sich, gut gekühlt, dessen täglicher Anteil am Champagner des Generals. In der roten wurde schwer duftender Bohnenkaffee stundenlang heiß gehalten.

»Oder willst du dir einen Hochprozentigen hinter die Binde kippen«, regte Koralnik an. »Den könntest du vielleicht brauchen, nachdem die Amis in der vergangenen Nacht ihre Eier ganz schön nah abgelegt haben.«

»Kaum nötig.« Anton Wegner machte es sich in Koralniks Privatsessel bequem. »Zumal der Herr General findet, daß alles bestens gelaufen ist. Nachdem die Amis unsere Attrappen zerbombt haben, meinte er, werden die glauben, daß wir total im Eimer sind. Somit können wir hier ruhig schlafen.«

»Sollte der General etwa völlig besoffen gewesen sein?« fragte Koralnik. »In diesem Fall müßte ich ihm die Alkoholration kürzen, damit seine grauen Zellen noch eingermaßen funktionieren.«

»Bei dem«, berichtete Wegner, »war alles wie üblich.« Das hieß: Der war, wie gewöhnlich, leicht angetrunken; was ihn in besonders leutselige Stimmung zu versetzen pflegte. »Der General erschien unmittelbar nach dem Bombenangriff bei uns im Tiefbunker, ließ sich über die Lage informieren und erklärte dann: ›Ein voller Erfolg.‹ Der war mächtig stolz darauf, daß die Amis sich von seinen Attrappen hatten täuschen lassen.«

»Wer soll denn auf diese hochstrategischen Dämlichkeiten hereinfallen?« fragte Koralnik bedächtig. »Die Amerikaner jedenfalls sind doch keine Trottel. Die schicken Tag für Tag ihre Aufklärungsflugzeuge los. Wenn wir Pech haben, kriegen sie schnell heraus, daß sie auf eine läppische Täuschung hereingefallen sind. Und dann kommen sie wieder – mit noch ein paar Tonnen Bomben mehr.«

»Das ist auch meine Ansicht«, gab Feldwebel Wegner zu. »Aber der General denkt eben anders. Und da er sich in der Tat für eine hohe strategische Begabung hält, ließ der gleich auch noch einen Genieblitz los, der mich fast umgehauen hat.«

»Da lausche ich aber wie zwei Dutzend Hasen im Kleefeld, Mensch!« warf Koralnik nicht unbesorgt ein. Wenn der ruhige, sachliche Wegner sich dazu veranlaßt sah, Kritik am General zu üben, dann war hier die Kacke am Dampfen. »Immer wenn der Alte Genieblitze versprüht, sehe ich schwarz.«

»Und das diesmal völlig zu Recht. Der General ist da nämlich, unterstützt von einigen Heeresstrategen, auf einen glorreichen Einfall gekommen: Die bisher zu unserem Schutz eingesetzten Flakbatterien werden unverzüglich in Richtung Front verlagert. Damit wird beabsichtigt – den Aufklärern gegenüber –, zu demonstrieren, daß es hier nichts mehr zu beschützen gibt.«

»Das grenzt ja fast schon an totale Gehirnerweichung!« Koralnik schwankte zwischen Empörung und Belustigung. »Der räumt hier unsere Schutztruppe weg, und wir sind den Luftangriffen völlig wehrlos ausgeliefert.«

»Immerhin«, gab Wegner zu bedenken, »existiert hier eine Räumlichkeit, die so gut wie völlig bombensicher ist – unsere Kommandozentrale im Tiefbunker.«

»Du glaubst doch nicht im Ernst daran, daß der General euren nachrichtentechnischen Elitezirkus in einen Luftschutzbunker für alle umfunktionieren lassen wird?«

»Bestimmt nicht. Aber – eben im Notfall...«

»Ist bestimmt keine Zeit für Versteckspielchen«, meinte Koralnik. »Mithin also muß man selbst die nötige Vorsorge treffen.«

»Und was gedenkst du Schlitzohr auszubrüten?«

»Hab' bereits gebrütet. Du kennst den Weinkeller in der Nähe meiner Baracke? Den habe ich in den letzten Tagen einigermaßen bombensicher ausbauen lassen – drei Meter tief, mit kräftigen Balken abgestützt, schmaler Einstieg. Vier Personen haben dort bequem Platz – und einen davon biete ich dir an. Für den Fall, daß du dann, wenn es hier rauscht, nicht gerade in der Befehlszentrale beschäftigt bist.«

»Mensch, Koralnik, du machst mir da ein Angebot, das geradezu ehrenrührig ist. Jedenfalls nach den gegenwärtig gültigen Maßstäben, denen zufolge es angeblich für niemanden eine Extrawurst geben darf, keine Sonderzuteilung oder Vorzugsbehandlung; schon gar nicht auf Kosten anderer. Pfui, Teufel, Konrad, mir so was zuzutrauen! Aber selbstverständlich nehme ich dein Angebot an.«

Koralnik hatte nichts anderes erwartet. »Bis zum Endsieg«, sagte er, und die Betonung ließ keinen Zweifel, was er wirklich meinte, »haben wir nur noch wenige Wochen Zeit. Die aber sollten wir nutzen – nach dem schönen, gängigen Motto: Genieße den Krieg, der Friede wird fürchterlich.«

»Was denn, Koralnik, du Wildsau, willst du noch? Du hast doch alles, was man sich nur wünschen kann – jede Menge Alkohol und Fressalien.«

Der Obergefreite grinste behaglich breit. »Essen und Trinken allein tun's nicht. Da gibt es schließlich auch noch höhere Werte, sogenannte – auch wenn die nicht selten tiefer angesiedelt sind. Und wir haben hier nun mal eine Horde vitaler Soldaten und eine Herde netter Mädchen ...«

»Mann Gottes, du willst doch nicht etwa versuchen, dieses Lager in ein Freudenhaus umzufunktionieren? Wenn die Warnke auch nur das geringste merkt, macht sie dich erbarmungslos fertig.«

»Das wird die Dame nicht«, sagte Koralnik augenzwinkernd. »Ich weiß da nämlich was von unserer Erika, das keiner wissen soll. Ein zartes Geheimnis gewissermaßen, das sie mit einem maßgeblichen Dienstgrad im Lager teilt – und ich bin dabei ungebeten der Dritte im Bunde, entsprechend meinem Grundsatz: Holzauge, sei wachsam!«

»Mit der ist wirklich nicht zu spaßen!« warnte Wegner.

»Auch die will ihren Spaß haben. Was ich ihr gönne; immer vorausgesetzt, daß auch die uns ein bißchen Spaß gönnt. So was ist menschlich.«

Anton Wegner war nun neugierig geworden. »Was sollen diese Andeutungen? Weißt du wirklich was von ihr?«

»Ganz schlicht dies: sie hat!«

»Sie hat was?«

»Sich umlegen lassen – gestern nacht.«

»Tatsächlich? Da kann ich nur staunen.«

»Du wirst noch mehr staunen, wenn ich dir sage, wem dieses Kunststück gelungen ist.«

»Dir jedenfalls nicht – als eben Dritter in diesem Bunde. Doch das hätte ich dir glatt zugetraut. Du schrickst vor nichts zurück.«

»Aber ich leide nicht unter Geschmacksverirrung. Doch ich will dich nicht länger auf die Folter spannen: Oberleutnant Crusius war derjenige, welcher.«

»Was, der? Das zieht mir glatt die Socken aus!« Wegner amüsierte sich mächtig, begann dann jedoch zu überlegen. »Etwas Besseres hätte uns eigentlich kaum passieren können.«

»Wieso denn das?«

»Dadurch sind die zwei mit sich selbst beschäftigt – und werden uns in Ruhe lassen.«

Koralnik grinste ungeniert. »Kann mir vorstellen, was du dir dabei denkst. Wenn sich Crusius im Bett der Warnke amüsiert, wird er dadurch von Monika Hofer abgelenkt, mit der du dich liebend gerne näher beschäftigen möchtest. Ob eine solche Rechnung allerdings aufgeht, ist fraglich. Könnte doch durchaus sein, daß sich Crusius nur mal selbst beweisen wollte, was für ein toller Liebhaber er ist. Und wenn er dabei auf den Geschmack gekommen sein sollte, könnte er Verlangen empfinden, sich auch bei anderen als Casanova zu betätigen.«

»Wie du das sagst, Mensch, das hört sich an, als wären wir mitten in einen moralischen Sumpf geraten.«

»Oder eben in halbwegs paradiesische Zustände. Wobei ich dir erneut ein sogenanntes lukratives Angebot machen möchte; und zwar im Hinblick auf unsere liebesbedürftigen Soldaten und Mädchen. Du stellst mir also dein Zimmer zur Verfügung, sobald du nachts in der Kommandozentrale Dienst schieben mußt. Davon weißt du natürlich offiziell nichts. Wenn du vom Dienst zurückkommst, wirst du deine Bude stets ordentlich vorfinden, mit frischem Wasser, frischer Bettwäsche. Ich revanchiere mich dafür deinen Wünschen entsprechend – etwa mit Naturalien, vor allem mit trockenem Wein. Sobald das hier alles floriert, kommst du auf drei bis fünf Flaschen pro Nacht. Einverstanden?«

»Einverstanden«, sagte Wegner, wobei er Koralniks sichtliche Überraschung genoß, dieser unverzüglichen Zustimmung wegen, worauf er dann allerdings hinzufügte: »Das allerdings unter einer Bedingung: Du respektierst, daß Monika Hofer unter meinem Schutz steht. Und du hilfst mir bei meinem Bemühen, sie abzuschirmen.« Das hieß, daß sich hier kein anderer an sie ranmachen durfte.

Der Obergefreite feixte. »Mit der möchtest du wohl mal gerne, na, du weißt schon was.«

»Unterlaß bitte derartige Unterstellungen, Koralnik, wenn du mein Freund bleiben willst.« Wegner meinte es ernst. »Monika Hofer ist ein ungemein sauberes, unverdorbenes Geschöpf. Es wäre jammerschade, wenn sie hier unter die Räder käme. Ich werde alles tun, um das zu verhindern.«

»Hoffentlich irrst du dich da nicht. Dieses Dämchen ist meiner Meinung nach eines von jenen stillen Wassern, die verdammt tief gründen. Die ist für so manche Überraschung gut.«

»Monika ist grundanständig!«

»Aber ja, Anton, ja – mag ja sein«, gab der vielerfahrene Obergefreite zu bedenken. »Aber selbst bei noch so anständigen Mädchen kann man sich die Pfoten ganz schön verbrennen.«

»Lassen wir es darauf ankommen, Koralnik.«

Oberleutnant Crusius schritt schwungvoll-elegant durch das Barackengelände. Seine Stiefel waren auf Hochglanz gebracht, rechts am Koppel hing eine Pistolentasche mit erkennbar dazu gehörendem Inhalt. Außerdem trug er diesmal nicht sein zerknautschtes Frontkäppchen, vielmehr eine steife, wie neu aussehende Schirmmütze.

Unter den linken Arm hatte er einige dünne Aktenstücke geklemmt. Den rechten Arm benötigte er, um die Ehrenbezeigungen seiner Soldaten zu erwidern. So was geschah seit dem 20. Juli 1944, dem Tag des Attentats auf Hitler, nicht mehr durch Anlegen der rechten Hand an die Kopfbedekkung, sondern in Form des sogenannten *Deutschen Grußes,* also durch Ausstrecken des rechten Arms.

Diesen Gruß hatten die Nazis den Umgangsformen römischer Legionen entlehnt. Mit solchen Änderungen fanden sich die Soldaten nur widerwillig ab; mithin entboten sie diesen *Deutschen Gruß* mehr oder weniger schlampig. Was selbst der General durchgehen ließ – nicht jedoch Oberleutnant Crusius. Der wurde hier von einigen wohl mehr scherzhaft ›unser Hitlerjugendführer‹ genannt. Doch das war er tatsächlich nicht nur gewesen, sondern im Grunde immer noch.

Jedenfalls pflegte er jeden, der nicht stramm genug grüßte, zurückzuscheuchen, um dann mit ihm so lange zu ›üben‹, bis die Ehrenbezeigung zackig genug ausgeführt wurde. Die Folge davon war, daß die Soldaten ihm nach Möglichkeit auszuweichen versuchten – was diesem front- und vor allen Dingen kasernenhofgeschulten NS-Offizier nicht entging. Wenn diese Landser Haken schlugen wie die Hasen, hielt er so was für Respekt – ihm gegenüber.

Crusius strebte der Frauenbaracke zu. Wobei er, wie im Vorübergehen, ein paar Beanstandungen in rauher Soldatensprache erledigte. So etwa rief er einem unzureichend salutierenden Gefreiten zu: »Ziehen Sie gefälligst Ihren Arsch ein – oder wollen Sie den etwa anbieten? Nicht bei uns! Schwule gehören ins Kazet!«

Dabei grinste er wie ermunternd. Denn schließlich war so was ja nicht als wirkliche Drohung gedacht, sondern mehr als Witz. Crusius wünschte sehr, für einen Mann mit Humor gehalten zu werden.

In der Nähe der Frauenbaracke erblickte er zwei Soldaten, die sich offenbar zu der Behausung der Blitzmädel herangeschlichen hatten. Die winkte er zu sich heran; sie trabten aufgeschreckt herbei und bauten sich vor ihm auf. In sicherer Erwartung eines kräftigen Donnerwetters.

Doch Crusius zeigte sich ziemlich milde gestimmt und klärte sie lediglich auf: »So was macht man nicht, Männer! Schleicht euch nicht hinterhältig an unsere weiblichen Soldaten heran – begegnet ihnen offen und höflich, ohne krumme Touren. Dann kann sich alles andere finden. Schließlich seid ihr deutsche Soldaten – keinesfalls angegeilte Kneipenkerle.«

Sodann erregten einige russische Kriegsgefangene seinen Unwillen. Die versuchten da offenbar einen Weg in Ordnung zu bringen. Wobei er vermutlich befürchtete, daß der Staub, den sie aufwirbelten, seinen strahlenden Stiefelglanz gefährden könnte.

Der Unteroffizier Zander, der die Russen beaufsichtigte, saß dösend auf einer Gartenbank. Beim Anblick von Crusius jedoch erhob er sich. Unverzüglich.

»Arbeitskommando im Einsatz«, meldete er, wobei er ein Gähnen unterdrückte. »In Stärke von zwölf Mann. Reinigung von Wegen und Wegrändern. Irgendwelche Befehle, Herr Oberleutnant?«

Der winkte ab, nahezu gnädig gestimmt, sagte dann aber: »Diese Leute, Unteroffizier Zander, sind Gefangene und keine Pensionäre. Dementsprechend sind die zu behandeln. Kriegsrecht, streng nach Vorschrift, aber scharf. Kapiert?«

»Jawoll, Herr Oberleutnant«, rief Zander aus. Auch wenn er nicht wußte, worauf Crusius hinauswollte.

»Diese Russen haben sich in unsere Ordnung einzufügen. Das aber heißt: die müssen Respektspersonen auch mit dem gebührenden Respekt begegnen!« Womit er sich meinte.

»Jawoll, Herr Oberleutnant«, sagte Zander ergeben. Im Grunde war ihm alles scheißegal. Hauptsache, man ließ ihm seine Ruhe.

»Sobald ich hier erscheine, haben diese Kerle« – eigentlich

wollte Crusius ›Kretins‹ sagen – »unverzüglich den Weg freizugeben, dann am Rande davon stehenzubleiben, wie angewurzelt, wobei ich auf so was wie eine Ehrenbezeugung von denen nicht den geringsten Wert lege. Disziplin jedoch muß sein.«

»Jawoll, Herr Oberleutnant«, bestätigte Zander mit leicht schläfriger Ergebenheit. »Habe ich Hauptmann Rommelskirchen«, dem diese Kriegsgefangenen unterstanden, »entsprechend zu unterrichten? Oder erledigen Sie das?«

»Kein überflüssiges Geschwätz!« unterbrach ihn Crusius. »Was diese Kriegsgefangenen treiben und wie man sie fettmästet, geht mich ja offiziell nichts an; jedenfalls zunächst noch nicht. Doch sobald sie in meinem Befehlsbereich beschäftigt werden, in dem von mir allein kontrollierten Lager, gelten ausschließlich meine Regeln. Verstanden?«

Unteroffizier Zander tat so, als habe er kapiert. In Wirklichkeit fühlte er sich reichlich ratlos, wenn nicht gar verstört. Wie hin- und hergerissen – zwischen den Befehlen des scharfen Crusius und den Anordnungen des nachsichtigen umgänglichen Hauptmanns Rommelskirchen. Eine ihn umlauernde Unsicherheit, die ihn erheblich störte in seinem gemächlichen Dahindösen.

Inzwischen jedoch hatte Oberleutnant Crusius die Frauenbaracke erreicht. Und dort, an der Tür zum Dienstraum der Blitzmädelführerin, klopfte er an. Gewiß dezent, aber auch siegesgewiß, mit erwartungsfreudigem Lächeln.

Woraufhin er die klare Stimme von Erika Warnke vernehmen durfte: »Nur immer herein!«

Crusius öffnete die Tür, streckte seinen Kopf hinein, sichtlich erfreut, sie in diesem Raum allein vorzufinden. Er nahm seine Mütze ab und schwenkte sie zur Begrüßung wie eine Fahne. »Bitte eintreten zu dürfen«, scherzte er.

Erika Warnke schnellte gerade hinter ihrem Schreibtisch hervor – ihm entgegen. »Du – da bist du ja!« rief sie voller Entzücken. »Ich habe die ganze Zeit an dich denken müssen, Konstantin. Doch nun« – ihre Brust wogte, und ihr Atem ging schwerer – »bist du gekommen.«

»Und dies sozusagen rein dienstlich«, erwiderte er mit vertraulichem Augenzwinkern. »Der beste Vorwand, um dich wiederzusehen.«

Er schloß die Tür und lehnte sich innen dagegen, wie um sie zu blockieren. Wobei er weit seine Arme öffnete, die Mütze in der rechten, die Akten in der linken Hand. Und Erika zögerte nicht, sich in seine Arme zu stürzen, und zwar gleich so heftig, daß ihre Körper klatschend aufeinanderprallten.

Crusius ließ Mütze und Akten fallen, um seine Erika mit kraftvoller Männlichkeit umarmen zu können. Seine Lippen schienen sich an den ihren festzusaugen. Seine Hände glitten abwärts, versuchten Besitz von ihren rückwärtigen Partien zu nehmen. So, wie seiner Meinung nach die alten Germanen ihre Liebe gewiß zum Ausdruck gebracht hatten: Held umarmt Heldin, Eroberung und Hingabe zugleich, vollkommene Einheit von Mann und Frau. Von den Göttern gesegnet.

»Willst du«, hauchte sie ihn mit heißem Atem an, »daß wir meinen privaten Raum aufsuchen?«

»Nichts will ich lieber als das!« Er packte noch etwas kräftiger zu. »Aber vielleicht sollten wir noch etwas damit warten, uns zunächst dienstlich geben, damit keinerlei fragwürdige Verdächtigungen auf uns zukommen.«

»Wie du willst.« Die Warnke löste sich jedoch erst dann aus seiner Umarmung, nachdem er ihr mehrmals versichert hatte, daß sie seine ›einzige Erika‹ sei.

Danach setzte sie sich gehorsam an ihren Schreibtisch. Er stellte sich hinter sie, wobei sein Blick auf das Hitler-Bild fiel, das ihr gegenüber an der Wand hing: Adolf mit Bürstenbärtchen und Feldherrnblick. Daneben ein Plakat, welches in gotischer Schrift verkündete:

Uns blendet nimmer falscher Schein.
Geht es doch um unseres Volkes Sein.
Dieser Lebenssinn wird uns zur Pflicht,
wir rasten bis zum Endsieg nicht.

Eine solche doch wohl banale Nazireimerei hielt vermutlich Crusius für große deutsche Dichtung – jedenfalls betrachtete er sie mit Wohlgefallen. »Wie schön, wie klar, wie zutreffend!« rief er aus. »Du bist genauso, wie ich dich ersehnt habe! Ein Wesen, dem es gegeben ist, vorbehaltlos zu lieben. Und ein Weib, das deutsch ist bis ins Mark. Solche Frauen brauchen wir, um zu siegen.«

»Und Männer wie dich! Ich weiß, mein Konstantin, daß wir uns nun bewähren müssen. Aber gemeinsam – du und ich vereint – wird uns das gelingen.«

Womit sie genau jenen Punkt angesprochen hatte, auf den es ihm ankam. »Wie du weißt, bin ich für die uneingeschränkte Verteidigungsbereitschaft des Lagers verantwortlich«, sagte er. »Eine Pflicht, der ich mich gern unterziehe. Noch vor kurzer Zeit wurde es mir ermöglicht, eine solche Verteidigungsbereitschaft auch garantieren zu können. Inzwischen jedoch sind hier vierzig einsatzfähige Soldaten abkommandiert worden – die dann von deinen Mädels ersetzt wurden. Doch eben daraus ergibt sich jenes Problem, mit dem ich mich herumschlagen muß.«

Die Warnke erwies sich, wohl erwartungsgemäß, als ungemein einfühlsam. »Ich glaube, daß ich dich verstehe«, versicherte sie. »Du denkst vermutlich daran, daß meine Mädel die abkommandierten Soldaten ersetzen könnten.«

»Das hast du goldrichtig erfaßt.« Crusius blickte seine Erika beglückt an. War sie nicht wunderbar? Ein ähnlich elitäres Geschöpf wie er selbst!

»Der Endsieg ist uns zwar sicher«, erklärte er, »wird uns aber nicht geschenkt. Den müssen wir uns erkämpfen. Gemeinsam. Dabei, könnte ich mir vorstellen, meine restlichen Soldaten selbstverständlich in vorderster Linie, deine Mädel dann sozusagen in der zweiten Reihe.«

»Mit der Waffe in der Hand?« wollte die Warnke wissen.

Er nickte. »Das ist dann wohl selbstverständlich. Dabei darf ich deiner Unterstützung gewiß sicher sein.«

»Das kannst du, Konstantin.«

»Aber was ist mit deinen Mädels – werden auch die mitmachen?«

Die Warnke zögerte kaum eine Sekunde. »Meine Mädel gehorchen mir«, erwiderte sie dann, etwas gedehnt. »Wieso sollten die das nicht tun?«

Für solche angedeuteten Schwierigkeiten hatte Crusius eine Art sechsten soldatischen Sinn zu entwickeln vermocht. »Befürchtest du etwa, auf irgendwelche Widerstände zu stoßen?«

Sie blickte ihn mit ergebener Zärtlichkeit an. »Meine Mädel sind ganz große Klasse, allerbestes Material. Allerdings«, und nun klang ihre Stimme doch ein wenig besorgt, »könnte es dabei zwei, vielleicht drei Ausnahmen geben. Aber die kriege ich auch noch in den Griff, wenn ich richtig vorgehe.«

»Ich bin sicher, daß du es schaffst, meine Erika. Du brauchst da doch nur an den Idealismus deiner Mädel zu appellieren. Du weißt ja, nach dem Motto ›Ich bin nichts, mein Volk ist alles‹. Oder so was in dieser Größenordnung. Jedenfalls wird dir da schon das Richtige einfallen. Damit die ›freiwillig‹ mitmachen.«

»Darüber«, sagte Erika Warnke und blickte ihn verlockend an, »werden wir nachdenken – mit gewiß ganz positiven Ergebnissen. Ein wenig später – wenn ich vorschlagen darf. Zunächst einmal beschäftigen wir uns mit dem, wonach es uns verlangt. Beiden.«

Fast zur gleichen Zeit begegnete der Obergefreite Koralnik der durchaus als attraktiv zu bezeichnenden Susanne Singer. Eine Begegnung, die rein zufällig schien. So, als sei das Mädchen ihm mal gerade über den Weg gelaufen.

»Bin erfreut, Sie zu erblicken, Fräulein Singer«, begann er das Gespräch. »Wären Sie gewillt, sich ein bißchen mit mir zu unterhalten? Oder sprechen Sie nicht mit niederen Dienstgraden?«

Worauf dann Susanne mit der ihr eigenen herzlichen Robustheit antwortete: »Was wollen Sie denn von mir, Sie Schlitzohr? Spekulieren Sie etwa darauf, mich besoffen zu machen, um mich dann abzuschleppen und zu vernaschen? Mensch, ich bin doch keine Konservenbüchse, die man einfach jederzeit öffnen kann.«

Koralnik lachte, was geradezu geschmeichelt klang. Diese Susanne war, verdammt noch mal, ein Mädchen ganz nach seinem Herzen. Einem Herzen allerdings, das alles andere als kindlich rein war, wohl eher rabenschwarz. Was aber nicht ausschloß, daß es beim Anblick einer schönen Frau dennoch schneller schlagen konnte.

»Vernaschen hört sich verdammt gut an, Fräulein Singer«, erwiderte er und schnalzte genüßlich mit der Zunge. »Ich müßte ja ein Trottel sein, wenn ich so was nicht wünschen würde – aber das muß ja nicht gleich sein. Zunächst einmal möchte ich Sie einladen, sich mit meinen Räumlichkeiten und Möglichkeiten bekannt zu machen.«

»Na, warum denn nicht? Die Einladung wird angenommen, wobei ich annehme, daß Sie nicht scheinheilig darauf bestehen, Papa Koralnik genannt zu werden. Wir kommen dann also zu Ihnen – sagen wir um sechzehn Uhr; auf eine Tasse Kaffee.«

»Es wird einer der besten Ihres Lebens sein.«

»Haben Sie da auch ganz genau zugehört, Herr Obergefreiter? Ich habe ›wir‹ gesagt.«

»Ich höre immer ganz genau zu – bei Ihnen in Besonderheit, Fräulein Singer. Und da Sie, wie ich Sie einschätze, keinen Anstandswauwau benötigen, gedenken Sie also jemanden mitzubringen, der Ihnen lieb und wert ist. Das wird also vermutlich eine Freundin sein; Fräulein Hofer, nehme ich an. Sie sind mir beide willkommen.«

Die beiden Mädchen begrüßte dann am Nachmittag Koralnik, als sei er der Chef eines Luxusrestaurants, der seine Lieblingsgäste empfängt. Er hatte einen schwerduftenden Kaffee gebraut und dazu aus der Kasinoküche einen noch ofenfrischen Obstkuchen anliefern lassen. Den Tisch bedeckte ein schneeweißes Leinentuch.

Die beiden Freundinnen ließen sich die ihnen gebotenen Köstlichkeiten schmecken. Und die muntere Susanne fragte augenzwinkernd: »Ist so was bei Ihnen Alltag, Herr Koralnik? Oder handelt es sich um die sogenannte Aufreißertaktik, wie sie angeblich auch im Schlößchen gepflegt wird?«

»Beides trifft zu«, versicherte er fröhlich. »Was das Kasino sich leisten kann, leiste ich mir allemal. Außerdem bin ich, wie Sie sicher schon gehört haben, ein ganz ausgekochter, hinterhältiger Hund, der kleine hübsche Mädchen gern in die Waden beißt.«

»Also haben Sie uns nicht nur wegen unserer niedlichen Gesichter eingeladen?«

»Sehe ich so aus? Ich verrate Ihnen ein kleines Geschäftsgeheimnis: Ich bin unheimlich scharf auf gute Beziehungen zu einflußreichen Leuten. Und da Ihnen beiden, wie ich gehört habe, angeboten worden ist, im Stab des Generals mitzuarbeiten, versuche ich mich Ihnen vorsorglich anzubiedern. Das, Mädchen, ist meine Masche.«

Susanne lachte herzhaft, Monika lächelte still vor sich hin. Und Koralnik rieb sich vergnüglich die Hände.

»Es stimmt also, wenn von Ihnen gesagt wird, daß Sie hier die Fäden in der Hand halten?« fragte Susanne rundheraus. »Und daß Ihren Ohren nichts entgeht?«

»Die besten Ohren«, erklärte er, »haben meistens die kleineren Hunde, zu denen ich mich zähle. Ich nehme meine Mahlzeiten sehr häufig im Kasino ein, wobei ich mich im Vorraum zum Speisesaal des Generals aufhalte, dessen Türen weit geöffnet sind. Dort überprüfe ich die Speisen, die serviert werden; um mir das beste davon auszusuchen. Ansonsten höre ich zu, übrigens gar nicht sonderlich aufmerksam, doch irgend etwas wirklich Wichtiges entgeht mir fast nie. Davon lasse ich dann auch mögliche Freunde profitieren – zu denen auch Sie beide gehören könnten.«

Susanne lachte hell auf. »Ihr gutes Gehör in Ehren, Herr Koralnik, und verbindlichen Dank für Ihr Angebot. Ob wir das jedoch annehmen, wollen wir nicht gleich festlegen. Zunächst jedenfalls neigen wir eher dazu, nein zu sagen.«

Koralnik tat so, als sei er im höchsten Grade überrascht. »Da höre ich wohl nicht richtig, Mädchen! Da werden euch höchst verlockende Angebote in Aussicht gestellt, doch ihr zögert, mit beiden Händen zuzugreifen? Normalerweise würde man da wohl sagen: Ihr tickt nicht richtig. Versucht mir mal zu erklären, was dabei so in euren schönen Köpfchen vor sich geht.«

Betont freundlich sagte Susanne: »Ich will ganz einfach unter keinen Umständen auch noch in irgendein persönliches Abhängigkeitsverhältnis geraten; schon gar nicht in eins, das sich dann womöglich nicht mehr kontrollieren läßt. Ich brauche da doch nur an meine Kusine Marianne Dengler zu denken. Aber immerhin finden deren horizontale Dummheiten im Bereich eines Generals statt, womit sich gewiß eine ganze Menge Seide spinnen läßt. Aber eben nur bei dem – und nur für sie. Für mich wäre das nichts.«

»Und Ihre Beweggründe, Fräulein Hofer?« wollte Koralnik wissen.

»Ich will hier meinen Dienst verrichten wie alle andern auch«, sagte Monika. »Jede irgendwie geartete Bevorzugung lehne ich ab – mit der gleichen Überzeugung, mit der ich auch jede absichtliche Benachteiligung verabscheue.«

Das sagte sie derartig ernsthaft und eindringlich, daß Koralnik, der Realist, sein ganzes Weltbild ins Wanken geraten sah. Sollten diese beiden zu jenen raren Vögeln gehören, die sich nicht bedingungslos anpassen wollten, die nicht gleich alles fraßen, das ihnen vorgesetzt wurde?

War denen zuzutrauen. Zumindest versuchten sie ihre eigenen Spielregeln aufzustellen. Doch wohin sollte das führen?

»Bringt euch in Sicherheit, Mädel«, empfahl er ihnen, was sich ehrlich anhörte. »Nehmt das Angebot an – taucht beim Stab unter. Denn soweit ich unterrichtet bin, soll schon morgen ein schön scheußliches Schauspiel inszeniert werden – mit den Blitzmädchen als Flintenweibchen. Ein sagenhafter Einfall, den eure Warnke gemeinsam mit unserem Crusius ausgebrütet hat. Die beiden sind ja neuerdings innig vereint.«

»Nun ja, daß die beiden miteinander pennen, hat sich bereits herumgesprochen«, bestätigte Susanne. »Aber sollte ausgerechnet das gleich dazu führen, daß sie plötzlich Heldenmädchen aus uns machen wollen?«

»Normalerweise nicht«, meinte Koralnik. »Doch selbst so

was ist bei denen nicht ganz normal. Wenn dieses großdeutsche Liebespaar nur darauf aus wäre, sich heftig zu vergnügen, dann würde ich denen sogar eigenhändig eisgekühlten Champagner ans Bett bringen, aus den Beständen unseres Generals. Aber die beiden sind gefährlich.«

»Liebende – die gefährlich sind?« fragte Monika ungläubig.

»Von wegen Liebende! Das sind Vorgesetzte, die noch dazu miteinander herumpimpern. Aber schließlich ist hier der stramme Konstantin der Einsatzleiter, und die flotte Erika eure Anführerin. Bisher haben sich die beiden die üblichen kleinen Heckenschützenkriege geleistet, manchmal waren sie sogar zueinander wie Jagdhund und Wildkatze, was der General gar nicht ungern sah. Denn auf diese Weise hatte immer er das letzte Wort; er war und blieb der Schiedsrichter.«

Was das in der Praxis zu bedeuten hatte, begriff Susanne mühelos.

»Wenn die also nunmehr sozusagen ein Herz und eine Seele sind, dann können sie jetzt hier jede Entscheidung treffen, die sie gemeinsam für richtig halten. Also ohne erst die Zustimmung des Generals einholen zu müssen.«

»Kluges Mädchen«, lobte der Obergefreite. »Genauso wird's kommen. Deshalb mein Ratschlag: Setzt euch ab, in Richtung Schlößchenkasino. Dort ist die Arbeit angenehm, die Verpflegung bestens – und da bin auch immer ich, der liebe, gute Koralnik; betreuungsbereit im Hintergrund.«

Er meinte es zweifellos gut mit ihnen, versuchte wohl, ihnen eine Art goldene Brücke zu bauen. Doch vorläufig hatten die Mädchen keine Gelegenheit, auf seinen Vorschlag zu antworten. Denn nun erschien der Feldwebel Wegner.

Anton Wegner war, wie immer, reichlich lässig uniformiert – eigentlich mehr Zivilist als Soldat. Auch seine Bewegungen waren entsprechend – er schlenderte herbei. Als er die beiden Mädchen erblickte, machte er eine Verbeugung.

»Pardon, wenn ich stören sollte. Ich bin ganz zufällig vorbeigekommen.« Bei dieser Lüge bekam sein blasses Gesicht einen leicht rosigen Schimmer. »Falls ich etwas für dich tun kann, Koralnik, oder für die Damen – ich stehe zur Verfügung.«

»Zur Verfügung stehen ist gut – könnte hier brauchbar sein«, meinte der gerne muntere Koralnik. Dabei beobachtete er Monika und Wegner. Um dann festzustellen, daß die beiden es vermieden, einander anzusehen – was konnte eindeutiger sein? Schnee muß nicht direkt der Sonne ausgesetzt sein, um dahinzuschmelzen. Zugleich erkannte er, daß auch Susanne ihre Freundin eingehend musterte und Wegner dazu; und zwar beide recht wohlwollend.

»Sicher interessiert es die Damen«, tönte der raffinierte Feinkosthändler Koralnik anregend, »daß unser Freund Wegner ein erklärter Schöngeist ist – einer mit dem *Faust* im Tornister, wie man so sagt. Und noch etwas verbindet ihn mit seinem Goethe: Auch er ist ein leidenschaftlicher Naturbetrachter.«

»Tatsächlich?« Monikas Interesse schien erwacht zu sein.

Wegner wies eine solche Behauptung weit von sich. »Aber doch nichts dergleichen. Ich unternehme lediglich in meiner Freizeit gern Spaziergänge, wobei ich versuche, Pflanzen zu bestimmen. Ich halte mich keinesfalls für einen botanisch geschulten Naturbetrachter. Es handelt sich dabei lediglich um eine Beschäftigung, die mir einfach Spaß macht.«

Monika begann nun Wegner wie zufällig mit Blicken zu streifen – ohne ihn jedoch voll anzusehen.

Koralnik zögerte nicht, in das wohl erst schwache, aber doch schon einigermaßen erkennbare Feuer vorsichtig hineinzublasen. »Wenn ich mich richtig erinnere, hast du gestern drüben am Waldrand bereits die ersten Frühlingsboten entdeckt – Schneeglöckchen und Wildkrokusse.«

»Jetzt schon?« fragte die sonst so scheue Monika nahezu lebhaft. »Das würde ich gern sehen.«

»Wenn Sie es wünschen, Fräulein Monika, könnte ich mir vorstellen, daß unser Naturfreund Wegner liebend gerne dazu bereit wäre, Ihnen so was vorzuführen.«

Koralnik blickte dabei Susanne an und glaubte, deren Einverständnis zu erkennen. »Also dann, meine Lieben, laßt euch nicht aufhalten!«

Die beiden griffen diesen Vorschlag auf – sehr bereitwillig, wie es den Anschein hatte. Sie entfernten sich mit einem leicht verlegenen Lächeln.

Zurück blieben nun, bei den Resten von Kaffee und Kuchen, Susanne Singer und Konrad Koralnik. Er schien sich davor zu hüten, näher an sie heranzurücken. Vielmehr war er auf einen gewissen Abstand bedacht; vermutlich, um sie besser beobachten zu können.

»Ein reichlich seltsames Mädchen, diese Monika«, sagte er dann. »Ungewöhnlich nett, sehr sympathisch, aber schwer zu durchschauen, was?«

»Wieso?«

»Sie wirkt sehr bedächtig – sie redet so wenig.«

»Was man allerdings von Ihnen, Herr Koralnik, kaum sagen kann. Außerdem haben Sie soeben versucht, sich als eine Art Kuppler zu betätigen.«

»Habe ich das?« Er lächelte geradezu geschmeichelt. »Da können Sie mal sehen, Fräulein Singer, wie verdammt vielseitig begabt ich bin.«

»Das allerdings wird mir immer klarer.«

»Sie hatten im übrigen auch nichts gegen diesen Frühlingsspaziergang einzuwenden. Außerdem würde ich, als feiner Mann, der ich auch sein kann, so was nicht gleich Kuppelei nennen. Zumal die beiden doch recht gut zusammen passen, was sie offenbar auch finden. Und ich meine: Man muß das Gute nehmen, wie und wo man es jetzt gerade noch bekommen kann. Morgen ist es vielleicht schon zu spät.«

Susanne verstand, daß dies ein Angebot war. Doch darauf ließ sie sich nicht gleich ein – sie doch nicht! Zunächst einmal gedachte sie hier gewissermaßen das Terrain zu sondieren.

»In diesem Zirkus scheint der General die Attraktion Nummer eins zu sein. Und an welcher Stelle rangieren Sie? Sind Sie etwa die Nummer zwei?«

»Sie verstehen es, einzigartige Komplimente zu machen.« Koralnik empfand diese stattliche Person als umwerfend direkt, geradezu als beglückend deutlich. »Solche Komplimente gehen mir ein wie Lindenblütenhonig, den ich besonders schätze. Übrigens – ein Glas davon, oder auch zwei, könnte ich Ihnen zur Verfügung stellen.«

»Versuchen Sie etwa abzulenken. Nummer zwei?«

»Ich will weder ablenken noch eine Nummer darstellen; schon gar nicht eine niedere. Und zwei hört sich an wie zweitrangig, zweitklassig. Doch so fühle ich mich nicht. Vielleicht sollten Sie das so sehen: Ich könnte, ohne den General, hier ganz gut auskommen – wobei die Frage ist, ob das der General auch kann; ohne mich. Kleine vertrauliche Bemerkung, Fräulein Singer – nur Ihnen gegenüber.«

Susanne fragte nun nicht gleich: Wie komme ich zu dieser Ehre? Sie bohrte behutsam weiter: »Was Sie da sagen – ist das nun Hochstapelei, oder können Sie es beweisen?«

»Wenn mich nicht alles täuscht, Fräulein Susanne«, antwortete er, wobei er sie zum erstenmal mit dem Vornamen ansprach, »dann erwarten Sie jetzt, daß ich Ihnen einen gewissen Einblick gebe – in meine Möglichkeiten.«

»Darin täuschen Sie sich nicht, Herr Konrad Koralnik.« Auch sie nannte seinen Vornamen, wie beiläufig. »Aber fragen Sie mich nicht, warum mich das tatsächlich interessiert.«

»Muß ich doch gar nicht«, sagte er einfühlsam. »Also dann wollen wir nun mal – zur Besichtigung schreiten.«

Die erste Station: Seine persönlichen Bestände, gelagert in dem Raum, in dem sie sich gerade befanden. In Schränken, Truhen und Sitzkästen befanden sich Stapel von Edelkonserven, etliche Flaschen erlesener Spirituosen, Dutzende von Kaffeebüchsen. »Erlesene Kleinigkeiten, die unser Leben etwas schöner machen«, bemerkte Koralnik.

Die zweite Station: Das Verpflegungslager für die Versorgung des Lagers. Untergebracht in einigen Nebenräumen; gesichert durch Spezialschlösser, über deren Schlüssel der Obergefreite allein verfügte. Auf dem Boden und in Regalen waren prallgefüllte Säcke gestapelt, mit Mehl, Reis, Erbsen, Bohnen. Dazu Berge von Kartons mit Seifen, Zahnpasta, Waschmitteln.

Schließlich die dritte Station: Koralniks spezieller Weinkeller, drei Meter unter der Erde; erreichbar erst nach Öffnung einer durch Eisenbeschläge verstärkten Falltür, unter der eine schmale Treppe ins Dunkel führte. Dort unten befanden sich Wein- und Champagnerflaschen von allerhöchster Qualität. Es gehörten einige Batterien eines uralten Burgunders ebenso dazu wie trockenster Chablis und edelster Dom Perignon; von dem bekam selbst der General nur höchst selten etwas zu kosten.

Bei so viel angehorteten Schätzen bekam Susanne ganz große Augen. Und Koralnik genoß ihr Erstaunen sehr. Sie hatte einige Mühe, eine gewiß unvorsichtige Anteilnahme an solchen Köstlichkeiten allzu deutlich werden zu lassen. Sie flüchtete sich zu einem derzeit vielgebrauchten Scherzwort: »Nicht schlecht, Herr Specht.«

»Also darf ich annehmen«, sagte er vorsichtig, »daß Ihnen meine Vorführung gefallen hat.«

»Sogar imponiert«, gab Susanne zu. Sie war sich darüber klar, daß sie nun an einem sehr heiklen, zugleich aber entscheidenden Punkt ihres Gesprächs angelangt waren.

Er blinzelte sie geradezu treuherzig an. »Könnte mir durchaus vorstellen, Sie an meinem Unternehmen zu beteiligen. Ein Vorschlag, den Sie hoffentlich nicht mißverstehen werden.«

»Falls das ein direktes Angebot sein soll«, sagte sie nun, »so ist das sicherlich, wie ich Sie kenne, mit ganz bestimmten Bedingungen verbunden. Mit welchen?«

»Als Bedingungen möchte ich so was nicht bezeichnen; eher als Erwartungen«, sagte Koralnik. »Zuerst einmal gestehe ich ganz offen ein, daß Sie mir gefallen – sehr sogar. Hinzu kommt dann wohl, daß ich Ihre speziellen Beziehungen zu schätzen weiß, etwa zu Ihrer Kusine Dengler und damit zum General – was gleichfalls stimmt. Schließlich aber, falls Sie mir so viel Menschenfreundlichkeit abnehmen, würde ich es gerne sehen, wenn wir beide gemeinsam jene gewiß recht zarten Beziehungen wohlwollend fördern – zwischen meinem Freund Wegner und Ihrer Freundin Monika.«

»Mann«, lachte ihn Susanne an, »Sie sind ja eine ganz durchtriebene Type. Sie versuchen ja, mich regelrecht einzukaufen.«

»Zugegeben, das würde ich ja an sich sehr gern, Fräulein Susanne. Schließlich bin ich auch nur ein Mann. Aber eben einer, der weiß, daß sich gewisse Dinge selbst mit ganzen Warenlagern nicht kaufen lassen; sobald dabei das fehlt, was gemeinhin als gegenseitige Sympathie bezeichnet wird. Mir jedenfalls gefallen Frauen von Ihrem Format. Außerdem habe ich stets gewünscht, Freunde um mich zu versammeln. Doch von der einen wie der anderen Sorte gibt es immer nur sehr wenige.«

»Das haben Sie geradezu süß gesagt – süß wie Schlagsahne. Trotzdem muß ich mir noch überlegen, ob ich zu Ihrem Freundeskreis gehören möchte.«

»Verstehe ich voll und ganz. So was braucht nun mal seine Zeit; die wir hier aber kaum noch haben. Doch wie dem auch sein mag: Seien Sie vorsichtig, wenn hier dieser Verteidigungszirkus losgeht.«

»Ich soll also – meinen Sie das? – mein vorlautes Maul nicht gleich aufmachen! Auch dann nicht, wenn mich so mancher ankotzt?«

»Ich sage nur soviel, Susanne: Höchste Vorsicht ist hier äußerste Klugheit.«

»Also soll ich mit den Wölfen heulen?«

»Geht es denn im Augenblick anders? In solchen lausigen Zeiten muß man listig sein wie eine Schlange und zugleich stark wie ein Löwe.«

»Und was ist mit den sogenannten höheren Werten – wie Ehre, Heimatliebe, Pflichtbereitschaft, Opfer fürs Vaterland, Verteidigungswillen? In diesem Sinn sind wir doch erzogen worden, und diese Werte sind doch gerade jetzt, hier und heute, stark gefragt.«

Koralnik sah sie lange an. Es war förmlich zu sehen, wie es in ihm arbeitete. Schließlich sagte er: »Was ist denn hier noch Ehre? Auf ein Eisernes Kreuz scharf sein, das sich nur allzu leicht in ein Grabkreuz verwandeln kann? Nein. Was ist unter Heimatliebe zu verstehen? Boden zu gewinnen, Boden zu verlieren, verbrannte Erde zu hinterlassen, die Heimat anderer zu zerstören und die eigene aufs Spiel zu setzen? Nein. Und was ist das, dieses Vaterland? Was ein Hitler darunter versteht und was seine Leute in alle Winde brüllen? Nein. Was ist unter Pflichtbewußtsein zu begreifen? Das tun, was von irgendwelchen Idioten befohlen wird, was die Handlanger der Mächtigen ausbrüten? Nein. Und Verteidigungswillen? Wer oder was soll hier verteidigt werden – das Abendland oder das Frühstück des Generals, das sogenannte Tausendjährige Reich oder die größenwahnsinnigen Wunschträume wildgewordener Spießer? Nein, nichts dergleichen werde ich tun. Meine letzte Weisheit ist Verweigerung – das Schlußkapitel in meinem deutschen Lesebuch.«

Susanne hatte erst überrascht, dann bestürzt zugehört. »Schlimm, was Sie da sagen, Konrad. Ich meine, es könnte schlimm für Sie ausgehen, wenn Sie mit derartigen Äußerungen an die falsche Adresse geraten. Leisten Sie sich öfter derartige Erkenntnisse? Die könnten Sie Kopf und Kragen kosten.«

Nachdem Koralnik seinem Herzen Luft gemacht hatte, verwandelte er sich blitzartig wieder zurück in ein sanft lauerndes Hamsterwesen. »Na, was habe ich schon gesagt? Nichts. Falls jedoch jemand irgend etwas anderes behaupten sollte, werde ich höchst verwundert sein; und dann von peinlichen Mißverständnissen und fragwürdigen Verdächtigungen reden. Ein Koralnik denkt doch nicht über seine Verpflegungskisten hinaus!«

»Sie sind ein sehr bemerkenswerter Mensch, Konrad. Bei Ihnen hat man wohl gar keine andere Wahl, als mit Ihnen befreundet sein zu wollen. Wer kann es sich denn schon leisten, so was wie Sie zum Feind zu haben.«

»Wir machen Fortschritte«, bestätigte Koralnik ehrlich erfreut. »Das ist jetzt auch dringend nötig. Mal sehen, wie wir da über diese letzten Runden kommen. Jedenfalls sollten Sie sich morgen früh nicht gleich den Mund verbrennen, wenn die Warnke ihre Blitzmädel zum Kampf für den Endsieg aufruft. Sie legen hoffentlich nicht den geringsten Wert darauf, unverzüglich zu einer Flakbatterie in Frontnähe abgeschoben zu werden.«

»Dagegen würde ich mich wehren«, sagte Susanne Singer. Und mit sphinxhaften Lächeln setzte sie hinzu: »Auf meine Weise...«

Am nächsten Morgen begann dann tatsächlich das, was als die große Aktion zur ›Mobilisierung des Verteidigungswillens im Hinblick auf den zu erringenden Endsieg‹ bezeichnet wurde. Zumindest von der Warnke – was hier wahrlich nicht unmaßgeblich war.

Ort dieser Handlung: der Appellplatz vor der Frauenbaracke.

Die Blitzmädel waren angetreten, straff und sauber uniformiert. Auf das Kommando »Hißt Flagge« wurde die Fahne hochgezogen. Eine allmorgendliche Darbietung, welche diese Mädchen – etliche noch nicht völlig ausgeschlafen – ergeben über sich ergehen ließen.

Dann jedoch baute sich die Warnke vor ihrer versammelten Weiblichkeit auf. Um starkstimmig zu verkünden: »Nun, meine Mädel, ist es soweit.«

Auch das nahmen sie gelassen hin. Einige gähnten. Sicher hatte die Warnke da wieder ein paar Einfälle ausgebrütet. Bezüglich der Disziplin, Zucht und Ordnung in der Frauenbaracke.

Aber dann kam es knüppeldick. »Wir, meine Mädels, sind hier angetreten, um Soldaten abzulösen. Das ist ein kriegsnotwendiger Vorgang gewesen. Wir können stolz darauf sein, daß wir uns dabei als gleichwertige Kameradinnen erwiesen haben.«

»Worauf will denn unsere Oberkrähe diesmal hinaus?« flüsterte ein Blitzmädel im zweiten Glied.

Susanne Singer, die vor ihr stand, empfahl lässig: »Nur Geduld. Die ist bereits dabei, ihre dicke Katze aus dem großen Sack zu lassen.«

»Nun stehen wir Schulter an Schulter mit unseren Soldaten in der großdeutschen Endsieggemeinschaft«, tönte die Warnke weiter. »Im unzerstörbaren Glauben an Führer, Volk und Vaterland. Zu jedem Einsatz bereit, den das Schicksal von uns fordert. Dem kann, dem will, dem darf sich niemand entziehen, meine Mädel!«

Diese ihre Mädel standen reichlich konsterniert da. Ihnen langte, was sie bisher zu leisten hatten. Susanne Singer allerdings zeigte sich, da auf dieses Staatstheater vorbereitet, mehr belustigt als beunruhigt. »Schaut mal – wer kommt denn da!« Das war kaum noch geflüstert.

Der da kam, war der Oberleutnant. Ihm folgten vier Unteroffiziere. Zusammen mit ihnen marschierte Crusius straff, federnd, fordernd herbei. Er verbeugte sich betont offiziell vor der Warnke, während seine Vierergruppe hinter ihm stand wie eingerammte Zaunpfähle. Er wendete sich den Blitzmädels zu, musterte sie mit fröhlich-energischen Frontkämpferaugen, um dann seinerseits zu einer Ansprache anzusetzen.

»Wir alle sind eine verschworene große Gemeinschaft, mit gleichen Rechten und gleichen Pflichten für Mann und Frau. Dazu gehört auch unverzichtbar der Ehrendienst an und mit der Waffe. Diesen ehrenvollen Dienst mit euch zu teilen, sind meine Soldaten und ich bereit; vorbehaltlos, versteht sich. Zumal der Sinn und Zweck solcher Bereitschaft auch von eurer Führerin, der verehrten Frau Warnke, verständnisvoll begrüßt worden ist.«

Seine Erika sah ihn erglühend an, bemühte sich dann aber unverzüglich um Haltung. »Das ist unsere patriotische Pflicht – und der werden wir nachkommen.«

Crusius verbeugte sich nochmals vor ihr, dankbar und anerkennend. Dann verkündete er: »Wir werden nun also unsere lieben Nachrichtenhelferinnen mit den wichtigsten Waffen vertraut machen, mit Pistolen, Handgranaten und Maschinengewehren. Euch daran fachgerecht auszubilden, wird uns ein Vergnügen sein.«

Etliche der Blitzmädel machten durchaus den Eindruck, als könnten sie sich wesentlich angenehmere Vergnügungen vorstellen. Doch sie hüteten sich davor, derartige Anwandlungen allzu deutlich zu machen. Der Anblick ihrer Warnke war allzu unmißverständlich.

Die begann nunmehr, mit forschenden Blicken die Front ihrer Mädchen abzuschreiten; wobei sie reichlich unmißverständliche Wortgebilde von sich gab, wie: »Das ist doch begrüßenswert.« Oder: »Da will doch wohl keine beiseite stehen.«

Schließlich: »Oder sollte sich hier jemand weigern, freiwillig mitzumachen?«

Was sie damit beabsichtigte, war durchaus erkennbar. Sie versuchte zu provozieren, irgendein renitentes Wesen auszumachen. Um dann ein Exempel zu statuieren.

Offenbar nahm sie an, daß sich dafür die Singer anbieten könnte. »Habe ich recht, Susanne?« fragte sie rundheraus.

Doch die war viel zu raffiniert und vorbereitet, um darauf hereinzufallen. Sie blickte die Warnke nahezu fröhlich an und sagte: »Das hört sich ja geradezu vielversprechend an.«

Und Monika Hofer, die neben ihr stand, lächelte wieder einmal mehr. Mit sanfter Hinterhältigkeit.

Diese beiden jedenfalls, mußte die Warnke erkennen, gingen ihr diesmal nicht auf den Leim. Wer aber dann? Schließlich hatte sie mit Konstantin Crusius abgesprochen, für mindestens ein mahnendes, abschreckendes Beispiel zu sorgen, um renitente Mädel einzuschüchtern. Als sie weiter die Front entlangging, fiel ihr suchender Blick auf die Nachrichtenhelferin Gundula Lehnert.

Die stand im dritten Glied und gehörte zu jenen, welche in ihren Augen als schwunglos, wenig begeisterungsfähig und gelegentlich störrisch bezeichnet werden konnten. Mal ganz abgesehen davon, daß diese Gundula aus reichlich fragwürdigen Verhältnissen stammte: Sie war das uneheliche Kind einer Reinemachefrau; eines von drei anderen, alle ohne amtlichen Vater.

Die konnte ihr Objekt sein! Das glaubte die Warnke instinktsicher herausgefunden zu haben: »Und was ist mit dir, Gundula? Du machst nicht gerade den Eindruck, hell begeistert zu sein. Stimmst du etwa nicht bedingungslos zu? Bist du dagegen?«

»Ist sie nicht«, sagte Susanne Singer schnell. »Das ist hier niemand.«

»Misch dich da gefälligst nicht ein!« wurde sie streng verwiesen. »Ich unterhalte mich jetzt allein mit Gundula.

Und von der will ich wissen, wie sie sich zu solchen Maßnahmen stellt. Nun?«

Nicht etwa, daß sich Gundula Lehnert herausgefordert fühlte; sie schien vielleicht eher ein wenig geschmeichelt darüber zu sein, hier plötzlich im Mittelpunkt zu stehen. Dementsprechend reagierte sie:

»Ich habe gedacht, daß wir als Nachrichtenkräfte hier sind; nicht jedoch als mögliche Ersatzkampftruppe.«

»Na, schau mal an, Gundula – du hast dir was gedacht! Was denn genau? Lehnst du es ab, dich unserer verschworenen Gemeinschaft anzuschließen?« Die Warnke gab sich streng, war aber wohl insgeheim erfreut und befriedigt: Diese ahnungslose Kleine war auf ihre Provokation prompt hereingefallen!

»Ich glaube der Ansicht sein zu dürfen, daß uns so was nicht zugemutet werden sollte. Major Sommer, bei dessen Dienststelle ich vorher war, hat mehrmals zu uns gesagt: ›Mädel, ihr könnt anpacken, was euch auch immer befohlen wird; oder hinfassen, wozu ihr gerade lustig seid – aber Finger weg von Schußwaffen und Munition!‹ Genau das hat er gesagt, der Herr Major.«

»Gundula«, Erika Warnkes Stimme wirkte jetzt scharf und giftig, »du bist aber nicht mehr bei deinem Major, wo du dich möglicherweise sehr wohl gefühlt hast. Jetzt bist du bei uns gelandet, wo Pflichtgefühl und Verantwortungsbereitschaft ganz groß geschrieben werden. Da aber dir das so offenbar nicht gefällt, müssen unvermeidliche Konsequenzen die Folge sein – welche du dir selbst zuzuschreiben hast.«

»Was heißt denn hier, bitte, Konsequenzen?« fragte Susanne Singer, ohne ihre Stimme zu dämpfen. »Gundula ist lediglich nach ihrer Meinung gefragt worden, und die hat sie gesagt.«

»Was völlig ausreicht!« rief die Warnke schrill. »Bei uns macht man freiwillig mit – oder eben gar nicht. Und deshalb, Gundula, holst du sofort deine Sachen! Du wirst zur nächsten Flakbatterie versetzt. Abmarsch in einer Stunde.«

Die Nachrichtenhelferinnen schwiegen, wie leicht betäubt. Selbst Susanne flüsterte jetzt nur noch, kaum hörbar:

»Was für eine hinterhältige Sauerei!« Das Lächeln von Monika Hofer erlosch selbst jetzt noch nicht völlig.

Konstantin Crusius blickte in die blitzenden Blauaugen seiner Erika. Beide wären jetzt am liebsten einander in die Arme gefallen. Da dies jedoch im Augenblick wohl nicht gut möglich war, reichte er ihr wenigstens die Hand, wobei er ihr gedämpft, doch mit Anerkennung versicherte: »Sehr gut gemacht, meine Liebe. Das wird hinhauen! Jetzt kommen wir hier garantiert weiter.«

Da sich Oberleutnant Crusius nicht nur für einen glänzenden Taktiker hielt, darüber hinaus auch noch für den geborenen Strategen, hatte er bereits das Ausbildungskonzept für die Blitzmädel erarbeitet. Doch zunächst einmal stellte er ihnen jene vier Unteroffiziere vor, die er mitgebracht hatte.

»Ich nehme an, daß ihr meine Männer bereits kennt; einige von euch möglicherweise sogar ziemlich genau.« Ein verständnisvoll gemeintes Augenblinzeln sollte signalisieren, daß ihm nichts Menschliches fremd war. »Doch die sind jetzt eure Ausbilder! Und in dieser Eigenschaft dürfte es ihnen gelingen, euch noch etliches Neue beizubringen. Man lernt eben nie aus.«

Worauf dann Crusius dazu ansetzte, seine Männer zu belehren; unmittelbar vor den Blitzmädels – welche er dann gelegentlich auch als ›Blitzkriegmädel‹ bezeichnen sollte. Wobei natürlich bei einer solchen Belehrung der ›Kasernenhofhumor‹ nicht zu kurz kam.

»Wie ihr wißt, Männer, wird die Waffe als Braut der Soldaten bezeichnet, jedoch nicht zugleich auch ein weibliches Wesen, das eine solche Waffe bedient. Also – wenn ihr hier was befummeln wollt, dann gefälligst nur eure Pistolen. Keinesfalls unsere Mädel. Wer so was versucht, dem reiße ich den Arsch auf. Klar?«

»Jawoll, Herr Oberleutnant«, röhrten seine Unteroffiziere einsatzfreudig.

Sodann wurden jedem dieser vier Ausbilder jeweils acht bis neun Blitzmädel zugeteilt. Die so gebildeten Gruppen setzten sich in Marsch, in Richtung auf das Waldgelände hinter den Baracken. Dort war bereits alles für die Übung Nummer eins vorbereitet worden: Schießen mit der Pistole 08.

Diese ziemlich klobigen, für Frauenhände eigentlich zu schweren Waffen lagerten in Holzkisten, deren Deckel bereits geradezu einladend aufgeklappt waren. Auch waren an einigen Bäumen Zielscheiben angenagelt worden, welche die Umrisse von Menschen zeigten. Das also war der ›Feind‹, auf den es zu zielen galt. Zwei Körperteile waren besonders deutlich gekennzeichnet: die Gegend von Kopf und Herz.

Der Ausbilder der Gruppe drei, zu der auch Susanne und Monika gehörten, war ein Unteroffizier namens Wittmann. Ein wohlgenährter, muskulöser Bursche mit sattkräftiger Stimme. Ein Prachtstück von einem Mann – er zumindest kam sich so vor.

»Wir beginnen mit den einfachsten Griffen. Zuerst Füllen der Magazine, sodann Scharfmachen der Waffe. Worauf geschossen wird – zunächst auf eine Entfernung von zehn Metern. Das ist so einfach, wie wenn eine Ziege scheißt. Na, was ist? Traut ihr euch das zu?«

»Sie ahnen ja gar nicht, Kamerad Unteroffizier, was wir uns alles zutrauen«, stellte Susanne Singer fest. »Haben Sie schon einmal einen Nähfaden in ein schmales Nadelöhr reingebracht? Dazu braucht man eine ganz sichere Hand und ein klares Auge. Haben wir.«

»Aber das ist doch was ganz anderes«, meinte er und fühlte sich ungemein überlegen.

»Halten Sie uns etwa für Transusen?« hakte Susanne nach. »Das will ich doch nicht hoffen!«

»Kein Herumgerede, Mädel! Zeig mal lieber, was du kannst!« forderte er sie auf.

Worauf Susanne Singer nach einer der bereitliegenden, bereits geladenen Pistolen griff. Sie entsicherte, wobei sie jedoch nicht, wie sonst üblich, allein mit der rechten Hand zupackte. Sie griff mit beiden Händen zu.

»Ich wähle das hintere Ziel rechts«, kündigte sie an. Das aber war nicht nur zehn, vielmehr nahezu fünfundzwanzig Meter entfernt. Und darauf feuerte sie dann, in schneller Folge, das Magazin leer. Acht Schüsse, acht Treffer. Und alle mitten hinein in das Schießscheibengesicht. In die Stirn, zwischen die Augen, in den Mund.

»Na, das ist tatsächlich so leicht, wie wenn eine Ziege scheißt, was?« sagte sie spöttisch.

Unteroffizier Wittmann staunte nun sozusagen Bauklötze. »Mensch, Mädel, das ist ja eine Wucht. Respekt! Können das hier vielleicht auch noch andere?«

Das konnten tatsächlich auch noch einige in dieser Gruppe. Zwar nicht gleich ganz so überzeugend wie Susanne Singer, doch auch sie durchlöcherten diverse Zielscheiben, so daß die ausschauten wie Schweizer Käse. Was der Unteroffizier alles seinen hervorragenden Ausbildungsmethoden zuschrieb.

Unverzüglich eilte er sodann, um seine Erfolge zu verkünden, zu Oberleutnant Crusius. Der hielt sich, gemeinsam mit der Führerin Warnke, ein wenig im Hintergrund auf. Gleichsam auf einer Art Feldherrnhügel.

»Herr Oberleutnant, diese Weiber – oder eben Mädel – sind einfach ganz groß«, sprudelte Wittmann begeistert hervor. »Die spuren nicht nur hundertprozentig, die können knallen wie die Wildschützen! Wer hätte das gedacht?«

»Von meinen Mädels«, sagte die Warnke mit schlichtem Stolz, »war doch wohl kaum etwas anderes zu erwarten.«

»Die Beste von allen ist diese Susanne Singer. Die ist ja geradezu olympiareif! Die trifft immer ins Schwarze.«

»Und was ist mit den anderen?« erkundigte sich Crusius. Wobei er beiläufig hinzufügte: »Monika Hofer zum Beispiel?«

»Die ist auch nicht schlecht, Herr Oberleutnant. Beim Schießen zwar nicht ganz so fix wie die Susanne. Sie läßt sich mehr Zeit – doch dafür zielt sie vielleicht sogar noch genauer.«

Als sich dann Wittmann entfernt hatte, wollte Erika Warnke wissen: »Warum hast du ausgerechnet nach der Hofer gefragt, Konstantin? Sollte dich etwa diese Person in Besonderheit interessieren?«

»Keineswegs gleich so was, meine Liebe! Ich bin lediglich bestrebt, hier eine Art Überblick zu gewinnen.« Eine Versicherung, bei der er Erika mit forcierter Innigkeit anblickte. Gar nicht unwirksam, wie er feststellen konnte. »Außerdem hast du mir doch selbst gesagt, daß wir ein ganz wachsames Auge haben müssen – auf diese beiden Mädel. Aber die spuren! Und wie!«

»Vielleicht ist gerade das«, gab sie zu bedenken, »gar nicht unverdächtig!«

»Ich passe da schon auf, verehrte Erika. Schließlich bin ich genauso wachsam wie du. Doch zunächst einmal scheint ja alles bestens zu klappen, wie wir das gemeinsam geplant haben. Also – nur weiter so!«

Gleich am nächsten Tag stand dann der Punkt zwei dieser Verteidigungsübungen auf dem Dienstplan: Handgranatenwerfen. Wobei der Ausbilder der Gruppe drei, Unteroffizier Wittmann, völlig überzeugt davon war, ganz beschwingt ans Werk gehen zu können. War er doch fast sicher, daß es sich bei seinen Blitzmädels um ausgesprochene Prachtexemplare handelte, sogar in ganz scharfer kriegstechnischer Hinsicht.

»Dies also, meine Damen, ist eine Stielhandgranate.« Die hielt er demonstrierend hoch, als gedenke er sie zu versteigern. »Die Handhabung dieser Waffe ist ganz einfach. Am unteren Ende des Griffs befindet sich ein Schraubverschluß. Sobald der abgeschraubt worden ist, kommt eine Schnur mit einem Ring zum Vorschein. Daran muß man reißen, um den Sprengkopf scharf zu machen. Dann explodiert der – nach drei Sekunden.«

Wittmann zählte: »Eindundzwanzig, zweiundzwanzig, dreiundzwanzig... das sind genau drei Sekunden. Ihr müßt also diese Handgranate so werfen, daß sie exakt dann detoniert, wenn sie im Ziel aufschlägt. Also – niemals zu früh werfen! Sonst könnte es sein, daß der Gegner eure Liebesgabe einfach zurückschmeißt. Und die zerfetzt euch dann den Arsch.«

»Sagten Sie – Arsch?« wurde er prompt gefragt; selbstverständlich von Susanne Singer.

»Pardon, ich korrigiere mich«, feixte Wittmann. »Ich

wollte sagen: Dabei könnten edelste Körperteile von euch verletzt werden. Was doch jammerschade wäre.«

Das war auch die Ansicht dieser einfühlsamen Nachrichtenhelferinnen. Wobei sie verblüffend schnell begriffen, worauf es ankam. Sie handhabten diese Vernichtungsgeräte völlig exakt und nahezu elegant dazu, gerade so als betrieben sie Ballspiele.

Unteroffizier Wittmann war dann alsbald erneut davon überzeugt, daß es sich bei ihm um einen glänzenden Ausbilder handelt. Er eilte mit seiner Gruppe drei von Deckungsloch zu Deckungsloch. Ließ werfen und werfen und werfen. Um dabei fachmännisch zu erkennen: Sonderliche Weiten waren diesen Mädels zwar nicht gleich gegeben – doch deren Treffsicherheit war einfach bewundernswert.

Das dabei geradezu entfesselte Vernichtungsgetöse schien Oberleutnant Crusius wie magisch anzuziehen. Diese Blitzmädel hatten da wohl in kurzer Zeit ganz stattliche Mengen der ihnen zugeteilten Handgranaten zum Krepieren gebracht. Eine Knallerei wie bei einer Vergnügungsbude auf einem Volksfest.

Crusius mischte sich unter die Kämpferinnen und feuerte sie an: »Gut so, Mädel! So muß es sein.« Wobei dann seine Blicke Monika Hofer suchten, die jedoch ziemlich weit entfernt war. Dann hielt er Ausschau nach Susanne Singer. Und die entdeckte er ganz vorne. Auf die steuerte er nun zu.

»Alles in Ordnung?« fragte er.

»An sich schon«, antwortete die Singer. »Zumal ein Befehl schließlich ein Befehl ist. Doch diese könnten, nicht nur gelegentlich, wenig sinnvoll sein.«

Der Oberleutnant witterte Unrat. Sofort zog er Susanne zur Seite, wie um sie von den anderen abzusondern. »Sie haben da irgendwelche Bedenken? Warum? Beabsichtigen Sie etwa, mir Schwierigkeiten zu machen?«

»Nicht gleich so was, Herr Oberleutnant. Ich fühle mich lediglich verpflichtet, Sie auf einen Ausspruch unseres Führers aufmerksam zu machen. Von dem existiert ein Zitat, das Sie gewiß nicht gleichgültig lassen dürfte.«

»Na – und was wäre das?«

Susanne zog einen Zettel aus ihrer inneren Brusttasche. Den entfaltete sie, um sodann die dort verzeichneten Führerworte vorzulesen: »Solange wir noch ein gesundes männliches Geschlecht haben, werden wir Nationalsozialisten dafür sorgen, daß in unserem Deutschland keine weibliche Handgranatenwerferinnen-Abteilung gebildet wird; auch kein weibliches Scharfschützenkorps. Denn das ist nicht Gleichberechtigung, sondern eine Minderbewertung der Frau. Ende des Zitats.«

Crusius war sichtlich beeindruckt, wenn nicht gar bestürzt.

»Sollte so was der Führer tatsächlich gesagt haben?« Er sah sein genial geplantes Verteidigungswerk gefährdet, wenn nicht gar in Frage gestellt. »Sicherlich ist zu vermuten, daß so was irgendein Etappenpoet ausgebrütet hat. Und das hat er dann als Ansicht des Führers ausgegeben.«

»Dabei, Herr Oberleutnant, handelt es sich allerdings um ein Originalzitat. Entnommen einer Rede, die unser Führer vor der sogenannten deutschen Öffentlichkeit gehalten hat.«

»Unfaßbar!« rief Crusius erschüttert aus. Wobei ihm dann ein Einfall kam, den er selbst für höchst bemerkenswert hielt – was der ja auch war. »Wann soll das gewesen sein?«

»1936.«

Eine Jahresangabe, die zu vernehmen den Oberleutnant hörbar aufatmen ließ. Das zumindest war ein Strohhalm, an den er sich klammern konnte. »Na also – das war ja im tiefsten Frieden. Nunmehr schreiben wir das Jahr 1945. Und dazwischen, Fräulein Singer, liegen doch geradezu Welten.«

Susanne fragte nun mit sanfter Beharrlichkeit, welche sie vermutlich von Monika bezogen hatte: »Sollten Sie etwa der Ansicht sein, daß so ein Ausspruch unseres Führers jetzt keinerlei Bedeutung mehr besitzt?«

»Aber da muß ich doch sehr bitten! Unterstellen Sie mir nicht gleich so etwas! Mit meiner Bemerkung gedachte ich lediglich anzudeuten, daß sich die Verhältnisse inzwischen grundlegend gewandelt haben. Denn nun haben uns die Feinde den totalen Krieg aufgezwungen.«

»Doch selbst dadurch werden wohl nicht gleich auch die

Erkenntnisse unseres Führers ausgelöscht? So ein Führerausspruch sollte gründlich überdacht werden – etwa auf höherer Ebene.« Womit sie, was zu vermuten war, den General meinte.

»Kann ich den Zettel mit diesem Zitat haben, Fräulein Singer?« Er steckte auffordernd die rechte Hand aus.

»Aber gern, Herr Oberleutnant.« Sie händigte ihm ihre Unterlage aus. »Es existieren noch einige Kopien davon.«

Crusius blickte, sozusagen pro forma, auf seine Armbanduhr, um dann zu verkünden: »Ende des Gefechtsdienstes – für heute. Dank und Anerkennung allen Mitwirkenden. Gut gemacht, Mädel und Männer. Sonderverpflegung für heute abend wird angeordnet.«

Womit dann dieser Endverteidigungszirkus zunächst einmal beendet war.

Konstantin Crusius begab sich unverzüglich zu Erika Warnke und regte ein Gespräch ›unter vier Augen‹ an. Selbstverständlich wurde das gern gewährt – in der ›privaten‹ Unterkunft von Erika. Hier angekommen, umarmte sie Crusius zunächst einmal fest und ausdauernd. Sie schmiegte sich an ihn, blickte zu ihm hoch und fragte sodann besorgt: »Du machst ein sehr ernstes Gesicht, mein Konstantin – ist da irgendwas schiefgelaufen?«

Er streichelte mit fleißiger Zärtlichkeit ihre Rundungen, bevor er sich auf das Feldbett fallen ließ. Sie setzte sich zu ihm, betrachtete ihn mit innig besorgten Blicken. Auch Helden durften müde sein; gelegentlich.

»Du scheinst recht zu haben, Erika. Diese Susanne Singer macht tatsächlich den Eindruck, eine hinterhältige, ziemlich gefährliche Person zu sein.«

»Monika Hofer genauso«, versicherte sie. »Die beiden gehören ganz eng zusammen.«

»Kann sein, meine Liebe. Aber während ich mit der Singer sprach, stand die Hofer irgendwo weit abseits herum.«

»Du hast also nach der Ausschau gehalten – und versuchst vielleicht sogar schon wieder, diese Person in Schutz zu nehmen.«

»Nichts dergleichen, Erika! Du verkennst mich – in dieser Hinsicht. Denn ich neige nun der Ansicht zu, daß wir die beiden, und zwar schnellstens, abschieben sollten – zur nächsten Flakbatterie.«

Worauf nun Erikas Gefühle wieder in ein gewisses Gleichgewicht gerieten; sie glaubte gerne, seiner Liebe sicher sein zu dürfen. »Was haben sich die kleinen Biester denn diesmal geleistet?« wollte sie wissen.

Er zeigte ihr den Zettel: »Die Singer hatte die Frechheit, mich auf dieses Hitler-Zitat aufmerksam zu machen.«

Den Zettel nahm die Warnke mit spitzen Fingern entgegen, las den Ausspruch und sagte dann: »Das ist ja schlimm.«

»Das, was unser Führer gesagt hat?«

»Natürlich nicht! Das Zitat ist eine Äußerung von vorgestern, eine damals gewiß berechtigte.« Ihr geliebter Führer hatte schließlich immer recht. Damals, als er so etwas sagte – und heute, wenn er das Gegenteil verlangte. »Schlimm, meine ich, ist doch gar nicht dieses Zitat – sondern eben die Tatsache, daß ausgerechnet eine Susanne Singer damit hausieren geht.«

»Darüber bin ich auch verwundert – und nicht nur einigermaßen. Denn ich halte sie keinesfalls für sonderlich intelligent.«

»Ist sie auch nicht! Die ist bloß raffiniert, berechnend und in allererster Linie auf ihre Vorteile aus. Mithin kann diese hinterlistige Tour mit dem Zitat gar nicht auf ihrem Mist gewachsen sein. So was muß man der zugesteckt, eingeredet, untergejubelt haben.«

»Das hört sich aber gar nicht gut an«, stellte Crusius fest. »Wer sollte denn deiner Meinung nach den Versuch machen, uns derartig in die Quere zu kommen?«

»Nun, dafür käme etwa Hauptmann Rommelskirchen in Frage, der Adjutant des Generals. Der hat was gegen dich – Neid oder so was. Schließlich ist es ihm nicht gegeben, in deinen Größenordnungen denken zu können. Und dann müssen wir wohl auch auf jene reichlich fragwürdige Verbindung zwischen Singer und ihrer Kusine achten. Nicht ganz auszuschließen ist allerdings auch Feldwebel Wegner, der immer gerne seine eigenen, reichlich eigenwilligen Gedanken ausbreitet. Der soll sogar ›Mein Kampf‹ gelesen haben, ohne sich vorbehaltlos den Erkenntnissen des Führers anzuschließen. Na, und dann dieser Koralnik, diese kleine, hinterhältige Kröte! Dem ist so gut wie alles zuzutrauen.«

»Eine hinterhältige Verschwörung also? Ein eindeutig gegen uns gerichtetes Komplott?«

»Auszuschließen ist das wahrlich nicht. Hochwertige Menschen werden nun mal angefeindet – unsere germanischen Überlieferungen sind voll von solchen Beispielen. Sie verkünden aber auch: viel Feind, viel Ehr'! Wir sind stärker als unsere Feinde; davon bin ich felsenfest überzeugt!«

5.
Nächte können wunderschön sein – enden müssen sie immer

Auch diese Nacht begann wie zahllose andere zuvor. Die aufgestellten Posten im Bereich von Schlößchen Friedrichsruh dösten vor sich hin, gähnten in die Gegend. Auch kam es gelegentlich mal vor, daß sie ihr Gewehr gegen eine Barackenwand lehnten, um in Ruhe zu pinkeln. Langeweile vor Mitternacht.

In der Frauenbaracke duschten die Mädchen, um sich dann schlafen zu legen – wenn sie nichts Besseres vorhatten. Hier und da wurde eine Tür geöffnet oder geschlossen; dann konnten vorsichtig gedämpfte Schritte vernommen werden. Doch zu erblicken war so gut wie niemand; denn der Vollmond warf schwere Schlagschatten, und die wurden geschickt ausgenutzt – von jenen, die einer nächtlichen Begegnung zustrebten.

In einigen Räumen brannte noch Licht. Zwar waren alle Fenster befehlsgemäß verdunkelt worden, doch schmale Ritzen waren unvermeidbar. Eine Verlockung für die Soldaten, die da gewiß gern indiskrete Blicke riskiert hätten – in die Unterkünfte der Blitzmädel, womöglich sogar in deren Duschanlage. Doch noch so fleißig veranstaltete Versuche verliefen alle unbefriedigend.

Das Schlößchen Friedrichsruh mutete im Mondlicht bizarr verzaubert an, schien eine märchenhafte Wunschtraumwelt darzustellen: Türmchen wie aus Zucker gebildet; kleine, funkelnde Fensteraugen; Dachzinnen im schimmernden Glanz, mit etwas Fantasie sogar als vergoldet vorstellbar. Über all dem ein Wetterhahn von gewaltigen Ausmaßen, sozusagen im Kondorformat: allerdings total eingerostet und deshalb völlig unbeweglich.

In der Nähe ein Wäldchen; zumeist Fichten und Tannen, aber auch etliche Laubbäume dazwischen, in deren mächtigen Ästen langsam wieder neues Leben strömte. Ein Mischwald mit heftigen Frühlingsregungen.

Beim Tiefbunker brannte eine rote Lampe, nach oben gegen feindliche Aufklärungsflugzeuge abgeschirmt. Eine Lampe ›wie vor einem Puff‹, pflegten die Soldaten zu scherzen; und so was war das neuerdings auch, wurde von ihnen vermutet, mit zunehmender Berechtigung. Doch dieses kleine Rotlicht sollte lediglich signalisieren: Kein Zutritt für Unbefugte – Eingang zur Befehlszentrale. Diese war allnächtlich voll in Betrieb; zumeist unter dem Kommando von Feldwebel Wegner.

Eine mithin recht normale, geruhsame Nacht; falls es das im sechsten Kriegsjahr noch gab. Im Verlauf dieser Nacht kam es dann jedoch zu einigen ›Ärgerlichkeiten‹. Diese hätten eigentlich bei halbwegs normal ausgebildeter Vorstellungskraft vorausgesehen werden müssen – doch wer kann schon so dumm denken, wie es kommt.

Der erste, vergleichsweise noch harmlose Zwischenfall ereignete sich im Bereich des Gefreiten Helmreich. Dieser gelernte Friseur war um diese Zeit auf Geheiß von Koralnik auf dem Gebiet der internen Truppenbetreuung tätig; um das diskret zu formulieren. Die Soldaten hatten dafür einen wesentlich saftigeren Ausdruck: Der betätigte sich als männliche Puffmutter!

Wohl fast unvermeidlich in einem Lager, in dem eine Menge vitaler Männer und zahlreiche appetitliche Mädchen nebeneinander hausten. Das lief hier etwa nach dem Schema ab: Mann will Mädchen, Mädchen sagt ja – fehlte nur noch die geeignete Stätte für solche Begegnungen.

Doch die ließ sich finden, wurde alsbald angeboten. Im Bereich der Verpflegungsbaracke fanden allnächtliche Liebesbegegnungen statt – in drei bis fünf Schichten; je nach Bedarf. Ein System, das nicht nur raffiniert ausgeklügelt war, sich vielmehr auch überzeugend bewährt hatte.

Diesmal aber offenbar nicht. Denn bei Helmreich, der sich als durchaus liebenswürdiger und einfühlsamer Organisator im vordersten Verpflegungsraum aufhielt, preschte einer seiner ›Kunden‹ herein. Ein Feldwebel namens Schwarzkopf;

ein ziemlich kleiner, gedrungener Kerl, ansonsten als maulfaul bekannt.

Doch der schien nun zu kochen. »Einfach empörend!« röhrte er Helmreich an. »Das geht ja gegen meine Soldatenehre. Was denkt sich diese schäbige Pißnelke denn eigentlich? Spielt sich auf wie eine Furie, haut mir auf die Finger, als ich zur Sache kommen will. Glaubt die denn etwa, daß ich mit der fromme Choräle singen wollte?«

»Langsam, Schwarzkopf, nur langsam.« Wenn hier zwischen Feldwebel und Gefreiten ein vertrauliches Du herrschte, so war das nichts Besonderes, vielmehr in Puffgefilden nun mal üblich. »Könnte doch sein, daß du sie nicht richtig behandelt hast.«

»Mensch, was soll denn das heißen, von wegen behandeln!« tobte Schwarzkopf weiter. »Schließlich habe ich bare fünfzig Mark hingeblättert, dir auf die Hand; zwecks Benützung einer sturmfreien Bude. Doch was macht diese Zicke? Die führt sich auf wie eine von der Heilsarmee. Was eine Beleidigung sondergleichen ist – wofür ich Schmerzensgeld verlange. Mindestens die doppelte Summe.«

»Das werden wir unverzüglich klären.« Helmreich war beunruhigt. »Betrachte dich inzwischen als unser Gast.«

Er schob dem Feldwebel eine Flasche mit Obstschnaps zu; einen ausgesucht ordinären. Danach griff der enttäuschte Freier bereitwillig, um seine mächtig angestaute Empörung zu besänftigen. Falls das überhaupt noch möglich war.

Helmreich eilte hilfesuchend zu Koralnik. Dessen ›System‹, davon war dieser Bettenverwalter überzeugt, funktionierte eigentlich hunderprozentig, war ja auch vielfach erprobt. Bisher jedenfalls war alles ›völlig normal‹ gelaufen. Woraus sich nun die ganz logische Folgerung ergab: Diesmal hatte er es mit ›Unnormalen‹ zu tun! Unklar war nur, wer dafür in Frage kam: er oder sie.

Koralniks System sah vor, daß dabei alles auf freiwilliger Basis über die Bühne ging; besser: durch die Betten. Männliche wie weibliche Interessenten durften ihre Wünsche anmelden – also wer da gerne mal mit wem. Sobald dann Koralnik eine gegenseitige Bereitwilligkeit festgestellt hatte, wurde ein entsprechendes Treffen arrangiert.

Den organisatorischen Rest hatte sodann der Gefreite Helmreich zu erledigen: Inkasso einer Vermittlungsgebühr von dreißig Mark, dazu einen Unkostenbeitrag von zwanzig Mark; pro Stunde. Als Gegenleistung wurde ein separater Raum und frische Bettwäsche zugesichert; auch Reinigungsutensilien standen zur Verfügung. Durchaus anzunehmen, daß Koralnik gar nicht schlecht bei seinen Kuppelgeschäften verdiente.

Helmreich jedenfalls suchte nach seinem ›Chef‹ und fand den in dessen speziellem Weinkeller. Dort hockte der bei traulichem Kerzenlicht. Er schien auf irgend etwas, auf irgend jemanden zu warten – wie wohl immer. Diesmal möglicherweise auf Susanne Singer.

Koralnik jedenfalls hörte sich den Bericht seines Gefreiten so gelassen an wie ein Gartenzwerg in seinem Blumenbeet. Dann sagte er: »Dieser Schwarzkopf ist schon ein dämlicher Sack gewesen.« Was bedeuten sollte: Mit diesem Armleuchter hätten wir uns wohl besser gar nicht einlassen sollen. »Wen gedachte der da zu vernaschen? Die Winter. Die ist doch sonst kein Kind von Traurigkeit. Also ist zu vermuten, daß sich dieser Kleinbulle reichlich saublöd angestellt haben muß. Doch zunächst einmal solltest du die Winter danach befragen, schlage ich vor.«

Diese Befragung fand unverzüglich statt – auf dem Korridor im hinteren Teil der Frauenbaracke. Wobei Helmreich, der dort so gut wie freien Zutritt hatte, erkennen mußte: Dieses Mädel war einfach wütend – fast genauso, wie der bei ihr abgeblitzte Schwarzkopf.

»Was hat man mir da zugemutet, Herr Helmreich? Da habe ich geglaubt, eine nette Stunde verleben zu dürfen; Liebe inklusive. Doch dieser Kerl hat sich benommen wie ein brünstiger Bulle! Mich einfach überfallen! Der hat versucht, mir brutal die Kleider vom Leib zu reißen, mich zu behandeln wie ein Stück Vieh. Na, und da habe ich dem eben eine gescheuert und bin weggerannt.«

Das hörte sich durchaus glaubhaft an. Worauf dann Helmreich erneut Koralnik aufsuchte, um dem zu berichten, was die Winter so von sich gegeben hatte.

Der Obergefreite nickte lediglich. »Dacht' ich mir's doch. Na – dann müssen wir nun mal!«

Er begab sich zu dem wartenden Feldwebel Schwarzkopf, diesen ›Geschlechtsbullen‹, so sollte der fortan im Lager genannt werden. Der hatte inzwischen mit der ihm zugeschobenen Schnapsflasche ziemlich innige Bekanntschaft gemacht; blickte nun also mit leicht glasigen Augen um sich.

»Nun hör mir mal genau zu«, forderte ihn Koralnik auf. »So, wie du dir das vorstellst, läuft es hier nicht.«

»Und warum nicht, du Arschgeige?« begehrte der Feldwebel lallend auf. »Schließlich habe ich hier für einen flotten Fick geblecht. Habe ich den gemacht? Scheiße! Soll ich hier verschaukelt werden – will man mich verarschen? Aber mich doch nicht!«

Bei dieser Suada zog sich Helmreich in die hinterste Ecke zurück. Koralnik hingegen setzte sich diesem Feldwebel gegenüber. Den blickte er verächtlich prüfend an – um ihn dann aufzuklären; auf seine Weise.

»Was glaubst du denn, du Oberidiot, hier für Ansprüche anmelden zu können? Was willst du haben – gezahlt? Na, wofür und an wen denn? Kannst du eine entsprechende Quittung vorweisen? Kannst du nicht. Ich jedoch könnte nachweisen, daß du das Zimmer eines Kameraden mißbraucht hast – um dorthin ein Blitzmädel zu locken, wenn nicht gar zu verschleppen.«

»Derartige Frechheiten verbitte ich mir, du kleiner schäbiger Sauhund!« gurgelte Schwarzkopf hervor. »Wie redest denn du stinkiger Mistkäfer mit mir – einem Feldwebel?«

»Ich rede mit einer leicht zu überführenden Sittensau«, erklärte Koralnik unbeirrt. »Legst du unbedingt Wert darauf, daß hier so was allgemein bekannt wird? Kannst du haben! Wenn jedoch nicht – dann verschwinde!«

Feldwebel Schwarzkopf machte nun tatsächlich Anstalten, von hier zu verschwinden. Allerdings nicht, ohne noch schwerzüngig verkündet zu haben: »Das, Koralnik, wirst du bereuen.«

»Herr Feldwebel können, gewissermaßen zum Trost, die fast leer getrunkene Flasche Schnaps mitnehmen«, sagte der Obergefreite mit mildem Ton. »Wobei ich mir erlaube, für Herrn Feldwebel einen großzügigen Sonderpreis zu berechnen – von zwanzig Reichsmark. Zahlbar sofort, spätestens morgen.«

»Mensch«, würgte Schwarzkopf hervor. »Dir reiße ich noch den Arsch auf bis zu deinem krummen Zinken. Eine passende Gelegenheit finde ich schon. Und dann wirst du deine vorlaute Fresse halten; für immer.« Damit wankte er davon.

»Erlaube mir«, rief ihm Koralnik nach, »Herrn Feldwebel eine angenehme Nacht zu wünschen.«

Worauf dieser Portepeeträger ein höchst ordinäres, reichlich ausgedehntes Geräusch produzierte. So was hielt er vermutlich für die allein richtige Erwiderung einer soldatischen Persönlichkeit minderwertigen Herausforderungen gegenüber. Er verschwand.

»Mußte denn das auch noch sein? Mußtest du den noch zusätzlich auf die Palme bringen?« Helmreich wirkte ungemein besorgt. »Dieser Kerl kann uns Schwierigkeiten machen!«

»Ach was, Kumpel«, meinte Koralnik völlig ungerührt. »Diese Sau macht sich selbst Schwierigkeiten genug. Wenn einer von seiner minderwertigen Sorte sich bis zum Feldwebel hochgewanzt hat, dann wird er auch alles tun, oder eben lassen, um das zu bleiben. Der riskiert keine Degradierung – einem Mädel wegen, dem er an die Wäsche wollte. Also wird er den Schwanz einziehen.«

Eine Beurteilung, die zuzutreffen schien. Denn nach einer knappen Stunde erschien bei Koralnik ein Unteroffizier, der sich als Abgesandter von Schwarzkopf zu erkennen gab; mit vierzig Reichsmark. »Der Feldwebel«, verkündete er, »läßt schön grüßen. Er bittet« – er sagte tatsächlich ›bittet‹ – »um eine weitere Flasche Schnaps.«

Eine Bitte, der entsprochen wurde.

In dieser Vormitternachtsstunde gab der General Blutenberger wieder einmal etliche seiner gedankenträchtigen Weisheiten von sich – im Hauptraum seines Kasinos, bei leicht gedämpftem Licht. Dabei wurde er von seiner Sekretärin und Gespielin Marianne Dengler aufmerksam betreut, zugleich von seinem Adjutanten, Hauptmann Rommelskirchen, andächtig bewundert. Die durften sich dafür an seinem Champagner laben.

»Wir werden unentwegt gefordert«, sinnierte er. Und wenn er da ›wir‹ sagte, meinte er vermutlich ›ich‹. »Gefordert von ganz oben. Aber auch von ziemlich weit unten.«

»Letzteres«, stimmte der Adjutant zu, »scheint hier neuerdings immer mehr einzureißen.«

»Sie sagen das überdeutlich, lieber Rommelskirchen.« Der General nickte bedächtig vor sich hin. »Doch es gehört nun mal zu meinem Amt, mich selbst solchen Verpflichtungen nicht zu entziehen. Auch wenn mir so was allein schon rein körperlich noch so schwer fallen sollte.«

Was darunter zu verstehen war, hatte der General seinen engsten Mitarbeitern bereits anvertraut, in mehr oder minder schwachen Stunden. Starke Kopfschmerzen pflegten ihn gelegentlich heimzusuchen, sein Magen drohte zu rebellieren, und in der Herzgegend spürte er häufig Krämpfe. Gegen solche Krankheitserscheinungen anzugehen, war Stabsarzt Dr. Säbisch durchaus bemüht, jedoch so gut wie machtlos. Was auch Unfähigkeit genannt werden könnte.

Marianne Dengler meinte fürsorglich: »Vielleicht sollten Sie, Herr General« – mit du redete sie ihn in Anwesenheit einer dritten Person niemals an –, »in Zukunft auf alle Belastungen verzichten – etwa auf starken Kaffee und auf besonders fette Speisen.«

»Danke, meine Verehrte!« Er tätschelte ihre Hand. Eine lag stets in seiner Reichweite. »Das hört sich wohltuend besorgt an. Wie schön!«

Nun wagte sich auch Rommelskirchen vor. »Möglicherweise, Herr General, könnte Ihr Unwohlbefinden auch auf gewissen Ärgerlichkeiten basieren. Wobei ich an die irritierenden Veranstaltungen von Oberleutnant Crusius denke. Dessen Blitzmädel-Verteidigungszirkus, wie seine Veranstaltungen im Lager bereits genannt werden, dürfte doch wohl kaum in Ihrem Sinne sein. Aber wenn dem so ist, dann brauchen Sie so was doch nur ganz einfach zu verbieten.«

»Könnte ich, Rommelskirchen, wenn ich das unbedingt wollte.« Blutenberger lächelte schwer bedächtig vor sich hin, womit er wohl seine Klugheit zu demonstrieren gedachte. »Immerhin bin ich sehr wachsam. Nehmen Sie also nicht gleich an, daß mir dabei irgend etwas Wesentliches entgeht. Schon gar nicht jene permanente, neuerdings noch zunehmende Rivalität – zwischen Ihnen und Crusius.«

»Herr General, was sich Crusius zur Zeit anmaßt, könnte durchaus als Mißbrauch bezeichnet werden. Deshalb billige ich es nicht.«

»In dieser Angelegenheit«, stellte Blutenberger fest, »habe ich bereits nachgefühlt. Ebenso bei Oberleutnant Crusius wie auch bei der Führerin Warnke.«

Was zu bedeuten hatte: er übersehe nichts, er durchschaue alles! »Worauf mir diese beiden übereinstimmend versichert haben: Dieser hier zusätzlichen Ausbildung wird völlig freiwillig nachgekommen. Die Mädel sind ganz einfach entschlossen dazu, ihr deutsches Vaterland zu verteidigen – so wie es einer arischen Frau angemessen ist.«

Rommelskirchen wiegte besorgt den Kopf. »Nun – geradezu wie Jeanne-d'Arc-Gestalten wollen mir unsere Mädel nicht unbedingt vorkommen.«

»Warum denn eigentlich nicht?« mischte sich nun Marianne Dengler ein. Zumindest die Munterkeit einer Naiven war ihr durchaus gegeben. »Trauen Sie uns denn nichts zu – nicht einmal einen gewissen Mut?«

Der General besänftigte sie gönnerhaft. »Ich begreife alles, meine Liebe; so gut wie nichts, wofür ich nicht Verständnis zu entwickeln vermag. Jedoch muß man differenzieren.«

Daraufhin glaubte sich der Hauptmann noch ein wenig weiter vorwagen zu können. »Herr General, somit darf ich also annehmen, daß Sie sich von Crusius und der Warnke nicht täuschen lassen?«

Der General betastete seine Brust in der Gegend, wo sein Herz zu vermuten war – ein gewiß sehr großes. »Mich kann man nicht täuschen, jedenfalls nicht auf Dauer«, versicherte er. »Wenn hier einer bei Tag und Nacht wachsam ist, dann bin ich es.«

Dennoch wirkte er nun sehr bleich und müde. Offenbar begehrte er nichts, als sein Schlafzimmer aufzusuchen.

Also verließ er das Kasino. Seine Marianne folgte ihm. Zwar nicht anhänglich wie eine Hündin; eher wohl wie jemand, der ergeben seine Pflicht zu tun hat.

Susanne und Monika hockten in wallenden, weißwollenen Nachthemden in einer Ecke ihrer Unterkunft zwischen Schrank und Fenster. Sie waren einander entgegengeneigt und unterhielten sich flüsternd. Dabei verspeisten sie eine Tafel Vollmilchschokolade; eine, versteht sich, aus Koralniks Beständen.

»Monika, irgend etwas bedrückt dich«, stellte Susanne fest. »Aber was das auch immer sein mag, nimm nicht alles gleich so tragisch. Sag dir: So was kommt und geht. Und dieser schäbige Provinzzirkus hat vermutlich hier auch bald seine letzte Vorstellung.«

»Du mußt dir meinetwegen keine Sorgen machen, Susanne. Mir geht es ganz gut.«

»Trotzdem, Monika, irgendwas stimmt mit dir nicht. Hast du schlechte Erfahrungen mit so einem Kerl gemacht? Das passiert uns doch allen. Oder plagen dich Komplexe – etwa wegen deines Vaters?«

»Was weißt du von dem?« fragte Monika widerstrebend.

»Nichts – noch nichts. Aber das scheint ein Thema zu sein, das dir ganz und gar nicht gefällt, dich sogar beunruhigt. Ja? Nun, dann lassen wir es.«

Monika lehnte sich dankbar an ihre verständnisvolle Freundin.

»Seitdem wir zusammen sind, fühle ich mich wohl; sofern etwas Derartiges überhaupt noch möglich ist.«

»Aber du hast hier ja nicht nur mich, sondern auch noch andere. Etwa den Feldwebel Wegner, der unter diesen Kraftmeier-Typen eine rühmliche Ausnahme ist. Auch auf Koralnik kannst du jederzeit zählen. Der führt sich zwar oft und gerne wie eine losgelassene Wildsau auf, doch wenn man genauer hinschaut, kommt ein ziemlich prächtiger, wenn auch reichlich eigenwilliger Bursche zum Vorschein. Aber das alles scheint dich gar nicht sonderlich zu interessieren. Warum nicht? Was ist los mit dir?«

»Das weiß ich selbst nicht«, bekannte Monika. »Ich weiß nur, daß ich manchmal, eigentlich sehr oft – Angst habe.«

»Warum? Und vor wem?«

»Vor dem, was auf uns zukommt.«

»Du grübelst zuviel«, sagte Susanne, »du machst dir völlig unnötige Gedanken!« Worauf sie spontan vorschlug: »Komm, wir ziehen uns an und verschwinden, so auf ein Stündchen. Bei Koralnik sind wir stets willkommen.«

»Um diese Zeit noch?« fragte Monika zweifelnd.

»Warum denn nicht?« Susanne war in ihrer Unternehmungsbereitschaft nicht zu bremsen. »Wer oder was sollte uns daran hindern? In dieser Baracke geht's doch zu wie in einem Taubenschlag. Und ich meine, was hier alle sagen: Die Warnke ist schließlich unser Vorbild; als ein solches hat sie sich immer wieder hingestellt. Also – was sich die Warnke leistet, das können wir uns auch leisten – das steht uns auch zu. Sei kein Frosch, Monika. Gehen wir.«

Nachdem Koralnik den peinlichen Zwischenfall mit Feldwebel Schwarzkopf bereinigt hatte, ließ er sich mit dem Gefreiten Helmreich auf eine Art Informationsgespräch ein. Mit Hilfe einer guten Flasche Wein. Und wie völlig selbstverständlich unterhielten sie sich dabei über ›die Weiber in der Baracke‹. Dafür war August Helmreich, meist nur August genannt, sozusagen der Fachmann.

Schließlich durfte er als einziges männliches Wesen bei den Nachrichtenhelferinnen ein- und ausgehen. Das hatten die Mädchen nach mehreren Auseinandersetzungen bei der Warnke durchgesetzt, weil er gelernter Damenfriseur war. Hinzu kam, daß ihn die meisten Mädel für eine Art Neutrum hielten. Gelegentlich nannten sie ihn ›unser kleiner Kuppler‹, was sie jedoch keinesfalls irgendwie verächtlich meinten. Ihn etwa gar als ›Zuhälter‹ zu bezeichnen, wäre keiner von ihnen in den Sinn gekommen. Er war ein ungefährliches, angenehmes, noch dazu sehr nützliches Lebewesen.

Fest stand jedenfalls, daß sich Helmreich in punkto Frauenbarackenproblemen prima auskannte. Dazu brauchte ihn ein Koralnik nicht erst sonderlich zu ermuntern. Er schöpfte gerne und auch gekonnt aus dem zumeist hüfthohen Born seiner diesbezüglichen Erkenntnisse.

»Also! Die riechen manchmal ziemlich stark, wenn auch nicht gerade streng. Das kann ein höchst betäubender Duft sein, Koralnik, besonders morgens gleich nach dem Wecken. Da solltest du einmal deine Nase hineinstecken, Mensch! Das wird dich glatt umhauen.«

»Unsere Kerle riechen auch nicht gerade nach Rosen, wenn sie ihre Ärsche aus den Betten stemmen«, meinte Koralnik. »Und wenn sie dabei einander anstinken, so stört sie das nicht im geringsten. So was halten diese Schweinehunde für unvermeidliche Produkte einer verschworenen Gemeinschaft, die auf kleinstem Raum lebt.«

»Die Mädel haben jedoch weit feinere Nasen. Und ich vermute sogar: So was könnte sich für die zu einem richtigen Problem auswachsen.«

So sah es auch Koralnik. »Wasser allein reicht da wohl nicht aus, auch kübelweise nicht. Die Mädchen benötigen eben noch mehr Seife, als wir ihnen sowieso schon gegeben haben; auch mehr Waschpulver und zusätzliche Unterwäsche.«

»Mann, du hast das Problem erfaßt!« nickte Helmreich. »Die meisten Weibsbilder sind sehr nett und niedlich. Die wollen nicht herumstinken wie die Ziegen, sondern duften wie Frühlingsblumen und aussehen wie frische Knospen. Wer ihnen das aber ermöglicht, dem fressen sie aus der Hand. Und das ist noch bescheiden ausgedrückt.«

Als sie einander zuprosteten, wurde angeklopft. Und herein kamen, ohne eine Aufforderung dazu abgewartet zu haben, Susanne und Monika. Sie nahmen ungeniert Platz, und Susanne fragte: »Also, meine Herren, was hat uns denn dieses Etablissement zu bieten?«

Koralnik, der wie immer die Situation sofort meisterte,

mimte einen Oberkellner aus erstem Haus. »Empfehle den Damen einen samtenen, funkelnd roten Burgunder! Könnte aber auch einen edlen, kristallklaren, trockenen Weißen aus Mittelitalien offerieren.«

Monika bat um Mineralwasser. Susanne entschied sich gleichfalls dafür, wünschte aber noch dazu einen Frascati secco. Konrad Koralnik achtete nunmehr darauf, ob sie beides miteinander vermischen würde – was jedoch nicht der Fall war. Susanne trank Wasser und Wein getrennt aus zwei verschiedenen Gläsern. Auch das gefiel ihm an ihr.

»Sie können getrost hierbleiben«, versicherte ihm Susanne. »Sie stören nicht; wirklich nicht.«

Helmreich jedoch versuchte Koralniks Blick richtig zu deuten und sagte: »Danke für Ihre Freundlichkeit, Fräulein Singer. Aber ich habe noch alle Hände voll zu tun.« Worauf er sich zurückzog.

Koralnik sah ihm mit lächelnder Anerkennung nach. Sogar dieser Helmreich schien mit zunehmender Geschicklichkeit so was wie Taktgefühle zu entwickeln. Er blinzelte einigen erhofft angenehmen Viertelstunden entgegen – ein wenig voreilig.

»Mich würde interessieren«, verlangte da nun Susanne zu wissen, »warum eigentlich Feldwebel Wegner offenbar keinerlei Wert darauf legt, mich und Monika zu seiner Nachtschicht im Bunker einzuteilen.«

»Das, meine Damen, glaube ich zu wissen«, meinte Koralnik. »Mein lieber Freund Anton Wegner ist leider auf so manchen Gebieten ein großes Kamel. Ich könnte auch sagen: ein verdammt ehrenwerter Mann. Was allerdings im Endeffekt auf das gleiche herauskommt. Anton will vermutlich vermeiden, daß Sie beide, speziell wohl Monika, ganz direkt mit ihm zusammenarbeiten.«

»Um uns keine Befehle erteilen zu müssen?« fragte Susanne. »Nun ja – das wäre irgendwie taktvoll, wenn auch reichlich übertrieben.«

»Nicht nur das – so was ist ausgesprochen dämlich, ich weiß. Doch so ist der nun mal.« Koralnik schenkte weit mehr Weißwein als Wasser nach. »Mir jedenfalls sind derartige

Skrupel nicht gegeben; ich bin uneingeschränkt betreuungsbereit.« Er zwinkerte Susanne zu.

»Bekannt«, wies sie ihn freundlich zurecht: »Sie wollen da offensichtlich mit Wonne den Eindruck erwecken, daß Sie uns Mädchen – und sogar mich – der ganz schnellen Truppe zurechnen. Nach dem Motto: aufkreuzen, hinlegen, abhauen!«

»Sollten Sie mich tatsächlich derartig einschätzen?« fragte der Obergefreite. »Habe ich Veranlassung dazu gegeben?«

»Haben Sie nicht«, versicherte ihm Monika.

»Hat er doch!« erklärte Susanne unbeirrt. »Der glaubt hier zu den Platzhirschen zu gehören, denen ein Revier mit Kühen zusteht, von denen bedenkenlos Besitz ergriffen werden kann. Dabei geht der allerdings wesentlich raffinierter und wahrscheinlich sogar noch hinterhältiger vor – als die andern.«

Koralnik lachte laut heraus und rieb sich vergnügt die Hände. »Danke für das Loblied auf meine speziellen Fähigkeiten, Susanne. Sie mögen mich, was?«

»Ich habe da so den Eindruck«, meinte Monika entgegenkommend, »es ist jetzt wohl besser, wenn ich gehe.«

»Du bleibst«, entschied Susanne.

Und Koralnik fügte feixend hinzu:

»Sie werden doch nicht Ihre Freundin in finsterer Nacht mit einem Sittenstrolch allein lassen wollen! Doch von solchen dunklen Vermutungen, schlage ich vor, sollten wir uns ein wenig ablenken lassen. Falls Sie irgendwelche Wünsche haben, meine Damen – nur heraus damit! Die werden sofort erfüllt.«

»Ich will nicht annehmen, daß so was schon wieder eine Ihrer Zweideutigkeiten sein soll«, sagte Susanne. »Nehme ich in Ihrem Interesse nicht an. Also dann – dürfen wir vielleicht um eine zweite Tafel Schokolade bitten. Dazu noch vielleicht um Zahnpasta und Seife.«

Es dauerte keine zwei Minuten, da hatte Koralnik bereits das Gewünschte, Schokolade und Toilettenutensilien, und zwar gleich im Dutzend, in einen Karton verstaut. Dazu noch eine Flasche Parfüm. Deren Verschluß schraubte Susanne auf und roch daran; alsbald mit allen Zeichen des Abscheus.

»Das stinkt ja scheußlich!« verkündete Susanne. »Wie in einem Puff der übelsten Sorte. Und so etwas mutet uns Koralnik zu.« Sie reichte die Flasche weiter. »Was sagst du, Monika?«

»Dieses Erzeugnis, Herr Koralnik«, bestätigte Monika, »besitzt tatsächlich einen ungewöhnlich penetranten Geruch.«

»Nun ja«, gestand der ein, »von solchen Duftwassern verstehe ich nicht sonderlich viel.« Und fügte listig hinzu: »Wie wär's, wenn wir das der Warnke unterjubelten?«

Susanne winkte ab. »Mensch, so primitiv ist selbst die nicht.«

»Schade. Habe mir gedacht, daß mit einem solchen Stinkerzeugnis wenigstens doch der Crusius aus ihrem Bett vertrieben werden könnte.«

»Das sind doch nichts als infantile Spielereien«, sagte Susanne bewußt provozierend. »Damit können wir bei so gefährlichen Leuten wie Crusius und der Warnke gar nichts ausrichten – wenn wir diesen beiden das Handwerk legen wollen.«

»Nun, das wird sehr mühsam sein. Es sei denn...« Koralnik produzierte nunmehr eine gedankenschwere Generalsgeste.

»Es sei denn – was?« verlangte Susanne zu wissen.

»Es sei denn, daß eine Bereitschaft existiert, hierbei tatsächlich aufs ganze zu gehen. Beispielsweise beim Pistolenschießen oder Handgranatenwerfen. Schon mal was von Unfällen gehört – bei Übungen mit scharfer Munition?«

Susanne starrte ihn an wie eine ansonsten freundlich schnurrende Katze, die nun jedoch, ganz plötzlich, Raubtierkrallen zeigt. »Hauen wir hier ab, Monika«, forderte sie ihre Freundin ganz energisch auf. »Ich habe ja ansonsten nichts gegen Witze – doch was zuviel ist, ist zuviel.«

In diesen Tagen lebte Erika Warnke manchmal wie eingehüllt von Wolken voller Glück. Ihre immer inniger werdende Gemeinschaft mit Konstantin Crusius ließ sie erglühen und erzittern zugleich. »Ich fühle mich«, gestand sie ihm ein, »in meinem tiefsten Innern auf wunderbare Weise erfüllt. Und zwar als deutsche Frau.«

Sie kam sich da wohl gewissermaßen vor wie ›im siebenten Himmel der Liebe‹, wie es in einem zeitgemäßen Schlagertext hieß. In den allerdings tanzte sie nicht hinein, den erlebte sie in der Horizontalen. In mancher Nacht sogar dreimal.

Dann war es ihr, als erklängen betörende Geigen, glühten Hunderte von Kerzen in silbern glänzenden Leuchtern auf. In solchen Augenblicken besaß ihr Körper das zarte Rosarot von Flamingos.

»Oh, du, mein Konstantin«, hauchte sie ihn an. »Du bist so einzigartig.«

»Wenn ich wie 20 bin, dann erst durch dich, durch dich bin ich dazu geworden«, versicherte er. »Du bist die Erfüllung meines Lebens.« Und nach einer kleinen Pause: »Fühlst du es genauso wie ich?«

»Für dich, mein Geliebter, tue ich einfach alles«, flüsterte sie ihn an. »Du brauchst mir nur zu sagen, was. Und keinerlei Einschränkung dabei.«

Nun, das sagte er ihr. Und das machte sie – uneingeschränkt. Wobei sie dann glaubte, um eine Landserformulierung zu gebrauchen, ›sämtliche Glocken läuten‹ zu hören.

Anschließend sagte er, sanft ermattet: »Es ist wunderbar, daß wir uns beide so gut verstehen; daß wir in jeder Beziehung eine Einheit sind.«

»Die nun nichts und niemand gefährden kann – also auch keines meiner Mädel.« Wobei sie wohl hauptsächlich an Monika Hofer dachte.

»Aber ich bitte dich, meine Erika«, beruhigte er sie. »Das ist doch bloß ein Verein schnatternder Gänse. Du aber bist mit denen verglichen ein edler, schöner Schwan.«

Was sie glaubte; nur allzu gern.

An diesem Abend saß Dr. Säbisch lange an seinem Schreibtisch in der Krankenbaracke. Dabei umgeben von chromblitzenden Apparaturen, die jedoch nur höchst selten Verwendung fanden. Der Stabsarzt suchte da wohl schöpferische Einsamkeit.

Zumal er am nächsten Tag, vom General angeregt, vor den Nachrichtenhelferinnen einen Aufklärungsvortrag zu halten hatte. Ein wissenschaftlich exaktes, zugleich aber auch allgemeinverständliches Referat. Thema: Geschlechtskrankheiten und Empfängnisverhütung. Daran arbeitete er nun; sich seiner hohen Verantwortung voll bewußt.

Über Tripper und Syphilis hatte er im Verlauf seiner militärischen Karriere schon ein gutes dutzend Mal vor Soldaten gesprochen – ohne jede Schwierigkeiten. Doch wohl wesentlich anders verhielt es sich mit der sogenannten Empfängnisverhütung. Das war ein ungemein heikles Thema – wenn nicht gar so was wie ein zweischneidiges Schwert. Denn schließlich forderte die offizielle Propaganda im Dritten Reich von dessen Frauen, dem Führer möglichst viele Soldaten zu schenken.

Das allerdings galt nicht auch gleich für die Blitzmädel. Bei denen rangierte Einsatzbereitschaft eindeutig vor Kinderkriegen. Doch konnte man das nur sehr diplomatisch zum Ausdruck bringen. Säbisch notierte also zuerst mal Stichworte, baute die dann aus, formte sie zu Sätzen.

›Sollte es jemals dazu kommen, daß ein Blitzmädel in andere Umstände gerät, also schwanger geworden ist, dann kann es dafür keinerlei Entschuldigungen geben. Denn so was bedeutet: Die von mir angebotenen Verhütungsmittel sind abgelehnt worden; gleichfalls die von mir offerierten Unmittelbar-danach-Maßnahmen. Wer hier also ein Kind erwartet, wird damit zu einem störenden Element in unserer Gemeinschaft. Muß diese verlassen.‹

Doch gerade das, überlegte er, konnte für gewisse verantwortungslose Subjekte eine Art Verlockung bedeuten. Nach dem Motto: Laß dir ein Kind machen, dann kannst du nach Hause. Fragwürdige Versuchungen, die abgeblockt werden mußten. Also schrieb er weiter:

›Nach den geltenden Bestimmungen kann eine schwangere Nachrichtenhelferin allerdings nicht sofort damit rechnen, von ihren Pflichten entbunden zu werden; jedenfalls nicht in den ersten drei bis vier Monaten. Wer also hoffen sollte, unverzüglich nach Hause abgeschoben zu werden, der gibt sich einem trügerischen Irrtum hin.‹

Dr. Säbisch sonnte sich in seiner Formulierungskunst. Denn diese Sätze, nicht wahr, waren doch absolut unmißverständlich? Sie besagten: Mädel, ihr könnt ja von mir aus machen, wozu ihr lustig seid, wonach es euch sozusagen juckt. Doch – seht euch vor! Glaubt nicht, daß ihr euch dann auf die Schnelle verdrücken könnt – jedenfalls nicht in den nächsten drei bis vier Monaten. Doch inzwischen kann eine Menge passieren.

Um so was zu erkennen, brauchte man allerdings im beginnenden Frühjahr 1945 weder Stabsarzt noch Prophet zu sein.

In diesen Nächten herrschte in der Befehlszentrale im Tiefbunker nahe beim Schlößchen stets Hochbetrieb. Geschützt von meterdicken Wänden und Decken aus Beton, wurden hier registriert: alle Feindanflüge im Großraum Südwest; eingefangen von speziell ausgebildeten Männern und Mädchen.

Diese Meldungen kamen hier über Funk, Fernsprecher und Fernschreiber an. Sie wurden unverzüglich ausgewertet und an alle zu alarmierenden Abwehrkräfte weitergegeben: An die Leitstellen der Jagdverbände, an Flakbatterien und an das weitverzweigte Luftwarnnetz.

Ein System, das in der Praxis voll funktionierte. Ausgedacht hatte sich das General Blutenberger.

Und dem Feldwebel Anton Wegner war es dann gelungen, noch so manche Einzelheit davon zu verfeinern und zu vervollständigen.

Dieser so gut wie bombensichere Tiefbunker bestand im wesentlichen aus einem einzigen großen Raum. Daneben gab es lediglich ein paar Toiletten und Waschräume. Allerdings auch eine Station für Erste Hilfe – die jedoch noch niemals in Anspruch genommen worden war; bisher nicht.

Den Hauptraum beherrschte, an dessen Stirnseite montiert, eine landkartenähnliche Anlage mit Hunderten von verschiedenfarbigen Lichtpunkten. Sie stellten Orte, Straßen, Flüsse, Seen und Wälder dar. Außerdem Flugplätze, Flakstellungen, Materiallager. Und so weiter und so fort.

Vor dieser funkelnden Großwand waren in zwei Reihen zehn Tische aufgestellt; jeweils bestimmt für zwei Personen. Sie waren bestückt mit Telefonen, Fernschreibern, Funksprechgeräten, Morsetasten, Rechenmaschinen. Eine ausgeklügelte Konstruktion mithin, auf dem höchsten Stand derzeitiger Kriegsnachrichtentechnik! Und eben so was hatte sich herumgesprochen – vermutlich sogar bis hin zu den Amerikanern.

Am hinteren Ende des Raumes befand sich auf einem leicht erhöhten Podium der sogenannte Kommandotisch. Der war mit mehreren Telefonen ausgestattet – nach draußen und zu den einzelnen Arbeitsgruppen im Raum. Dazu gehörte auch eine Mikrofonanlage für allgemeine Durchsagen.

Hinter diesem Kommandotisch befanden sich zwei gut gepolsterte, bequeme Sessel. Der eine stand dem jeweiligen Einsatzleiter zur Verfügung; also Feldwebel Wegner; der andere war ständig für den General reserviert. Diese Kommandozentrale war rund um die Uhr einsatzbereit gemacht worden; in drei Schichten mit jeweils zwanzig Personen. Früher waren das lauter Männer gewesen; nunmehr jedoch kam auf einen Soldaten ein Blitzmädel.

Verantwortlich für Einsatzplanung, Detailorganisation und Disziplin war Oberleutnant Crusius. Und der versuchte stets, einfach alles zu befehligen, was sich irgendwie befehligen ließ. In diesem Zusammenhang klang das etwa so: »Ich bitte mir ganz klare Verhältnisse aus! Also jeweils zwei Personen vom gleichen Geschlecht an einem Tisch. Jedenfalls kommt nicht in Frage, daß ein Soldat neben einem Mädel sitzt, um das dann möglicherweise zu befummeln. So was lenkt von dienstlichen Aufgaben ab – wird also nicht geduldet.«

Bei diesem Unternehmen war die Nachtschicht die bei weitem wichtigste. Sie begann um 20 Uhr abends und endete um 4 Uhr früh. Während dieser Zeitspanne flogen die meisten Bomberverbände der Engländer und Amerikaner ein; worauf

Abwehrkräfte alarmiert werden mußten. Sich jedoch darüber, etwa über die zunehmende ›Feindfähigkeit‹, Gedanken zu machen, war ›überflüssiges Geschwätz‹, mithin also verboten.

Eine solche Nachtschicht jedenfalls war ohne Feldwebel Wegner kaum denkbar. Der war hier wohl der einzige, der sämtliche Apparaturen bedienen konnte. Und bei jeder sich androhenden Panne griff er ein – unverzüglich wirksam.

In dieser Nacht war im Großraum Südwest ausnahmsweise nicht sonderlich viel los. Mithin konnte es sich Wegner erlauben, gewissermaßen seinen Träumen nachzuhängen; in denen das Mädchen Monika Hofer eine nicht geringe Rolle spielte. Nur einmal wurde er davon abgelenkt: der General rief ihn an und wollte mit gnädiger Halbschlafstimme wissen:

»Nun, lieber Wegner, wie läuft es denn so bei Ihnen?«

»Keine besonderen Vorkommnisse bisher, Herr General«, konnte der Feldwebel berichten. »Keine Feindflüge in unserem unmittelbaren Bereich gemeldet. Offenbar haben die Engländer und Amerikaner heute etwas anderes vor.«

»Was uns nur recht sein kann, mein lieber Wegner. Denn damit dürfen wir hier wohl einer störungsfreien Nacht entgegensehen. Was wollen wir mehr?«

Dann jedoch kam es im Friedrichsruh-Bereich gegen 22.30 Uhr dennoch zu einem besonderen Vorkommnis; auch zu bezeichnen als peinlicher Zwischenfall. Der allerdings mächtig viel Staub aufwirbeln sollte – einen ganz dicken noch dazu.

Es hatte scheinbar harmlos, geradezu normal begonnen: Eines der Blitzmädel war von einem Unteroffizier zu einem abendlichen Spaziergang aufgefordert worden. Es war nahezu Vollmond; die Nacht wirkte idyllisch beleuchtet und der Waldrand mit seinen verbergenden Schatten war nicht fern.

Bei dem umworbenen Blitzmädel handelte es sich um Ingrid Schnitzler; ein pralles, munteres, unternehmungslustiges Geschöpf, das nicht so schnell nein sagte. Sie fand den

Spaziergang durchaus romantisch, ohne allerdings gleich zu allem bereit zu sein. Sie bestand sogar vorsichtshalber darauf, daß noch ein weiterer Unteroffizier mit von der Partie war, und kam sich dabei wohl sehr schlau vor. Der Zufall wollte es, daß sich noch ein dritter dazugesellte. Dies, versicherte Ingrid später, habe sie für eine weitere Absicherung gehalten.

Doch dann sei im Mondenschein das geschehen, was sie niemals für möglich gehalten habe: Sie, die doch nichts als ein nettes, kleines, internes Geplauder erwartet hatte, wurde das Opfer eines brutalen Überfalls. Mit geradezu explosionshafter Heftigkeit habe einer ihrer Begleiter sie plötzlich an sich gerissen, zu Boden geworfen, sich über sie gestürzt. Ein gieriger Mund habe sich auf den ihren gepreßt, so daß sie nicht einmal mehr schreien konnte.

Wörtlich: »Ein geiferndes Maul, das mich ansabberte; ich bekam kaum noch Luft.«

Selbstverständlich hatte sie sich gewehrt. »Ich habe mich freizustrampeln versucht, um mich geschlagen und auch gebissen, wohin ich konnte. Doch alles war vergeblich.«

Mithin kam es also zur Vergewaltigung. Und zwar gleich zu einer dreifachen. Denn die beiden anderen Unteroffiziere wollten ebenfalls ihren Anteil an der Beute.

Was Ingrid dabei anfangs noch aus Scham verschwieg, kam dann bei der näheren Erforschung dieser Vorgänge heraus. Als nämlich ihre entfesselten Peiniger endlich von ihr abgelassen hatten, beleidigten sie ihr Opfer zusätzlich auch noch mit den übelsten Formulierungen: »Das geschieht dir nur recht, du geile Sau!« Oder: »Du hast uns herausgefordert – das hast du nun davon.« Und schließlich: »Schleich dich, du schäbige Lagernutte, und halte gefälligst deine schmatzende Fresse!«

Kurz nach Mitternacht versuchte sich dieses schamlos mißbrauchte Mädchen in ihre Unterkunft zu verkriechen. Dabei liefen ihr Susanne und Monika über den Weg, die gerade von ihrer nächtlichen Koralnik-Expedition heimkehrten. Denen versuchte sie auszuweichen; Susanne jedoch erkannte sofort, daß da irgend etwas Schlimmes geschehen war – sie sah das zerzauste Haar, die verdreckte Uniform und die zerrissenen Strümpfe.

»Was ist denn mit dir passiert, Ingrid?« fragte sie. »Was hat dich so fürchterlich zugerichtet?«

»Laß mich!« stöhnte Ingrid auf.

Und Monika sagte: »Wenn sie allein sein will, sollten wir das respektieren.«

»Was sie will«, meinte Susanne, »ist hierbei nicht so wichtig wie das, was sie tun muß, um nicht in Teufels Küche zu kommen. Du mußt diesen Vorfall melden, Ingrid, und zwar sofort.«

»Muß ich das wirklich?« Das Mädel schluchzte hilflos auf.

»Unbedingt.« Susanne stellte sich zwischen Ingrid und Monika, als müßte sie die beiden unbedingt voneinander trennen. »Wenn die Warnke davon erfährt, was garantiert der Fall sein wird – weißt du, was dann passiert? Dann wird sie dir mangelndes Vertrauen vorwerfen, einer stets bemühten Vorgesetzten gegenüber, womit die sich meint. Aber dann kommt noch hinzu: Verschweigen von wichtigen Tatsachen, fehlendes Ehrgefühl, beklagenswertes Falschverhalten! Und am Ende stehst du da wie eine Nutte. Das darfst du dir nicht antun, Ingrid.«

So kam es, daß Ingrid Schnitzler zum ›privaten Raum‹ der Warnke wankte. Dort klopfte sie an. Zuerst zaghaft, dann mit zunehmender Lautstärke.

Erika lag dicht an Konstantin Crusius geschmiegt und schreckte auf aus süßlichen Halbschlafträumen. Sie massierte mit beiden Händen ihr Gesicht, um wach zu werden. Trotz der heiklen Lage, in der sie sich befand, versuchte sie ganz sachlich zu reagieren.

Sie rief: »Was soll das um diese Zeit? Wer bist du und was willst du?«

»Hier ist Ingrid Schnitzler. Ich bin von drei Männern überfallen worden.« Das Mädchen schluchzte jetzt hemmungslos.

»Nicht so laut, Ingrid! Versuch dich zu beherrschen, mein Mädel.«

Offenbar gelang es der Warnke nur mühsam, sich von ihrem Kampf- und Bettgefährten zu lösen. In rosiger Nacktheit begab sie sich zur Tür, öffnete die aber lediglich einen Spalt breit. »Bildest du dir das nicht nur ein, Ingrid?« mahnte sie gedämpft. »Sei da sehr vorsichtig! Achte auf deine Worte!«

»Die haben sich über mich gestürzt – wie wilde Tiere«, jammerte Ingrid. »Alle drei.«

Die Warnke straffte den nackten Körper, als sei sie voll uniformiert. »Begib dich in mein Dienstzimmer, Ingrid«, ordnete sie an. »Die Tür ist offen. Schalte dort das Licht ein; die Verdunklungsvorhänge sind bereits zugezogen. Warte auf mich. Ich komme, so schnell ich kann.«

Konstantin Crusius war inzwischen wach geworden und zeigte sich reichlich ungehalten. »Das ist doch eine völlig hysterische Pute. Das merkt man bei jedem Wort. Laß sie sausen! Schließlich haben wir hier weit bessere Dinge zu tun.«

»Haben wir bestimmt, mein Geliebter, und ich werde dich auch nicht lange allein lassen«, versicherte ihm Erika. Dabei begann sie sich eilig anzuziehen. Sie stieg in ihre Uniform, ohne Unterwäsche anzuziehen. »Ich kann doch diese aufgeregte Kleine nicht einfach sich selbst überlassen. Damit riskiere ich nur, daß sie sich in der Unterkunft ungehemmt ausschleimt. Und dann tratschen die anderen Mädel alles weiter und übertreiben es noch.«

Das war absolut logisch gedacht; Crusius erkannte es bereitwillig an. Er dehnte sich wohlig, wobei er ein kurzes, doch kräftig trompetendes Geräusch von sich gab.

Erika lachte auf. Vermutlich fühlte sie sich geschmeichelt, daß er ihr sogar solche höchst intimen Regungen zumutete. »Mein Geliebter«, flüsterte sie ihm zu, »was bist du doch für ein prächtiges Mannsbild!«

»Ich warte darauf, dir das bald wieder beweisen zu können. Erledige also diese blöde Sache so schnell und so gründlich wie möglich.«

Kurz darauf betrat Erika Warnke ihr Büro, in dem Ingrid Schnitzler wartete. Das Blitzmädel hockte kalkbleich da, ein Bild des Elends, mit flehenden Blicken. Die Hände zitterten, flatterten geradezu.

Die Mädelführerin erkannte auf den ersten Blick, daß die

Kleine etwas recht Unangenehmes erlebt haben mußte. So was konnte erfahrungsgemäß zu heiklen Weiterungen führen, mußte aber zunächst einmal heruntergespielt werden. Mithin begann sie bedächtig: »Das – kann vorkommen. In meinen Unterrichtsstunden habe ich ja auch mehrfach auf derartige Gefahren aufmerksam gemacht. Wenn du nachts mit Männern spazieren gehst, mußt du auf Überraschungen gefaßt sein.«

»Aber doch nicht gleich so!« stieß Ingrid hervor. »Die haben mich behandelt wie einen Abfalleimer für ihren Dreck. Wir Mädel tun doch hier nur unsere Pflicht gegenüber unserem Volk – wir sind doch kein Abschaum der Menschheit.«

Pflicht kam bei Erika Warnke immer gut an. Sie tätschelte Ingrids Wange: »Zunächst einmal müssen wir unseren Dr. Säbisch einschalten. Wir brauchen sein medizinisches Gutachten.«

»Ausgerechnet der?« Das Blitzmädel, das vorgeblich gleich dreimal geschändet worden war, schien sich nur höchst ungern auch noch einer Untersuchung durch den Stabsarzt unterziehen zu wollen. »Muß das unbedingt sein?«

Die Warnke telefonierte bereits. Ein dem Tiefschlaf wohl sehr naher Stabsarzt meldete sich gähnend. Vermutlich hatte ihn die Ausarbeitung seines Aufklärungsvortrags über den weiblichen Intimbereich ungemein erschöpft.

Doch als er die Stimme der Anruferin erkannte, schien er wieder hellwach zu werden. »Was, bitte, meine verehrte gnädige Frau, kann ich für Sie tun? Sie wissen ja, für Sie mache ich einfach alles.« Es folgte ein kleiner vertraulicher Scherz: »Was soll es diesmal sein? Spezielle Verhütungsmittel? Habe ich nicht erst neulich...«

»Das ist im Augenblick kein Gesprächsthema für uns, Herr Stabsarzt«, unterbrach sie ihn energisch. »Ich bringe Ihnen eines meiner Blitzmädel. Sie sollen die Kleine untersuchen – möglichst gründlich.«

»Unfall – oder so was?«

»Oder so was! Wir werden sehen. Wir treffen in wenigen Minuten bei Ihnen im Krankenrevier ein. Ich verlasse mich ganz auf Ihre ärztliche Erfahrung und auf Ihre hierbei wohl dringend gebotene Diskretion.«

»Aber das versteht sich doch bei einem Arzt von selbst, verehrte gnädige Frau.«

Die Warnke hatte aufgelegt. Sie sagte zu Ingrid Schnitzler: »Für dich wird getan werden, was immer erforderlich ist. Zieh dir meinen Mantel über. Aber ändere nichts an deiner Kleidung, und wisch dir nicht irgendwo irgend etwas ab. Verstanden, Ingrid?«

»Verstanden«, sagte das Mädchen und folgte ihr ergeben.

Fünf Minuten später trafen beide im Sprechzimmer des Stabsarztes ein. Dr. Säbisch hatte alle Lampen voll eingeschaltet und stand feierlich ernst und betont amtlich im schneeweißen Kittel bereit, ein Stethoskop am Hals. So wie in Filmen die schlichten, großen Helden und Helfer der Menschheit dargestellt werden.

Die Warnke hielt sich nicht mit langen Vorreden auf. »Das ist die Nachrichtenhelferin Ingrid Schnitzler. Sie gibt an, mißbraucht worden zu sein. Um eine klärende Untersuchung wird gebeten, Herr Stabsarzt.« Vorsichtig fügte sie hinzu: »Aber lediglich eine Untersuchung sollte stattfinden, also nicht etwa eine Befragung nach Einzelheiten. Diese wird erst erfolgen, wenn wir Ihren Befund kennen; sofern es dann noch nötig ist.«

Dr. Säbisch glaubte zu verstehen, was ihm damit suggeriert worden war: allerhöchste Vorsicht! Er deutete eine zustimmende Verbeugung an und fragte höflich: »Wünschen sie bei dieser Untersuchung anwesend zu sein?«

»Das, lieber Doktor, ist allein Ihre Angelegenheit. Sie besitzen mein volles Vertrauen. Falls jedoch Ingrid auf meine Anwesenheit Wert legen sollte...«

Ingrid schien nicht danach zu verlangen. Der Stabsarzt legte väterlich einen Arm um ihre Schulter und führte sie in den Nebenraum. Dort hatte er neuerdings ein ganz spezielles Untersuchungsrequisit installiert: einen gynäkologischen Stuhl für intime Untersuchungen seiner weiblichen Patienten.

Unterdessen beschäftigte sich die Warnke im Büro des

Stabsarztes völlig ungeniert mit der Lektüre der dort vorzufindenden gesammelten Krankengeschichten ihrer Mädel. Dabei interessierte sie sich für die Karteiblätter von Marianne Dengler, Susanne Singer, Monika Hofer und eben, da gerade aktuell, von Ingrid Schnitzler. Besondere Funde jedoch konnte sie nicht registrieren. Diese Mädel schienen, medizinisch betrachtet, reichlich unergiebig zu sein.

Nach zwanzig Minuten erschien der Stabsarzt wieder, das Gesicht in ernste Falten gelegt. »Nun ja, meine verehrte gnädige Frau, sonderlich schön sieht das nicht aus. Wahrlich nicht.«

»Wollen Sie damit sagen, daß eine Vergewaltigung tatsächlich erwiesen ist?« Eine Frage nicht ohne warnenden Unterton.

»Das habe ich nicht behauptet. So etwas könnte auch wohl erst nach der von Ihnen angekündigten intensiven Befragung genauer festgestellt werden. Was ich zunächst einmal als Mediziner herausgefunden habe, läßt folgende Deutung zu: Stattgefunden hat ein äußerst heftiger, vielleicht sogar schon als brutal zu bezeichnender Geschlechtsverkehr, was ja immer mal vorkommen kann – im sogenannten Rausch völlig entfesselter Sexualität. Der Befund könnte darauf hindeuten, daß mehrere Männer beteiligt waren. Im Falle eines geradezu tierhaft ausbrechenden Triebverlangens jedoch kann so etwas aber auch von einem einzigen Mann erzeugt worden sein.«

Er blickte sie vielsagend an und fügte dann äußerst behutsam hinzu: »Ist es das, was Sie hören wollten, gnädige Frau?«

Die Warnke wußte seine Bereitschaft, ihr vertrauensvoll diesbezügliche Schlußfolgerungen zu überlassen, voll zu würdigen.

»Was ich an Ihnen bewundere, mein lieber Doktor, ist Ihr ausgeprägter Hang zur Objektivität. Sie vermeiden voreilige Urteile, und das ehrt Sie.«

Diese Würdigung seiner Bemühungen gefiel Dr. Säbisch ungemein. »Vielleicht interessiert es Sie, daß ich dabei noch eine Kleinigkeit, aber eine wohl nicht ganz unwichtige, festgestellt habe: Bei Fräulein Schnitzler ist keineswegs das erfolgt, was gewöhnlich als Defloration bezeichnet wird. Sie verstehen?«

Natürlich verstand sie. Hier wurde gewissermaßen medizinisch-amtlich bestätigt, daß Ingrid keine sogenannte Jungfrau mehr gewesen war. Das war für sie nicht gerade eine Neuigkeit; doch eben eine solche Feststellung ließ sich möglicherweise gut verwerten.

»Der Vorfall ist ziemlich scheußlich, lieber Doktor«, sagte sie. »Aber auch als höchst bedauerlich zu bezeichnen, weil er sehr negative Auswirkungen haben könnte – auf unsere Verteidigungsbereitschaft. Wenn wir da nicht aufpassen.«

»Und was, Verehrteste, könnte ich in dieser Hinsicht tun?«

»Betreuen Sie unser liebes Mädel mit der Ihnen eigenen Sorgfalt. Bringen Sie Ingrid möglichst gut und störungsfrei unter.« Was hieß: Niemand darf an sie heran. »Vielleicht sollten Sie ihr eine Beruhigungsspritze geben, damit sie tief und ohne bedrückende Träume schlafen kann. Am besten wäre es wohl, wenn ihr vergönnt wird, daß sie bis in den Vormittag hinein ausruhen kann.«

»Ein fürsorglicher Vorschlag, den ich voll und ganz akzeptiere, auch als Arzt verantworten kann. Doch – was dann?«

»Dann werden wir weitersehen, verehrter Herr Doktor. Ich jedenfalls weiß es sehr zu schätzen, in Ihnen einen verläßlichen Freund gefunden zu haben.«

Erika Warnke eilte unverzüglich geradezu beschwingt in ihre Unterkunft zurück, wo Konstantin Crusius ungeduldig auf sie wartete.

»Da bist du ja endlich! Irgend etwas Ernsthaftes?«

»Kann man wohl sagen«, erwiderte sie. »Aber ich glaube, es ist mir gelungen, auch noch diese Angelegenheit ganz gut in den Griff zu bekommen.«

Sie entledigte sich, so schnell es ging, ihrer Uniform. Fast konnte man sagen: Sie riß sich die Kleider vom Leib, um ihrem Geliebten alsbald wieder nah, hautnah zu sein. Dabei berichtete sie: »Da hat tatsächlich eine fürchterliche Schweinerei stattgefunden. Drei von deinen Soldaten, noch dazu Unteroffiziere, haben Ingrid vergewaltigt.«

Crusius richtete sich im Bett auf, sozusagen in strahlend

nackter Alarmbereitschaft. »Das ist ja unglaublich! Ein Skandal, den es einfach nicht geben darf.«

»Um einen solchen Skandal zu verhindern, habe ich bereits einiges in die Wege geleitet.«

Inzwischen war sie völlig ausgezogen. Sie stürzte ihm entgegen, warf sich derart ungestüm auf ihn, daß das Feldbett zusammenzukrachen drohte. Aber es hielt diesem Ansturm stand – eben deutsche Wertarbeit.

Doch in dieser Minute stand Crusius nicht mehr der Sinn nach den ihm freudig angebotenen Liebesfestspielen. Behutsam hielt er seine Erika etwas auf Distanz, während er fragte: »Was hast du veranlaßt?«

»Ich habe Ingrid betreut, wie sich das gehört. Ausgefragt jedoch habe ich sie nicht, dazu ist immer noch Zeit. Das Wichtigste war wohl zunächst einmal, das Mädel abschirmend in Sicherheit zu bringen. Ich habe sie Doktor Säbisch übergeben, sozusagen zu treuen medizinischen Händen.«

»Gar nicht schlecht«, lobte sie Crusius und streckte sich erleichtert aus, wodurch Erika noch angenehmer auf ihn zu liegen kam. »Dieser Säbisch spurt immer. Man muß ihm nur beibringen, wie das Ergebnis auszusehen hat. Wie – diesmal?«

»Nun – der hat sie untersucht; mit übrigens recht ausdeutbaren Ergebnissen. Danach hat er ihr eine Spritze verpaßt, von der Ingrid kaum vor dem Vormittag aufwachen dürfte. Bis dahin jedoch steht nichts Endgültiges fest. Womit wir sagen können, daß wir so gut wie nichts Konkretes wissen. Weder ich noch der Stabsarzt – und du schon gar nicht.«

»Meine geliebte Erika«, versicherte er und zog sie nun liebevoll an sich, »du bist nicht nur verlockend schön, sondern auch unheimlich klug. Du, allein du, bist meiner würdig.«

Und daran glaubten sie in diesem Augenblick. Tatsächlich. Beide.

6.
Wenn die Hirsche röhren, bekommen ihre Kühe weiche Beine

Am nächsten Morgen durfte der General geschmeichelt registrieren: so gut wie alle seine nächsten Mitarbeiter hatten sich bei ihm im Kasino eingefunden. Um mit ihm zu frühstücken und seinen Morgenweisheiten zu lauschen.

Als Herr des Hauses saß er an der Stirnseite des großen Tisches. Rechts neben ihm durfte sich Marianne Dengler aufhalten. Der Stuhl zu seiner Linken gebührte dem Adjutanten, Hauptmann Rommelskirchen. Die anderen Sitze konnten nach Belieben eingenommen werden.

Oberleutnant Crusius war gemeinsam mit Erika Warnke aufgetaucht. Doch da sie die Absicht hatten, mit verteilten Rollen zu spielen, ließ sich Erika neben Marianne nieder; während sich Crusius auf die andere Seite setzte, zu Rommelskirchen. Stabsarzt Dr. Säbisch zögerte nicht, sich den ›lieben, verehrten Damen‹ zuzugesellen. Und im Vorraum hockte Koralnik.

Dem General entging die irgendwie angespannte Erwartung seiner Mitarbeiter keinesfalls. Dies jedoch schien ihm diesmal kaum Unbehagen zu bereiten. Er war vielmehr, im Gegenteil, zu kleinen Scherzen aufgelegt.

»Eigentlich«, meinte er, »wäre hier ein runder Tisch angebracht, wie weiland bei König Artus. Eine Tafelrunde der Auserlesenen!«

Doch niemand lächelte über eine solche gebildete Exkursion in die Sagenwelt. Wenn jedoch der Adjutant dabei nickte, und zwar mehrmals, so war das lediglich in Gegenwart des Generals eine mehr mechanische Geste. Doch immerhin – bei diesem Frühstück langten die Anwesenden kräftig zu; als hätten sie nach den Vorgängen der verflossenen Nacht eine Stärkung dringend nötig.

Was hier an Speisen geboten wurde, erinnerte ein bißchen

an eine Morgenmahlzeit nach britischer Art. Das war kein Zufall: Als junger Mann hatte Blutenberger, damals noch mehr Felix als Baldur, in London studiert. Das wohl wichtigste Ergebnis seiner England-Eindrücke war die Vorliebe für britischen Lebensstil, speziell im Hinblick auf Speis und Trank. So standen hier griffbereit auf schweren Silberschalen dekorativ angerichtet gebratene Würstchen, Eier auf Rauchspeck, gesottene Nieren, dazu frischgebackenes Weißbrot.

»Bedienen Sie sich nach Belieben«, forderte der General seine Mitarbeiter auf. »Inzwischen können Sie mir berichten, was es da vielleicht so an Neuigkeiten gibt.«

Crusius ließ ganze Hügel von Setzeiern auf Rauchspeck in seinem Bauch verschwinden, um danach erst bedächtig eine erste Information hervorzubringen: »Da scheint sich in der vergangenen Nacht einiges zugetragen zu haben, Herr General, was wohl als nicht ganz unbedenklich bezeichnet werden könnte.« Rasch setzte er hinzu: »Worüber ich allerdings vorläufig noch recht unvollkommen unterrichtet bin.«

»Bemühen Sie sich nicht, mich aufzuklären, Oberleutnant Crusius.« Der General verkündete das, wie ihm wohl geboten schien, mit väterlicher Nachsicht. »Darüber weiß ich bereits Bescheid.« Was gewiß wieder einmal heißen sollte: Mir entgeht nichts!

Wieso er bereits informiert war, ließ sich erraten. Es war dabei unnötig, sich Marianne Dengler ein wenig näher anzusehen; sie lächelte zufrieden vor sich hin. Ohne Zweifel war sie es gewesen, die ihren General noch vor dem Frühstück mit Nachrichten und Gerüchten aus der Frauenbaracke eingedeckt hatte.

Erika Warnke meldete sich zu Wort, offensichtlich bemüht, die Notbremse zu ziehen. »Diese Vorgänge, Herr General, dürfen noch nicht als geklärt betrachtet werden. Nicht bevor sie mit der gewiß gebotenen Gründlichkeit untersucht worden sind.«

»Also, meine Verehrteste, nun mal ganz ohne Umschweife!« Der General gab sich souverän. »Hat da nun eine Vergewaltigung stattgefunden, und zwar gleich eine dreifache – oder etwa nicht?«

»Das kann sein«, sagte die Warnke leicht würgend, »das kann aber auch nicht sein. Doch das werden wir herausfinden.«

»Werden wir!« pflichtete Crusius bei. »Und zwar gemeinsam! Da das zu unserem Verantwortungsbereich gehört.«

»Ich anerkenne Ihre Aufklärungsbereitschaft voll und ganz«, versicherte der General mit Würde. »Doch es widerstrebt mir, gleich Sie beide auch noch damit zu belasten.«

»Das, Herr General, wird nicht als Belastung empfunden, sondern als unsere Pflicht«, warf die Warnke ein.

»Sehr gut gesagt! Aber – wir dürfen es da wohl nicht darauf ankommen lassen, daß dabei auch nur der geringste Verdacht einer einseitigen Behandlung solch heikler Vorgänge vermutet werden darf. Für die nun notwendige Behandlung solcher Vorkommnisse muß eine Art Neutralität gesichert werden. Wobei ich an Sie denke, Hauptmann Rommelskirchen. Sind Sie dazu bereit?«

»Jawohl, Herr General!« rief der Adjutant mit Trompetenstimme. Jeder Wunsch seines Herrn und Meisters war ihm Befehl.

»Was dagegen einzuwenden, verehrte Frau Warnke, lieber Crusius?«

Hatten sie nicht. Hatten sie auch nicht zu haben. Denn noch, immer noch, war hier Blutenberger die dominierende Respektsperson.

»Also dann verfahren wir wie besprochen«, befahl der General. Und er vernahm sichtlich gerne ein gemeinsames »Jawoll«.

Womit jedoch dieses Frühstück noch nicht beendet war. Denn zunächst waren da nur die ›wichtigsten Weichen‹ gestellt worden. Der General sondierte weiter das Terrain: »Nun mal ganz aufrichtig, Crusius! Wie ist denn Ihre Ansicht dazu? Sie wissen, daß Sie bei mir immer frei offen reden können.«

Dem schien nun nicht einmal mehr der starke, duftende Kaffee sonderlich zu munden. Auch paffte er lustlos an der Kuba-Zigarre, die der General den Herren offeriert hatte.

»Noch habe ich mir keine endgültige Meinung bilden können, Herr General. Falls es aber zutreffen sollte, daß sich einige von meinen, von unseren Soldaten an einer solchen Sauerei beteiligt haben, und dies auch einwandfrei zu beweisen ist – dann nichts wie Sense!« Die Geste, die er dazu machte, sollte unterstreichen: Rübe ab! »Falls jedoch dieses Blitzmädel schamlos übertrieben oder sogar ausdauernd gelogen haben sollte, dann ist selbstverständlich sie es, welche die Strafe trifft. Da muß Gerechtigkeit walten.«

»Nicht so voreilig und radikal, mein Lieber!« meinte Rommelskirchen unter den ermunternden Blicken des Generals. »Lassen Sie mich, der ich nun dafür verantwortlich bin, zunächst einmal alle Zusammenhänge untersuchen.«

»Wozu ich Ihnen viel Erfolg wünsche«, meinte Crusius ironisch. »Glauben Sie denn wirklich zu wissen, noch besser als ich, was da so in meinen Soldaten vor sich geht?«

Der General unterdrückte nur mühsam ein Schmunzeln. Wenn zwei sich streiten, wußte er, kann sich der Dritte freuen. Eine Konstellation überdies, die ihm Gelegenheit gab, weitere Weisheiten aus dem reichen Born seiner Erfahrungen zu schöpfen.

»So gut wie alles, meine Lieben, ist relativ. Da erinnere ich mich an einen interessanten Fall aus jener Zeit, als ich noch ein junger Offizier war. Damals hatten wir eine ›Kommandeuse‹, also die Gattin unseres Kommandeurs, die nie genug bekommen konnte – wovon, brauche ich wohl nicht zu sagen. Die jedenfalls vernaschte einfach jeden, der dazu bereit war. Nicht nur uns Leutnants vom Bataillon, sondern auch die Burschen ihres Mannes und etliche Ordonnanzen noch dazu. Doch wenn es dann soweit war, pflegte sie anfeuernd auszurufen: ›Nimm mich! Sei brutal zu mir! Vergewaltige mich!‹ «

Warum der General das erzählte, war nicht ganz klar. Vielleicht wollte er deutlich machen, daß er sich in allen nur denkbaren zwischenmenschlichen Beziehungen auskannte, daß ihm nichts Menschliches fremd war.

»Da gab es auch, soweit ich mich richtig erinnere, bei uns einen Hauptmann – ein prima Kamerad und ein glänzender Ballistiker. Überdies war er auch mit einer klangvollen Tenorstimme ausgestattet. Wenn der die Zarewitsch-Arie sang – ›Hast du dort oben vergessen auch mich‹ –, flossen Tränen der Rührung. Doch auch der hatte da so seine Macke. So wurde ihm nachgesagt, daß er es nur dann mit einer Frau treiben konnte, wenn sie Männerkleidung trug, also reitgerecht angezogen war. Und am liebsten hatte er es im Halbdunkel eines Pferdestalls.«

Die Anwesenden staunten und bekundeten ihren Respekt vor soviel Spezialwissen. Immer noch nicht war ganz eindeutig, was der General wirklich damit bezweckte. Mithin lauschten sie nun, noch reichlich unsicher, als dann Blutenberger nun wohl zu einer Art Fazit seiner Beischlafweisheiten ansetzte.

»Dabei gibt es schließlich so gut wie nichts, meine Lieben, womit man nicht rechnen muß. Mit jeder erdenklichen Abartigkeit, mit den fantastischsten Vorlieben, mit krankhaften Ab- und Zuneigungen. Und dazu gehört auch, habe ich mir sagen lassen, sogenannter Triolenverkehr, sowie sogar ganze Gruppenveranstaltungen.«

»Na, da staunen Sie, Hauptmann Rommelskirchen!« rief Crusius freudig aus. Er witterte erhebliche Komplikationen; und zwar für diesen farblosen Jasager, wie er den nannte. »Beginnen Sie zu erkennen, worauf Sie da so alles zu achten haben – bei Ihren Untersuchungen?«

»Darauf werde ich auch achten«, fauchte ihn der Adjutant ärgerlich an.

Der General nickte versonnen zustimmend. »Ja, aber dann auch noch, meine Damen und Herren, dürfen Sie nicht vergessen, daß jetzt Krieg ist – der Vater aller Dinge, wie man so sagt. Auch das darf nicht ohne Einfluß auf den Gegenstand der Untersuchung bleiben. Hinzu könnte dann noch der Teufel Alkohol kommen – wahrlich ein Teufel, wenn man sich ihm maßlos ausliefert. Auch dieser Punkt sollte nicht unberücksichtigt gelassen werden.«

Um auch wirklich nichts auszusparen, rief er nach Koralnik, von dem er wußte, daß er sich im Vorzimmer aufhielt. »Mein Lieber«, fragte er, »wann hat es hier die letzte Schnapsration gegeben?«

»Gestern nachmittag, Herr General«, berichtete der Obergefreite. »Ein gar nicht übliches Zwetschgenwasser, von Bauern der Umgebung hausgebrannt; mit etwa vierzig Prozent Alkohol.«

»Wieviel davon pro Mann?«

»Jeweils einen Viertelliter auf jeden Mannschaftsdienstgrad. Und eine ganze Dreiviertelliterflasche für jeweils zwei Unteroffiziere.«

Rommelskirchen schnappte unverzüglich zu; offenbar fühlte er sich schon ganz als bevollmächtigter Untersuchungsbeauftragter: »Haben Sie davon gewußt, Herr Crusius?«

Der Oberleutnant rettete sich in das übliche Verantwortungsverlagerungsspiel. Mithin also fauchte er Koralnik an: »Davon haben Sie mich nicht unterrichtet!«

Der Obergefreite ließ sich nicht im geringsten aus der Ruhe bringen. »Dabei, Herr Oberleutnant, handelte es sich doch lediglich um einen Routinevorgang, der hier alle vierzehn Tage stattfindet. So was mußte doch nicht extra angezeigt werden.«

Koralnik durfte sich entfernen. Crusius starrte ihm nach, als würde er denken: Was ist das doch für ein hinterhältiger Schweinehund! Sollte der etwa versucht haben, mich so ganz nebenbei hereinzulegen? Zuzutrauen war dem das – na, was denn nicht?

Der General gedachte nun offenbar noch eine weitere Sicherung einzubauen. Er wandte sich an den Stabsarzt, der immer noch frühstückte; sichtlich von dem Wunsch erfüllt, sich hier nicht unnötig einzumischen. »Na – und Sie, Doktor? Was halten denn Sie davon?«

»Nun ja«, meinte Säbisch ausweichend, »was soll ich schon davon halten?« Das klang so wie: Was erwartet man von mir, was ich davon zu halten habe?

Der General blinzelte ermunternd in die Runde, um unverzüglich Anstalten zu machen, sich noch ein wenig mehr auf unterhaltsame Weise zu informieren. »Also, Herr Stabsarzt – da haben Sie nun dieses Mädel untersucht. Doch mit welchem Ergebnis? Und nun mal ganz unter uns, Säbisch – Vergewaltigung – oder nicht?«

»Etliche Befunde, Herr General, weisen darauf hin; zum Beispiel Biß-, Kratz- und Rißwunden, auch Prellungen«, berichtete der Stabsarzt bestrebt sachlich. Als er dabei jedoch die scharf prüfenden Blicke von Crusius und der Warnke auf sich gerichtet sah, beeilte er sich, als kenntnisreicher Mediziner mit seinen Möglichkeiten zu jonglieren. »Derartige Details müssen allerdings nicht unbedingt gleich eine Vergewaltigung beweisen. Sie könnten auch das Ergebnis eines total entfesselten Lustverlangens sein, einer maßlos gesteigerten Begierde, zu der sich alle daran Beteiligten gegenseitig hochgeschaukelt haben mögen.«

»Sehr vielversprechend«, stellte der General fest. »Eine gute Grundlage für die Ermittlungen.« Worauf er, in dieser Reihenfolge, Rommelskirchen, die Warnke und Crusius zuversichtlich anblickte. »Nun machen Sie mal das Beste daraus. Wobei Sie meiner vollsten Unterstützung sicher sein dürfen.«

Sprach's. Und verschwand. Mit seiner Marianne.

Die Warnke, Rommelskirchen und Crusius blieben im Kasino zurück. Sie tranken reichlich lustlos vom Rest des Morgenkaffees. Schwiegen minutenlang.

»Verdammt noch mal«, platzte dann Crusius heraus, »was war denn das? Da hat der« – er meinte den General – »wieder mal eine Menge Weisheiten von sich gegeben. Doch worauf wollte er diesmal damit hinaus?«

»Soweit ich den Herrn General kenne«, glaubte Rommelskirchen feststellen zu können, »wünscht und erwartet er eine möglichst überzeugende Bereinigung dieser Vorgänge. Was denn sonst?«

»Doch wie stellt er sich eine solche Bereinigung vor?« fragte Crusius beunruhigt. »Er hat zwar einen Haufen Andeutungen gemacht, es aber geschickt vermieden, einen klaren Befehl zu geben.«

»Ein Befehl ist doch gar nicht nötig. Der Herr General wünscht eine intensive Untersuchung«, versicherte Rommelskirchen distanziert. »Und die wird nun erfolgen – durch mich.«

Der Hauptmann gab sich stark wie ein Fels; Crusius jedoch

wich vor dem nicht zurück. »Wer soll denn diese Zeche bezahlen? Wird etwa dabei erwartet, daß meine Männer über die Klinge springen? Bei denen handelt es sich um allerbestes Unteroffiziersmaterial; die sind hier unentbehrlich. Jedenfalls könnte ich für einen solchen negativen Ausgang dieser Untersuchung kaum Verständnis aufbringen.«

»Schön, wie Sie sich vor Ihre Männer stellen«, meinte Erika Warnke. Dabei zögerte sie nicht, Crusius anzulächeln. »Doch Sie werden gewiß dafür Verständnis haben, daß auch ich es nicht dulden kann, wenn eines meiner Mädel zu Unrecht in den Schmutz gezerrt werden sollte.«

»Selbstverständlich stimme ich dem zu«, versicherte Crusius prompt. Zumal er damit hoffen durfte, daß nunmehr der Hauptmann dadurch in eine Art Zwickmühle geraten war. Nun mußte der sich wohl entscheiden – für den einen oder eben die andere. Ohne ahnen zu können, daß die eine Einheit waren, eine verschworene.

Hauptmann Rommelskirchen gab sich jedenfalls Mühe, als versierter Taktiker in Erscheinung zu treten. Wobei er zunächst einmal auf Zeit spielte, irgend etwas von ›gründlich zu durchdenkenden Vorarbeiten‹ schwafelte. Offensichtlich gedachte er alle direkt Beteiligten daran zunächst einmal ›im eigenen Saft‹ schmoren zu lassen.

»Frühestens heute nachmittag«, verkündete er, »machen wir hier dieses Faß auf.«

Diesen Vormittag gedachte Oberleutnant Crusius zur Verbesserung der Verteidigungsbereitschaft von Friedrichsruh zu nutzen. Falls der Feind tatsächlich bis hierher vorstieße, sollte er sich an seinen Männern die Zähne ausbeißen. Und hoffentlich auch noch an Erikas Mädel. Bereit sein war alles!

Dabei telefonierte Crusius mit einem Munitionslager in der Nähe. Dort verlangte er den verantwortlichen leitenden Offizier zu sprechen. Und von dem foderte er dann, und zwar ›im Namen des Generals‹, Handfeuerwaffen, Maschinengewehre, jede Menge Munition, dazu kistenweise Handgranaten.

»Keine Ausflüchte bitte, Herr Kamerad. Es handelt sich um dringenden, vordringlichen, kriegswichtigen Bedarf.«

Der ›Herr Kamerad‹ vom Depot erwies sich als ein reichlich müder Hauptmann der Reserve. Der dachte gar nicht daran, irgendwelche Ausflüchte zu machen. Ganz im Gegenteil – der zeigte sich nur allzu gern bereit, sich von seinem Materialballast zu befreien.

»Ich habe mir Ihre Anforderungen notiert«, sagte er nahezu dankbar. »Geht in Ordnung. Sonst noch was?«

Crusius schnappte freudig zu. »Ausgezeichnet, Herr Hauptmann! Wie wäre es denn da etwa mit Minen zwecks Errichtung von Straßensperren?«

»Können Sie haben. Reichen zwei Dutzend aus? Und Panzerfäuste? Fünf Dutzend? Schon notiert. Brauchen Sie vielleicht auch noch Gasmasken? Drei Kisten zu je fünfzig Stück allerneuester Produktion, allerbester Qualität liefere ich Ihnen gerne. Abgemacht. Das alles werde ich Ihnen heute noch zukommen lassen, auf zwei Lastwagen.«

So einfach war das. Nun aber mußte diese stattliche Zuteilung, die mithelfen sollte, den Vormarsch der amerikanischen Panzer zu stoppen, untergebracht werden. Jedoch – wo? Wenn das einer wußte, dann Koralnik. Ein guter Schachzug, den für eine solche Deponierung verantwortlich zu machen.

So bestellte Crusius den Obergefreiten zu sich in sein Dienstzimmer. Dort hingen neuerdings Landkarten herum, Meßtischblätter im Maßstab 1:10000; versehen mit roten Fähnchen, welche wohl die diversen Einsatzpunkte kennzeichneten. Koralnik warf einen neugierigen Blick darauf, wurde aber in der Eile nicht recht schlau daraus.

Crusius eröffnete ihm unverzüglich: »Noch heute werden hier zwei Lastwagen eintreffen – mit Waffen und Munition. Wo bringen wir das Zeug unter? In Ihren Verpflegungsräumen?«

Koralnik zeigte sich überrascht. »Aber doch nicht dort, Herr Oberleutnant! Meine Räume sind voll belegt. Wenn ich etwa dort Platz machen sollte – dann müßte ich diverse Kasinokisten rausschmeißen. Das jedoch wohl kaum, ohne den Herrn General zu fragen.«

Das war eine hinterhältige Drohung, erkannte der Oberleutnant. Er dachte nicht daran, sich das bieten zu lassen.

»Versuchen Sie nicht, mir schon wieder Schwierigkeiten zu machen, Koralnik. Das könnte Ihre letzte Frechheit sein!«

Der Obergefreite wußte, daß er es nicht auf einen offenen Streit mit Crusius ankommen lassen konnte; also lenkte er ein. »Jedenfalls läßt sich Ihr spezielles Material bei mir direkt nicht unterbringen – aber möglicherweise in der Küchenbaracke. Die sind dort nicht sonderlich beengt. Doch immerhin: geradezu ideal für die Lagerung von Munition sind diese Räumlichkeiten kaum. Das könnte leicht ins Auge gehen.«

»Nun – dann lassen Sie sich mal was anderes einfallen, Koralnik«, forderte der Oberleutnant, »und zwar sofort.«

Das mußte der nun wohl – schon um Crusius abzuwimmeln. »Nun, da bietet sich noch eine andere Möglichkeit an – eine ziemlich gute und auch sichere. Wie wäre es, wenn wir ein wenig abseits ein Munitionslager anlegen lassen? Unsere Russen machen so etwas in wenigen Stunden.«

»Das ist die Lösung«, schnappte Crusius zu. »So machen wir es.«

»Mit Zustimmung von Herrn Hauptmann Rommelskirchen?« fragte Koralnik vorsichtig, als habe er Kisten von Eiern umzuschichten.

»Zerbrechen Sie sich nicht meinen Kopf, Sie Viehhändler!« rief der Oberleutnant grimmig. »Ich weiß schon, wie hier die Hasen laufen.« Denn schließlich war Rommelskirchen anderweitig intensiv beschäftigt. Der hatte einen schwierigen Fall aufzuklären, wobei ihn Crusius nicht zu stören gedachte.

Also ordnete er an: »Dieser Bunker wird gebaut.«

»Ein fürchterlicher Fraß!« stellte Susanne Singer fest. Sie kam mit ihrer Freundin Monika Hofer aus der Kantine, wo es einen Erbseneintopf gegeben hatte, mit ein paar Fleischfasern drin. »Die Verpflegung wird immer mieser. Doch das stört dich wohl nicht?«

»Kaum.« Monika lächelte ergeben. »Immerhin sind wir satt geworden.«

Sie setzten sich auf eine der zahlreichen Bänke, die im Gelände standen, klobig, in sauberem Dunkelgrün, stets wie frisch gestrichen. Die Frühlingssonne schien auf sie herab; sehr sanft, ohne sie erwärmen zu können. Noch war der Winter nicht ganz überwunden.

Susanne zog die Schuhe aus und massierte ihre Füße. Monika schien mit ihren hellblauen Augen in weite Fernen zu blicken. Doch das täuschte. In Wirklichkeit sah sie zu den ameisenhaft emsig arbeitenden Russen hin, die eine Menge Erdreich bewegten: Sie begannen, den Bunker anzulegen.

»Schau dir die Kriegsgefangenen an, Susanne«, sagte sie. »Die wären vermutlich dankbar, wenn sie wenigstens so ein Zeug wie wir zu fressen bekämen.«

Susanne zeigte sich wenig erfreut über Monikas Sonderinteressen – hatte sie nicht genug mit sich selbst zu tun? Mußte sie sich denn unbedingt auch noch mit den Russen beschäftigen – womöglich noch mit schutzbereiten Anwandlungen? Doch bevor sie dazu etwas sagen konnte, tauchte Feldwebel Anton Wegner auf.

Susanne lud ihn ein, zwischen ihnen Platz zu nehmen; was ihm sichtlich schmeichelte, ihn aber auch ein wenig verlegen machte. Jedenfalls brachte er zunächst nur einige Gemeinplätze hervor – über das Wetter und über die Verhältisse im Lager. Er schwätzte schön Belangloses, bis ihn Susanne unterbrach: »Und so weiter und so fort! Wißt ihr was? Ich lasse euch jetzt allein – mit euren erbaulichen Gesprächen.«

Sie störe nicht, wurde ihr versichert; gleich zweimal.

»Ich will aber stören, wenn auch nicht euch beide.« Sie erhob sich. »Ich werde mal wieder den guten Koralnik heimsuchen. Der muß mir erklären, warum er hier eigentlich von Tag zu Tag lustiger wird – vermutlich als einziger im Lager.«

Zurück auf der Bank blieben nun Monika Hofer und der Feldwebel. Sie rückten nicht auseinander. Doch fiel es ihnen sichtlich schwer, für eine mögliche angenehme Unterhaltung die rechten Worte zu finden.

Monika blickte beharrlich zu den Russen hinüber, für die es offenbar keine Mittagspause gab. Schließlich wollte sie wissen: »Wann essen denn eigentlich die Kriegsgefangenen? Auf den Verpflegungsplänen sind sie nicht verzeichnet.«

Ein Thema, das dem Feldwebel offenbar nicht gerade willkommen war. Er ging dennoch höflich darauf ein. »Sie kommen als letzte dran und müssen mit dem zufrieden sein, was jeweils übrigbleibt; also mit den Resten aus Kantine und Kasino. Feste Verpflegungssätze wie bei uns existieren für sie nicht.«

Monika Hofer reagierte mit einer bei ihr völlig ungewöhnlichen Lebhaftigkeit. »Aber so etwas darf man doch nicht machen! Eine solche Behandlung von Kriegsgefangenen verstößt eindeutig gegen die Genfer Konvention.«

»Sie wissen, daß es so was gibt?« Wegner war ehrlich überrascht und auch ein wenig besorgt darüber, daß Monika derartig intensiv für die Russen Partei ergriff. »Von diesem Abkommen wissen hier nur sehr wenige. Jedenfalls bin ich bisher noch niemandem begegnet, der danach gefragt hätte.«

»Dann muß man eben darauf aufmerksam machen.«

Der Feldwebel versuchte ihr behutsam beizubringen, daß derartige Erörterungen nur Unruhe stiften könnten, ohne etwas zu bessern. Trübe Wasser aufzurühren, würde bedeuten, sie noch trüber zu machen.

»Unsere Russen erhalten jeden Morgen pro Person einen halben Liter Tee und zweihundertfünfzig Gramm Brot. Das ist die offizielle Zuteilung. Koralnik hat diese Ration« – auf seinen Vorschlag hin, was er aber nicht sagte – »auf eigene Faust um hundert Gramm erhöht; dann auch dafür gesorgt, daß sie abends zusätzlich einige Kannen Tee erhalten.«

»Das kann doch niemals ausreichen.«

»Das hat auszureichen – offiziell, wie gesagt.«

Monika konnte ihren Blick nicht von diesen ausgemergelten Menschen in ihrer schäbigen Arbeitskleidung abwenden. »Aber da muß man doch etwas tun!«

»Wird ja auch getan, Fräulein Hofer, nach Möglichkeit. Unteroffizier Zander, der die Russen beaufsichtigt, ist bestimmt kein Unmensch; der drückt sehr oft ein Auge zu, manchmal alle beide Augen. Und einige Soldaten sorgen dafür, daß die Reste« – er sagte nicht Abfälle – »aus beiden Küchen ziemlich umfangreich ausfallen. Auch kommt es immer wieder vor, daß Koralnik in der Russenbaracke auftaucht, um dort diskret Gefäße mit Butter oder Schmalz abzustellen; auch Säckchen mit Zucker und Salz. Und andere, auch ich, bringen gelegentlich eine Packung Zigaretten vorbei – zwanzig Stück zumeist, für jeden eine halbe.«

Monikas Blick wanderte von den Russen zu Wegner. Zum erstenmal sah sie den Feldwebel voll an. Und in ihrem Blick schimmerte starkes Interesse; wenn nicht gar wachsendes Wohlwollen.

»Wie schön, daß Sie so was tun!« rief sie.

»Nicht der Rede wert«, wehrte Anton Wegner verlegen ab. »Schließlich bin ich Nichtraucher. Und einige Kameraden helfen mir beim Sammeln.«

»Sie ahnen nicht, wie mich das freut.« Spontan fragte sie: »Wäre es möglich, da mal hinzugehen? Ich möchte gern sehen, wie unsere Russen hier leben? Oder besser: vegetieren müssen?«

»Nun, das ließe sich ohne weiteres einrichten, zumal um diese Zeit. Denn jetzt sind alle verfügbaren Kriegsgefangenen im Arbeitseinsatz; deren Unterkunft ist also leer.«

»Dann führen Sie mich bitte dorthin!«

Doch dazu kam es icht; nicht sofort. Ein Gefreiter trabte heran, baute eine ziemlich exakte Ehrenbezeigung und meldete: »Herr Feldwebel sollen zum Herrn Oberleutnant kommen.«

»Wann denn?« fragte Wegner ein wenig ärgerlich.

»Schleunigst – hat er gesagt.«

»Da kann man wohl nichts machen.« Wegner stand auf. »Tut mir leid, Fräulein Hofer. Dann also – ein andermal.«

»Ich werde warten.«

»Das kann aber unter Umständen sehr lange dauern.«

»Macht nichts. Ich warte hier auf Sie.«

Oberleutnant Crusius empfing den Feldwebel ausgesprochen ungnädig. »Sie langweilen sich wohl maßlos, was? Sie sitzen auf Bänken herum, bei niedlichen kleinen Mädchen. Haben Sie denn nichts Wichtigeres zu tun?«

»Ich habe dienstfrei, Herr Oberleutnant.«

»Ach was, Mensch, ein Soldat ist immer im Dienst. Und Sie

sind doch Soldat – oder etwa nicht? In meinem Bereich jedenfalls gibt es nur Soldaten, und die sind immer gefragt. Kapiert, Feldwebel Wegner?«

»Jawohl, Herr Oberleutnant«, sagte Wegner mechanisch. Dann fiel ihm eine Beobachtung ein, die er gemacht hatte: »Sind Sie darüber informiert, daß gestern und heute, jeweils gegen Mittag, unser Bereich überflogen wurde – von einem amerikanischen Flugzeug, offenbar einem Aufklärer?«

Crusius reagierte sichtlich ungehalten. Er fühlte sich in seinem Konzept gestört. Was nicht sein durfte – er hatte entscheidende Dinge vorzubereiten.

»Zunächst einmal, Feldwebel Wegner, sind Sie nicht hier, um mir Ihre Wahrnehmungen mitzuteilen, sondern um meine Weisungen entgegenzunehmen. Außerdem sollten Sie nicht glauben, daß mir irgendwas entgeht – also auch nicht diese Aufklärer: Sie flogen in großer Höhe, etwa achttausend Meter. Sie kamen und verschwanden. Schließlich gibt es rund um uns herum noch eine Unmenge anderer Objekte, auf die diese Amis scharf sind. Deshalb müssen wir uns doch nicht gleich in die Hose machen.«

»Erlauben Sie mir zu bemerken, Herr Oberleutnant, daß nach dem neuesten Stand der Technik Luftaufnahmen aus einer Höhe von achttausend Metern...«

»Mensch, Wegner, wollen Sie mich etwa belehren?«

»Nein, Herr Oberleutnant.«

»Na also, dann quatschen Sie hier nicht herum! Mit mir ist doch wirklich leicht auszukommen. Einen guten Vorgesetzten erkennt man daran: wenige, aber klare Worte!«

Und abermals dieses mechanische: »Jawoll, Herr Oberleutnant.«

»Ihre Beschäftigung dort draußen« – Crusius wies aus seinem Fenster auf jene Bank, auf der Monika wartend saß – »mag ja gar nicht uninteressant sein. Ein ganz hübsches Bild, das diese Dame da bietet. Doch ich kann Ihnen einen anderen Anblick bieten, der Ihr kämpferisches Herz noch höher schlagen lassen wird, falls Sie eines haben.«

Der Oberleutnant wies auf seine Einsatzkarte, die an der Wand vor seinem Schreibtisch hing, mithin ständig in seinem Blickfeld. »Sehen Sie sich das einmal an, Feldwebel Wegner – möglichst genau. Und dann sagen Sie mir, was Sie davon halten.«

Was diese Karte veranschaulichte, begriff Anton Wegner ziemlich mühelos. »Dies ist das Gelände, das zu unserem unmittelbaren Bereich gehört. Darin sind offenbar die Schwerpunkte für eine mögliche Verteidigung eingezeichnet.«

»Richtig!« sagte Crusius erfreut. »Sie entwickeln ja ein geradezu militärisches Verständnis.«

Wobei diesmal das mechanische ›Jawoll, Herr Oberleutnant!‹ ausblieb.

Darauf legte der Oberleutnant auch kaum noch Wert. Er tippte mit dem ausgestreckten Zeigefinger der rechten Hand schnell hintereinander auf drei Punkte, die mit rötlichen Querbalken versehen waren: »Straßensperren! Die sind für den Ernstfall zu verminen. Schwerpunkt Nummer eins: die sogenannte Jahrhunderttanne. Das aber, Wegner, ist die für Sie vorgeschriebene ganz spezielle Aufgabe.«

Der Feldwebel war nun doch nicht wenig überrascht. Dann jedoch, nach einer Schrecksekunde, sagte er: »Erlauben Sie mir, Herr Oberleutnant, Sie darauf aufmerksam zu machen, daß ich lediglich ein Nachrichtentechniker bin, also ohne jede Pionierausbildung.«

»Keine Ausflüchte, Mann!« forderte Crusius, jetzt ganz entschlossener Kriegspraktiker. »In einem möglichen Ernstfall untersteht mir hier jeder Schwanz und jede Nelke.« Letzteres war eine geradezu dezente Bemerkung; denn gemeinhin wurden hier die Mädel in männlich-soldatischen Kreisen als ›Pißnelke‹ bezeichnet. »Jedenfalls bin ich hier, wenn es ums Ganze geht, Ihr unmittelbarer Vorgesetzter. Versuchen Sie also ja nicht, sich hinter dem General zu verkriechen. So was müßte ich als persönliche Herausforderung ansehen.«

Wegner leistete noch hinhaltenden Widerstand: »Jedenfalls, Herr Oberleutnant, besitze ich nicht die geringsten Erfahrungen mit Minen.«

»Kommen Sie mir doch nicht damit, Mensch! Sie sind Techniker; sogar ein sehr begabter, wie man sagt. Na, dann beweisen Sie das jetzt mal! Oder sollten Sie sich etwa zu stark abgelenkt fühlen?« Er brauchte nicht erst zu sagen, von wem. »So was, Wegner, könnte Ihnen sehr schaden.«

»Wieviel Zeit habe ich, Herr Oberleutnant?«

»Eine Menge; bekanntlich hat so ein Tag vierundzwanzig Stunden. Die Minen treffen noch heute hier ein. Gleich morgen sollten Sie sich die Dinger näher ansehen, um sie dann übermorgen auszulegen. Möglichst einfallsreich und wirksam.«

»Werde ich versuchen, Herr Oberleutnant.«

»Nicht versuchen, sondern machen, Mensch! Und das möglichst ohne jede noch so niedliche Ablenkung. Diese Miezen können warten – zunächst haben unsere Minen Vorrang.«

Monika Hofer hatte gewartet – mit geduldiger Ausdauer. Als sie Anton Wegner kommen sah, erhob sie sich von ihrer Bank und schritt ihm entgegen. »Da sind Sie ja«, sagte sie. Was sich wie ›endlich‹ anhörte. »Können wir jetzt gehen?«

Er nickte. Dann hielt er sich höflich an ihrer linken Seite. Sie bewegten sich in Richtung auf den Stacheldrahtkäfig am hinteren Ende des Lagers, wo die russischen Kriegsgefangenen hausten. Das Tor war weit geöffnet, die Tür der verfallenen Baracke auch.

Drinnen ein einziger Raum; mit wenigen, wie verklebt wirkenden Fenstern. Dreifach übereinander aus Balken und Brettern zusammengehauene Pritschen; Einkriechwaben für jeweils zwei bis drei Mann. Darin fauliges Stroh, verfilzte Schlafdecken, Beutel als Kopfkissen, doch nicht unsaubere Bänke drum herum.

An freien Wandstellen waren Nägel eingeschlagen, an denen Kleidungsstücke hingen, zerfetzt und stinkend. Ein dunkles Bild des Elends, des Zerfalls, der erwürgenden Erniedrigung.

Das alles betrachtete Monika mit quälender Hilflosigkeit. Und dann war es, als suche sie Schutz – bei Anton Wegner.

Der Feldwebel legte mit äußerster Vorsicht einen Arm

um sie. Er spürte, wie sie zitterte. Sie an sich zu ziehen, wagte er nicht. »Regen Sie sich bitte nicht auf, Fräulein Hofer. Wir tun ja, was wir können.«

Er zog ein Päckchen Zigaretten hervor und legte es auf den Tisch. Dann holte er aus seinen Hosentaschen zwei Tüten hervor – in der einen befand sich etwas Eipulver, in der anderen Küchenreste. Die legte er neben den Zigaretten ab; dann noch sein Feuerzeug dazu.

»Danke«, wollte Monika sagen. Doch da vernahm sie ächzende Geräusche. Denen folgte ein heftiger Erstickungsanfall, der nur äußerst mühsam, vermutlich durch ein Tuch, zu unterdrücken versucht wurde.

Monika Hofer eilte zu der Pritsche, von der dieses Keuchen und Gurgeln ausging. Dort sah sie einen Mann liegen, vollständig bekleidet, sogar noch mit den Schuhen an den Füßen. Sein fahles Gesicht glänzte schweißüberströmt.

Sie griff nach der Stirn dieses Menschen, dann nach dessen rechter Hand. »Er hat Fieber«, stellte sie fest. »Er muß sofort ins Krankenrevier.«

»Es gibt kein Krankenrevier für Kriegsgefangene«, sagte der Feldwebel bedauernd. »Und der Stabsarzt behandelt nur ganz schwere Fälle; wenn überhaupt.«

»Aber dieser Mensch braucht dringend Hilfe!«

»Mischen Sie sich da lieber nicht ein!« riet ihr Anton Wegner mit wachsender Besorgnis. »Ich werde veranlassen, daß ein Sanitäter mit Medikamenten herkommt. Mehr jedoch können wir wirklich nicht tun.«

Monika schien nicht gewillt zu sein, auf seine Warnung zu hören. Sie betupfte mit ihrem Taschentuch das verschwitzte, klebrige Gesicht des Kranken. Dann griff sie in ihre Rocktasche und holte von dort den Rest einer Tafel Schokolade hervor. Die legte sie zugleich mit ihrem Schal dem Russen in die zitternden Hände.

Der bemühte sich zu lächeln; dankbar und in sein Schicksal ergeben. »Spassibo, Dame«, sagte er.

Monika Hofer stürzte hinaus ins Freie. Anton Wegner folgte ihr. Und er hörte sie sagen: »So was darf es nicht geben!«

7.
Eine noch so intensive Aussaat garantiert nicht gleich die große Ernte

Die Verhandlung zwecks Aufklärung des nächtlichen Sexualdramas fand wieder einmal in der umfunktionierten Kantine statt. Also im Speisesaal für Unteroffiziere, Mannschaften und Blitzmädel. Beginn: 16 Uhr.

Den Vorsitz führte Hauptmann Rommelskirchen. Zu ›Beisitzern‹ hatte er die Mädelführerin Warnke und trotz gewisser Bedenken den Oberleutnant Crusius bestimmt. Durch diesen Einfall hoffte er ihrer Mithilfe, ja, ihrer Mitarbeit sicher zu sein.

Bevor er jedoch zu den Vernehmungen schritt, knöpfte sich Rommelskirchen sozusagen als Vorspiel zunächst einmal den Oberleutnant vor. Das wohl nicht zuletzt in der Absicht zu demonstrieren, wer hier nun eigentlich das Sagen hatte.

»Was muß ich da hören, Oberleutnant Crusius? Sie haben es sich geleistet, die mir unterstellten Russen einzukassieren? Und das, ohne meine Zustimmung vorher dazu eingeholt zu haben?«

»Herr Hauptmann«, sagte Crusius ausweichend, »Sie waren durch die Vorklärung dieser Vorgänge schwer beschäftigt. Was ich respektiert habe. Ich gedachte Sie nicht durch irgendwelche Nebensächlichkeiten unnötig zu belasten.«

»Ach was! Dummes Zeug! Sie haben erneut versucht, sich in meinen direkten Befehls- und Verantwortungsbereich einzumischen! Am liebsten – ich kenne Sie – würden Sie sich meinen Russenverein ganz unter den Nagel reißen. Ist aber nicht zu machen!«

»Meine Herren!« mischte sich Erika Warnke ein. »Meiner Meinung nach handelt es sich da wohl lediglich um ein Mißverständnis. Ein zweitrangiges, da es doch hier nun um wesentlich wichtigere Dinge geht, die von uns gemeinsam geklärt werden müssen. Somit ziehen wir hier an einem Strang. Sehe ich das richtig so, Herr Hauptmann?«

»Nun ja«, sagte der nicht unversöhnlich. »An mir soll diese harmonische Zusammenarbeit gewiß nicht scheitern. Zumal meine Großzügigkeit und mein Gemeinschaftssinn als bekannt vorausgesetzt werden dürfen.«

»Genau darum ist auch Herr Oberleutnant Crusius bemüht – nicht wahr?«

»Bin ich«, versicherte er entgegenkommend. »Ich werde Ihnen, Herr Hauptmann, über meine Aktion – eine kriegswichtige, wie ich betonen möchte – exakt Bericht erstatten. Und dann um Ihre nachträgliche Zustimmung ersuchen.« Bitten – sagte er nicht.

»Tatsächlich?« fragte der Hauptmann reichlich ungläubig.

»Aber ja!« Crusius machte nun ganz den Eindruck, als erstrebe er ein gutes Verhältnis unter Kasinokameraden.

»Na also!« rief die Warnke erfreut aus. Da war Crusius nun wohl ihr zuliebe über seinen Schatten gesprungen. Dafür mußte sie ihm dankbar sein. Würde es auch sein – ließ sie anklingen.

»Dann also – können wir beginnen«, glaubte Rommelskirchen feststellen zu können.

Als erste wurde vor dieses Tribunal Ingrid Schnitzler, das angebliche Opfer, zitiert. Einundzwanzig Jahre alt, Nachrichtenhelferin seit Frühjahr 1943, prall prächtiger Busen, kuhhaft gutartig, mit großen Frageaugen ausgestattet. Mithin wohl so was wie ein Typ, den die Landser als ›Wonneproppen‹ zu bezeichnen beliebten.

Deren ›Befragung‹ oder Vernehmung begann Rommelskirchen betont väterlich: »Sie dürfen sich uns uneingeschränkt anvertrauen, Nachrichtenhelferin Schnitzler. Wir sind hier, um die Wahrheit herauszufinden und zu einer gerechten Beurteilung zu kommen. Dabei rechnen wir mit Ihrer Hilfe, wozu Sie gewiß bereit sind. Ja? Also dann zur Sache. Sie behaupten, dazu gezwungen worden zu sein, einen Geschlechtsverkehr auszuüben?«

Ingrid Schnitzler: »Ich bin vergewaltigt worden.«

Rommelskirchen: »Die Einzelheiten des Geschehens sind uns ja bereits bekannt. Doch was jetzt noch zu klären wäre, ist dies: Wie konnte es dazu kommen?«

Crusius: »Was heißen soll, Mädel: haben Sie möglicherweise dazu beigetragen? Ist ein solches Vorkommnis erst durch Ihr Verhalten ermöglicht worden?«

Ingrid: »Die wollten mir mit einen Spaziergang machen, sagten sie. Anfangs unterhielten wir uns auch ganz normal. Doch plötzlich haben sie sich auf mich gestürzt: und zwar alle drei. So war es.«

Erika Warnke: »Sag alles, was du weißt, Mädel! Nur keine falsche Scham. Du stehst unter meinem Schutz.«

»Unter unserem«, ergänzte Rommelskirchen.

»Die haben mich auf die Erde geworfen. Na klar, daß ich mich gewehrt habe, aber die waren viel kräftiger. Die haben mich mit Gewalt – genommen.«

Crusius: »Nun gut, das nehmen wir zu Protokoll.«

Rommelskirchen: »Was dabei tatsächlich geschehen ist, werden wir schon herausfinden.«

Erika Warnke: »Das alles, Ingrid, wird ganz sachlich geklärt. Also nur Mut und Kopf hoch, Mädchen. Wie es sich für eine deutsche Frau gehört.«

Worauf nunmehr die drei beschuldigten Unteroffiziere anzutraben hatten: Heinemann, Knoblich und Mayer. Denen gelang es, diesen Kantinengerichtssaal vorübergehend in einen Exerzierplatz umzufunktionieren. Sie knallten die Hakken zusammen, daß der Barackenboden dröhnte; sie rissen die rechten Arme hoch, streckten sie aus zum Deutschen Gruß – schließlich wußten sie: Ihr Crusius liebte es zackig.

Rommelskirchen fragte streng: »Habt ihr, wie behauptet wird, eine unserer Nachrichtenhelferinnen überfallen? Dieses Mädel dann dazu gezwungen...«

»Aber wir doch nicht, Herr Hauptmann! Doch nicht so was – niemals!« erwiderte der Unteroffizier Heinemann; ein fuchsschlauer Bursche mit Wolfsgebiß und Lammblick. Von Anfang an war erkennbar, daß er den Wortführer dieses Trios spielte. Was er dabei vorbrachte, wurde dann vom Kameraden Knoblich meist wie von einem Echo bestätigt; während der dritte in diesem Bunde, der reichlich stupide Mayer, gewöhnlich nur zustimmend zu nicken pflegte.

Einen sonderlich guten Eindruck machten diese drei auf Rommelskirchen keineswegs. So blickte er, nach Ermunterung verlangend, zu Erika Warnke hinüber. Und die blinzelte ihm verständnisvoll zu, als wolle sie sagen: Nichts wie ran – an den Feind! Crusius gab sich völlig undurchsichtig.

Rommelskirchen: »Also, Männer, dann wollen wir hier nun mal – nicht länger um den heißen Brei rumreden. Gerade heraus: Habt ihr – oder habt ihr nicht?«

Heinemann: »Da Sie danach so offen fragen, Herr Hauptmann, will ich auch ganz frei heraus antworten. Wir Kameraden wollten da bloß einen kleinen Spaziergang unternehmen; nichts weiter sonst. Dabei drängte sich uns diese Schnitzler auf, wollte unbedingt mitkommen. Na, sollte sie doch! Jedenfalls haben wir uns dabei nichts Böses gedacht; schließlich sind wir ja keine Unmenschen. Richtig soweit, Kameraden?«

»Sehr richtig«, versicherte Unteroffizier Knoblich. »Genauso war es. Die hat sich uns aufgedrängt.« Was der dritte Unteroffizier bestätigte, mit wiederholtem Nicken.

Heinemann weiter: »Da schlenderten wir also so dahin. Fast voller Mond, doch kühle Temperatur, ein schöner Abend. Dabei jedoch wedelte dieses Weibsstück vor uns herum, schwenkte ihren Hintern, gurrte uns an. Dann wollte sie sogar Pipi machen, machte das auch; in unserer Gegenwart, wenn auch hinter einem Strauch. Doch wir hörten es plätschern.«

Der Unteroffizier Knoblich ergänzte: »Das war vielleicht eine Sau! Die hat uns regelrecht aufgegeilt. Die wollte – unbedingt. Na, und dann haben wir sie eben bedient.«

Eine solche Schilderung, eine eindeutig obszöne, ging Erika Warnke entschieden zu weit. »Unterlassen Sie gefälligst derartig schmutzige Bemerkungen! Solche Äußerungen empfinde ich als eine Beleidigung aller unserer weiblichen Soldaten.«

Rommelskirchen: »Da bin ich ganz Ihrer Ansicht, gnädige Frau. Eine derartige Ausdrucksweise ist im höchsten Grade unpassend.«

Sprecher Heinemann fühlte sich gefordert: »Aber wenn's doch so war, wird man es wohl auch sagen dürfen. Unser Herr Oberleutnant« – wobei er brav-bieder zu Crusius hinblickte – »wird das gewiß richtig verstehen. Herr Oberleutnant kennen sich hier aus.«

Das traf gewiß zu. Doch im Augenblick gedachte Crusius so was nicht besonders herauszustellen; wohl um seine Erika nicht vor den Kopf zu stoßen. Statt dessen startete er ein Ablenkungsmanöver in eine völlig andere Richtung: »Da seid ihr wohl total besoffen gewesen, Männer?«

»Nicht gleich besoffen, Herr Oberleutnant – so was ist bei diesen schmalen Rationen ja gar nicht drin. Aber ein bißchen angeschickert waren wir schon. Wobei wir auch übrigens diesem Weibsbild was von unserem Quantum abgegeben haben; gutmütig, wie wir nun mal sind. Was vielleicht ein Fehler war – aber wer konnte denn schon ahnen, daß die...«

»Haut ab!« rief ihnen Crusius männlich-grimmig zu. Überzeugt davon, daß seine Erika dieser Anordnung zustimmen würde. Das geschah auch. Die Soldaten flitzten hinaus – wie der Blitz.

Auch Rommelskirchen schien froh zu sein, diese Kerle hier nicht mehr sehen zu müssen. »Hier stinkt es!« sagte er und griff sich unwillkürlich an die Nase. »Und zwar stinkt es ganz gewaltig.«

Wie zur Abrundung dieser Wahrheitsfindung durfte dann auch noch Stabsarzt Dr. Säbisch sein ›sachverständiges Gutachten‹ vortragen. Das fiel genauso aus wie erwartet; war nicht Fisch und nicht Fleisch, hatte weder Haut noch Knochen. Denn Säbisch zeigte sich bereit, alles zu bestätigen, was von ihm erwartet wurde, somit auch nichts von dem zu behaupten, was vielleicht nicht erwünscht gewesen wäre. Er lieferte eine Auswahl von Möglichkeiten – gleichsam zur Selbstbedienung.

Worauf dann Rommelskirchen endlich erkannte, daß er hier nur den ›Schwarzen Peter‹ zugeschoben bekommen hatte. Er fühlte sich im Zugzwang. Sein Problem sah so aus:

Die Warnke wollte sich vor ihr Mädel stellen, schon um ihr Ansehen zu wahren. Crusius jedoch hatte bisher keinerlei Anstalten gemacht, eine Schuld seiner Soldaten zuzugeben. Und der Stabsarzt war nichts als ein schwankendes Rohr im Wind.

»Wie kommen wir da nun über die Runden?« wandte sich der Hauptmann an seine Beisitzer.

»Da steht nun Aussage gegen Aussage«, meinte der Oberleutnant. »Doch keine ist glaubwürdiger als die andere. Doch immerhin – der Herr General erwartet von uns eine Entscheidung – so oder so.«

»Wir könnten abstimmen«, sagte Rommelskirchen. »Was jedoch bedeuten würde, daß einer von uns gegen die beiden anderen Stimmen unterliegen würde. Da wäre es doch gewiß besser, wenn wir zu einer gemeinsamen Entscheidung kommen würden, die jeder von uns mitträgt.«

Während einer Minute gedankenschweren Schweigens betrachtete Crusius seine Erika; worauf er dann Rommelskirchen fragte: »Erlauben Sie uns, Frau Warnke und mir, eine kurze Unterredung unter vier Augen? Ich glaube da eine Möglichkeit einer gewissen Übereinkunft zu sehen.«

»Bitte! Sehr gern!« Für dieses Verlangen zeigte der Hauptmann sofort Verständnis. »Soll ich mich unterdessen zurückziehen?«

»Danke, wird nicht nötig sein.« Crusius begab sich auf eine Fensternische zu; seine Erika folgte ihm bereitwillig. Und dort begannen sie dann leise, doch ungemein eindringlich, miteinander zu reden.

»Erika, du weißt, wie ehrlich ich stets sein will. Und eben deshalb bin ich deiner Ansicht«, versicherte er ihr. »Dein Mädel ist schändlich mißbraucht worden. Und das haben meine Kerle getan, diese Schweinehunde.«

Die Warnke strahlte ihren Geliebten an: »Konstantin, wie wunderbar, daß du so aufrichtig bist. Auch so gerechtigkeitsbewußt. Dich muß man lieben!«

Crusius legte seine rechte Hand auf ihre Schulter. »Wir beide nehmen unsere Aufgabe immer und jederzeit sehr ernst, sind niemals bereit, der Wahrheit auszuweichen. Doch genausowenig dürfen wir vergessen, daß wir uns in einem entscheidenden Schicksalskampf unseres Volkes befinden. Woraus folgt – was? Nun – einerseits schätze ich die Ehre und Anständigkeit eines deutschen Mädchens überaus hoch ein; das darfst du mir glauben. Andererseits aber darf ich wegen eines möglichen Fehltritts meiner Unteroffiziere nicht auch gleich auf deren Erfahrung und Kampfkraft verzichten. Darf ich hoffen, daß du das einsiehst?«

Diesem eindringlichen Appell jenes Mannes, den sie liebte, vermochte sich Erika Warnke nicht zu entziehen. »Aber wie«, fragte sie, »haben wir uns dann, sozusagen offiziell, zu verhalten?«

»Wir versichern unser tiefstes Bedauern über einen solchen Vorfall, zugleich aber sehen wir uns dazu gezwungen, dieses Verfahren aus Mangel an Beweisen einzustellen. Womit sich dann bedauerlicherweise eine Versetzung der Nachrichtenhelferin Schnitzler nicht verhindern läßt.«

»Also gut«, nickte Erika, »wenn du das für richtig hältst, bin ich einverstanden.«

Womit sich dann beide zurück zu Hauptmann Rommelskirchen begaben. Und dem verkündete sodann die Warnke mit entschlossenem, ernstem Gesichtsausdruck: »Ich halte es nunmehr für angebracht, die Nachrichtenhelferin Ingrid Schnitzler zu mir zu bestellen. Um der dann zu sagen, ganz aufrichtig, daß sich dieses Vorkommnis nicht hundertprozentig klären ließ. Doch um sie dabei vor Nachteilen, vor peinlichen Fragen und Unterstellungen zu bewahren, werde ich ihr sagen, daß es für sie am besten ist, wenn sie auf dem schnellsten Wege versetzt wird – zu einer Flakeinheit.«

»Das finde ich hervorragend«, würdigte der Hauptmann Erikas Vorschlag. »Und wie ist Ihre Ansicht hierzu, Oberleutnant Crusius?«

»Einer solchen Entscheidung schließe ich mich an. Frau Warnke ist es gelungen, mich mit ihren Argumenten zu überzeugen. Was nicht ausschließt, daß ich mir diese drei schamlosen Scheißkerle ganz gehörig vornehmen werde. Denen ziehe ich die Hammelbeine lang, bis die nur noch

Knochen kotzen! Die werden das noch bereuen, sich derartig saumäßig aufgeführt zu haben, dafür gebe ich jede Garantie.«

Rommelskirchen konnte kaum ein zufriedenes Grinsen unterdrücken. »Dann erstatte ich also dem Herrn General in diesem Sinne Bericht. Danke Ihnen für Ihre einsatzbereite Mitarbeit.«

Obergefreiter Koralnik hockte in seiner Verpflegungshöhle und war gerade dabei, sich mit Champagner aus seiner weißen Thermosflasche zu laben, als er überraschend Besuch erhielt – und zwar von Monika Hofer. Dabei hatte er den Eindruck, sie überfalle ihn geradezu – so ungewöhnlich lebhaft und temperamentvoll kam sie zur Tür herein.

»Herr Koralnik«, fragte sie ohne lange Vorrede, »können Sie mir einen großen Gefallen tun?«

Der Obergefreite knurrte wie ein gutmütiger Bernhardiner: »Immer, wenn ich das Wort ›Gefallen‹ höre, werde ich mißtrauisch. Bei Ihnen jedoch, Fräulein Hofer, fühle ich mich versucht, eine Ausnahme zu machen. Kommen Sie von Susanne?«

Das sollte bedeuten: War die es, die Sie vorgeschickt hat?

»Nein, ich bin aus eigenem Entschluß hier. Mit einer Bitte, die vielleicht ziemlich unverschämt klingt.«

»An so was habe ich mich gewöhnt. Doch zunächst sollten Sie sich mal setzen. Sie sind ja ganz außer Atem.« Er hielt ihr seine Thermosflasche entgegen. »Kleine Erfrischung gefällig?«

Ein Angebot, daß Monika höflich ablehnte. Sie setzte sich auch nicht. Sie stand da und sah ihn mit einem seltsam flehenden Ausdruck in den Augen an, wie ihm schien.

»Na, was könnte ich denn für Sie tun? – Also wohl liefern?« fragte er.

»Nahrungsmittel, Herr Koralnik, soviel Sie erübrigen können: Schokolade, Zucker, Honig.«

Koralnik leistete sich ein breites Lächeln. »Bei den Sachen, die Sie da genannt haben, handelt es sich eigentlich um Genußmittel«, meinte er. »Nahrungsmittel wären etwa Butter, Eier, Brot und Mehl.«

»Alles, was Sie liefern könnten, ist mir willkommen. Und wenn ich es nicht auf einmal tragen kann – ich komme gern mehrmals.«

Koralnik dehnte sich nun doch ziemlich unbehaglich in seinem Sessel. »Darf ich mal fragen, Fräulein Hofer, wofür Sie solche Fressalien benötigen – noch dazu in Mengen?«

»Fragen Sie lieber nicht danach!«

Ein Mädchen wie Monika, das wußte Koralnik, würde nie versuchen, für sich persönlich Vorteile herauszuschinden. Also lag es nahe zu vermuten, daß sie so was wie eine menschenfreundliche Aktion plante. Und er witterte, daß dies unangenehme Folgen haben könnte – nicht nur für sie; für ihn möglicherweise auch.

»Liebes Fräulein Monika«, sagte er in fast väterlichem Ton, »in gefährlichen Zeiten ist es gut, wenn man sich auf seinen Instinkt verläßt, so wie es die Tiere des Waldes tun – um zu überleben. Haben Sie schon einmal davon gehört, daß sich Rehe freundlich-vertrauensvoll den Menschen nähern? Nein. Sie tun es nicht, weil ihre Klugheit darin besteht, scheu zu sein. Oder ist Ihnen oder einem andern jemals eine Wildkatze begegnet? Nein. Weil diese schnellsten Tiere unserer Wälder zweibeinige Lebewesen meiden wie die Pest.«

»Aber wir, Herr Koralnik, müssen mit den Menschen leben, ob sie nun gut oder böse, arm oder reich, hungrig oder satt sind.«

»Mit Menschen leben müssen bedeutet gar nicht selten auch: vor ihnen auf der Hut sein. Jeder versucht sich so gut durch den Dschungel seines Daseins zu schlagen, wie es irgendwie geht. Und einen Anspruch auf ein bißchen individuelles Glück hat jeder, auch wenn er uniformiert und kaserniert ist – dann vielleicht erst recht. Ein gewisses, wenn auch bescheidenes Maß an Egoismus muß erlaubt sein.«

»Aber es gibt nun mal Menschen, die wesentlich hilfloser, also ungleich schlimmer dran sind als wir. Denen muß man helfen.«

»Falls man wirklich helfen kann!« Dem Obergefreiten war inzwischen einigermaßen klar geworden, was sie plante, aber das wollte er für sich behalten. Deshalb nahm er wieder

Zuflucht zu einem Vergleich. »Stellen Sie sich doch mal folgendes vor: Ihnen läuft ein herrenloser, halb verhungerter Hund über den Weg. Der schaut Sie ganz lieb an, möchte von Ihnen etwas zu essen bekommen oder wenigstens gestreichelt werden. Was werden Sie tun? Wenn Sie etwas Eßbares haben, werden Sie es ihm geben, und Sie werden sein Fell kraulen. Doch mit welchem Ergebnis? In diesem armen Vieh kommt die Hoffnung auf, nicht mehr ausgestoßen zu sein. Aber dann lassen Sie ihn doch allein.«

»Ich würde ihn zu mir nehmen.«

»Ist Ihnen zuzutrauen, Fräulein Monika. Aber mal ganz abgesehen davon, daß so etwas in Ihrer gegenwärtigen Situation praktisch gar nicht durchführbar ist – was ist mit den vielen anderen armen Hunden, die da auf Güte und Verständnis warten?«

Sie strahlte ihn an, als habe sie plötzlich einen ganz neuen Koralnik entdeckt. »Sie haben ein gutes, großes Herz, auch wenn Sie es nicht zugeben wollen.«

»So was, Monika, sollten Sie aber ganz schnell wieder vergessen. Ich fühle mich nicht als Menschenbeglücker. Kommen wir lieber wieder ganz konkret auf Ihre Lieferungswünsche zurück. Ich will mal annehmen, daß Sie eine Art Überraschung planen.«

»Nehmen Sie das getrost an, Herr Koralnik.«

»Nun, dann lassen Sie mich raten, was Sie beabsichtigen.« Offensichtlich gedachte sich Koralnik irgendwie abzusichern. »Ich könnte mir zum Beispiel vorstellen, daß mit den von mir erwarteten Lieferungen eine ganz stattliche Geburtstagstorte gebacken wird; eine, die für die ganze weibliche Belegschaft ausreicht. Nehmen wir an, daß Sie vielleicht damit die Mädelführerin Warnke zu ehren beabsichtigen – oder gar den Führer, dessen Geburtstag ja auch herannaht.«

»Ich bitte Sie sehr, mich nicht nach Einzelheiten zu fragen. Überlassen Sie die Verantwortung mir.«

Das war dem Obergefreiten nur recht. »Na schön, dann stelle ich also keine Fragen mehr: Ich liefere lediglich.«

Er füllte eigenhändig zwei Kartons mit Butterschmalz, Ei-, Kakao- und Milchpulver, Marmelade, Fleisch- und Wurstkonserven. Dann tat er noch einen Dreiliterkanister Olivenöl und ein Zwölferpaket Bruchschokolade mit Haselnüssen dazu.

Monika bedankte sich überschwenglich und machte Anstalten, diese Schätze beglückt abzuschleppen. »Herr Koralnik, das werde ich Ihnen niemals vergessen!«

»Vielleicht sollten wir das aber vergessen, Sie und ich.« Das klang wie eine freundschaftliche Warnung. »Sind Sie sicher, Fräulein Monika, daß Sie sich mit dieser Aktion nicht auf irgendwelche Dummheiten einlassen? Es wäre sehr schade, wenn Sie in Schwierigkeiten kämen.«

»Wenn es Schwierigkeiten geben sollte«, erwiderte sie leise, »dann werde ich sie eben auf mich nehmen.«

Im Kasino des Schlößchens wurde an diesem Abend ein erlesenes Souper serviert. Höhepunkt: sanft gesottener Lammrücken. Der General genoß die heiter-gelockerte Stimmung ebenso wie die delikaten Speisen. Es galt, die gelungene Bereinigung der leidigen Vergewaltigungsaffäe zu feiern.

»Gut gemacht, meine Lieben!« rief der General und prostete seinen nächsten Mitarbeitern zu.

Rommelskirchen gab sich höflich-bescheiden. »Das nun vorliegende Ergebnis – gewiß in Ihrem Sinne, Herr General, wurde letzten Endes ermöglicht durch die vorbildliche Kooperationsbereitschaft aller daran Beteiligten. Unsere verehrte gnädige Frau und Oberleutnant Crusius waren mir sehr dabei behilflich.«

»So muß es auch sein!« nickte der General. »Schließlich sind wir alle eine verschworene Gemeinschaft, und wahrlich nicht erst seit diesem Krieg. Eine solche Einstellung hat bei uns in Deutschland eine lange Tradition. Bereits zu Kaisers Zeiten war es selbstverständlich, wie Pech und Schwefel zusammenzuhalten; und später bei der Reichswehr war Korpsgeist eine der wichtigsten soldatischen Tugenden. Davon kann ich ganze Lieder singen.«

Abermals begann er, gelegentlich die Hand seiner Marianne tätschelnd, in freudigen Erinnerungen beschwingt zu schwelgen. »So war mir auch die Ehre zuteil geworden, dem

Herrn Generalfeldmarschall und Reichspräsidenten Paul von Hindenburg begegnen zu dürfen. Und ich kann es für baren Unsinn erklären, wenn behauptet wird, der hochwürdige Herr habe sich in seinen letzten Lebensjahren als ein seniler, hilfloser Greis erwiesen. Fast genau das Gegenteil war der Fall. Hindenburg hatte sich zu einem weisen, abgeklärten, treubesorgten Vater des Vaterlandes entwickelt.«

Die Anwesenden taten dem General den Gefallen und lächelten sehr interessiert.

»Auch stimmt es ganz einfach nicht, was da manchmal so geflüstert worden ist, nämlich daß der Generalfeldmarschall unseren Führer abwertend als ›böhmischen Gefreiten‹ bezeichnet haben soll. Vielmehr weiß ich, daß er gesagt hat: ›Ein Gefreiter kann den Marschallstab im Tornister tragen.‹ Was doch ein beträchtlicher Unterschied ist.«

Auch diesem Beitrag zur Geschichtsklitterung spendete die Runde wohlwollend Beifall. Dabei hatte sich Hindenburg, was erwiesen war, tatsächlich die Bemerkung vom ›böhmischen Gefreiten‹ gestattet. Wobei er allerdings einem geographischen Irrtum erlegen war: Er hatte Hitlers Geburtsort Braunau am Inn mit Braunau in Böhmen verwechselt.

»Weiterhin lernte ich den damaligen Chef des Heeres kennen, den Generaloberst von Fritsch. Dem durfte ich einige Male Vortrag halten – über den neuesten Stand des Nachrichtenwesens. Mehr Schildkröte als Mensch, bin ich versucht, ihn zu charaktisieren; verschlossen, unzugänglich und wortkarg. Doch als es dann darum ging, Reich, Führer und Volk vor Schaden zu bewahren, zeigte es sich, daß er bereit war, Opfer für die Gemeinschaft zu bringen. Wegen einer abartigen sexuellen Veranlagung wurde ihm nahegelegt, vorzeitig in den Ruhestand zu treten. Doch was tat der Generaloberst? Pochte er etwa eifersüchtig auf sein angebliches Recht? Keinesfalls! Edel und vornehm und verantwortungsbewußt, wie er nun mal war, opferte er sich – um dem Führer und damit dem Reich keine Schwierigkeiten zu bereiten.«

Auch bei dieser Abschweifung in die Sittengeschichte des Dritten Reiches handelte es sich mehr um Dichtung denn um Wahrheit. Damals hatten Göring und Himmler dem Generaloberst ein Verhältnis mit einem homosexuellen Strichjungen angedichtet, um diesen unbequemen Oberbefehlshaber des Heeres loszuwerden. Und ihrem Führer Adolf Hitler war dieses schmierige Lügenkomplott sehr gelegen gekommen – er entließ Fritsch, worauf er dann, nun ungestört, seine Kriegspläne verfolgen konnte. Zwar stellte später ein Ehrengericht fest, daß dem völlig unschuldigen Generaloberst übel mitgespielt worden war, dessen Rehabilitierung jedoch durfte nicht an die Öffentlichkeit gelangen; und so kam es, daß unwahre Berichte über ›die Affäre Fritsch‹ immer wieder durch die großdeutschen Offizierskasinos geisterten.

General Blutenberger hätte sicher gern noch weitere halb oder ganz erfundene Histörchen zum besten gegeben – aus seinem bewegten Leben in Deutschlands großer Zeit. Doch da fiel ihm plötzlich auf, daß in dieser erlesenen Runde einer fehlte. Und zwar der Stabsarzt.

»Was ist denn mit unserem Medizinmann los? Ist er nicht von meiner Einladung benachrichtigt worden?« fragte er und blickte seine ständige Begleiterin an.

Marianne Dengler erwiderte militärisch knapp: »Einladung ist erfolgt.«

»Wo treibt er sich denn rum? Hat er keine Uhr?«

»Was hat der denn überhaupt?« meinte Crusius. Vermutlich in der Hoffnung, die Lacher auf seiner Seite zu haben. Aber so was fand außer der Warnke hier keiner sonderlich lustig. Doch bald darauf stelzte Dr. Säbisch herbei. Ganz besorgter Mediziner, die Stirn in Falten gelegt – als Denkerfalten pflegte er die zu bezeichnen, während Crusius gerne von einer Dackelvisage sprach. Jedenfalls erweckte der Stabsarzt den Eindruck, als habe er soeben eine kriegswichtige Mission erfüllen müssen. Er verbeugte sich ziemlich tief und sagte: »Bitte sehr um Vergebung, Herr General, meine Damen, meine Herren. Aber ich bin dienstlich aufgehalten worden.«

»Na, wodurch und durch wen denn?« Crusius konnte es nicht lassen, sich auf Kosten des Arztes zu amüsieren. »Sollten Sie etwa schon wieder einmal die dringende Notwendigkeit verspürt haben, einige unserer Blitzmädel zu untersuchen – mit der Ihnen nachgesagten Gründlichkeit?«

Der General begehrte offenbar, die harmonische Stimmung zu erhalten. Mithin sagte er bedauernd: »Jedenfalls haben Sie hier einen köstlichen Lammbraten versäumt, Doktor. Wir jedenfalls sind inzwischen bereits zur Nachspeise übergegangen.«

»Wohl ganz gut so, Herr General«, versicherte der Stabsarzt, wobei er seine schweißglänzende, von ihm für hoch gehaltene Stirn betupfte. »Denn ich muß gestehen, daß mir der Appetit völlig vergangen ist. Aber immerhin kann ich nun den Ihren glücklicherweise nicht mehr gefährden.

»Das hört sich ja schlimm an, Doktor. Was ist denn los?«

»Der Teufel ist los, Herr General. Und zwar in der Russenbaracke. Von dort komme ich gerade; selbstverständlich nicht, ohne mich gründlich gewaschen zu haben. Bei den Kriegsgefangenen geht alles drunter und drüber.«

Oberleutnant Crusius zögerte nicht, einen raschen Seitenhieb in Richtung Hauptmann Rommelskirchen auszuteilen. »Das ist doch bei diesem undisziplinierten Haufen gar nichts Besonderes.« Was heißen sollte: So wie der geführt wird...

Der Hauptmann knurrte unwillig: »Mischen Sie sich da gefälligst nicht ein – nicht schon wieder!«

»Nur immer mit der Ruhe, meine Herren!« besänftigte der General. »Und keine Unterstellungen, wenn ich bitten darf.« Er schenkte eigenhändig für Dr. Säbisch ein Glas Champagner ein. »Also, nun berichten Sie mal, Doktor! Was für eine medizinische Katastrophe ist denn da Ihrer Ansicht nach über die Russen hereingebrochen?«

»Ich werde bemüht sein, so was – da eben in Gegenwart der Damen – möglichst milde zu formulieren«, versicherte der Stabsarzt. »Ich habe nämlich schwere Magenkrämpfe feststellen müssen, heftigste Verdauungsstörungen, würgendes Erbrechen. Und zwar sind von diesen höchst unappetitlichen Erscheinungen sämtliche Kriegsgefangenen betroffen.«

»Sollte es etwa diesen Kretins ermöglicht worden sein, sich zu überfressen?« mutmaßte Crusius.

»Völlig ausgeschlossen!« behauptete Rommelskirchen steif.

»Ihr Befund, Doktor?« verlangte der General zu wissen.

»Nun ja, soweit ich das bis jetzt zu erkennen vermag, scheint es sich tatsächlich bei dem auslösenden Element um plötzlich angelieferte Mengen von schweren, also auch schwer verdaulichen Lebens- und Genußmitteln gehandelt zu haben. Das jedenfalls vermochten diese Leute einfach nicht zu verkraften, worauf sie das nunmehr – pardon, meine Damen – von sich geben; von vorn und hinten. Selbstverständlich wird es mir gelingen, mit dieser Situation fertig zu werden. Zunächst einmal habe ich die Russenbaracke in eine Krankenstation umfunktioniert.«

Crusius blickte Rommelskirchen an. »Und wer ist dafür verantwortlich?«

Der General wiegelte ab. »Wie konnte es dazu kommen? Wissen Sie das, Doktor?«

»Das glaube ich zu wissen, Herr General; natürlich ohne es gleich beschwören zu können. Jedoch nach allem, was ich da so gehört habe, soll für die folgenschwere Lieferung der Lebensmittel eine Nachrichtenhelferin in Frage kommen.«

»Kann ich nicht glauben!« fuhr die Warnke dazwischen.

»Ein Sauhaufen!« rief Crusius. »So was grenzt geradezu an Sabotage. Diese Kerle kotzen und kacken jetzt nur noch! Womit sie also unfähig sind, kriegswichtigen Aufträgen nachzukommen.«

Der General mußte nun wohl oder übel das Souper, das so festlich-gemütlich begonnen hatte, als beendet ansehen. Was er jedoch betont mannhaft ertrug – ohne jede Klage. Er raffte sich sogar dazu auf, in seiner umgänglichen Art so was wie einen Befehl zu erteilen. »Kümmern Sie sich um Ihren Verein, Hauptmann Rommelskirchen!«

Crusius drängte sich sofort wieder vor: »Dabei werde ich dem Herrn Hauptmann gern behilflich sein.«

»Auf Ihre Hilfe, Oberleutnant, kann ich verzichten«, schnappte Rommelskirchen ein.

Der General entschied: »Sie erledigen das sozusagen federführend, Rommelskirchen. Wobei sich Crusius und der Doktor anschließen werden.«

»Jawoll, Herr General.« Das bestätigten die drei wie im

Chor. Um dann, wie befohlen, davonzutraben – sichtlich tatbereit.

Zurück blieb Blutenberger mit seinen Damen. Der General heftete seinen Kommandeursblick auf Erika Warnke: »Was, meine Verehrteste, halten Sie denn von dieser Situation?«

»Herr General, da ist gegen eines von meinen Mädchen ein überaus schwerwiegender Vorwurf erhoben worden, den ich genauestens nachprüfen werde. Doch falls eine solche Anschuldigung zutreffen sollte, werde ich keinen Augenblick zögern, daraus alle gebotenen Konsequenzen zu ziehen.«

»Ja, so habe ich Sie eingeschätzt, meine Liebe. Also – dann tun Sie das mal.«

Erika Warnke war aufgestanden, bereit, unverzüglich an ihr Werk zu gehen. Der General nickte ihr wohlwollend zu. »Ich hoffe auf Sie!«

Nachdem sie sich entfernt hatte, sah er auf seine Armbanduhr – es war wenige Minuten vor 21 Uhr. Er gedachte sich zurückzuziehen mit seiner Marianne. Vielleicht würde er drüben in seinem Salon noch eine Schallplatte auflegen, etwa *Davon geht die Welt nicht unter*, dargeboten von den tiefsinnlichen Baßtönen der Zarah Leander. Das war eine seiner Lieblingsplatten.

In der Tat war Erika Warnke fest entschlossen, rigoros durchzugreifen. Vor allem, nachdem ihr der Stabsarzt einen bestimmten Namen zugeflüstert hatte – sie war längst darauf vorbereitet gewesen, daß es irgendwann einmal unvermeidlich zu einem Konflikt kommen mußte – zwischen ihr und dieser ausgekocht hinterhältigen Person. Jetzt war es wohl so weit. Sie begab sich in ihr Dienstzimmer und nahm dort am Schreibtisch Platz. Sie betrachtete das einzige Foto, das darauf stand. Im Format von 30 mal 20 Zentimetern war der Führer abgebildet, der sie nun aus dem schlichten Eichenholzrahmen anzublicken schien. Und dem nickte sie zu.

Dann trat sie auf den Gang hinaus und rief schrill: »Monika Hofer – sofort zu mir!«

Auf diese Aufforderung hatte Monika offenbar gewartet.

Denn sie war innerhalb weniger Sekunden zur Stelle; in vorschriftsmäßiger Blitzmädel-Kleidung. Und da stand sie nun – gewissermaßen Auge in Auge mit ihrem Führer und ihrer Führerin. Wobei sie den scharf prüfenden Blicken der Warnke nicht auswich, was die als Anmaßung empfand.

»Solltest du es tatsächlich gewagt haben, Mädel, dich in die internen Verhältnisse dieses Lagers einzumischen?« begann sie. »Das kann ich einfach nicht glauben.«

Aus meiner Sicht war das kein Wagnis«, erwiderte Monika. »Ich betrachte meine Hilfe für die Kriegsgefangenen als Selbstverständlichkeit. Wir können doch diese Russen nicht verhungern lassen.«

»Also hast du das tatsächlich getan!« rief die Warnke. »Weißt du denn nicht, Mädel, auf was du dich da eingelassen hast? Das sind bolschewistisch verseuchte Untermenschen! So was hättest du als deutsches Mädel erkennen müssen.«

»Dabei habe ich mir eben als deutsches Mädel vorzustellen versucht, wie es wohl unseren Soldaten ergehen könnte, wenn die in russische Gefangenschaft geraten sollten.« Monika wich dem scharfen Blick ihrer Vorgesetzten nicht aus. »Werden die dann genauso behandelt, müssen die auch so viel Hunger leiden?«

»Halt den Mund, Monika! Unterlaß dieses gefährliche, defätistische Geschwafel.«

»So sehe ich das nicht!«

»Du weißt ja nicht mehr, was du sagst!« Die Warnke war entschlossen, dieser Monika eine endgültige Lektion zu erteilen, weil der Oberleutnant Crusius vielleicht ein Auge auf sie geworfen hatte. Die war schnellstens abzuschieben! Trotzdem hielt Erika es für angebracht, so zu tun, als wolle sie ihr helfen. »Du brauchst doch nur zu sagen: Ich habe eine Dummheit gemacht, es tut mir leid, ich bitte um Verzeihung. Dann könnte ich versuchen, diese Sache zu bereinigen.«

Monika gab nicht nach. »Wenn mir dabei irgend etwas leid tut – dann nur dies, daß die Speisen den Russen schlecht bekommen sind. Ansonsten jedoch entspricht alles, was ich gesagt und getan habe, meiner Überzeugung. Und dafür stehe ich ein.«

»Du weist also diese meine Hand zurück, die ich dir entgegengestreckt habe?« rief die Warnke gekonnt heuchlerisch aus. »Dann allerdings zwingst du mich, entsprechend zu reagieren. Doch zunächst will ich wissen: Wie bist du an diese Lebensmittel gekommen? Wer hat sie dir geliefert? Oder solltest du die entwendet haben?«

»Darüber kann und will ich keine Auskunft geben.«

Natürlich konnte sich die Warnke vorstellen, wo die Quelle derartiger Lieferungen zu suchen war. Es gab nur einen einzigen im Lager, der das beschaffen konnte: den Obergefreiten Koralnik.

»Ich nehme also zur Kenntnis, Monika, daß du dich weigerst, die Angelegenheit vertrauensvoll gemeinsam mit mir zu klären und aus der Welt zu schaffen. Das aber muß unvermeidlich ernste Folgen haben!«

»Mit denen ich mich abfinden werde.«

»Dann allerdings gibt es für dich in meinem Bereich keine Existenzberechtigung mehr. Willst du es unbedingt darauf ankommen lassen?«

»Ja«, antwortete Monika Hofer schlicht.

»Nun, dann pack deine Sachen! Dafür gebe ich dir eine halbe Stunde Zeit. Anschließend wird dich ein Dienstwagen zum nächsten Einsatzort bringen.« Ironisch fügte sie hinzu: »Wo du dich dann hoffentlich wohler fühlen wirst – als bei uns.«

Monika begab sich in ihre Unterkunft und begann mit dem Packen. Dies geschah mit völliger Gelassenheit. So als sei das eine alltägliche Beschäftigung für sie.

Ein paar Minuten später kam Susanne Singer dazu. Sie war in der Kantine gewesen, um sich dort mit ein paar Kameradinnen über die Vergewaltigungsaffäre zu unterhalten. Wobei alle der Meinung gewesen waren, daß die Unteroffiziere viel zu gut weggekommen seien. Und daß es eine ausgemachte Schweinerei war, dafür Ingrid anzusauen – sie abzuschieben.

Beim Anblick der geschäftigen Monika spürte Susanne sofort, daß nun schon wieder irgendwas Ungewöhnliches im Gange war.

»Was soll das, Menschenskind? Willst du etwa umziehen, ohne mir vorher ein Sterbenswörtchen gesagt zu haben?«

»Ich werde versetzt – und zwar noch in dieser Nacht.«

»Wer hat diesen Mist angeordnet?«

»Unsere Warnke, wer denn sonst?«

»Das sieht diesem Biest ähnlich. Die will dich loswerden – oder uns auseinanderbringen. Jedoch – mit welcher Begründung?«

»Ich gehöre nicht hierher, hat sie gesagt. Und das könnte sogar stimmen.«

»Was sollst du denn verbrochen haben? Hast du etwa dem Crusius schöne Augen gemacht? Traue ich dir nicht zu. Hast du der Warnke gezeigt, wie wenig du von ihr hältst? Traue ich dir auch nicht zu. Was aber dann?«

»Ich habe unsere Russen mit Lebensmitteln versorgt.«

»Ach, du lieber Himmel – du bist das gewesen! Hab' ich mir fast schon gedacht. Unsere kleine Monika als heilige Elisabeth! Und so was auch noch, ohne mich einzuweihen.«

»Ich wollte niemanden damit belasten, Susanne. Weder dich noch Koralnik.«

»Das sieht dir verdammt ähnlich! Aber du hättest nicht vergessen sollen, daß ich nun mal deine Freundin bin. Zumindest hätte ich dir beim Abschleppen helfen können.«

»Danke, Susanne, du bist so ...«

»Bin ich nicht! Ich bin nur mächtig sauer – weil du mich so ganz einfach verlassen willst.«

»Das will ich nicht, Susanne, das muß ich.«

»Na – das wollen wir doch erst mal sehen«, rief Susanne kampfbereit. »Zögere das Packen noch eine Weile hinaus, Monika. Damit ich Zeit habe, einiges zu arrangieren.«

»Ach, Susanne, was gibt es denn hier noch zu arrangieren?«

»Das will ich jetzt aber ganz genau wissen«

Susanne Singer eilte zu Konrad Koralnik.

Der begrüßte sie fröhlich. »Je später der Abend ...«

»... desto größer die Überraschung«, unterbrach sie ihn. »Stell dir vor, die Warnke will unsere Monika abschieben – und zwar innerhalb einer Stunde. Womit dann vermutlich die Ärmste bei einer Flakbatterie landet – oder direkt zum Fronteinsatz kommt.«

»Was ja eigentlich unsere liebe Monika auch verdient hat«, brummte Koralnik ungnädig. »Veranstaltet ganz große Fettlebe bei den Russen und bringt denen das Kotzen bei. Und ich Idiot hab' ihr sogar die Lebensmittel gegeben. Ich hatte geglaubt, die seien für eine rauschende Fête bei euch bestimmt.«

»Bleib auf dem Teppich, Mensch!« rief Susanne. »Du Schlitzohr weißt doch ganz genau, wann und wo hier die Flöhe husten! Wahrscheinlich hast auch du nicht die peinlichen Folgen einer kräftigen Mahlzeit richtig eingeschätzt und gedenkst dich jetzt herauszureden. Ist aber gar nicht nötig. Denn Monika hat dich nicht als Lieferanten genannt, vielmehr jede Auskunft verweigert. Das solltest du anerkennen.«

»Ich sinke nun gleich zu einem freudigen Dankgebet in die Knie.«

»Konrad Koralnik, wenn du jetzt nicht richtig spurst, bin ich imstande und trete dich in den müden Arsch.« Susanne beherrschte die rüde Landsersprache ziemlich perfekt. »Und wenn selbst das nicht hilft, dann kannst du mich mal...«

»Was?«

»Abschreiben! Und zwar für alle Zeiten. Dann kenne ich keinen Konrad Koralnik mehr.«

Der Obergefreite stemmte sich im Sessel hoch. »Nun, so weit wollen wir es nun doch nicht kommen lassen«, sagte er grinsend. »Also, dann müssen wir wohl mal wieder – ein Tänzchen wagen.« Er genehmigte sich einen kräftigen Schluck Champagner, doch sein Gehirn rotierte bereits.

»Eines jedenfalls ist klar: Die Warnke und ihren Crusius können wir nicht umstimmen. Da müßten wir die schon im gleichen Bett überraschen; was sich hinkriegen ließe, aber nicht so schnell. Am besten, wir spannen da gleich den General ein.«

»Und du meinst, das kann man?«

»Das kann man – sofern es gelingt, an den heranzukommen – jetzt noch, so spät am Abend. Das geht aber vermutlich nur über deine Kusine Marianne. Auf die solltest du nun kräftig einwirken, damit sie dann auf ihren General einwirkt.«

»Gut, das übernehme ich«, sagte Susanne entschlossen. »Selbst wenn ich dabei die beiden eigenhändig aus ihrem Himmelbett zerren muß.«

»Was kaum nötig sein dürfte«, versicherte Koralnik. »Du brauchst dabei lediglich auf die oberen rechten Fenster im Schlößchen zu achten. Die gehören zum sogenannten Salon des Generals. Solange bei den dortigen Verdunkelungsvorhängen schmale Lichtstreifen zu erkennen sind – hält der sich noch nicht in seinem Schlafzimmer auf.«

»Gut, dann werde ich denen mal einen Besuch abstatten. Und was gedenkst du inzwischen zu veranstalten, Koralnik? Weitersaufen?«

»Genau das, Susanne. Aber nicht mehr allein. Daran gedenke ich nun den Feldwebel Wegner zu beteiligen – um den kräftig in Schwung zu bringen. Denn unser Anton, solltest du wissen, ist ein erklärter Gerechtigkeitsfanatiker. Besonders wohl dann, wenn es um Monika geht.«

Am Haupteingang zur Blitzmädelbaracke fuhr nunmehr ein Personenkraftwagen vor. Das war der mit Tarnanstrich versehene Mercedes-Kübel, der sonst ausschließlich Oberleutnant Crusius zur Verfügung stand.

Am Steuer dieses flotten Kastens saß der Gefreite Schlehmiel, im Lager auch ›Schrumpfgermane‹ genannt, weil er zwar breit, blond und blauäugig war, aber auffällig kurz geraten. So was wie Denken hatte er sich im Krieg ziemlich abgewöhnt; seine Devise lautete: »Was gekarrt werden muß, das wird gekarrt. Egal, ob Schnaps, Scheiße oder sogar Weiber.« Dieser Krieg forderte nun mal den ganzen Mann – und er war einer.

Die Warnke geleitete nun Monika Hofer zu diesem Fahrzeug. Immer noch tat sie so, als sei sie treusorgend um das Mädel bemüht. »Steig dort ein, Monika. Der Fahrer kennt deinen Bestimmungsort, wo du erwartet wirst. In einer Stunde etwa werdet ihr dort ankommen.« Sie fügte sogar noch hinzu: »Tut mir leid, daß es so weit kommen mußte. Aber du hast uns keine andere Wahl gelassen. Ich trage es dir jedoch nicht nach.«

»Ich Ihnen auch nicht.«

Monika Hofer warf ihr Gepäck – ein sackartiges Gebilde und einen strapazierten Kleinkoffer – auf die hinteren Sitze des Wagens. Dann machte sie Anstalten, neben dem Schrumpfgermanen Schlehmiel Platz zu nehmen.

Da trabte jemand im Laufschritt herbei; eine leicht atemlose Stimme kam aus der Dunkelheit auf diese Gruppe zu: »Halt! Nicht weiter!«

Eine Stimme, die Monika sofort erkannte. Sie gehörte dem Feldwebel Wegner, der gleich darauf das Fahrzeug erreicht hatte. »Steigen Sie nicht ein, Monika«, rief er beschwörend.

Monika erwiderte nichts. Sie sah ihn nur groß an. Und es war, als wolle sie ihn warnen.

Erika Warnke verbarg ihre Unruhe hinter forscher Entschlossenheit: »Was maßen Sie sich da an? Nehmen Sie sich in acht! Sie sind nicht im geringsten befugt, hier Weisungen zu erteilen.«

»Ihre Warnung ist völlig überflüssig. Ich kenne meine Befugnisse.«

»Was ich bezweifle, Herr Feldwebel Wegner. Treten Sie zur Seite! Steig ein, Monika! Und Sie, Gefreiter Schlehmiel, fahren ab.«

»Jawohl«, sagte der Schrumpfgermane gähnend.

»Schlehmiel, Sie fahren nicht ab!« befahl Wegner. »Ich verbiete es Ihnen.«

»Jawohl«, sagte der Gefreite.

Die Stimme der Warnke wurde schrill:

»Sie wollen hier etwas verbieten, Feldwebel? Lächerlich! Dieser Transport geht ab – und zwar sofort.«

»Frau Warnke, Sie haben überhaupt keinem Soldaten irgendwelche Befehle zu erteilen. Aber ich kann das – und davon mache ich jetzt Gebrauch. Sie bleiben mit Ihrer Karre hier stehen, Gefreiter Schlehmiel, bis weitere Anordnungen ergehen.«

»Jawohl«, bestätigte der Fahrer mechanisch. Befehl war schließlich Befehl. Alles andere war ihm scheißegal.

»Das werden Sie bereuen«, rief die Warnke dem Feldwebel zu.

»Möglicherweise dürfte das einer bereuen«, erwiderte Wegner, »aber wer von uns beiden das sein wird, das muß sich erst noch herausstellen.«

Die Blitzmädelführerin eilte davon. Gleichsam kampfbereite Walküre. Die noch dazu wußte, daß ihr Nibelungen-Siegfried ganz in der Nähe weilte.

Monika Hofer ging auf Feldwebel Wegner zu. Vor ihm blieb sie stehen, sah ihn aus ihren quellwasserklaren Augen an.

»Mußte das denn unbedingt sein?«

»Mußte das denn nicht sein?« fragte er zurück.

»Mir können Sie nicht helfen, und sich selbst werden Sie leider schaden.«

Die einfachen Worte erfüllten Wegner mit erhabenem Glücksgefühl. Sie war seinetwegen besorgt – wie wunderbar!

»Ich kann nicht tatenlos zusehen, wenn man Ihnen so übel mitspielt. Dagegen irgend etwas zu unternehmen, bin ich mir schuldig – und auch Ihnen.«

»Bitte, bringen Sie sich meinetwegen nicht in Schwierigkeiten. Ich komm da schon durch.«

»Aber ich möchte Sie doch so gern – bewahrt wissen, Monika.«

»Bewahren – welch ein ungewöhnliches Wort in dieser Zeit. Dafür danke ich Ihnen.« Sie reichte ihm die Hand. »Trotzdem sollten Sie sich aus dieser Sache heraushalten. Warum wollen Sie irgend etwas für irgend jemanden riskieren, von dem Sie so gut wie nichts wissen? Sie wissen nicht, wer ich bin, woher ich komme, was ich möglicherweise alles erlebt habe, was mich geprägt und vielleicht auch gezeichnet hat.«

»Ich brauche nichts dergleichen zu wissen. Ich tue, was ich tun muß.«

Inzwischen tauchte Erika Warnke mit dem alarmierten Oberleutnant Crusius auf. Der marschierte nun mit festem

Schritt und Tritt herbei, mit Mütze, Lederriemen und Dienstpistole; offenbar fest entschlossen, zu demonstrieren, wer hier Herr der Situation war. Und er ließ seine helle, nunmehr schneidende Kasernenhofstimme erklingen; wobei es fast so war, als sei eine Kreissäge auf Hochtouren gebracht worden. Er befahl nicht, er kommandierte wie beim Exerzieren: »Die Nachrichtenhelferin steigt in das Fahrzeug – unverzüglich. Der Gefreite setzt sich mit ihr in Marsch. Und Sie, Wegner, verschwinden in Sekundenschnelle – wie ein geölter Blitz.«

Der Feldwebel trat vor den Kühler des Mercedes, um ihn zu blockieren. »Erlauben Sie mir einen Einwand, Herr Oberleutnant.«

Ein voller Mond beleuchtete die Szene. Crusius stand da wie sein eigenes Standbild. Die Führerin Warnke betrachtete ihn mit wonniger Bewunderung. Welch ein Mann! Und Feldwebel Wegner rührte sich nicht vom Fleck.

»Quatschen Sie hier nicht dumm herum, Feldwebel, hauen Sie ab! Was, zum Teufel, haben Sie hier zu suchen – noch dazu um diese Zeit? Warum schieben Sie denn nicht ihren Dienst in der Befehlszentrale? Sollten Sie etwa Ihren Posten verlassen haben? Das werde ich nachprüfen.«

»Laut Einsatzplanung kann ich mich jederzeit von meinem Stellvertreter ablösen lassen, Herr Oberleutnant.«

»Ach, Mensch – selbst wenn dem so sein sollte! Das ändert doch nichts daran, daß Sie sich hier in Vorgänge einmischen, die Sie einen feuchten Dreck angehen. Das wird Sie teuer zu stehen kommen.«

»Herr Oberleutnant, Fräulein Hofer gehört inzwischen zu den besten Kräften unserer Befehlszentrale. Ohne sie ...«

»Halten Sie Ihre Fresse, Feldwebel!« Crusius ärgerte sich maßlos darüber, daß er sich mit diesem Kerl überhaupt in ein Gespräch eingelassen hatte. Kurz und kräftig in den Arsch hätte er ihn treten sollen; wenn auch nur moralisch. Nun, das wollte er nachholen. »Das einzige, was Sie hier noch dürfen – sich verpissen.«

Anton Wegner blieb dennoch unbewegt vor dem Kübelwagen stehen und blickte den Oberleutnant furchtlos an.

Crusius bewegte sich mit kurzen, lautlosen Schritten auf

den renitenten Feldwebel zu. Seine Augen funkelten. Seine Stimme hatte plötzlich den grell-schrillen Kasernenhofton verloren, klang nun zischend und giftig:

»Ich stelle fest, Feldwebel Wegner: Ich habe Ihnen einen klaren Befehl erteilt. Den auszuführen, haben Sie sich geweigert. Das aber erfüllt den Tatbestand einer Befehlsverweigerung. Sie wissen, welch eine Strafe darauf steht.«

»Herr Oberleutnant, ich habe lediglich versucht, Sie auf eine mögliche Fehlentscheidung aufmerksam zu machen. Und ich erlaube mir zu fragen, ob Sie die Zustimmung des Herrn Generals...«

»Schnauze zu, Mensch!« Crusius keuchte nun vor Empörung, drohte letzte Reste der Selbstbeherrschung zu verlieren. »Meine Befehle verantworte ich allein. Und Sie haben Ihre Befehlsverweigerung zu verantworten. Ein Disziplinarverfahren hierfür dürfte kaum noch ausreichen – nunmehr ziehe ich in Erwägung, Sie vor ein Kriegsgericht zu stellen. Sie melden sich bei mir in einer Viertelstunde, in meinem Dienstzimmer. In voller Dienstkleidung mit Stahlhelm.«

Damit schien alles gesagt zu sein, was es hier noch zu sagen gab. Der Oberleutnant wandte sich von Wegner ab und befahl: »Motor anlassen!«

»Jawohl«, sagte der Gefreite Schlehmiel.

Die Warnke schob sich näher. »Steig ein, Monika. Und alles Gute, Mädel!«

Monika stieg in den Pkw. Ohne zu zögern. Und ohne jemanden anzublicken.

»Nichts wie ab!« rief Crusius. »Vollgas, Schlehmiel!«

»Jawohl«, sagte der Gefreite. Dann allerdings deutete er auf Wegner, der immer noch vor dem Kühler des Fahrzeugs stand. »Herr Oberleutnant, soll ich den Herrn Feldwebel über den Haufen karren?«

Das schien ihm doch bedenklich.

»Treten Sie zur Seite, Wegner!« ordnete Crusius an.

Der stand da wie ein Felsklotz.

»Das, stelle ich fest, ist eine weitere Befehlsverweigerung. Vor versammelter Mannschaft! Und zwar eine, die einer direkten Bedrohung gleichkommt.« Dabei schlug Crusius ziemlich heftig auf das Futteral, in dem sich seine Dienstpistole befand. »Ist das deutlich genug?«

Das war es. Anton Wegner tat dennoch, als habe er so was einfach nicht gehört. Er betrachtete den Oberleutnant, als wolle er ausdrücken: Du kannst mich mal!

Das brachte Crusius zur Weißglut. »Wenn Sie Saukerl noch weiter meine Befehle blockieren, werde ich Sie eigenhändig von hier entfernen. Und jeder Widerstand dabei entspricht einem tätlichen Angriff auf meine Person. Sobald Sie derartiges versuchen, Sie unbelehrsamer Schweinehund, knalle ich Sie über den Haufen. Das ist mein gutes Recht.«

Wegner bewegte sich immer noch nicht, nicht einen Schritt. Schlehmiel stellte den Motor wieder ab, vielleicht, um Sprit zu sparen; vielleicht auch, um besser hören zu können, was ihm da geboten wurde. Monika senkte ergeben ihren Kopf. Erika Warnke schien von bebendem Entsetzen erfüllt. Oberleutnant Crusius jedenfalls schien nun nicht mehr länger zu zögern, das zu tun, was er für unvermeidlich hielt. Er begann, seine Pistolentasche aufzuknöpfen...

Doch da wieselte der Obergefreite Koralnik herbei; ungemein munter, mit rudernden Armbewegungen. So wie in einem Theaterstück im allerletzten Augenblick ein rettender Bote erscheint. Doch eben diesen Theatergag hatte sich Koralnik, wie sich später herausstellte, mit voller Absicht geleistet – und auch gar nicht ungeschickt inszeniert.

Er war nämlich bereits vor einigen Minuten am Schauplatz eingetroffen, um sich dann jedoch zunächst einmal unbemerkt im Schutz der Dunkelheit an dem dramatischen Schauspiel zu ergötzen, das ihm hier geboten wurde. Er paßte mithin sozusagen den vorletzten Augenblick exakt ab, um zu verhindern, daß diese Vorstellung in ein echtes Drama ausartete. Schließlich gehörte er zu den Leuten, die lieber Champagner als Blut fließen sehen.

Bei Koralniks Auftauchen atmete Wegner erleichtert auf. Und sogar auf Monikas Gesicht erschien der Anflug eines Lächelns. Die Warnke stand wie versteinert da.

Crusius dagegen zeigte sich höchst ungehalten darüber, daß hier nun sein wirksamer Auftritt mit derartig barscher

Frechheit gestört wurde. »Wollen Sie sich da etwa auch noch einmischen, Koralnik?«

»Ich mich einmischen – niemals!« versicherte der Obergefreite bieder. »Ich habe lediglich einen dringenden Wunsch zu übermitteln, einen des Herrn Generals – an Sie.«

»Und was wünscht der Herr General?«

»Sie unverzüglich zu sehen, Herr Oberleutnant. Und die Mädelführerin Warnke auch.« Koralnik leistete sich eine kleine Kunstpause, um die Spannung zu erhöhen. »Inzwischen sollte die geplante Abschiebung sozusagen auf Eis gelegt werden.«

Feldwebel Wegner blickte zu Monika hin, und sie lächelte ihn an. Der Gefreite Schlehmiel gähnte erneut und dachte: Das ist doch alles nichts als lauwarme Scheiße!

Crusius war zunächst sprachlos, was in seiner Laufbahn einen gewissen Seltenheitswert besaß. Er sah aus wie eine Raubkatze, der sich beim Anblick dieses Koralnik-Köters alle Haare sträuben. Die Warnke gesellte sich zu ihrem Kampf-, Weg- und Bettgefährten, als sei es nun nötig, sich demonstrativ zu ihm zu bekennen.

Es dauerte einige Zeit, bis Crusius die Sprache wiederfand. »Wir sprechen uns noch!« bellte er Wegner an. Und zu Koralnik sagte er drohend: »Müssen Sie sich denn immer wieder derart penetrant in Angelegenheiten einmischen, die Sie einen Scheißdreck angehen, Sie ausgekochte Type? Auf die Dauer kann das bestimmt nicht gutgehen. Ich weiß mehr über Sie, als Sie ahnen!«

»Beruht völlig auf Gegenseitigkeit«, erwiderte Koralnik unbeeindruckt. »Darf ich nochmals darauf hinweisen, Herr Oberleutnant, gnädige Frau, daß der Herr General Sie erwartet – mit einiger Ungeduld.«

General Blutenberger fühlte sich in seinem Schlößchen als die überragende, allseits anerkannte Figur, wenn nicht gar gottähnliche Gestalt. Das forderte ihm natürlich pflichtbewußte Einsatzbereitschaft ab. Zumindest die Sichtbarmachung einer solchen; bei Tag und bei Nacht.

In dieser Nacht war es ihm noch nicht gelungen, sein

Schlafzimmer aufzusuchen; worüber er an sich gar nicht sonderlich unglücklich war. Denn, nun ja, so ungemein lieb und willig seine Marianne auch war, so anstrengend erschien sie ihm neuerdings. Ihre Liebesbekundungen drohten in direkte Forderungen auszuarten. Und der Jüngste war er schließlich auch nicht mehr. Der Krieg und die Unsicherheit, was danach kommen würde, zehrten an seiner Gesundheit.

Deshalb war es ihm gar nicht unwillkommen gewesen, sich von Susanne Singer ›stören‹ zu lassen. Dieses prächtig anzusehende Exemplar von einem Mädel hatte auf ihn einen ausgezeichneten Eindruck gemacht. Und was sie dann vorbrachte, verriet gesunden Menschenverstand. In Besonderheit vermochten einige mysteriöse Andeutungen über den Vater der Hofer sein Interesse zu erwecken.

Inzwischen hatte er sich wieder voll generalsgerecht gekleidet, seinen Salon verlassen und sein Dienstzimmer aufgesucht, um sich dort mit Personalpapieren zu beschäftigen. Einige Telefongespräche, die er dann geführt hatte, wollten ihm als ungemein aufschlußreich erscheinen. Wodurch er sich nunmehr hinreichend informiert fühlte.

Erwartungsvoll thronte er hinter seinem Schreibtisch, als er Oberleutnant Crusius und die Führerin Warnke eintreten sah. Er winkte ihnen huldvoll zu und sagte: »Kommen Sie doch näher!« Wobei er sie jedoch nicht aufforderte, sich zu setzen.

Würdig-überlegen begann er: »Sie wissen beide, daß ich wünsche, bei wesentlichen Entscheidungen gefragt zu werden. Um so mehr verwundert es mich, daß Sie im Fall der Nachrichtenhelferin Monika Hofer meine Zustimmung nicht eingeholt haben, sondern es für richtig hielten, auf eigene Faust zu handeln.«

»Wir waren der sicheren Ansicht, Herr General«, glaubte Crusius bemerken zu dürfen, »daß es sich dabei lediglich um einen Routinefall gehandelt hat. Die Bereinigung solcher Fälle haben Sie uns überlassen. Mithin haben wir also gemeinsam beraten und beschlossen, was zu geschehen hat.«

»Und das selbstverständlich nicht nur als verantwortungsbewußte Vorgesetzte, auch noch als überzeugte nationalsozialistische Menschen«, fügte Erika Warnke hinzu. Sie ließ kaum eine Gelegenheit aus, um völkisches Feuer zu versprühen. »Auch bei dieser Entscheidung sind wir überzeugt davon gewesen, ganz im Sinne unseres Führers gehandelt zu haben, dem wir bedingungslos folgen. Wie gewiß auch Sie, Herr General.«

»Aber ja doch, jederzeit«, beeilte sich Blutenberger zu versichern. Worauf er ihnen gestattete, erst jetzt, sich zu ihm zu setzen. »Damit wir uns richtig verstehen, meine Lieben – das Vorgehen dieser Monika Hofer wird keinesfalls von mir gebilligt. Doch als Mensch mit einer gewissen Lebenserfahrung muß ich wohl auch fragen: Was könnte dazu geführt haben? Mißverstandenes Mitgefühl, fatale Unkenntnis unserer Situation, fehlgeleiteter Idealismus? Wer kann denn schon wissen, was da so alles in den Köpfen unserer Mädel vor sich geht?«

Die Führerin Warnke warf daraufhin mit Phrasen um sich, die ihr vermutlich, sofern noch nötig, in Schulungsvorträgen eingehämmert worden waren: »Volksfremdes Benehmen... mangelnder Gemeinschaftssinn... verweigerte Entschlossenheit zum Endsieg... antinationalsozialistische Entgleisungen.« Und das alles sollte auf Monika Hofer zutreffen.

Der General hörte sich das an, ohne den geringsten Unmut zu verraten. Aber er dachte sich seinen Teil. Schließlich hatten die Warnke und der Crusius ihre besten Jahre dem Dritten Reich geopfert, wahrscheinlich mit ernsthafter Hingabe. Sie hatten sich eingereiht, waren mitmarschiert, hatten Entbehrungen auf sich genommen oder von anderen gefordert; und das alles gewiß guten Glaubens.

Was nunmehr also in den großdeutschen Köpfen dieser Menschen vorging, vermochte sich der General durchaus einigermaßen richtig vorzustellen. Die fragten sich jetzt: Soll das alles vergeblich gewesen sein? Und ihre klare Antwort darauf: Das konnte, durfte nicht sein! Und eben diese Art ›Logik‹ war der Schlüssel für ihr Handeln.

Nun, ein Blutenberger mit seinem Informationsstand konnte darüber nur lächeln. – Das jedoch sozusagen innerlich. So eine Phrase jedenfalls wie: Wir siegen, weil wir siegen müssen – erschien ihm reichlich unsinnig. So was jedoch für sich zu behalten war zeitbedingte Klugheit.

»Ich unterstreiche alles, gewissermaßen im großen und ganzen, was Sie da bezüglich Endsieg, Führer und Volk vorgebracht haben«, versicherte er. »Dennoch muß ich nun wohl befürchten, daß Sie bei Ihren schönen Höhenflügen etwas ziemlich Wesentliches übersehen haben. Und zwar in den Personalpapieren Ihrer Mädel, liebe gnädige Frau. Glauben Sie, darin ausreichend Einblick genommen zu haben?«

»Einen ersten Einblick durchaus, Herr General. Bisher jedoch hat mir die Zeit gefehlt, mich durch alle vierzig Akten hindurchzuarbeiten. Doch im Grunde gleichen sich ja alle.«

»Eben nicht«, stellte Blutenberger fest. »Bevor Sie eine derartig schwerwiegende Entscheidung wie eine sofortige Versetzung treffen, wäre es ratsam gewesen, sich die Personalunterlagen der zu maßregelnden Person ein wenig näher anzusehen. Ich jedenfalls habe es getan.«

Erika Warnke überkam plötzlich ein ungutes Gefühl. »Irgendeine Besonderheit?«

Der General sah sie an, als blicke er wie Zeus hoch von seinem Olymp herab. »Kann man wohl sagen, Frau Warnke. Und ich muß gestehen, daß ich mich ehrlich darüber wundere, daß ausgerechnet Ihnen etwas so Bemerkenswertes entgehen konnte.« Er hob ein Blatt Papier hoch, als lüfte er ein Staatsgeheimnis. »Sie wissen also nicht, was hier über Monika Hofer verzeichnet ist?«

»Nein, Herr General«, mußte die Mädelführerin zugeben.

»Bei diesem Mädel, das uns anvertraut wurde, handelt es sich um die Tochter eines Kreisleiters der NSDAP.«

Blutenberger genoß das peinliche Schweigen, das er bei diesen beiden ›Die-Fahne-hoch-Menschen‹ erzeugt hatte. »Das allerdings ist noch nicht alles. Inzwischen haben einige von mir geführte Telefongespräche ergeben: Kreisleiter war Herr Hofer im vorigen Jahr. Inzwischen ist er bereits zum Gauamtsleiter und sogar zum stellvertretenden Gauleiter aufgestiegen.«

»Scheiße!« rief Crusius spontan aus. »Davon wußte hier

niemand was.« Er blickte nahezu ein wenig vorwurfsvoll auf seine Erika: »Oder?«

»So was hat Monika nicht einmal angedeutet«, versicherte sie ehrlich verwundert. »Warum eigentlich nicht?«

»Diese Zeit«, philosophierte der General, »gibt uns allen verdammt viele Rätsel auf.« Nun war er offenbar ruhebedürftig geworden. Das war ein turbulenter Tag gewesen, und zum guten Ende hatte er jetzt noch ein Exempel statuiert – und was für eines. »Morgen werden wir weitersehen.«

Mit einer fast segnenden Gebärde in Richtung auf die beiden Endsieger zog er sich zurück, so, als wollte er sagen: Nun werdet mal damit fertig, meine Lieben!

Erika Warnke stürzte ins Freie. Sie brauchte jetzt frische, klare Luft, um ihre Gedanken ordnen zu können. Crusius eilte ihr nach, genau wie sie empört über die Tücke des Schicksals.

»Was haben wir denn da falsch gemacht?« fragte sie anklagend. »Wie konnte nur so etwas geschehen? Ich bin so voll guten Willens; stets gewesen!«

»Ich auch«, versuchte er sie zu beruhigen. Er blickte die Lagerstraße entlang. Es war stockdunkel, niemand zu sehen. Vor den vollen Mond hatte sich wie wohltätig eine Wolke geschoben. Sie umarmten sich, als wollten sie sich aneinander aufrichten. Crusius kannte da ein paar Griffe, die Erika stets unternehmungslustig zu stimmen pflegten. Sie wirkten auch diesmal.

»Gehen wir doch zu mir!« flüsterte sie ihm ins Ohr.

Sie strebten der Blitzmädel-Baracke zu, ein Herz und eine Seele im Glauben an Großdeutschland. Wie hatte doch ihr geliebter Führer gesagt: Wir legen unsere Waffen nicht fünf Minuten vor zwölf aus der Hand, sondern erst fünf Minuten danach. Und dann noch: Was uns nicht umbringt, macht uns nur stärker. Das waren doch Grundsätze für echte Kämpfer. Danach wollten sie leben – jetzt erst recht.

»Das ist doch höchst verdächtig, daß die Hofer kein einziges Wort über ihren Vater verloren haben soll«, meinte der Oberleutnant höchst nachdenklich. »Da haben offenbar ein paar hinterhältige Kreaturen versucht, uns aufs Kreuz zu legen.« Der Nibelungen-Siegfried witterte überall finstere, vernichtungsbereite Albericheuan. »Aber so kann man mit uns nicht umspringen! Diese heimtückische Saubande werde ich mir schon kaufen.«

»Wen meinst du, Konstantin?«

»In erster Linie diesen Wegner! Dieser berechnende Beschützer – scheint genau gewußt zu haben, für wen er sich da so aufgespielt hat. Na – der entgeht mir nicht! Und dann Koralnik! Dieser hinterlistige, ausgekochte Himmelhund ist der schlimmste von allen. Doch auch seine Stunden sind hier nun gezählt.«

»Und was ist mit Monika?«

»Mit der mußt du selbst fertig werden. Aber wie ich dich kenne, wirst du auch das schaffen. Jedenfalls ist nun endgültig bewiesen, daß dieses kleine Biest ein ganz ausgekochtes Luder ist – wie du das richtig erkannt hast. Trotzdem – behandle sie vorläufig wie ein rohes Ei. Denk an die Stellung ihres Vaters.«

»Doch was, wenn sie den auf uns hetzt? Dann kann das für uns zu einem Problem werden. Schließlich kann ich ihr ja nicht verbieten, mit ihrem Vater zu telefonieren wenn sie es will.«

»Ich glaube aber nicht, daß sie das tun wird. Das scheint auch der General, dieser alte Fuchs, ziemlich genau erkannt zu haben. Denn warum hat die Hofer eigentlich niemals versucht, mit dem Namen ihres Vaters ganz direkte, persönliche Vorteile herauszuschinden? Das muß doch seine Gründe haben. Achte mal darauf; vielleicht steckt dahinter ein dicker Hund.«

Erika gab sich große Mühe, ihren Geliebten zu besänftigen. Zumindest war sie bestrebt, seine Erregung in die richtigen Bahnen zu lenken. Sie zog ihn in ihre Unterkunft.

»Bis morgen haben wir Zeit. Überschlafen wir das zunächst einmal.« Und das meinte sie wortwörtlich.

»Morgen, Kinder, wird's was geben!« verkündete Koralnik in so feierlichem Ton, als wolle er ein Weihnachtslied anstimmen. In seinem bombensicheren Weinkeller, der neuerdings sein Lieblingsplatz war, hatte er einige Gäste um sich geschart.

Vor ihm saß Feldwebel Wegner, neben dem Monika Hofer. Sie hatte sich ganz leicht, doch ohne Scheu an Wegner gelehnt. Und der gute Anton wagte offenbar nicht, sich zu rühren, um sie nicht zu vertreiben. Glücklich-versonnen blickte er in sein Glas.

Neben Konrad Koralnik saß Susanne Singer, die jedoch keine Anstalten machte, näher an ihn heranzurücken. Dennoch waren beide wie in Hochstimmung und blinzelten einander an. »War das nicht gelungen?« fragte Susanne.

»Na – und ob! Ich bin ja geradezu platt vor Rührung.« Der Obergefreite hielt es für angebracht, wieder einmal den Clown zu mimen. »Eine hervorragende Inszenierung, mit der verglichen die Festveranstaltung in einem Staatstheater geradezu als schäbige Schmierenkomödie bezeichnet werden kann. Unser Kamerad Wegner hat sich als Heldendarsteller der Sonderklasse erwiesen; wie er diesen Schuft Crusius zum Zweikampf herausgefordert hat, das macht ihm so leicht keiner nach. Und unserem verehrten Fräulein Singer ist es gelungen, einen leibhaftigen General abzukochen, obwohl das ein ziemlich zäher Braten ist. Aber dann ich, der liebe, gute Koralnik, der brave anständige Koralnik – der Armleuchter vom Dienst! Meine Glanzleistung: Ich habe mitgeholfen, durch meine idiotische Lieferung von Fressalien, unsere Russen glatt zum Kotzen zu bringen.«

»Das mit den Russen«, meldete sich Monika prompt, »ist und bleibt allein meine Angelegenheit.«

»Wir könnten allerdings dieses Schauspiel noch um einen Akt erweitern«, meinte Koralnik. »Und zwar dann, wenn unsere sanfte Monika ihren großen deutschen Vater einschaltet. Also wie ist das, Monika? Glauben Sie, daß er für Sie eintreten würde – mit seinem ganzen Amtsklimbim? Wenn ja, dann wittere ich Morgenluft.«

»Nein«, sagte Monika.

»Was heißt denn das?« verlangte Koralnik zu wissen. »Wollen Sie nicht – oder wird er nicht wollen?«

Die Antwort kam von Feldwebel Wegner, der sich inzwischen erkühnt hatte, einen Arm um Monika zu legen, was sie sich gefallen ließ. »Sie hat deutlich nein gesagt. Das muß dir reichen.«

»Seid ihr denn vom Hahn bestrampelt?« rief der Obergefreite aus, nun sichtlich besorgt. »Da versuche ich nun mit allen Mitteln den Crusius und die Warnke aufs Kreuz zu legen, die womöglich abzuservieren – doch ihr seid zu dämlich oder eben zu edel, da mitzumachen. Ihr seid ja Traumtänzer – alle miteinander.«

Sprach's und trank ein Glas Champagner ex.

Da war es genau Mitternacht.

Nur wenige Minuten später – genau um 0.03 Uhr – wurde in der Befehlszentrale im Tiefbunker ein kleinerer amerikanischer Bomberverband registriert; nach eingelaufenen Meldungen wurde er auf fünf bis sieben Flugzeuge geschätzt, demnach kein sonderlich imponierendes Aufgebot.

Sechs Minuten nach Mitternacht mußte mit der Möglichkeit gerechnet werden, daß sich dieser Bomberverband ziemlich genau auf den Bereich Friedrichsruh zubewegte; sicherlich nur, um ihn zu überfliegen. Dennoch löste diese Information automatisch die Alarmstufe eins aus.

Der in Stellvertretung von Feldwebel Wegner amtierende Einsatzleiter war gleichfalls ein Feldwebel; ein Mann mit Erfahrung, aber ohne Wegners technische Brillanz. In dem Bestreben, Verantwortung nach Möglichkeit abzuwälzen, versuchte er unverzüglich jeden zu alarmieren, der irgendwie erreichbar sein könnte.

Zuerst bemühte er sich, wie sich das ja auch so gehörte, den General zu verständigen. Der war jedoch nicht erreichbar. Vermutlich hatte dessen Mitarbeiterin Marianne das Telefon nicht zum Schlafzimmer durchgestellt, um Störungen ihrer wohlverdienten Nachtruhe zu vermeiden.

Sodann versuchte der Feldwebel den Oberleutnant Crusius telefonisch zu alarmieren; doch auch der war weg vom Fenster. Und wieder und wieder bemühte er sich, den Kameraden Wegner herbeizutelefonieren, der sich als einziger in diesem Kabelwirrwarr richtig auskannte. Gleichfalls vergeblich.

»Schweinerei, elendige!« fluchte der überforderte Feldwebel.

Immerhin war er schlau genug, jeden seiner vergeblichen Anrufe genau zu notieren, mit Namen und Sekundenangaben. Doch nun mußte er wohl handeln.

Zunächst einmal ließ er – nach dem vorhandenen Plan rot: *Einsatzmaßnahmen im Ernstfall* – die Stahltüren zum Bunkerbereich schließen und verriegeln. Nun war er hier mit seinen Nachrichtensoldaten und den Blitzmädel in Sicherheit. Erst dann befahl er: »Fliegeralarm!«

Es war 0.11 Uhr.

Im Lager begannen die Alarmsirenen zu heulen. Doch zur gleichen Zeit – nahezu auf die Sekunde genau – dröhnten auch bereits die amerikanischen Bomber herbei. Deren Pfadfinder-Maschine steckte das Ziel mit sogenannten »Weihnachtsbäumen« ab. Die restlichen Flugzeuge luden dann einige Dutzend Tonnen Sprengstoff über dem bengalisch beleuchteten Lager ab. Sie konnten sich ihrer Lasten völlig ungestört entledigen. Denn da die Flak einige Zeit vorher abgezogen worden war, gab es nicht die geringste Abwehr.

Gegen das ohrenzerfetzende Krachen der Bomben muteten die Alarmsirenen wie das hilflose Wimmern von Kleinkindern an. Etwa drei Minuten lang bebte die Erde unter den Detonationen. Flammen loderten auf. Giftig gelber Rauch quoll hoch. Mehrere Unterkünfte waren sofort ein Trümmerhaufen. Der linke Flügel des Schlößchens brannte, als werde dort ein Feuerwerk veranstaltet. Holzteile und Papierfetzen wurden himmelwärts geschleudert, um dann wieder abwärts zu gleiten, flatternden Totenvögeln gleich.

Um 0.16 Uhr verlor sich das Dröhnen der Bomber in der Ferne. Nun erst konnte man Schreie hören, Hilferufe, vereinzelte Befehle. Soldaten und Blitzmädel liefen in sinnloser Hektik durcheinander: gespenstisch dahinflatternde Gestalten vor einer grausigen Kulisse.

8.
Jäger können viele Hasen töten, doch irgendwann einmal krepieren sie auch

Am nächsten Morgen lief im Kampfental-Lager ein groteskes Schauspiel ab. Präzise um acht Uhr hatte Mädelführerin Warnke ihre Nachrichtenhelferinnen, soweit sie halbwegs heil davongekommen waren, vor der halbzerstörten Frauenbaracke antreten lassen. Und zwar zwecks Flaggenhissung.

Die Mädel standen wie mit einer Schnur ausgerichtet da – in drei Gliedern, in voller Uniform, korrekt und sauber gekleidet; sogar die Halbschuhe glänzten. Durch den nächtlichen Einsatz beschädigte Uniformstücke waren bereits ausgetauscht worden, und der Obergefreite Koralnik hatte früh um sechs Reinigungspulver, Seife und Schuhcreme anliefern müssen. Einige der Nachrichtenhelferinnen trugen Verbände und Pflaster.

»Heil Hitler!« rief ihnen die Führerin zu.

»Heil Hitler!« riefen sie zurück.

Dann kam der Befehl: »Gruppenmeldung.«

Die Meldung erfolgte durch die drei Unterführerinnen. Sie bestätigten der Warnke offiziell, was sie bereits wußte: Von den vierzig Nachrichtenhelferinnen fehlten sieben. Drei von ihnen waren im Bombenhagel umgekommen, »gefallen für Führer, Volk und Reich«, wie die Warnke das nannte. Vier waren so schwer verwundet worden, daß sie Dr. Säbisch nach Freudenstadt ins Lazarett hatte bringen lassen, wo sie gewiß auch ärztlich besser versorgt werden konnten als hier im Krankenrevier.

Solche ›Opfer‹ waren ›unvermeidlich‹, von der hohen Warte der Warnke aus gesehen. Und der Dienst am Vaterland mußte weitergehen, in Würde und mit Haltung. Wozu auch die Flaggenhissung gehörte. Zu diesem feierlichen Akt hatten sich zahlreiche Zuschauer eingefunden, was die Warnke diesmal mit stolzer Genugtuung registrierte.

Oberleutnant Crusius, den die Bomben jäh aus ihrem Bett gerissen hatten, stand aufrecht und steif da – ein wenig im Hintergrund. Neben ihm, stramm ergeben, der Einsatzleiter der vergangenen Nacht, der sich auch nicht gerade mit Ruhm bedeckt hatte. Und hinter ihm hielten sich jene drei Unteroffiziere auf, die da knapp einer Vergewaltigungsanklage entkommen waren. Seitdem gebrauchte sie Crusius als Sondereinsatzkommando und scheuchte sie wie Jagdhunde durch die Gegend.

Hinter einer der in Trümmer gelegten Baracken spähte eine weitere Gruppe Neugieriger hervor; unter ihnen der Obergefreite Koralnik. Und der zögerte nicht, auch hier nun das große Wort zu führen.

»Schaut euch das an, Kameraden, und laßt eure trägen Gemüter entflammen. Denn was erblickt ihr hier? Zweckentfremdete, geschundene, mißbrauchte weibliche Wesen? Nein. Transusen mit weichgewordenen Knien, feuchten Hosen und bibbernden Herzen? Nein. Das sind deutsche Mädel mit hehrem Pflichtgefühl und ständiger Bereitschaft zur Hingabe!«

»Mensch, du redest vielleicht einen Mist zusammen«, sagte einer der Soldaten neben ihm. »Wie eine Kuh, die ständig Fladen macht.«

»Womit sich gut düngen läßt«, meinte Koralnik. »Viehhändler wissen das, Rindviecher nicht.«

»Flagge – marsch!« befahl vorne die Warnke.

Zwei Blitzmädel trugen die Fahne im Gleichschritt heran. Das vorwiegend rote Tuchgebilde war vorschriftsgemäß – wie vielfach geübt – gefaltet worden. Die Mädel begaben sich zum unbeschädigt gebliebenen Fahnenmast. Einen Schritt davor verharrten sie. Einige Sekunden feierliche Stille, wie es sich gehörte.

Dann ein weiterer Befehl der Blitzmädelführerin:

»Der Fahnenspruch!«

Vier weibliche Soldaten verkündeten mit lauten, hellen Stimmen, wobei sie sich abwechselten:

Steige empor, du Fahne der Treue –
du Symbol unseres Lebens –
das stets sich erneuere –
und niemals vergebens!

Dann setzte Erika Warnke zu einer erhebenden Rede an:

»Meine deutschen Mädel!

Wir sind heimtückisch überfallen worden. Der Feind hat versucht, uns zu vernichten. Doch umzubringen vermag er uns nicht.

Das wird ihm niemals gelingen. Denn unsere Toten, die wir in stolzer Trauer beklagen, sind wie ein Mahnmal. Auf ewig unvergessen. Nun stehen wir hier an ihrer Stelle. Mit nicht zu brechender Entschlossenheit. Unserem Führer Adolf Hitler treu ergeben.«

Das reichte doch wohl zunächst einmal, um den unzerstörbaren Glauben an den Endsieg in die Herzen der ihr anvertrauten Mädel zu pflanzen. Einige von ihnen hatten tatsächlich Tränen in den Augen. Ob nun aus Liebe zum Führer oder aus Trauer um die toten Kameradinnen oder wegen der verqualmten Luft – das war weiter nicht so wichtig. Hauptsache: die waren dem Heulen nahe. Das konnte die Warnke als Zeichen tiefer Ergriffenheit deuten.

Nun wurde die Reichskriegsflagge am Mast befestigt. Dann hochgezogen. Und die Mädel blickten empor – zu der Fahne; wie es ihnen eingedrillt worden war. Dann noch ein letzter Spruch:

Wir grüßen dich, Flagge!
Dem Führer zur Ehre –
Zur Mahnung an alle –
Im Glauben an Deutschland!

Wobei Koralnik der Versuchung nicht widerstehen konnte, einen abschließenden Kommentar von sich zu geben. »So was, Kameraden, muß doch selbst uns niedere, armselige Freß- und Saufkreaturen ungemein erheben, dankbar stimmen, wenn nicht gar läutern. Denn hier, ihr verkommenen Nestbeschmutzer, ihr armseligen Bettenbescheißer, haben wir eine großartige Demonstration großdeutschen Siegeswillens erleben dürfen. Und da können wir eigentlich nur noch in totaler Ergriffenheit verstummen. Oder etwa nicht, Kameraden?«

Der edle Blutenberger hatte eine wahrhaft fürchterliche Nacht hinter sich bringen müssen. Vom Fliegeralarm total überrascht, war er in den Keller des Kampfental-Schlößchens geflüchtet. Und zwar im Schlafanzug. Ihm nachgeeilt war die mit einem durchscheinenden Nachthemd bekleidete Marianne Dengler, wobei sie ein peinlich hysterisches Geschrei von sich gegeben hatte. Das mußte ihm höchst unangenehm gewesen sein; zumal es ihm persönlich gelungen war, selbst noch in dieser Lage, vorbildliche Haltung zu zeigen.

Immerhin konnte der General nach Ende des Bombenangriffs glücklicherweise registrieren: lediglich der linke Flügel seines Schlößchens war fast ganz zerstört worden, also jener, in dem sich die Räume für das Wachpersonal und die Verwaltung befanden. Dabei hatte es zwei Verluste gegeben; doch nur niedrige Dienstränge betreffend.

Der rechte Flügel jedoch stand nahezu unbeschädigt da: mithin waren weder Küche noch Kasino, weder seine dienstlichen noch seine privaten Räume unbenutzbar geworden. Nur etliche zersplitterte Fensterscheiben waren zu beklagen, welche jedoch alsbald provisorisch durch Pappe ersetzt werden konnten – für einen ästhetisch anspruchsvollen Menschen wie den General war das gewiß ein scheußlicher Anblick. Aber konnte er denn mehr erwarten – sozusagen »fünf Minuten vor zwölf«? Oder – war es bereits fünf Minuten nach zwölf?

An diesem Tag, noch am Vormittag, hatte Blutenberger seinen Führungsstab zur Besprechung zu sich befohlen. Seine Getreuen versammelten sich um ihn im Kasino – an Leib und Seele offenbar unbeschädigt. Der brave Hauptmann Rommelskirchen, der wackere Oberleutnant Crusius, die idealistische Blitzmädelführerin Warnke sowie Stabsarzt Dr. Säbisch. Auch Feldwebel Wegner hatte Befehl erhalten, sich einzufinden, als fachmännischer Betreuer dieser einzigartigen Nachrichten- und Befehlsapparatur, die der General als sein Lebenswerk betrachtete. Diese erlesene Runde wurde von Koralnik betreut; der hockte wie üblich im Nebenzimmer, dicht bei der offenen Tür.

Als Wortführer drängte sich wieder einmal Oberleutnant Crusius nach vorn. »Im großen und ganzen, Herr General, hat sich unser vorbeugendes Sicherheitssystem bewährt.« Das mußte wohl so sein, denn er selbst war dafür zuständig. »Die Erstellung von Splittergräben und Befehlsbunkern unmittelbar neben den Baracken hat unsere Verluste in Grenzen gehalten. Gefallen sind lediglich drei Nachrichtenhelferinnen und vier Soldaten. Dazu kommen noch zwölf mehr oder weniger schwer Verwundete.«

»Dennoch bin ich nicht zufrieden«, stellte der General fest. »Vielmehr muß ich feststellen, daß der Fliegeralarm wesentlich zu spät erfolgt ist, was zu heiklen Folgen geführt hat.« Man stelle sich doch nur mal vor: er im Schlafanzug und Marianne im Nachthemd. »Wer ist für diese Schweinerei verantwortlich?« Was eindeutig hieß: Wen können wir zum Sündenbock machen?

Crusius blickte anklagend zu Feldwebel Wegner hin. Dem hätte er so was liebend gern angehängt. Aber das war leider nicht zu machen. Denn zur fraglichen Zeit war eben nicht nur der Feldwebel, sondern auch er selbst unerreichbar gewesen; und der General gleichfalls. Mithin keinesfalls ratsam, die Abwesenheit bestimmter Personen dabei hochzuspielen.

»Verantwortlich für diesen verspäteten Alarm ist allein der diensthabende Einsatzleiter. Der hat sich als Niete sondergleichen erwiesen«, erklärte Crusius. »Meine Nachprüfungen haben ergeben, daß dieser Mensch zunächst einmal bemüht war, seinen eigenen fetten Hintern im Befehlsbunker in Sicherheit zu bringen.«

Erika betrachtete ihren Bettgenossen mit glühenden Blikken. Welch ein Mann! Wie er die Situation beherrschte! Und dann noch sein fein entwickeltes Taktgefühl – er hatte Hintern gesagt, nicht gleich Arsch. So respektierte er die Gegenwart einer Dame.

»Diesen Versager werde ich mir kaufen«, fuhr Crusius fort. Ohne Rücksicht auf Verluste bei anderen webte er fleißig am eigenen Erfolgsteppich; eine Menge Fäden dafür glaubte er in seinen kräftigen Händen zu halten. »Was mich jedoch dabei geradezu alarmiert, sind die enormen Verluste bei den russischen Kriegsgefangenen. Nahezu fünfzig Prozent. Eine Katastrophe.«

Rommelskirchen fühlte sich zu Recht massiv angegriffen. »Gedenken Sie etwa mich, Oberleutnant Crusius, für einen Volltreffer in die Russenbaracke verantwortlich zu machen?«

»Dafür keinesfalls, Herr Hauptmann. Doch dabei sind Versäumnisse und Fehler sichtbar geworden. Punkt eins: Sie lassen diese Leute allnächtlich in ihrer Baracke einschließen.«

»Das ist aus Sicherheitsgründen erforderlich.«

»Damit waren die dann aber den amerikanischen Bombern völlig ausgeliefert. Denn für diese Leute – und das ist Punkt zwei – sind keine Schutzgräben angelegt worden, in die sie sich hätten flüchten können.«

»Sie entwickeln ja geradezu menschenfreundliche Anwandlungen«, stellte Rommelskirchen ironisch fest.

»Ich beabsichtige keinesfalls, Herr Hauptmann«, erwiderte Crusius, »wegen der hier nun eingetretenen Abgänge humanistisch angekränkelte Lamentos anzustimmen. Was ich jedoch beklagen muß, ist der Verlust wichtigster Arbeitskräfte. Denn die fehlen uns hier nun – ausgerechnet jetzt, wo wir dieses Lager in den Verteidigungszustand für einen möglichen Endkampf zu bringen haben.«

»Glauben Sie etwa«, fragte Rommelskirchen süffisant, »das besser machen zu können, Oberleutnant Crusius?«

Der schnappte prompt zu, auch wenn es ein Köder war. »So überheblich möchte ich nicht sein, Herr Hauptmann – aber einiges sollte doch geändert werden.«

»Na, dann machen Sie das – von mir aus!«

»Wenn das ein Angebot ist, akzeptiere ich es.«

Der General erlaubte sich trotz der ernsten Lage ein Lächeln. Schließlich glaubte er – wie weiland Wallenstein – seine Pappenheimer zu kennen. Sein Hauptmann Rommelskirchen war wahrlich nicht dumm genug, um unbedingt nur aus Prestigegründen auf der Führung der restlichen Russen zu bestehen. War das doch jetzt ein halb ausradierter Haufen mit einem Sack voller Probleme: Die einen waren zu beerdigen, die anderen mußte man wieder in den Griff bekommen. Was jedoch Crusius nicht klar genug zu erkennen schien. Hätte er sich denn sonst auf so was eingelassen?

Über derlei Torheiten fühlte sich General Blutenberger erhaben. »Ich akzeptiere Ihre Anregungen, meine Herren. Mithin entbinde ich also meinen Hauptmann von seinen Verpflichtungen den Kriegsgefangenen gegenüber – und das sogar sehr gern. Zumal Sie, mein lieber Rommelskirchen, hier nun dringend gebraucht werden – in meinem engsten Stabsbereich.«

»Damit also, Herr General«, griff Crusius freudig zu, »sind mir die Russen unterstellt.« Beinahe hätte er »endlich« gesagt.

»Aber ja – ab sofort und ganz direkt.«

Für den General schienen damit die wesentlichen Probleme geklärt zu sein. Er rief nach Koralnik und verlangte Tee und Cognac. Beides wurde den Anwesenden unverzüglich serviert. Eine angenehme Pause, die sie durchaus genossen, ergab sich daraus.

Eine Pause, die jedoch nicht sonderlich lang anhielt. Denn Oberleutnant Crusius, gestärkt durch Cognac und Kaffee – gemixt etwa im Verhätnis eins zu zwei – hatte da sozusagen noch einen Pfeil im Köcher: »Wir sollten nun wohl auch über die Befehlszentrale sprechen, Herr General.«

»Was soll denn mit der sein?« fragte Blutenberger zurück, ziemlich unfreundlich. »Die ist doch völlig unbeschädigt geblieben.« Er wandte sich an seinen Feldwebel Wegner. »Oder etwa nicht?«

»Unsere Befehlszentrale selbst«, referierte der Feldwebel, »hat diesen Bombenangriff absolut unbeschadet überstanden. Allerdings...«

»Na also!« General Blutenberger fühlte sich ungemein erleichtert; und zwar so, daß er eine mögliche Einschränkung überhörte. Hauptsache, sein Lebenswerk hatte durch den Angriff nicht gelitten.

»Allerdings«, wiederholte Wegner, »sind dabei Schwierigkeiten aufgetreten.«

»Aus denen sich ergibt, daß diese zur Zeit nicht funktionsfähig ist«, platzte Crusius dazwischen. »Und es ist nicht erkennbar, für wie lange. Das kann Tage, wenn nicht Wochen dauern.«

Der General blickte bestürzt seinen Feldwebel an. In seinen nun ganz blaß erscheinenden Augen lag die Frage: Ist das wahr? Darf denn das wahr sein?

Wegner fuhr bemüht sachlich fort: »Bei ersten Untersuchungen heute früh habe ich festgestellt, daß die Fernsprech- und Fernschreibeverbindung nach draußen unterbrochen worden ist. Auch die Kabel zu unserer Antennenanlage scheinen beschädigt zu sein.«

Dieses Gebilde befand sich drei Kilometer vom Schlößchen entfernt; getarnt als Schornstein einer Zementfabrik. Die Zuführungskabel dorthin waren einen Meter tief in der Erde verlegt worden.

»Bedenkliche Beschädigung, Wegner?« wollte der General wissen.

»Um das nachzuprüfen, habe ich zwei Suchtrupps zusammengestellt. Um so was noch intensiver angehen zu können, wären zwei weitere...«

»Bewilligt!« rief der General. »Stellen Sie, Oberleutnant Crusius, für diese Einsätze alles erforderliche Personal frei.«

»Wird veranlaßt, Herr General.«

»Eine absolut vordringliche Aufgabe«, bekräftigte Blutenberger. »Jedenfalls wäre ein längerer Ausfall unserer Leitzentrale eine Katastrophe. Das muß so schnell wie möglich ausgebügelt werden. Diesbezüglich erwarte ich eine laufende Berichterstattung.«

»Zu Befehl, Herr General!« wurde ihm bestätigt – von Wegner und Crusius zugleich.

Worauf dieser Kommandierende wie ablenkend nun auch wissen wollte: »Wie steht es denn überhaupt mit unserer Verpflegungslage? Ist der Obergefreite Koralnik in der Nähe?« Selbstverständlich wußte der General ganz genau, daß der Obergefreite wie immer im Nebenraum lauerte und alles mithörte. Weiter mithin kein Wunder, daß der sofort erschien und dann mit freundlicher Zuversicht dastand, um Rede und Antwort zu stehen.

Der erfrischende Anblick seines Meisterhamsters stimmte auch Blutenberger wieder einigermaßen optimistisch. »Na, lieber Koralnik, da haben diese Bomben wohl auch ein Loch in unsere Lebensmittelvorräte gerissen. Aber ich bin sicher« – nun lächelte er sogar, nahezu innig mitverschwörungsbereit, »daß wir deshalb nicht verhungern müssen. Also – wie wäre es denn, Koralnik, mit einem kleinen Lagebericht; aus Ihrer ganz speziellen Sicht.«

Dabei kam nun allerdings zum Vorschein, daß es diesem Koralnik ein nahezu diebisches Vergnügen bereitete, nunmehr Formulierungen à la Crusius zu verwenden. Dabei gelang es ihm sogar, den Oberleutnant zu dessen Unwillen ziemlich zutreffend zu kopieren – nicht nur in der Wortwahl, auch im zackigen Ton.

»Die nunmehrige Lage«, erklärte Koralnik, »sieht hier nun wohl so aus. Punkt eins: Die Küchen in Kasino und Kantine sind nur leicht beschädigt. Können also noch heute voll in Betrieb gebracht werden. Punkt zwei: Die Lebensmittelbestände sind zwar etwas dezimiert, dennoch dürfte kaum ein Engpaß eintreten. Diesbezüglich habe ich mit dem zuständigen Depot telefoniert – Nachschub rollt an. Punkt drei: Baumaterialien, um eingetretene Schäden zu beheben, sind angefordert. Die erste Lieferung ist bereits unterwegs.«

»Na – großartig!« rief der General aus. Und Rommelskirchen bestätigte: »Sehr schön.« Crusius zischte der Warnke zu: »Das ist ein ganz ausgekochter Hund. Wird verdammt schwer werden, den unter das Gras zu bringen.«

»Ich bin noch nicht ganz fertig«, fuhr Koralnik fort. »Punkt vier: Für Soldaten und Nachrichtenhelferinnen liegt Ersatz für verloren gegangene oder beschädigte Kleidungsstücke bereit; einschließlich Damenunterwäsche. Punkt fünf: Für die Russen, die überlebt haben, werden Sonderrationen geliefert; damit sie bei Kräften bleiben. Punkt sechs: Die Kellergewölbe im Schlößchen lassen sich leicht ausbauen; wo dann das Wach- und Verwaltungspersonal einziehen kann, das bisher im abgebrannten linken Flügel untergebracht war. Das wär's.«

Koralnik blickte seinen General an. Und der signalisierte

ihm sein Einverständnis: »Gut so, alles klar.« Hauptsache dabei war wohl, daß nichts davon ihn in seiner Bequemlichkeit zu stören vermochte.

Als der Obergefreite gegangen war, meldete sich Stabsarzt Dr. Säbisch höflich zu Wort: »Erlaube mir, darauf hinzuweisen, daß in meinem Krankenrevier diverse Gefallene abgestellt worden sind. Was soll mit denen geschehen? Dabei handelt es sich um drei Mädchen und vier Soldaten. Möglicherweise werden noch zwei oder drei Schwerverwundete ihren Verletzungen erliegen.«

Von den toten Russen redete er erst gar nicht. Die zählten hier wohl kaum. Großdeutsche Leichen hatten eindeutig Vorrang.

»Immer eins nach dem andern«, sagte der General, wohl leicht indigniert darüber, daß die von Koralnik erzeugte gute Stimmung nun wieder getrübt werden könnte. »Zunächst einmal müssen wir sehen, wie eine schnellstmögliche Einsatzbereitschaft wiederhergestellt werden kann.« Das war als Pflichtübung in Richtung Warnke und Crusius gesagt, und beide nickten beifällig. »Dann allerdings muß, versteht sich, für unsere Gefallenen ein würdiges Begräbnis stattfinden.«

Oberleutnant Crusius fühlte sich jetzt ungeniert als die beherrschende Person des ganzen Lagers. Ihm unterstanden nicht nur die Soldaten; nun hörten auch die Russen allein auf sein Kommando. Und über Erika konnte er auch an die Blitzmädel heran, um die für seine Pläne einzuspannen.

Er hatte ›Großes‹ vor, wie er sagte. Er ließ Trümmer beseitigen, Luftschutzgräben bunkermäßig ausbauen, zerfetzte Baracken wieder instandsetzen.

Dabei ließ er den Obergefreiten Koralnik zunächst ungeschoren. Schließlich brauchte er den ja noch; zumal der sich als fleißiger Anlieferer aller benötigten Materialien erwiesen hatte. Doch sobald der hier seine Schuldigkeit getan hatte, konnte immer noch mit ihm abgerechnet werden.

Als rechte Hand von Crusius war neuerdings Hauptfeldwebel Himmelsheimer bestrebt, sich unentbehrlich zu machen. Dieser Armleuchter, der mit Hauptmann Rommelskirchen, dem Verlierer sozusagen durch dick und dünn gegangen war, hatte schnell erkannt, bei wem hier nun das neue Leben aus den Ruinen blühte. Crusius, der unbeirrbare Kämpfer für den Endsieg, war der Mann der Stunde.

»Stehe voll und ganz zu Ihrer Verfügung, Herr Oberleutnant«, erklärte der Hauptfeldwebel, auch wenn er nicht danach gefragt wurde.

»Das freut mich«, meinte Crusius. »Haben Sie Pioniererfahrungen?« Hatte er nicht. »Nun, dann machen Sie sich mal mit dieser Materie vertraut.«

Crusius plante, den Hauptfeldwebel bei günstiger Gelegenheit auch gegen den Feldwebel Wegner auszuspielen, mit dem er noch ein Hühnchen – wenn nicht gar einen ganzen Hühnerhof – zu rupfen hatte. An diesem Nachmittag traf er Wegner im Befehlsbunker an, wo der gerade die Verpakkung hochempfindlicher Funkgeräte in Kisten überwachte.

»Wir beide, Wegner, arbeiten ja nun eng zusammen«, begann er mit fordernder Lässigkeit. »Wobei ich wohl nicht noch einmal ausdrücklich darauf aufmerksam machen muß, wer hier die Befehle erteilt.«

»Jawohl, Her Oberleutnant.«

»Soweit ich mich erinnere, Wegner, habe ich Sie beauftragt, Pläne für Straßensperren durch Minen auszuarbeiten. Sollten Sie das etwa vergessen haben?«

»Selbstverständlich nicht.« Der Feldwebel holte aus seiner linken Rocktasche ein Blatt Papier hervor, faltete es auseinander und reichte es dem Oberleutnant. »Hier ist eine Konstruktionsskizze mit dem Vorschlag: Wir montieren jeweils drei Minen auf einen Balken. Den verankern wir einseitig, so daß er ausgeschwenkt werden kann. Im Ernstfall lassen sich die Minen in Sekundenschnelle scharfmachen und mit einem einzigen Handgriff am Balken ausschwenken. Sie reagieren auf Druck, gehen in die Luft, sobald jemand«, also wohl der Feind, »darauf herumtrampelt. Sie zerfetzen jedes Fahrzeug und machen die Benutzung der Straße unmöglich.«

»Ganz brauchbar.« Dem Oberleutnant gelang es gerade noch, seine Anerkennung in Grenzen zu halten. Als Techniker, immerhin, hatte dieser Kerl allerhand auf dem Kasten.

»Dann werden wir also die Apparate montieren, und zwar gleich drei von der Sorte. Wobei der erste davon bei der Jahrhunderttanne installiert wird. Und zwar schnellstens – unter Ihrer Anleitung, Wegner.«

»Jawohl, Herr Oberleutnant.« Das hörte sich wie eine prompte Bestätigung an, war aber keine; denn der Feldwebel fügte hinzu: »Das werde ich in Angriff nehmen, sobald ich hier mit meiner speziellen Aufgabe fertig bin, die mir der Herr General übertragen hat.«

Gegen eine solche Behauptung war wohl kaum etwas zu machen. Nicht, solange der General hier noch das Sagen hatte. Was jedoch kein Dauerzustand sein mußte; nicht nach der Lage der Dinge, so wie er sie sah.

Crusius gab sich jovial: »Nun mal ganz unter uns, Feldwebel Wegner. Soweit ich informiert bin, existieren Beschädigungen an den Zuleitungskabeln an mindestens zwei Stellen, wenn nicht an vier oder fünf. Und die sind derartig schwer, daß sie kaum noch behoben werden können.«

»Das weiß ich noch nicht, Herr Oberleutnant, kann es also nicht bestätigen.«

»Und wann, Wegner, glauben Sie wohl, werden Sie das wissen?«

»Möglicherweise bereits morgen; nach mehreren notwendigen Prüfschaltungen.«

»Doch sobald Sie herausgefunden haben, was so alles zu Bruch gegangen ist, was dann? Verfügen Sie über Reparaturmaterial in ausreichender Menge?«

»Vermutlich ja, Herr Oberleutnant.«

»Und wenn nein, Feldwebel, was dann? Und versuchen Sie nicht, mir was vorzumachen! An das dafür notwendige Spezialmaterial, das irgendwo in München oder Berlin lagert, kommen Sie jetzt nicht mehr heran. Dazu fehlt Ihnen einfach das, was hier keiner mehr hat: Zeit.«

»Ich werde trotzdem mein möglichstes versuchen, Herr Oberleutnant.«

»Nicht nur versuchen, sondern tun, Mensch! Und da wir nun, wie der Herr General angeordnet hat, in enger Verbindung zu bleiben haben, werden Sie mir über die sich ergebenden Resultate laufend Bericht erstatten, also mehrere Male am Tag.«

Damit hatte er »diesem kleinen elitären Scheißkerl«, wie er ihn bei der Warnke nannte, vorgeführt, wer hier die Musik machte. Nahezu fröhlich gestimmt, suchte der Oberleutnant seine Erika in der Blitzmädchenbaracke auf. Beglückt stürzte sie sich ihm entgegen und zog ihn zu ihrem Bett.

»Dafür muß noch Zeit sein«, flüsterte sie ihm ins Ohr; seiner Zustimmung erspürbar sicher.

Worauf eine stürmische Viertelstunde folgte. Doch als er sich dann wieder bekleidete, wurde er übergangslos dienstlich: »Nun, wie läuft denn der Laden bei dir?«

»Bestens«, versicherte sie. »Nach dem Schrecken der vergangenen Nacht sind die Mädel folgsam wie Schafe. Denen sitzt noch der Schock in den Gliedern.«

»Allen?« fragte er.

»Allen«, bestätigte sie triumphierend. »Selbst Susanne Singer hält ihr sonst so fürchterlich vorlautes Mundwerk. Die habe ich übrigens zusammen mit Monika Hofer dem Koralnik zugeteilt.«

»Warum denn das?« fragte er verwundert.

»Sie sollen bei diesem Obergauner abstauben, was irgendwie abzustauben ist; und zwar für uns alle. Das hab' ich ihnen ganz offen gesagt, und sie haben versprochen, es zu tun. Hast du was dagegen?«

»Nein, das geht schon in Ordnung«, sagte er. »Aber schreib dir alles auf, was er liefert; Stück für Stück, genaue Anzahl, Tag und Uhrzeit. Möglicherweise können wir so was noch recht gut verwerten, um ihm das Genick zu brechen.«

»Wird gemacht, Konstantin. Ich mache alles, was du für richtig hältst.«

»Und womit beschäftigt ihr euch zur Zeit sonst noch?«

»Mit weltanschaulicher Schulung.« Die Warnke wies nicht ohne Stolz auf einige Notizen. Sie hatte stets einen Block in ihrer Reichweite, sogar noch im Bett.

»Diesmal«, erklärte sie, »hatte ich eine Feierstunde zum Geburtstag unseres Führers vorbereitet!« Der war in zwei Wochen fällig – am 20. April 1945 wurde Hitler 56 Jahre alt.

»Mir hat es stets wenig gefallen, wenn gesagt wurde, Adolf Hitler sei eigentlich Österreicher, weil sein Geburtsort, wie jeder weiß, Braunau am Inn ist. Aber nur wenigen ist bekannt, daß dieses Braunau noch im vorigen Jahrhundert zu Bayern gehört hat. Adolf Hitler ist demnach – wenn man denn unbedingt geographisch denken will – von bodenständig bayerischem Wesen.«

»Das, meine liebe Erika, ist eine hochinteressante, großartige Vorstellung«, versicherte ihr Crusius.

»Leider«, fuhr die Warnke fort, »muß ich dieses geplante Schulungsthema zurückstellen. Denn zunächst einmal, nicht wahr, geht es jetzt darum, unsere Gefallenen zu würdigen, die wir morgen zu Grabe tragen müssen.«

Crusius legte seinen Arm um Erika und zog sie an sich. »Jeder Tag bringt neue Verpflichtungen. Und wir beide haben viel zuwenig Zeit für uns.« Wobei er ihr tief in die Augen blickte. »Aber irgendwann wird der Krieg vorüber sein, dann holen wir alles nach, was wir jetzt versäumen müssen.«

»Es ist so wunderbar, Konstantin, mit uns beiden«, sagte sie leise. »Wir sind weit mehr als nur ein Herz und eine Seele – wir sind wie zusammengehörende Glieder im gleichen Geist.«

In letzter Zeit schienen die Dackelfalten in Koralniks Gesicht zunehmend tiefer zu werden. Und seine meistgebrauchte Parole lautete jetzt, nun wohl erst recht: »Holzauge, sei wachsam!«

Wieder einmal hatte er in seinem bombensicheren Weinkeller seinen sogenannten ›Viererverein‹ um sich versammelt. Dazu gehörten außer ihm, dem Vorsitzenden, sein Freund Anton Wegner, sowie die Blitzmädel Susanne Singer und Monika Hofer. Konnte man mit denen Pferde stehlen? Koralnik hoffte es. Er jedenfalls war bereit, für seine Freunde einiges zu tun.

»Also, meine Verehrtesten«, begann er, »jetzt werde ich euch mal in Erstaunen versetzen. Kleinlich bin ich niemals gewesen, das werdet ihr mir bestätigen. Doch nun beweise ich euch, wie unendlich großzügig ich tatsächlich sein kann.

Also meldet jetzt mal eure Wünsche an! Und ich werde sie erfüllen.«

»Was ist denn in dich gefahren?« fragte ihn Anton Wegner. »Gedenkst du hier so was wie einen Schlußverkauf zu veranstalten?«

»Kaum zu glauben, daß du auch noch ein Hellseher bist. Das will ich in der Tat!« Koralnik blinzelte beifallheischend nach allen Seiten. Doch seine drei Freunde machten todernste Gesichter.

Selbst Susanne wirkte nicht sonderlich munter, von der leichenblassen Monika gar nicht zu reden. Um sie aufzumuntern, fügte dann der Obergefreite hinzu: »Dieser Crusius mag ja eine harte Nuß sein – aber auch die werde ich knakken.«

»Das sieht aber gar nicht so aus.« Susanne fühlte sich offenbar herausgefordert. »Vielmehr habe ich weit eher den Eindruck, daß du dem durch deine massiven Lieferungen von Baumaterial und Fressalien ganz direkt in seine Herrenmenschenhände hineinarbeitest. Von wegen: eine Nuß knacken – die vergoldest du!«

»Da hast du nun aber, mein Kindchen, dem alten Koralnik wieder einmal tief in sein Hasenherz geblickt. Ihn ausgemacht als ein närrisches Wesen von niederem Verstand und miesem Charakter. Eben nichts als ein ausgemachter Idiot.«

Nun hatte er erreicht, was er beabsichtigte: Alle lachten; sogar Monika. Die bedrückend dunkle Stimmung um sie begann sich zu lichten. Koralnik schenkte Champagner ein; und sie prosteten sich zu.

Worauf dann der Obergefreite seinen Freund, den Feldwebel, aufforderte: »Schau dich hier doch mal ein wenig genauer um, mein Lieber. Du kennst die Räumlichkeiten wesentlich besser als die Mädel. Fällt dir etwas auf?«

»Ich glaube schon. Hier scheinen eine ganze Menge Flaschen zu fehlen, und zwar solche von den edlen Sorten, die du für dich und den General reserviert hattest.«

»Richtig erkannt!« Koralnik glänzte nun geradezu vor Zufriedenheit.

»Und was ergibt sich daraus?« fragte Susanne.

»Eine gar nicht unwesentliche Kleinigkeit, mein schönes Fräulein. Denn da hat mir doch der großmächtige Herr Crusius zwei Lastwagen zur Verfügung gestellt, damit ich von ihm benötigte Materialien heranlkarren lasse. Doch jedesmal, wenn die hier wieder abfahren, sind sie beileibe nicht leer.«

»So weit, so korrupt«, würdigte Wegner die Manipulation seines Freundes. »Doch wohin läßt du die Sachen bringen?«

»Bereits seit einigen Wochen betreibe ich eine Art Zweigstelle meines Unternehmens, und zwar im nahen Freudenstadt. Dort gibt es ein Hotelrestaurant *Zum grünen Kranz*; ziemlich zentral in diesem idyllischen Kaff gelegen, gemütlich eingerichtet und gut frequentiert. Eben dort bin ich inzwischen Teilhaber geworden, fünfzig zu fünfzig; und das bereits notariell beglaubigt.«

»Koralnik, du spinnst!« rief Wegner nicht ohne Bewunderung aus.

»Nenne das von mir aus, wie du willst. Tatsache jedenfalls ist: Der Inhaber vom *Grünen Kranz*, ein gewisser Berner, hat vor zwei Jahren seinen einzigen Sohn und Erben an der Ostfront verloren. Und nun bin ich es, den er in sein großes Gastwirtsherz geschlossen hat; wahrlich nicht ganz zufällig. Denn inzwischen habe ich ihm seine Keller und Kammern prall gefüllt; womit dann er, aber auch ich, in den ersten Nachkriegsjahren ganz gut über die Runden kommen werden. Und ihr ebenfalls – wenn ihr wollt.«

»Ich habe dich schon immer für einen Himmelhund sondergleichen gehalten«, mußte ihm Wegner zugestehen. »Doch du bist weit mehr. Im Vergleich mit dir ist der Höllenhund Zerberus nur ein kleiner, kläffender Köter.«

Susanne sah Koralnik an, als habe er ihr eine Liebeserklärung gemacht. »Ist das dein Ernst, Konrad, daß wir dabei sein sollen?« Ihre Stimme schien auf einmal einen neuen, viel weicheren Klang zu besitzen.

»Solange ihr wollt. Dort treffen wir uns, wenn hier alles zusammengekracht ist; was eigentlich nicht mehr lange dauern kann. Merkt euch also diese Adresse, meine Freunde: Hotelrestaurant *Zum grünen Kranz* in Freudenstadt, Am Markt 7. Inhaber derzeit noch Berner; demnächst aber ganz offiziell: Berner und Koralnik.«

»Wer weiß«, sagte Monika, die nun wieder marmorbleich und starr dasaß, »ob wir hier überhaupt lebend herauskommen.«

»Werden wir«, versicherte ihr Susanne. »Und wenn wir uns freischießen müssen.«

»Krachen wird es hier auf alle Fälle«, sagte Koralnik. »Dafür bürgt schon unser Crusius. Der ist ganz scharf auf ein Endsieg-Feuerwerk.«

Feldwebel Wegner konnte das aus seiner Sicht nur bestätigen. »Crusius scheint nicht den geringsten Wert darauf zu legen, daß unsere Befehlsstelle wieder voll funktionsfähig gemacht wird. Doch immerhin – noch gibt es hier den General!«

»Fragt sich nur, wie lange noch.« Koralnik bewegte seine Hände, als wasche er sie in Unschuld. »Der General fühlt sich nicht wohl; der Doktor Säbisch muß ihn täglich mit Spritzen traktieren. Außerdem ist er hier, er ganz persönlich, auf das schwerste beleidigt worden, weil ihm die Amis mit ihren Bomben sein Lebenswerk zerstört haben.«

»Eine Einrichtung, die immerhin als einmalig zu bezeichnen ist«, versicherte Wegner; ohne zu erwähnen, daß sein eigener Anteil daran wahrscheinlich nicht gering gewesen war. »Ich verstehe durchaus, daß sein Herz daran hängt. Doch für den Rest des Krieges ist die Kommandozentrale so gut wie im Eimer.«

»Und Crusius weiß das?« fragte Koralnik.

»Nicht von mir. Aber er weiß es. Und auch der General selbst scheint sich nun darüber klar zu sein.«

»Wenn dem so ist«, meinte Koralnik, »dann wird unser General alsbald seine Siebensachen packen.«

»Ausgeschlossen!« Wegner reagierte nach dem gängigen Motto, daß nicht sein kann, was nicht sein darf. »Der General wird uns bestimmt nicht im Stich lassen.«

»Ich vermute, daß Konrad recht hat«, schaltete sich Susanne ein. »Auch meine Kusine Marianne scheint dieser Ansicht zu sein. Denn die hat von ihrem Felix-Baldur Worte vernommen wie: So geht das hier nicht weiter... Da muß ich mich wohl anderweitig umsehen... zu retten versuchen, was noch zu retten ist... Und dann hat er meiner Kusine großzügig einen längeren Erholungsurlaub angeboten, mithin also praktisch ihr Verhältnis aufgekündigt.«

»Arme Marianne«, sagte Monika.

»Jedenfalls«, faßte Koralnik zusammen, »müssen wir damit rechnen, daß wir den General loswerden und dafür den Crusius und seine Oberkrähe voll auf den Hals bekommen. Die werden dann, so gut wie garantiert, gemeinsam versuchen, uns zu verschaukeln, fertig zu machen, zu verbraten.«

»Und wann, meinst du, wird der General von hier verschwinden?« fragte Susanne. »Möglicherweise bereits schon heute nacht?«

»Nein«, erwiderte Koralnik. »Denn morgen vormittag findet hier eine Feier statt, der sich der große, alte Blutenberger wohl kaum entziehen kann: das Begräbnis der Soldaten und Blitzmädel, die beim Bombenangriff umgekommen sind. Diesbezüglich hat Oberleutnant Crusius bereits eine Art Heldenfriedhof anlegen lassen. In allerbester Lage, zwischen den Blumenbeeten beim Schlößchen.«

»Und was«, wollte Monika wissen, »geschieht mit den getöteten Russen?«

»Die kommen erst danach an die Reihe, vermutlich am Nachmittag. Doch falls Sie das irgendwie beruhigt, Monika – dabei ist durchaus geplant, auch diese Toten einigermaßen würdig unter die Erde zu bringen. Das jedenfalls hat Crusius angeordnet.«

Susanne reagierte nunmehr störrisch wie ein Maulesel. »Was soll denn das, Konrad Koralnik? In jedem zweiten Satz sagst du: Crusius hat das angeordnet, befohlen, organisiert. Kapitulierst du etwa vor dem? Gibst du damit zu, daß der sich jetzt so gut wie alles leisten kann; was immer er will?«

»Das kann der tatsächlich. Wobei er noch gar nicht den Inhalt eines Telegramms kennt, das hier heute nachmittag eingetroffen ist. Darüber weiß nur der General Bescheid; und selbstverständlich auch ich.«

»Na, hoffentlich handelt es sich nicht gleich um ein Telegramm von seinem Führer«, meinte Susanne. »Und das noch dazu mit den schönen Worten: Letzte Grüße, mein Baldur. Alles im Arsch. Dein Adolf.«

»Ungefähr so was«, mußte Koralnik eingestehen. »Denn in diesem Fernschreiben steht, daß Oberleutnant Crusius zum Hauptmann befördert worden ist. Und das hat uns gerade noch gefehlt.«

Am nächsten Tag sollte dann eine der erhebendsten, würdigsten Feiern stattfinden, die das Lager Friedrichsruh jemals erlebt hatte: die Grablegung der Helden.

Eines der Vorspiele dazu, und wahrlich nicht das unwichtigste, war ein Frühstück bei Blutenberger im Kasino. Reichhaltig und gediegen wie immer; doch diesmal ohne Alkohol.

Wie über Nacht schien Crusius noch ein wenig größer und breiter geworden zu sein; schließlich war er jetzt Hauptmann. Und seine Erika hatte den ihm nun zustehenden zweiten Stern höchstselbst mit stolzer Zärtlichkeit auf seinen Schulterstücken befestigt – auch dies ein Akt der Liebe.

»Alle Vorbereitungen, Herr General«, versicherte Crusius, »für das große Zeremoniell sind bis ins kleinste organisiert. Sie brauchen sie nur noch abzusegnen.«

Vorbereitet schien tatsächlich alles, was sich da so planen ließ. Erstens: Anlaufmaßnahmen. Drittens: Abschlußorganisation. Schwerpunkt dabei war eindeutig Teil zwei: die Feier, Beginn elf Uhr, Ende gegen elf Uhr dreißig.

Hauptfeldwebel Himmelsheimer, nunmehr ein unentbehrliches Faktotum von Crusius, durfte die Vorarbeiten überwachen. Er hatte ein Gemeinschaftsgrab ausheben lassen, von zwölf Russen – zwischen den Blumenbeeten vor dem Schlößchen. Auch sorgte er dafür, daß die sieben Gefallenen im Morgengrauen von zwei Sanitätern und sechs Soldaten eingesargt wurden. Holzkisten hierzu waren in der Nacht angeliefert worden. Crusius hatte acht Stück geordert; eine mehr als im Augenblick nötig. Er war eben ein Mann mit weitem Vorausblick. Schließlich hatte Himmelsheimer auch ein Ehrensalutkommando zusammengestellt, bestehend aus einem Unteroffizier und acht Mann. Dieser Haufen übte schon seit dem frühen Morgen im nahen Wäldchen.

Für jeden Sarg lag eine Reichskriegsflagge bereit. Die Beschaffung von Kränzen erwies sich allerdings als einigermaßen schwierig. Denn mindestens drei, möglichst stattliche, waren nötig: jeweils einer für den General, für Hauptmann Crusius sowie für jene gemischte Abordnung aus Soldaten und Blitzmädel.

In der Baracke der Nachrichtenhelferinnen gab inzwischen die Warnke ihre speziellen Befehle: »Generalreinigung! Volldusche. Frische Unterwäsche einschließlich Kniestrümpfen. Falls Binden im Gebrauch sind, sollten sie durch neue ersetzt werden. Ich helfe gern aus.«

Im Bereich dieser Warnke existierten eben noch klare Regeln, eine wohldurchdachte Gesundheitsplanung. Wozu auch ihr Gebot gehörte: jedes Mädel benutzt jeweils eine Brause allein; also niemals stehen zwei zugleich unter einem Strahl. Gegenseitige Hilfen beim Einseifen waren erlaubt; hatten sich jedoch auf die obere Rückenpartie zu beschränken. Die vorderen oder gar unteren Regionen waren tabu. Denn während so was im einen Fall kameradschaftliche Hilfestellung war, konnte das im anderen als schweinischer Handlangerdienst mißverstanden werden. Auf derart feine Unterschiede pflegte die Mädelführerin streng zu achten. Sie überwachte persönlich die strikte Einhaltung ihrer Richtlinien.

Der Wasserverbrauch an diesem Morgen jedenfalls war enorm. Daß die Zuleitung dennoch nicht versiegte, dafür sorgte der Gefreite Helmreich – und zwar gleich so erfolgreich, daß es dabei eine Überschwemmung gab.

Monika Hofer war die erste, die etwas bemerkte. Darauf machte sie Susanne Singer aufmerksam; und beide begaben sich zu Mädelführerin, die wohl gerade über das geflügelte Wort vom ›gesunden Geist in einem gesunden Körper‹ nachdachte. Dabei war ihr eine schön-präsente Abwandlung für ihre Blitzmädel eingefallen. Nämlich diese: ›Blitzsaubere Körper, blitzsauberer Geist!‹ Mithin war es wohl kaum verwunderlich, daß sie sich durch Monika und Susanne in ihren hochfliegenden Betrachtungen gestört fühlte.

»Vermutlich«, meinte Monika, »ist da irgendein Abfluß verstopft.«

»Na – und wenn schon«, giftete sie die Warnke an. »Also dann betätigt euch mal, wo es gerade nottut. Entwickelt endlich eigene Initiative. Sucht nach diesem verstopften Abfluß, macht ihn frei. Schnappt euch also Lappen und Eimer, wischt auf. Ab sofort habt ihr hier das Reinigungsamt!«

»Amt«, das war eine ihrer Lieblingsformulierungen. Für jeden auf- und abräumenden Mist gab es bei ihr so was; ein Telleramt, ein Toilettenamt, sogar ein Bindenamt.

»Erledigt das gründlich, Mädel – gleichgültig, wie lange es dauert. Unsere Unterkunft und alles, was dazugehört, muß tipptopp sein.«

Die beiden Mädchen schwirrten ab. Wobei Susanne es kaum abwarten konnte, ihrer Empörung Luft zu machen. »Was denkt sich diese Oberkrähe eigentlich?« schimpfte sie. »Die brütet nichts anderes in ihrem treudeutschen Kopf aus, als uns madig zu machen.«

»Vielleicht«, meinte Monika beruhigend, »ist es ganz gut so. Wenn wir hier intensiv beschäftigt werden, dann brauchen wir nicht an dem Begräbniszirkus teilzunehmen.«

Diese Veranstaltung beherrschte das Leben im Lager immer mehr. Dabei kam Hauptfeldwebel Himmelsheimer geradezu schwitzend zu Koralnik gestürzt. Denn noch immer war ihm nicht gelungen, die drei Kränze, möglichst mit Schleife, aufzutreiben.

»Du hast da doch Beziehungen zu Gott und der Welt, Koralnik«, schmeichelte er. »Kriegst du auch das noch hin? Denn diese Kränze muß ich haben – unbedingt!«

»Wird geliefert«, sagte der Obergefreite lässig, obwohl auch er tief in den Vorbereitungen steckte. Schließlich hatte er dafür zu sorgen, daß die Teilnehmer an diesem Begräbnis, wie gemeinhin üblich, unmittelbar danach eine Stärkung erhalten würden.

Dafür hatte Koralnik Bratwürste vom Schwein vorgesehen, zwei Paar pro Person. Noch dazu zwei Flaschen Bier und drei Enzianschnäpse pro Mann. Beziehungsweise eine

Flasche Bier und zwei Glas Ettaler Klosterlikör für die weiblichen Teilnehmer.

Womit dann diesem festlichen Trauerereignis kaum noch was im Wege zu stehen schien.

Dabei spielte sogar das Wetter mit: grauweiße Wolken am Himmel, verdeckte Sonne, dennoch angenehme Temperaturen, etwa 17 Grad Celsius. Und fast kein Wind.

Trillerpfeifen gaben um 10.45 Uhr das Signal zum Beginn des Aufmarsches. Kommandorufe in gedämpfter Lautstärke ertönten. Zugleich zogen sich die sowjetrussischen Kriegsgefangenen zurück. Sie hatten vor dem Gemeinschaftsgrab in aller Eile noch eine Art Plattform für die Trauergemeinde planieren müssen.

Nun standen diese dunklen Gestalten am Waldsaum herum, als seien sie verwesende Baumstümpfe. Dabei wissend, daß sie hier noch einmal gebraucht würden – um nach der Feier Erde über die Särge zu schaufeln.

Zuerst marschierten die Soldaten heran: sechzig Mann, plus Unteroffiziere und Feldwebel; an der Spitze Himmelsheimer, nun ganz ›der Spieß‹. Sie stellten sich in drei Gliedern hinter der Grube auf, das Schlößchen im Rücken. Dann folgten die Blitzmädel, angeführt von Erika Warnke. Der ihnen zugewiesene Platz befand sich vor der Grube, also den Soldaten gegenüber, die nun gewissermaßen begannen, über Gräber hinweg interessiert vorwärts zu blicken. Die Schmalseite rechts nahm die Ehrensalutgruppe ein, Stahlhelme in die Stirn gedrückt, Kampfanzüge fest umkoppelt, Gewehr bei Fuß.

Auf der linken Seite der Grube stand, zunächst noch allein, Hauptmann Crusius. Im Feldanzug, verstand sich von selbst. Drei stattliche Kränze waren hinter ihm auseinandergelehnt. Der Hauptmann wirkte zufrieden; seine Organisation klappte wie am Schnürchen. Er blickte auf seine Armbanduhr: Elf Uhr.

Mit soldatischer Pünktlichkeit, mithin auf die Sekunde genau, schritt Generalmajor Blutenberger aus dem Schlößchen herbei. Er trug seine Galauniform mit einer beeindruckenden

Anzahl von Auszeichnungen, Ordensbändern und Ehrenzeichen. Sie schienen, soweit sie aus Metall waren, bei jedem seiner Schritte dezent zu scheppern.

Der General wurde begleitet von Hauptmann Rommelskirchen und Stabsarzt Dr. Säbisch, die sich drei artig abgezirkelte Schritte hinter ihm bewegten. Wobei es dem Scharfblick von Crusius nicht entging, daß die beiden mit dem Kriegsverdienstkreuz Erster Klasse geschmückt waren. Diese hatte ihnen vermutlich der General nach dem Frühstück überreicht. Ausgerechnet diesen gestriegelten Kasinohengsten und nicht ihm, dem einsatzbereiten Endsieger. Er tröstete sich mit dem Gedanken, daß so was ja noch kommen konnte; mußte.

Feierliche Stille. Den Soldaten gelang es sogar mannhaft, diverse Verdauungsgeräusche zu unterdrücken. Und das konnte gewiß als höchst diszipliniertes Verhalten bezeichnet werden.

Hauptmann Crusius stelzte dem General entgegen, hob den rechten Arm zum Deutschen Gruß und meldete: »Belegschaft Friedrichsruh angetreten.«

Blutenberger sagte ein würdiges »Danke«, um sodann sichtlich verwundert in die Grabgrube zu blicken. Denn die Särge mit den Gefallenen waren nicht, wie ansonsten üblich, in Grubennähe wie thronend aufgebahrt worden. Vielmehr waren diesmal die Kisten bereits in die Erde gesenkt, wenn auch noch nicht zugeschüttet. Fragend blickte der General den Hauptmann an.

»Bei der Vorprobe zum Zeremoniell«, erklärte Crusius dezent, »hat sich herausgestellt, daß das Herunterlassen der Särge eine erhebliche Verzögerung zur Folge gehabt hätte. Denn da brauchten vier Mann pro Sarg zwei bis drei Minuten – und das dann mal sieben! Habe ich Herrn General gegenüber für unzumutbar gehalten.«

Das nahm Blutenberger zustimmend zur Kenntnis. Auch er konnte rechnen, sich so was vorstellen. Deshalb nickte er lediglich. »Also, dann wollen wir mal.«

Worauf nun unter der Führung von Erika Warnke die Blitzmädel ein Lied anstimmten, das vermutlich stolze Trauer anklingen lassen sollte:

Wir leben, um uns zu vollenden,
wir sterben, um uns zu erfüllen,
verschwenden uns mit vollen Händen,
ergeben in des Führers Willen.

So ging das drei Strophen lang. Die hellen Blitzmädelstimmen klangen laut, die Augen der Warnke leuchteten, Crusius blickte wohlgefällig auf die Dirigentin. Der General schien die Spitzen seiner auf Hochglanz gebrachten Schuhe zu betrachten.

Dann wurden zwei Holzstapel rechts und links von der Heldengrabgrube in Flammen gesetzt. Vermutlich waren sie als Ersatz für sogenannte Pylonen gedacht, wie sie bei Staatsbegräbnissen im Dritten Reich mit Fackeln entzündet zu werden pflegten. Wobei der Führer, falls er anwesend war, kaum jemals vergaß, den Helden zuzurufen: »Gehet nun ein in Walhall!«

Die Holzstapel waren ein Einfall von Erika Warnke, die jetzt aufrecht ans Grab trat, die üppige Brust vorgestreckt. Während einige Soldaten nur mühsam ein Grinsen unterdrücken konnten, wies die Führerin mit sicherer Hand auf die Särge. »Adolf Hitler, unser geliebter Führer, hat gesagt: Uns ist es bestimmt, und zwar in alle Ewigkeit hinein, ein Volk von Helden zu sein. Als ein solches zu bestehen, was auch immer geschehen mag, ist unsere große verpflichtende Aufgabe, unsere Bestimmung. Wer will, wer kann sich ihr entziehen? Niemand, dessen Herz für Deutschland schlägt. Das verkünden und geloben wir auch diesen Blutzeugen, die da vor uns liegen. Wir verbeugen uns vor ihnen. In dankbarer Ergriffenheit vor dem letzten Opfer, das sie – stellvertretend für uns dargebracht haben.«

Nunmehr war der General an der Reihe, ebenfalls das Wort zu ergreifen. Zunächst schien es ihm an den rechten Aussprüchen zu mangeln; vielleicht, weil die allzu markigen Worte der Warnke selbst ihn ein wenig betäubt hatten; vielleicht aber auch, weil es ihn ärgerte, daß diese Person sich vorgedrängt, also vor ihm gesprochen hatte. Doch nach und nach begann seine Rede zu fließen.

»Meine verehrten Kameradinnen, meine lieben Kameraden!« begann er. Um dann die berühmte lange Pause zu machen. Mit gesenktem Kopf stand er da, als würde er zutiefst den Geschehnissen nachsinnen.

Plötzlich jedoch straffte er sich und fuhr fort: »In meinem Soldatenleben mußte ich viele Männer fallen sehen. Schon als junger Leutnant des Ersten Weltkriegs, eingesetzt im Kampfabschnitt Verdun, wurde ich Zeuge, wie rechts und links von mir unzählige Kameraden niedersanken ...«

In diesem Stil verbreitete er sich des längeren über den Tod für das Vaterland, den Ruhm und die Ehre. Um dann auf die Bombenangriffe überzugehen und »der Männer und Frauen zu gedenken, die Seite an Seite mit uns gekämpft haben, um dann für ihr Volk, unser Vaterland, sterben zu müssen.«

Seine Rede schloß er mit dem bedeutungsvollen Satz: »Gräber sind wie Marksteine unserer einzigartigen Geschichte.«

Hauptmann Crusius empfand derartige Auslassungen als wesentlich zu blaß, nicht aufpeitschend genug. Schließlich sollten die Toten die Verpflichtung zum Kampf an die Lebenden weiterreichen. Somit hatten nun seine Worte, die er am Grab sprach, gleichsam wie Hammerschläge zu klingen:

»Ihr seid nicht umsonst gefallen! Wir werden euch niemals vergessen! Wir sind stolz auf euch; ihr habt uns allen ein Beispiel gegeben!«

Noch nicht genug damit, erhob er zackig seinen rechten Arm zum Deutschen Gruß und rief schmetternd: »Über Gräber vorwärts zum Sieg!«

Nach solchem Höhepunkt ließ sich der Rest der Feier schnell erledigen. Die Kränze wurden an das Gemeinschaftsgrab gebracht. Ein Kommando erschallte: »Hoch legt an – Feuer!« Dreimal schoß die Ehrensalutgruppe mit Platzpatronen in die Luft. Die Reichskriegsflagge wurde von Halbmast auf Vollmast gezogen.

Na, und das war's dann wohl.

Ein wenig später räumten die Russen weisungsgemäß die Reichskriegsflaggen von den Särgen und schaufelten die Gräber zu. Am Schluß wurden auf den leichten Hügel die

Kränze gelegt. Ein großes Holzkreuz, dem Eisernen Kreuz nachgebildet und mit aufmontierter Namenstafel für die Gefallenen war bereits in Arbeit.

Die Soldaten und Nachrichtenhelferinnen hatten sich inzwischen in die Kantine verzogen, wo sie in bunter Reihe beieinander saßen. Anfangs war die Stimmung noch ein wenig gedrückt – aber dann gingen die getragenen Weisen, die der Küchenunteroffizier auf seinem Schifferklavier spielte, nach und nach in fröhliche Lieder über. Das Leben lief ja weiter, nur nicht gleich die Köpfe hängen lassen! Warum sollte man nicht ein wenig feiern, solange es noch was zum Feiern gab. Es dauerte nicht lange, und dann sangen alle, fast alle, die frohen Strophen mit, die der ›Künstler‹ zum Besten gab. Sein Paradestück dabei war: ›Wenn am Sonntagabend die Dorfmusik spielt, heidideldei...‹ Er spielte es mit kurzen Zwischenstücken gleich dreimal. Und die Soldaten, angeregt vom Bier, Enzianschnaps und Mädchenblicken, sangen nach dieser Melodie:

»Wenn am Sonntagabend der Reichskanzler spricht:
Eintopfgericht, Eintopfgericht, Grünkohl...«

Im Stabskasino wurde im kleinsten Kreise ein Kalbsnierenbraten serviert, der gewiß von erlesener Qualität war, doch nahezu wortlos genossen wurde – nicht nur aus Pietät gegenüber den Gefallenen, sondern weil es sich dabei gewissermaßen auch um das Abschiedsessen für Marianne Dengler handelte. Der General tätschelte ihre Hand noch häufiger als sonst und bedauerte sehr, daß sie sich ›zu ihrer schwerkranken Mutter‹ begeben mußte. Ihr Zug ging am Nachmittag. »Kindchen, paß gut auf dich auf«, ermahnte sie der Kommandierende.

Crusius und Erika Warnke verabschiedeten sich alsbald. Abschiedsstimmung lag ihnen nicht. Sie begaben sich in Erikas privaten Raum, wo ein opulenter Nachtisch auf sie wartete: Salami, Schinken und Käse, auf einer versilberten Kasinoplatte dekorativ angerichtet, dazu Chianti classico. Geliefert hatte diese Köstlichkeiten wie immer der Obergefreite Koralnik, der es gern hatte, wenn die beiden miteinander beschäftigt waren, statt ihm auf die Finger zu sehen.

Sie turtelten miteinander wie die Tauben und schoben sich gegenseitig delikate Happen in den Mund. Sie nannte ihn immer wieder »mein Hauptmann« und er sagte zu ihr »meine Hauptfrau«, was freilich zu der Vermutung hätte führen können, daß da noch Nebenfrauen vorhanden sein mochten.

Crusius fragte so nebenbei: »Beim Begräbnis hast du deine Blitzmädel als vollzählig gemeldet, obgleich einige gefehlt haben.«

»Ist dir das aufgefallen?« staunte sie. »Hast du dabei etwa deine Monika vermißt?«

»Aber ich bitte dich, meine Liebe!« schnappte er ein. »Wie kannst du dieses eigensinnige Kalb als meine Monika bezeichnen? Die bedeutet mir nicht das geringste, das schwöre ich dir. Ein Problem für uns könnte höchstens ihr Vater werden, der Gauamtsleiter. Der ist in seiner Position durchaus in der Lage, uns Schwierigkeiten zu machen.«

»Das wird er aber nicht«, sagte sie überzeugt.

»Was macht dich so sicher?«

»Ich habe nach reiflicher Überlegung den Vater der Hofer angerufen. Und ich muß sagen, das war ein überraschend positives Gespräch.«

»Mit welchem Ergebnis?«

»Ich habe ihm vorsichtig, aber zugleich auch angebracht deutlich klar gemacht, daß seine Tochter Monika mir Sorgen bereitet. Ich habe ihm deren Labilität geschildert, ihren Hang zur Disziplinlosigkeit, den Mangel an Zusammengehörigkeitsgefühl. Natürlich nicht, ohne ihm zu versichern, daß ich stets bemüht war und sein werde, Monika fürsorglich zu betreuen.«

»Und wie hat er darauf reagiert?«

»Dafür zeigte er dankbares Verständnis. Offenbar gehört Gauamtsleiter Hofer noch zu jenen deutschen Menschen, denen hohes Pflichtgefühl gegeben ist. Er weiß Offenheit und Aufrichtigkeit zu schätzen. Er hat mir anvertraut, daß seine Monika schon immer ein verträumtes, scheues, allzu empfindsames Kind gewesen ist; eine Einzelgängerin, die sich nur schwer an andere anzuschließen vermag. Immer wieder habe er versucht, sie mit gütiger Strenge auf den rechten Weg zu bringen. Von ihrem Dienst in Uniform habe er gehofft, daß sie sich endlich in die Gemeinschaft einfügen werde. Zum Schluß bat er mich, ihn weiterhin bei seinen Bemühungen zu unterstützen. Falls notwendig, auch mit Härte und Strenge.«

»Na, das ist doch bestens!« Crusius wirkte erleichtert. »Solange es noch Männer wie diesen Parteigenossen Hofer gibt, dürfen wir hoffen. Somit hast du also bei seiner Tochter freie Hand?«

»Habe ich – und ich werde Gebrauch davon machen.«

Was wohl ein Sieg war, der natürlich gefeiert werden mußte. Auf welche Weise am besten, machte sie ihm ziemlich handgreiflich deutlich. Sie sanken beide auf Erikas Bett. Für die nächste Nachmittagsstunde waren sie vollauf beschäftigt.

Fast zur selben Zeit durften dann auch die russischen Kriegsgefangenen ihre Toten zur letzten Ruhe betten. Als Begräbnisstätte war ihnen ein Streifen Land zwischen ihrer Baracke und dem Wäldchen zugewiesen worden. Holz für Särge bekamen sie nicht. Doch Koralnik hatte ihnen ersatzweise ausrangierte Bettbezüge zur Verfügung gestellt. In diese sackartigen Gebilde hüllten sie ihre toten Kameraden ein. Zu beerdigen waren achtzehn Leichen, fast die Hälfte aller Gefangenen in Friedrichsruh. Als die Toten in der Grube lagen, hockten sich die anderen auf die Erde um sie herum und begannen zu singen; leise, verhalten, oft nur summend. Dabei ergriff einer nach dem anderen eine Handvoll Sand, um den in das Grab zu werfen.

Dann jedoch geschah etwas Sonderbares. Zwei Mädchen kamen auf sie zu. Sie trugen Blumen, soviel sie in ihren Armen bergen konnten. Das waren Monika Hofer und Susanne Singer.

Feldwebel Wegner ging mit steifen Schritten und leeren Händen hinter ihnen her, als wolle er sie abschirmen – gegen wen oder was auch immer.

Die Russen verstummten. Regungslos, wie zu Stein geworden, saßen sie da und sahen ungläubig zu, wie Monika und Susanne an die Grube traten und Blume für Blume über die in schäbiges Leinen gehüllten Toten streuten. Auch der Feldwebel kam ans Grab, senkte den Kopf und sagte leise: »Wir sind da, um mit euch zu trauern.«

Eine Minute standen sie schweigend da. Dann sagte einer der Russen: »Spassibo – die Damen, der Herr.« Und in gut verständlichem Deutsch fügte er hinzu: »Unvergessen. Danke!«

Monika begann zu weinen. Susanne umarmte sie und zog sie mit sich fort. Anton Wegner folgte ihnen.

Das Essen im Kasino war an diesem Abend als ›Beförderungsfeier‹ deklariert. Wobei sich jedoch zeigen sollte, daß es sich abermals um ein Abschiedsessen handelte. Diesmal für den General.

Zum erstenmal seit Monaten saß Blutenberger ohne Marianne Dengler an der Stirnseite des Tisches, und sein Antlitz war umwölkt von Melancholie. Dennoch entledigte er sich seiner Pflichten weltmännisch wie eh und je.

Vor dem Fischgericht – Forelle blau – bat er um Aufmerksamkeit und sagte: »Heute vormittag hatten wir Anlaß zur Trauer, heute abend einen Grund zur Freude. Sie, lieber Crusius, sind inzwischen zum Hauptmann befördert worden. Nehmen Sie unser aller Glückwünsche entgegen.«

Crusius verneigte sich geschmeichelt und dankbar vor seinem General. Erika Warnke mußte sich beherrschen, um ihn nicht vor allen Leuten zu umarmen. Alle applaudierten; sogar Hauptmann Rommelskirchen legte seine Handflächen ein paarmal gegeneinander, wenn auch nahezu lautlos.

»Außerdem habe ich das Vergnügen«, fuhr Blutenberger fort, »unserem lieben Hauptmann Rommelskirchen und unserem bewährten Helfer in allen Nöten, Stabsarzt Doktor Säbisch, zum Kriegsverdienstkreuz Erster Klasse zu gratulieren.«

Erneut Applaus. Doch diesmal war es Crusius, der sich zurückhielt. Doch sein Gesicht hellte sich aber auf, als der

General nun doch ein weiteres, gleichfalls erstklassiges Kriegsverdienstkreuz aus seiner Tasche zog.

»Nunmehr möchte ich auch Ihnen, mein lieber Crusius, diese hohe, doch gewiß wohlverdiente Auszeichnung überreichen. Oder noch besser« – welch ein schöner ritterlicher Einfall – »sie Ihnen von holden Händen überreichen lassen.«

Erika Warnke erglühte vor Stolz, als der General ihr das Verdienstkreuz übergab. Und das heftete sie ihrem Konstantin an seine stattliche Brust.

»Erheben wir unser Glas, meine Dame, meine Herren. Trinken wir auf unser aller Wohl.«

»Und auf das des Führers!« mahnte die Warnke.

»Auch darauf, selbstverständlich.«

Der General schwenkte sein Champagnerglas in die Runde. Sie tranken. Crusius wie fast immer ex – er konnte einiges vertragen.

»Das, meine Lieben«, verkündete Blutenberger sodann, »könnte das vielleicht letzte Glas gewesen sein – vorläufig jedenfalls –, das wir miteinander leeren. Denn morgen früh werde ich mich in Marsch setzen müssen.«

»Herr General wollen uns verlassen?«

»Von wollen, mein lieber Crusius, kann keine Rede sein. Ich muß, wie gesagt. Denn nun fühle ich mich verpflichtet, ganz persönlich alle Gegebenheiten auszuloten, die uns ermöglichen, unsere Befehlszentrale wieder voll funktionsfähig zu machen. Der Kommandierende General ist diesbezüglich verständigt und hat mir seine volle Unterstützung zugesagt. Halten Sie mir die Daumen, daß es gelingt.«

»Jawohl, Herr General, das werden wir tun.« Crusius gelang es sogar, eine Art Bedauern über den Abschied des Generals mitschwingen zu lassen.

»Wieviel Zeit ich benötigen werde, kann ich nicht sagen.« Blutenberger blickte in die Weite, als ziehe er ritterlichen Abenteuern entgegen. »Doch eines weiß ich mit Sicherheit: Hier wird alles so weiterlaufen wie bisher, exakt, diszipliniert. Bis ich wieder zurück bin« – das wollte er den Anwesenden tatsächlich weismachen – »wird hier Hauptmann

Rommelskirchen in meiner Stellvertretung die Geschäftsführung des Stabes übernehmen.«

»Wird gemacht, Herr General«, bestätigte Rommelskirchen. Damit waren zwei vielleicht entscheidende Feststellungen formuliert worden: stellvertretend und geschäftsführend. Das aber hieß: mit eingeschränkten Vollmachten.

»Den stattlichen Rest erledigt Hauptmann Crusius in bewährter Weise.«

Abermals erfolgte das obligatorische: »Jawoll, Herr General.« Und Crusius fügte sogar hinzu: »Herr General können sich auf mich hundertprozentig verlassen.«

Woraufhin sich jedoch Rommelskirchen eine sarkastische Bemerkung nicht verkneifen konnte. »Was, Herr Crusius, halten Sie eigentlich von jenen Blumenovationen und Sympathiekundgebungen, deren sich die Russen erfreuen durften – die nunmehr unter Ihrer Aufsicht stehen?«

Crusius lief rot an. »Wovon reden Sie denn da, Herr Kamerad?« fragte er scharf.

»Das wissen Sie nicht?« Rommelskirchen gab sich ungemein verwundert. »Aber wenn Sie das tatsächlich nicht wissen sollten, dann brauchen Sie doch nur Frau Warnke zu fragen. Denn ihr müßte doch eigentlich bekannt sein, was da einige ihrer Blitzmädel so alles heute veranstaltet haben.«

»Darum werde ich mich kümmern«, schnappte die Warnke zu. »Und man darf mir wohl zutrauen, daß ich im Falle eines Fehlverhaltens die Konsequenzen daraus ziehen werde.«

»Das trauen wir Ihnen zu«, sagte der General mild und lächelte. Es war gar nicht schlecht, wenn Rommelskirchen, Crusius und die Warnke einander möglichst scharf auf die Finger sahen. Konkurrenz erhöht die Leistung. Oder wie sogar Lenin sagte: Vertrauen ist gut, Kontrolle ist besser.

Blutenberger erhob sich, reichte jedem die Hand, sah ihnen fest in die Augen. Und bevor er ging, sagte er: »Dann also – gute Nacht.«

9.
Immer noch besser ein Ende mit Schrecken als ein Schrecken ohne Ende

Der nächste Tag war trüb. Schwere Wolken hingen am Himmel. Die Temperatur war erheblich gesunken, doch es herrschte Windstille, wie Ruhe vor dem Sturm.

Für die Blitzmädel Hofer und Singer allerdings war eine Art Sturm bereits losgebrochen. Noch in der vergangenen Nacht hatte sie die Warnke ins Verhör genommen. Und diese doch wohl als »volksfeindlich« zu bezeichnenden Elemente hatten tatsächlich zugegeben, und das noch mit frecher Stirn, daß sie den toten Russen Blumen ans Grab gebracht hatten.

»Wie könnt denn ihr als deutsche Mädel euch herablassen, den Feinden unseres Volkes eine solche Ehre zu erweisen?« hatte die Führerin getobt.

Darauf hatte Monika Hofer ganz ruhig gesagt: »Diese Männer sind von amerikanischen Bomben getötet worden – wie unsere Soldaten und unsere Freundinnen. Die gehören mithin zu unseren Toten – in denen kann ich keine Feinde sehen.«

Diese Mädel, erkannte die Warnke, waren derartig schwer belehrbar, daß sie wohl ausreichend Zeit zum Nachdenken erhalten mußten. Also übertrug sie ihnen das ›Toilettenamt‹, die Reinigung der Klos mit Lappen, Bürsten und Chemikalien. Gestank gegen Gestank. »Damit fangt ihr sofort an!«

Diese Arbeit dauerte bis nach Mitternacht. Und die Warnke kontrollierte mehrmals, ob auch alles blitzsauber war. Dabei fragte sie: »Solltet ihr inzwischen eingesehen haben, wie ungemein schädlich ihr euch daneben benommen habt?«

»Ich«, sagte Monika Hofer, »habe mir nichts vorzuwerfen.«

Und Susanne Singer blieb gleichfalls fest: »Ich mir auch nicht.«

»Dann muß ich euch eben aus erzieherischen Gründen zur Stallwache einteilen – bis morgen früh«, entschied die Führerin. ›Stallwache‹ bedeutete, daß sie in der Baracke der Blitzmädel für Ruhe und Ordnung zu sorgen hatten; Lampen ausschalten, Wasser abstellen, Verdunkelungseinrichtungen überprüfen, etwaige männliche Eindringlinge vertreiben, weibliche Ausflüge verhindern.

»Diese Kuh kann mit uns machen, was sie will; mich kriegt sie nicht klein«, versicherte Susanne Singer.

»Und mich«, ergänzte Monika Hofer, »lassen ihre Schikanen reichlich gleichgültig.«

»Die wird uns im Lauf der Nacht ganz sicherlich noch ein paarmal kontrollieren. Jeweils eine von uns könnte jedoch ein Nickerchen machen. Willst du, Monika? Ich paß schon auf, daß sie dich nicht erwischt.«

»Ich bin nicht müde, Susanne. Ich bin hellwach.«

Sie hielten gemeinsam durch. Das zumal, weil dabei der Gefreite Helmreich für einige Abwechslung sorgte. Er brachte Sonnenschein in seine Nächte; etwa dadurch, indem er Mädchen, die sich freigestrampelt hatten, fürsorglich wieder zudeckte. Auch bot er Monika und Susanne an, für sie Wache zu halten; was sie jedoch ablehnten.

Auch Koralnik ließ es sich ebenfalls nicht nehmen, sie zu besuchen. »Ich gedenke mich an eurem Anblick zu weiden«, sagte er augenzwinkernd. Denn sonderlich dekorativ sahen die beiden Mädel jetzt wirklich nicht aus. Weisungsgemäß hatten sie ihre Haarflut unter Kopftüchern verborgen und sich in plumpe Monteuranzüge gehüllt.

»Wißt ihr, wie ihr ausschaut, meine Damen?« fragte Koralnik munter. »Wie verhinderte Mannweiber.«

Das hätte er nicht sagen sollen. Sofort flog ihm ein Scheuerlappen an den Kopf. Er lachte. »Immerhin habe ich unserem Freund Anton euren Anblick erspart. Der läßt übrigens schön grüßen. Unser Traumtänzer wünscht Madonnen zu erblicken, keine Nebelkrähen.«

»Du jedenfalls, Konrad, kannst einen derartigen Anblick mühelos ertragen, was?«

»Weil ich mich auf die Zukunft vorbereite, verehrte Susanne. Dabei sehe ich Berge von Schutt auf uns zukommen. Es wird mächtig stauben, bis Haare zu Filz werden und Gesichter zu Masken. Und selbst die größten Lackaffen werden dann aussehen wie Streuner. Doch ihr werdet sagen können, daß ihr so was bereits schon geprobt habt.«

Das war – nach dem anstrengenden Tag und angesichts der vor ihnen liegenden langen Nacht – eine nahezu fröhliche Viertelstunde. Zumal Koralnik eine seiner Thermosflaschen mitgebracht hatte, die er ihnen kameradschaftlich überließ. Sie war mit duftendem Kaffee gefüllt.

Die letzten Stunden ihrer ›Stallwache‹ drohten sich dann allerdings schier ins Endlose auszudehnen. Die Mädchen verspürten bleierne Schwere in allen Gliedern, und das Weiße in ihren Augen begann rötlich zu schimmern. Doch als die Lautsprecher das Signal zum Wecken gaben, fühlten sie sich wieder wach und munter. Sie glaubten, daß sie nunmehr das Schwerste überstanden hatten...

Auch für Erika Warnke war diese Nacht ziemlich anstrengend gewesen, wenn auch auf wesentlich andere Weise. Sie hatte weiter gefeiert, mit Konstantin Crusius im Bett. »Nimm mich, mein Hauptmann!« hatte sie gerufen.

Ihr Wunsch war ihm Befehl gewesen.

Ihrem intensiven Training in Leibesertüchtigung verdankte es Erika, daß sie am Morgen trotzdem voll einsatzfähig war. Sie wusch sich und ihren Konstantin mit eiskaltem Wasser ab. Zusätzlich besprühten sie sich gegenseitig mit Kölnisch Wasser. Nun kamen sie sich wohl lebensbornfrisch vor.

Und weil sie doch nun ein Herz und eine Seele und mehr waren, tauschten sie ihre Bademäntel: Sie zog seinen an, er ihren – welch neckischer Einfall! In dieser Aufmachung setzten sie sich aufs Bett und verspeisten die nicht geringen Reste der von Koralnik angelieferten italienischen Spezialitätenplatte. Dabei versäumte es Erika nicht, ihren Hauptmann mit den neuesten Erkenntnissen zu versorgen, welche sie durch die Lektüre weltanschaulicher Schulungshefte gewonnen hatte.

Dabei ging es um die Lehren, die aus den Kriegen Friedrichs des Großen zu ziehen waren. Der hatte in drei Kriegen einer Welt von Feinden getrotzt! Im Siebenjährigen Krieg lag er schon beinahe am Boden. Er hielt trotzdem durch. Wurde durch den Sieg belohnt.

»Der große Friedrich«, wußte Crusius, »war wie Adolf Hitler. Und wie es Friedrich mit seinen Preußen tat, so wird auch der Führer dem Großdeutschen Reich zum Sieg verhelfen.«

So rüsteten sich die beiden beim Frühstück gegenseitig moralisch auf. Und das, während bereits die Russen vor Berlin und die Amerikaner an der Elbe standen. Zum Abschluß machte Crusius dann der Warnke sogar den Vorschlag: »Ich würde es sehr gern sehen, wenn du fortan im Lager die gesamte weltanschauliche Schulungsarbeit übernimmst. Also auch bei meinen Soldaten.«

»Das traust du mir zu, Konstantin?« fragte sie entzückt.

»Ohne weiteres, Erika. So was will mir als sinnvolle Arbeitsteilung erscheinen. Du kümmerst dich um alle anfallenden weltanschaulichen Belange; während ich unsere Soldaten und deine Mädel im Kriegshandwerk weiterbilde.«

Erika erglühte vor Begeisterung. Konstantin war ans Fenster getreten und sah zum Schlößchen hinüber. Dort war die schwere Limousine des Generals vorgefahren. Ordonanzen verstauten drei größere und zwei kleinere Koffer.

»Komm her, meine Liebe!« sagte Crusius. »Das ist ein Anblick, den du dir nicht entgehen lassen solltest.«

In Tuchfühlung mit ihrem Hauptmann beobachtete sodann die Warnke, wie der General auf sein Fahrzeug zuschritt; dabei lediglich von seinem Adjutanten Rommelskirchen begleitet. Nur noch ein Händedruck. Dann stieg Blutenberger ein – und fuhr ab.

»Da geht der also hin und singt nicht mehr!« sagte Crusius. Das sollte belustigt klingen; der Warnke jedoch war es gegeben, den grimmig-entschlossenen Unterton zu vernehmen.

Crusius stieg in seine Uniform. Als er das Koppel umlegte, sagte er: »Nunmehr, meine Erika, ist unsere Stunde gekommen. Jetzt geht es hier los!«

Hauptmann Konstantin Crusius, in voller Uniform mit Feldmütze, Leibriemen und Handfeuerwaffe, zögerte nunmehr nicht länger, seine Entschlossenheit zur Aktion zu beweisen. Um damit auch sein enormes theoretisches Wissen – schließlich war er ein großer Taktiker – in praktisches Können umzumünzen. Er hatte seine Pläne gut durchdacht, voll erarbeitet und mehrfach verfeinert.

Er befahl Hauptfeldwebel Himmelsheimer zu sich, um anzuordnen: »Nahverteidigungsplan A – Stufe eins! Vorbereitende Maßnahmen für den Ernstfall, der nunmehr jederzeit zu erwarten ist.«

»Zu Befehl, Herr Hauptmann!« bestätigte Himmelsheimer.

»Uhrenvergleich! Jetzt ist es genau neun Uhr fünfunddreißig... nein, bereits sechsunddreißig.« Inzwischen waren knapp zwanzig Minuten vergangen, seitdem der General sein Kampfentallager verlassen hatte. »Pünktlich zehn Uhr dreißig wünsche ich alle zu diesem Bereich gehörenden Leute versammelt zu sehen – auf dem Appellplatz.«

»Alle, Herr Hauptmann?«

»Sie hören wohl schlecht? Wenn ich sage alle, dann meine ich auch alle. Abgesehen von den eingeteilten Wachmannschaften haben sich hier sämtliche herumschleichenden Personen einzufinden. Ohne Ausnahme! Ausreden gibt es nicht. Entschuldigungen werden nicht anerkannt. Jede sonstige Dienstbereitschaft, und egal, ob in der Küche, im Krankenrevier oder sonstwo, wird unterbrochen. Eine Anordnung, die gleichermaßen für das männliche wie für das weibliche Personal Geltung hat. Verstanden?«

»Jawoll, Herr Hauptmann!« röhrte der Hauptfeldwebel.

»Inzwischen bereiten Sie die Ausgabe von Waffen und Munition vor; genauso, wie wir das bereits gestern geübt haben. Ich erwarte, daß das ohne Komplikationen klappt – wie am Schnürchen. Dabei hat jeder sein Bestes zu geben. Wer sich jetzt nicht am Riemen reißt, dem wird die Luft abgeschnürt. Durch mich. Klar? Also weggetreten!«

Himmelsheimer salutierte. Preschte davon. Durchaus gewillt, einen Befehl exakt weiterzugeben; sich also keinesfalls auf Diskussionen einzulassen.

Doch bereits bei diesem zivilistisch eingeteilten Feldwebel Wegner ergab sich die erste Hürde. »Für mich dürfte diese Anordnung wohl kaum zutreffen«, sagte er nämlich. »Denn ich befinde mich mit mir zugeteilten Leuten auf Störungssuche. Damit sind wir rund um die Uhr voll beschäftigt.«

Doch mit so was durfte man Himmelsheimer nicht kommen. »Keine Sonderbratwurst!« schrie er. »Jeder Schwanz hat da zu sein. Also hast auch du gefälligst anzutanzen.«

»Willst du etwa die Verantwortung dafür übernehmen«, konterte Wegner, »daß dabei eine wichtige, mir vom General zugeteilte Aufgabe unterbrochen oder gar blockiert wird?«

»Mensch, Wegner, du hast da wohl den Arsch offen? Was versuchst du mir da unterzujubeln? Das ist doch ein eindeutiger Befehl. Wenn dir das nicht paßt, kannst du das ja dem Hauptmann sagen – falls du dich traust.«

Ohne die Antwort abzuwarten, sauste er weiter. Wobei er mitten in einer Auseinandersetzung landete – zwischen der Mädelführerin Warnke und einigen ihrer gackernden Hühner. Dabei goß er mit seinem Befehl, zum Appell zu erscheinen, nur Öl ins Feuer.

Wiederum führte hier Susanne Singer das große Wort. Sie behauptete: »Nach den Richtlinien für die Dienstgestaltung der Wehrmachtshelferinnen ist eine Ausdehnung von Einsätzen über zwölf Stunden unmittelbar nacheinander zu vermeiden.«

»Aber wir sind jetzt nahezu vierundzwanzig Stunden fast pausenlos beschäftigt worden«, ergänzte Monika Hofer diesen Protest. »Wir sind todmüde.«

Mädelführerin Warnke drohte nun sozusagen aus allen Nähten zu platzen, als sie schrie: »Ausgerechnet ihr beide habt es nötig, mich belehren zu wollen! Solch ein disziplinloses Geschwätz verbitte ich mir! Wir befinden uns hier nicht in einem Ferienheim, sondern im Kriegseinsatz für Führer und Vaterland. Die von euch ausgekramten Vorschriften gelten für den Normalfall – aber nicht, wenn der Feind im Anmarsch ist. Also – weiter kein Herumgerede. Um zehn Uhr dreißig ist hier Appell für alle – und dann will ich meine Mädel tipptopp in Form sehen!«

So geschah es auch. Punkt 10 Uhr 30 war der ganze Verein angetreten, die Soldaten rechts, die Blitzmädel links. Vor der Front: Hauptmann Crusius. Und der versuchte seiner Stimme einen feurigen, mitreißenden Klang zu geben:

»Soldaten! Deutsche Mädel!! Die Stunde der Entscheidung ist nun bald gekommen. Die Front rückt näher, Tag für Tag. Taktisch geniale Ausweichmanöver unserer Truppen lassen es möglich erscheinen, daß wir in absehbarer Zeit Feindberührung haben. Dann werden wir beweisen, daß wir bestens vorbereitet sind und uns vom Gegner nicht überrollen lassen. Nunmehr werden, und zwar jetzt gleich, Waffen ausgegeben. Jeder Soldat erhält eine Maschinenpistole und sechs Handgranaten, jede Gruppe ein Maschinengewehr. Die Wehrmachtshelferinnen werden mit Handfeuerwaffen und je drei Handgranaten ausgerüstet. Ab sofort gehören diese Waffen zur ständigen Ausrüstung und sind vorbildlich zu pflegen.«

»Stillgestanden!« befahl Himmelsheimer auf einen Wink von Crusius. »Zum Waffenempfang – wegtreten!«

Anschließend formierten die Gruppenführer ihre Leute, während die Warnke bemüht war, ihre Blitzmädel unter Kontrolle zu bringen. Sodann begaben sich alle Abteilungen einigermaßen wohlgeordnet zum Waffen- und Munitionsbunker. Um schließlich nach erfolgter Großbewaffnung wieder auf dem Appellplatz anzutreten.

Wie Lasttiere standen sie da. Maulesel in Uniform. Und der Hauptmann schien sie wie ein Viehhändler zu betrachten, kurz vor der Versteigerung.

»Steht nicht herum wie müde Enten!« rief er ihnen zu. »Ihr seid Soldaten und keine Waschlappen. Jetzt geht es erst richtig los mit der totalen Einsatzbereitschaft. Und die muß geübt und geübt und geübt werden! Noch gibt es keine Lorbeeren, auf denen ihr euch ausruhen könnt.«

Nach kurzer Vorbesprechung mit den Unterführern und der Mädelführerin Warnke wurden sodann die für den Ernstfall vorgesehenen Stellungen bezogen. Hauptgruppe eins hatte den Auftrag, die Hauptstraße Nord und Nordwest zu sperren. Hauptgruppe zwei war eingeteilt als Einsatzreserve und Minenkommando. Hauptgruppe drei schließlich sollte das südlich abfallende Hügelgelände besetzen, und zwar vom Wald an bis zu der breiten Straße.

Doch eben dieses Gelände würde der Feind voraussichtlich für den Anmarsch benutzen; das bot sich geradezu dafür an. Sollte sich diese Erwartung bestätigen, was Crusius mit Sicherheit erwartete, dann ergab sich die Möglichkeit, dank dieser strategisch glänzend gewählten Stellung den gegnerischen Aufmarsch zu verzögern, wenn nicht gar zu durchkreuzen. In diesem Fall rechnete der Hauptmann, als für den Einsatz verantwortlicher Offizier, mit einer hohen Auszeichnung.

»Gruppe eins«, ordnete der Hauptmann an, »wird von Hauptfeldwebel Himmelsheimer befehligt, Gruppe zwei von Feldwebel Wegner, Gruppe drei von Feldwebel Schwarzkopf mit Unterstützung durch Mädelführerin Warnke.«

Die dritte Gruppe war die wohl wichtigste der ganzen Aktion; sie hatte bei kommenden Kampfhandlungen die Hauptlast zu tragen; mithin war sie auch zahlenmäßig die stärkste. Bestehend aus 22 Soldaten und 32 Blitzmädel. Ausgerüstet mit 8 Maschinengewehren, 36 Panzerfäusten, 27 Maschinenpistolen, 120 Handgranaten und einer großen Menge Munition. Eine beachtliche Feuerkraft konnte damit entwickelt werden.

»Sämtliche Gruppen begeben sich unverzüglich in ihre Ausgangsstellungen«, befahl Crusius. »Gruppe drei wird von mir persönlich eingewiesen. Nehmt Waffen auf! Dabei müßt ihr euch daran gewöhnen, die Lasten richtig zu verteilen; sobald ihr auch das noch kapiert habt, werden sie euch kaum schwerer vorkommen als ein Brotbeutel voller Fressalien... Und jetzt marsch! Folgt mir, Männer und Mädel!«

Der Hauptmann persönlich setzte sich mit Feldwebel Schwarzkopf an die Spitze der leicht schwankenden Kriegerkarawane mit der Nummer drei. Den Schluß bildete Mädelführerin Warnke. Es sah aus, als treibe sie eine Herde Kamele vor sich her. Mit stampfenden Füßen und zumeist gleichgültigen Gesichtern latschten die Soldaten und Blitzmädel durch das Waldgelände. Nach etwa 800 Metern erreichten sie das

Hügelgelände Süd. Von dort aus war die breite Straße – der vermutliche Vormarschweg des Feindes – voll einzusehen.

»Halt!« rief Crusius. Forschend blickte er sich um und bemerkte genau das, was er vorausgesehen hatte: Die Blitzmädel und einige der Soldaten machten unverzüglich Anstalten, sich von ihren Lasten zu befreien.

»Ich habe ›Halt‹ gesagt«, rief er ihnen zu, »aber keine Marscherleichterung befohlen!«

»Packt gefälligst alles wieder auf!« tönte nun auch die Warnke. Ein eindeutiger Befehl, der befolgt wurde mit unwilligem Gemurmel, das schnell wieder verstummte.

Der Hauptmann hielt es für angebracht, sich jetzt jovial zu geben. Er baute sich vor den Wehrmachtshelferinnen auf, die zum Teil schon ziemlich mitgenommen aussahen. »Ich bin wahrlich kein Unmensch, Mädel!« erklärte er. »Meine Männer wissen das – ihr könnt euch bei ihnen erkundigen. Am liebsten würde ich euch zurufen: Werft euren Ballast ab, macht es euch bequem, streckt die Beine aus! Aber das geht leider nicht. Denn jetzt müssen wir einsatzbereit sein. Nun seid auch ihr Soldaten im großen Gemeinschaftskampf unseres deutschen Volkes.«

Dann weiter, ganz sachlich. »Seht euch das Gelände an, zwar haben wir hier bereits geübt, aber inzwischen sind die Stellungen noch wesentlich erweitert und ausgebaut worden. Macht euch mit allen Einzelheiten vertraut, ganz gründlich. Jetzt müßt ihr jeden Meter davon kennenlernen, daß ihr euch auch bei Dunkelheit mühelos zurechtfinden könnt. Von solchen Kenntnissen kann der Sieg über den Feind abhängen – und euer eigenes Leben!«

Als sich Crusius sodann zur Gruppe zwei begab, um auch dort nach dem Rechten zu sehen, glaubte er seinen Augen nicht zu trauen. Diese Kerle, unter dem Befehl von Feldwebel Wegner, standen noch immer am Waffen- und Munitionsbunker herum. Offenbar schienen sie keinerlei Anstalten zu machen, irgendwas zu unternehmen.

»Was ist denn los, Mensch!« brüllte der Hauptmann den Feldwebel an. »Wollen Sie warten, bis Ihnen die Beine in den

Bauch wachsen? Warum sind die Minen noch nicht ausgelegt?«

»Weil ich nicht alle Aufträge gleichzeitig ausführen kann, Herr Hauptmann«, erwiderte Wegner, wobei er den Eindruck eines störrischen Maulesels machte. »Nach Ansicht des Herrn Generals hat die Wiederinstandsetzung der Befehlszentrale absoluten Vorrang.«

»Sie haben wohl Triefaugen, was?« erboste sich Crusius. »Nun blicken Sie sich doch mal genau um, Sie übergescheiter Nachrichtenvogel! Können Sie irgendwo einen General erkennen? Sense! Aber wen können Sie in voller Lebensgröße vor sich sehen? Mich, Sie Arschgeige. Hier habe ich das Kommando, sonst keiner. Verstanden?«

»Aber...«

»Halten Sie Ihre vorlaute Fresse, Feldwebel! Ich habe einen klaren und eindeutigen Befehl erteilt, und den haben Sie auszuführen; vorbehaltlos, ohne Wenn und Aber. Wenn Sie also nicht sofort abziehen mit Ihren Leuten, stelle ich Sie vor ein Kriegsgericht. Klar?«

Anton Wegner versuchte so was wie Haltung anzunehmen. »Jawoll, Herr Hauptmann!«

»Dann also los! V-Plan, Stufe zwei. Anbringung einer dreifachen Minensperre. Die erste unmittelbar vor der nördlichen Zufahrt zu unserem Lagerbereich – dort, wo die alte, angeblich hundertjährige Tanne steht. Das ist die wichtigste Position. Und nun traben Sie endlich an! Oder wollen Sie noch eine schriftliche Einladung?«

Der Feldwebel salutierte und verzog sich mit acht ausgesuchten Leuten. Drei von ihnen trugen die hochexplosiven, allerdings noch nicht scharf gemachten Tellerminen mit einer geradezu rührenden Behutsamkeit, als hätten sie leicht zerbrechliches Glas zu transportieren. Die anderen schleppten Kabeltrommeln, Werkzeuge und sonstiges Zubehör zur Jahrhunderttanne bei der Einfahrtsstraße, etwa 150 Meter vor dem Lagertor.

Dieser einsam dastehende Baum war ein mächtiges Gebilde, hoch zum Himmel aufragend und zugleich mit knorrig verknäulten Armen unbarmherzig an die Erde gefesselt, von

Blitzeinschlägen schwer verwundet und doch niemals bereit, einfach abzusterben. Seine wuchtig hervorquellenden Wurzeln schienen die Straße, neben der er über die Zeiten hinweg Wache gehalten hatte, noch im Todeskampf aufreißen, zerspalten, zerstören zu wollen.

Während Feldwebel Wegner mit seinen Männern zu werken begann – Abmessungen, Anpassung von Holzlatten, Erdausgrabung –, kreuzte unvermutet der Obergefreite Koralnik auf. »Sieh da, sieh da«, rief er, »auch du, mein Sohn Antonius, bist unter die Mitläufer gegangen. Kommt dich nicht das große Kotzen an?«

»Du kannst mich mal kreuzweise«, brummte Anton Wegner; »und wenn du noch lauter deine vaterlandsfeindlichen Parolen in die Gegend schmetterst, wirst du wohl bald als Weihnachtsgans in einem KZ schmoren oder als Schießscheibe in einer Strafkompanie landen.«

»Jedenfalls« feixte Koralnik, »finde ich es sehr eindrucksvoll, wie du für unseren großen Helden der letzten Stunde Minensperren errichtest.«

»Immerhin besser, als ihn mit Fressalien zu versorgen«, konterte der Feldwebel.

Er ließ sich dann ohne Gegenwehr von dem Obergefreiten etwas zur Seite ziehen; damit wohl garantiert keiner der anderen Soldaten mithören konnte. Koralnik war ernst geworden: »Mensch, Freund Anton, verstehst du denn nicht? Fressen und Saufen muß immer sein, im Krieg und im Frieden. So was geht rein und kommt wieder raus, und dann ist's auch noch schön gewesen. Aber scharfe Minen auf die Straße zu legen – das halte ich für mehr als gefährlich.«

»Wir montieren sie ja vorerst nicht direkt auf, sondern neben der Straße. Da wird garantiert keiner hintreten, weil ja eben die Straße existiert. Und schließlich wird sich auch keiner auf eine Mine stellen, um diesen Riesenbaum anzupissen – denn wenn's erst mal hart auf hart geht, ist zum Pissen keine Zeit. Dann kann man sich höchstens noch in die Hosen machen. Was wir hier fabrizieren, ist doch sowieso bloß Spielerei. Oder glaubst du, daß wir mit einem solchen Feuerwerk die Amerikaner auch nur eine einzige Stunde aufhalten können?«

»Da unterschätzt du aber unseren Hauptmann«, entgegnete Koralnik. »Für den ist jetzt der Augenblick der Bewährung gekommen. Was glaubst du denn, was der hier aufzuführen beabsichtigt?«

»Nun ja«, gab der Feldwebel zu, »der wirkt neuerdings ganz schön enthemmt und träumt offenbar vom großdeutschen Heldentum. Aber von dem, was da nun wirklich auf uns zukommt, hat er nicht die geringste Ahnung. Der weiß ja nicht mal, wie eine Mine funktioniert. Der ordnet einfach irgendwas an und schwelgt in seinen eigenen Befehlen wie eine Sau, die sich genußvoll im Schlamm wälzt. Der spinnt – na, was soll's?«

»Das ist kein kleiner Spinner – der ist ein Verrückter, der vom Heldenkoller befallen wurde; und so was ist schlimmer und gefährlicher. Hör dir nur mal seine Stimme an; der produziert ja auf einmal schrille Schreitöne nach höchstem Vorbild. Und hast du seine Augen gesehen? Die leuchten nicht, die glitzern kaum mehr – die fangen an zu flackern wie Feuer im noch feuchten Stroh. Der ist unberechenbar geworden!«

»Das zuzugeben, fällt mir gar nicht leicht – aber du hast recht. Doch was willst du dagegen machen? Ihm was ins Fressen geben, damit er die große Scheißerei bekommt? Wird kaum gelingen. Oder sollen wir uns dem sozusagen mannhaft entgegenstellen? Das wäre glatter Selbstmord; und wir sind keine Idioten. Vielleicht aber – können wir Hauptmann Rommelskirchen einschalten?«

»Aber doch nicht den! Der hält sich ganz bewußt aus der Schußlinie«, winkte Koralnik ab. »Der wartet auf einen Anruf seines Generals, der vermutlich nie mehr kommen wird. Inzwischen verwaltet er die Stabsakten, frißt, säuft und pennt sich durch die letzten Stunden. Den können wir abschreiben.«

»Mithin ist alles aussichtslos.«

»Nicht unbedingt alles. Nehmen wir doch mal an, daß wir dazu entschlossen sind, Hitlers gläubigsten Helden das Handwerk zu legen. Dann ließe sich ein Weg finden. Was hältst du denn davon: du legst ihm eine der Minen unter seinen Heldenarsch; wodurch der garantiert in seinen tausendjährigen Himmel hineingesprengt werden würde. Nur ein Knall – und all unsere Probleme wären gelöst.«

Anton Wegner starrte seinen Freund ungläubig an. »Sag mal – bist du verrückt?«

»So ungefähr«, nickte Koralnik. »Anders kommen wir hier nicht weiter. Wer jetzt noch normal reagieren will, provoziert damit sein eigenes Todesurteil. Entweder du bist verrückt – oder du kratzt ab, unter den flatternden Fahnen der radikalen Endsieger.«

»Mag ja sein«, erklärte Feldwebel Wegner. »Aber trotzdem kann ich nicht einfach in eine andere Welt rüberspringen. Ich bin kein Mörder.«

»Also doch ein Arschloch«, stellte der Obergefreite Koralnik fest. »Ein Arschloch unter vielen anderen. Aber das wirst du bereuen. Denn sobald Crusius Arschlöcher wittert, wird er sie aufreißen – bis zum Stehkragen.«

Und in der Tat: Crusius wollte alle sich ihm darbietenden Arschlöcher aufreißen, vor allem, als er sich nun wieder seinem ›Hauptverteidigungsgebiet‹ näherte, also dem Südhügelgelände. Was er dort entdeckte, durfte einfach nicht wahr sein. Weder ein Soldat noch eine Nachrichtenhelferin seiner wichtigsten Gruppe drei konnte er erblicken. Die hatten sich verkrochen, hinein in die ausgehobenen Deckungslöcher.

Bevor er noch diesen undisziplinierten Haufen wirksam aufscheuchen konnte, kam hinter einer südwärts stehenden Baumgruppe die Mädelführerin Erika Warnke hervor. Sie schien völlig aufgelöst zu sein und meldete: Die Soldaten hätten sich selbständig gemacht, und zwar gemeinsam mit den Blitzmädel. Alsbald habe dann, sozusagen von Deckungsloch zu Deckungsloch, ein munteres Treiben begonnen. Und dabei hätten sich gar einige der Männer erfrecht, unter den Zurufen und dem aufmunternden Gelächter der Mädel stehend freihändig in die Gegend zu pinkeln. Ihre, Erika Warnkes Befehle, hätten sie nicht gehört – oder vielmehr wohl absichtlich überhört.

»Und wo befindet sich der von mir eingesetzte Feldwebel Schwarzkopf?«

»Irgendwo. Vermutlich liegt der besoffen in irgendeinem Loch. Ob noch dazu mit einem der Mädel, weiß ich nicht.«

Hauptmann Crusius vermochte seinen Zorn über derartige Zustände nur mühsam zu unterdrücken. Seine Hände bebten wie letzte Flügelschläge vergifteter Tauben. Seine Augen verengten sich zu schmalen Schlitzen: in diesem Augenblick erinnerten sie an mit Tarnkappen überzogene Autoscheinwerfer in tiefer Nacht. Dunkel drohend verkündete er: »Das werde ich jetzt mal persönlich in die Hand nehmen.«

Schrill wie Sirenengeheul fetzte seine Stimme über das Gelände: »Achtung! Die Truppe hört auf mein Kommando!«

Es glich den Zeitrafferaufnahmen in einem Naturfilm, der das Erblühen von aus dem Boden schießenden Blumen im Frühling verkürzt darstellen will, als sich nunmehr die Soldaten und Nachrichtenhelferinnen aus ihren Schlupflöchern erhoben, um dann, halb erstaunt, halb unmutig, den plötzlich aufgetauchten Störenfried anzustarren.

»Der ganze Haufen versammelt sich hier bei mir!« rief der Hauptmann mit klirrendem Kasernenhofton.

Gehorsam, wenn auch äußerst widerwillig, trotteten nunmehr die Leute mit ihrem Kriegsgerät herbei, bis hin zum Waldrand. Störrischen Eseln gleich, die nur allzu bereit waren, ihr Gepäck von sich zu strampeln. Sie stellten sich vor Crusius auf.

Der Hauptmann wartete scheinbar gelassen, bis der letzte Soldat und das allerletzte Blitzmädel herbeigewankt waren. Dann jedoch explodierte er in einem einzigen erschreckenden Schrei: »Ein Sauhaufen!«

Wobei er zunächst einmal dieses aufschreckend gedachte Wort gewissermaßen im Raum stehen ließ. Er machte eine längere Pause – wohl ganz nach dem Vorbild seines verehrten Führers Adolf Hitler. Auch der pflegte seine großen Reden mit den kurzen Worten »Volksgenossen! Volksgenossinnen!« und durch überlange Ruhepunkte auf raffinierte Weise zu steigern.

In seiner Pause musterte Crusius den traurigen Endsieghaufen mit einem kalten Blick der Verachtung. Um dann in kurzen, abgehackten Sätzen fortzufahren: »Wie Schleimscheißer und Bettpisser habt ihr euch benommen. Ihr seid keine Soldaten und Wehrmachtshelferinnen, sondern Rotzbengels und Marktweiber. Das aber sind eines deutschen Soldaten unwürdige Zustände, die ich nicht zu dulden gedenke. Hier findet kein munteres Kantinentreiben statt, sondern eine Kriegsübung. Dabei geht es um Leben und Tod, um das Schicksal unseres Volkes. Habt ihr das immer noch nicht begriffen?«

Wieder machte er eine Pause, fast so, als versuche er Widerstand zu provozieren. Falls dabei jemand aufmucksen sollte, wäre das eine gute Gelegenheit, den zurechtzustauchen. Abschreckende Beispiele waren wirksam.

Hier jedoch war offenbar niemand gleich so dämlich, in die Falle zu tappen. Worüber der Hauptmann sichtlich enttäuscht war. Doch keinesfalls entmutigt, befahl er nun: »Diese Übung beginnt noch einmal von vorn. Nunmehr jedoch mit scharfer Munition. Paßt also auf eure müden Knochen auf. Handgranaten griffbereit! Maschinenwaffen entsichern! Annahme dabei: Der Feind hat sich in Straßennähe eingenistet, versucht von dort aus eine Vorwärtsbewegung auf uns zu. Wir jedoch drängen ihn ab, südwärts. Unsere Männer voran; die ebnen mit Handgranaten und MG-Feuer den nachdrängenden Wehrmachtshelferinnen den Weg. Also los!«

So blieb dieser Truppe nichts anderes übrig, als sich in Bewegung zu setzen. Erste Handgranaten wurden geworfen, doch ohne sonderlichen Schwung. Ein Maschinengewehr bellte auf; eine müde Salve, die sich reichlich kläglich anhörte. Lustlos schlichen die Soldaten und die Mädel durch die Gegend.

»Denen werde ich jetzt mal Beine machen!« schrie der Hauptmann erregt. Er zog seine Pistole, sprang den müden Kriegern hinterher. Wobei er möglicherweise an seine Offizierskameraden vor Verdun dachte. Die hatten damals ihre zögernden Helden mit scharfer Munition ›angefeuert‹ nach dem ehernen Motto: Wer nicht freudig bereit ist, auf dem

Feld der Ehre zu fallen, der verdient nichts anderes, als elendiglich abgeknallt zu werden.

So feuerte nun auch Crusius das Magazin seiner Pistole leer, beherrscht gezielt: seine Kugeln schlugen nur wenige Zentimeter neben den dahinschleichenden Füßen einiger Soldaten ein. Worauf diese lahmen Typen plötzlich anfingen zu laufen wie aufgescheuchte Hasen. Und damit kam erhebliche Bewegung in den ganzen Verein. Staub wirbelte auf, Handgranaten krepierten, MGs schossen sich heiß.

Erika Warnke war begeistert. »Die hat mein Konstantin voll im Griff!« ereiferte sie sich.

Da kamen Rufe aus der Mitte des Geländes: »Ein Mann ist verwundet... Ein Verwundeter!«

»Feuer einstellen! Alles geht in Deckung!« befahl der Hauptmann. »Der Verwundete zu mir!«

Ein Gefreiter wieselte leicht taumelnd herbei und meldete mit Ehrenbezeigung: »Zur Stelle, Herr Hauptmann!«

Sein linker Oberarm war von einem Splitter oder Querschläger getroffen worden. Die Wunde blutete stark. Sie mußte ziemlich schmerzen. Doch dieser Mann – er hieß Seibold – hielt sich tapfer. Bravo!

»Das kommt nun mal davon, wenn ihr Kerle eure neugierigen Schnauzen vorstreckt, also nicht voll in Deckung geht«, scherzte Crusius betont männlich. »Dabei hast du ja gerade noch mal Glück gehabt, Kamerad. Keine edlen Körperteile verletzt. Denn was ist schon so ein linker Arm? Zum Saufen und Fressen brauchst du doch nur den rechten – oder?«

»Jawoll, Herr Hauptmann!« stotterte der Gefreite. Er war kreidebleich und drohte zusammenzusacken.

»Auf schnellstem Weg ab mit dem – ins Krankenrevier!« ordnete Crusius an. Und die herbeigeeilte Erika Warnke beorderte zwei Nachrichtenhelferinnen zu sich. »Ihr geleitet den Soldaten zu Doktor Säbisch. Worauf ihr dann sofort hierher zurückkommt.«

Und seinen von abseits zuschauenden Kameraden rief der Hauptmann zu: »Gafft hier nicht in die Gegend wie Hornochsen! Wir machen so weiter, bis alles klappt – und zwar hundertprozentig.«

Inzwischen war es bereits 16 Uhr 30. Später Nachmittag. Was war hier nun weiter zu machen? Oder mußte man weitermachen, ›bis alles in Scherben fällt‹.

»Dicker jedenfalls kann hier die Scheiße kaum noch werden«, sagte der Obergefreite Koralnik zu Feldwebel Wegner. Woraufhin sich beide entschlossen, bei Hauptmann Rommelskirchen zu protestieren. Und zwar gegen die nach ihrer Meinung sinnlosen Kriegsspielereien eines verrückt gewordenen Crusius.

Als die beiden dort eintrafen, sahen sie Rommelskirchen im Kampfentalschlößchen dahocken, am Schreibtisch des verschwundenen Generals. Vor ihm lagen Stapel von Akten. Daneben stand eine Flasche Rotwein, Burgunder. In der Hand hielt er ein offenbar ständig nachgefülltes Glas. Mit dem stets verzeihungsbereiten Lächeln eines vom Alkohol beschwingten Menschen blinzelte er den Ankömmlingen entgegen. Um sie dann zu fragen, wobei er nur mühevoll ein Lallen zu unterdrücken vermochte: »Was wollen Sie hier, Koralnik? Mich betreuen? Das... das ist sehr freundlich, aber unnötig. Ich habe alles. Die mir zugänglichen Bestände reichen vollkommen aus... sozusagen lebenslänglich. Mehr geht hier gar nicht.«

»Wir beide, Feldwebel Wegner und ich, sind aus wesentlich anderem Grund hier«, entgegnete Koralnik. »Wir bitten Herrn Hauptmann eine Beschwerde vorbringen zu dürfen.«

Worauf der Hauptmann erstaunt, mit glasigen Augen, den Obergefreiten ansah. »Eine Beschwerde? Na, wozu denn so was? Gegen wen?«

»Betreffend Hauptmann Crusius. Der überschreitet ganz offensichtlich seine Kompetenzen. So hat er ohne Genehmigung des Herr Generals ein Übungsschießen mit scharfer Munition angeordnet. Und dabei gibt es bereits einen Verwundeten...«

»Da höre ich wohl nicht richtig?« unterbrach Rommelskirchen. »Sollten Sie es etwa wagen, an einem unserer Offiziere Kritik zu üben? Sie haben wohl nicht alle Tassen im Schrank!«

Koralnik schob nun den sich vergebens wehrenden Feldwebel Wegner vor. Der Hauptmann schüttelte den Kopf. »Was – auch Sie noch?« Es war, als versuche er ihn wie ein lästiges Insekt zu verscheuchen. »Worauf lassen Sie sich denn da ein?«

»Ich schließe mich der Beschwerde des Obergefreiten Koralnik an. Zugleich melde ich, daß unsere Kommando-Leitzentrale nicht mehr voll einsatzfähig ist, weil ich den diesbezüglichen Befehl des Herrn Generals nun nicht mehr ausführen kann. Daran gehindert werde – von Hauptmann Crusius.«

Rommelskirchen versuchte sich von seinem Stuhl hinter dem Generalsschreibtisch zu erheben. Er war bemüht, auf die Beine zu kommen. Da jedoch seine Glieder solche dem Wein zuschreibenden Gleichgewichtsprobleme nicht zu bewältigen vermochte, ließ er sich gleich wieder nieder. Um dann festzustellen: »Hauptmann Crusius trägt die alleinige Verantwortung für das, was er anordnet; auch gegenüber dem Herrn General. Jeden... jeden Moment erwarte ich einen Anruf von unserem Herrn Blutenberger, um dem dann Bericht erstatten zu können. Über einfach alles.«

Koralnik erhob sich; er zog den Feldwebel Wegner mit sich und sagte kaum noch verhalten: »Der ist ja voll wie eine Strandhaubitze! Absolut zwecklos, mit dem zu reden. Also nichts wie weg! Komm, machen wir die Fliege!«

Feldwebel und Obergefreiter salutierten kurz mit Deutschem Gruß. Dann machten sie kehrt und verließen unverrichteter Dinge das Kampfentalschlößchen. Nunmehr stand wohl fest, daß diesem Crusius auf dienstlichem Wege zur Zeit nicht beizukommen war. Mithin konnte der nun seine diktatorischen Gelüste ausleben.

Inzwischen rollte in diesen Minuten im Südgelände der Gefreite Helmreich einen Handkarren zu den Stellungen. Auf diesem Gefährt befanden sich bauchige Kanister voll Erbsensuppe. Die hatte er – der sich immer noch als Betreuer seiner Blitzmädel fühlte – liebevoll zubereitet. Auch mit viel Rauchfleisch und Schweinebauchspeck angereichert.

»Kleine Zwischenmahlzeit!« tönte er in die Gegend; wie ein Zeitungsverkäufer auf einem Hauptbahnhof. »Kein Einsatz ohne Verpflegung!« Gleichzeitig schwang er seine Schöpfkelle; mit der schlug er gegen die Kanister, als seien sie Pauken. Er war der wahrlich nicht unverständlichen Ansicht: Wer kämpfen muß, darf auch fressen!

Womit er jedoch nicht gerechnet hatte, war die Reaktion des hier für alles maßgeblichen Einsatzleiters Crusius. Der wollte dieses Getöse und das Geschrei der Gefreiten als eine im Ernstfall mögliche kriegsgefährdende Sauerei erkennen. Denn hier nun drohte seine geniale Taktik durchkreuzt, hintertrieben, vereitelt zu werden. Mit solchem Getöse wurde der Feind aufmerksam gemacht, wodurch er Gegenmaßnahmen einleiten konnte. Aber was wußte davon schon so ein blöder primitiver Gefreiter? Der hielt offenbar seine Erbsensuppe für wichtiger als das Schicksal des deutschen Volkes.

Alsbald, wie hingezaubert, stand dann Crusius plötzlich vor Helmreich mit seinem Suppenkarren. »Welches Rindvieh«, fauchte er, »hat Ihnen denn diesen Einfall ins Hirn geschissen? Wer hat Sie auf die blöde Idee gebracht, mitten im Kampfgebiet mit Ihrer dämlichen Suppe aufzukreuzen?«

Helmreich stand stramm. »Obergefreiter Koralnik gab mir den Auftrag, den Kameraden...«

»Habe ich mir doch gedacht!« röhrte der Hauptmann. »Diese trübe Tasse Koralnik. Der denkt nur ans Saufen, Fressen und Huren. Bestellen Sie diesem aufdringlichen Saukerl: Falls er sich noch einmal hier einzumischen versucht, wird er es bereuen, daß er auf die Welt gekommen ist. Und nun verschwinden Sie endlich, sonst mach' ich Ihnen Beine!«

»Und was ist mit dem Essen?« fragte Helmreich kleinlaut.

»Diese Pampe können Sie von mir aus in sich hineinmampfen. Oder kippen Sie den Brei aus – über einen Strohkopf wie Sie. Sie Heini!«

Auf derartige Anregungen ließ sich der Gefreite nicht ein. Er flüchtete, den Karren hinter sich herziehend. Crusius blickte ihm grimmig nach.

Während dieser Szene hatten sich einige der männlichen und weiblichen Kämpfer hungernd und frierend aus ihrer Deckung gewagt, um neugierig und schadenfroh die Auseinandersetzung zwischen dem Hauptmann und dem Gefreiten zu beobachten. Zumindest mitzuhören, denn zu sehen war kaum noch was – die Uhr zeigte schon die achte Stunde, und die Sonne hatte sich davongemacht.

Als dann Helmreich mit der Suppe abzuziehen hatte, summte ein leises, doch deutliches, ziemlich eindeutiges Geraune über das Gelände.

Ein erneuter Grund für Crusius, diesen Typen hier noch mal den Ernst der Situation klarzumachen. »Wohl lebensmüde, was?« brüllte er die gaffenden Schatten an. »Runter in die Deckung! Sonst seid ihr lazarettreif oder gleich total beim Teufel!«

Worauf sich die müden Krieger widerwillig dazu bequemten, erneut die Horizontale aufzusuchen. »Na, wie lange dauert denn das, ihr Lahmärsche?« schrie Crusius. »Ihr müßt hinfallen wie hingerotzt. Bewegt euch gefälligst schneller, dann friert ihr auch nicht. Haltet euch warm – schnippt mit den Fingern, bewegt die Zehen, laßt die Muskeln spielen. Etwa im Liegestütz... auf und nieder... auf und nieder... Aber haltet dabei eure Visagen und Hintern unten, damit die euch nicht noch zusätzlich durchlöchert werden. Wir bleiben übrigens die ganze Nacht hier, damit ihr euch mal richtig an kommende Aufgaben gewöhnen könnt. Und wehe dem, der da morgen früh nicht voll einsatzbereit ist.«

Nach solchen aufmunternden Worten begehrte dann auch die Warnke danach, ihre Mädel ›seelisch aufzurichten‹. Sie mischte sich unter die Nachrichtenhelferinnen und gedachte an Gemeinschaftsgeist, Tapferkeit und Disziplin zu appellieren. Was ihr jedoch nicht sonderlich überzeugend zu gelingen schien. Denn die Mädel hatten da nun offenbar wesentlich andere Bedürfnisse. »Wir sind müde... wir frieren... wir haben Hunger... wir stinken vor Dreck und können kaum aus den Augen sehen...«

Worauf es Erika Warnke für angebracht hielt, Verständnis zu zeigen: »Ich weiß genau, wie euch zumute ist, meine Mädel. Doch das muß durchgestanden werden – wenn es notwendig wird, mit zusammengebissenen Zähnen.«

Von irgendwoher kam nun eine verhaltene, anregende Stimme. »Könnten wir denn nicht wenigstens ein kleines Lagerfeuer errichten, um uns ein wenig die Pfoten aufzuwärmen – und sonstige Körperteile?«

»Völlig ausgeschlossen! Bei einer derartigen Übung unter kriegsgemäßen Umständen ist kein Platz für Schlaffheit und romantische Gefühlsduselei. Da muß jeder das äußerste geben, so schwer das auch fallen mag. Also – reißt euch zusammen!«

Nachdem sie solche Durchhalteparolen ausgegeben hatte, kehrte Erika Warnke wieder zu ihrem ›Stammplatz‹ zurück, an einen Baum in beherrschender Lage. Dort wartete bereits ihr Konstantin auf sie. »Wie geht es dir?« begrüßte er sie. »Alles in Ordnung?«

»Du bist ja bei mir«, meinte sie, »da kann nichts schief gehen. Aber die Mädel sind ganz schön mitgenommen. Sie frieren. Hoffentlich werden sie nicht krank, das könnte alle unsere Übungen gefährden. Vielleicht hättest du sie Verpflegung fassen lassen sollen; mit vollem Magen fällt vieles leichter.«

»Nicht doch, nicht doch!« Crusius winkte ab und gab einige seiner sogenannten praxisbezogenen Erkenntnisse zum besten. »Wer zuviel gefressen hat, wird träge und unaufmerksam, ist also in vorderster Linie nicht zu gebrauchen. Außerdem basieren Kältegefühle zumeist auf Einbildung, welche überwunden werden muß. Zumal wir heute nacht zehn Grad Celsius plus haben. Meine Liebe, wenn ich daran denke, daß wir damals vor Tula, bei der Einkreisung von Moskau bei fast vierzig Grad minus, nächtelang im Freien ausharren mußten – damit verglichen ist das hier doch fast Vorsommerfrische.«

Mitten in dieses bedeutungsvolle Gespräch trampelten zwei unerwünschte Störenfriede hinein. Crusius schaltete seine Taschenlampe ein und erkannte in deren Lichtkegel den Feldwebel Wegner und den Obergefreiten Koralnik. »Was habt ihr denn hier zu suchen?« fragte er barsch. »Sie haben Ihren Posten verlassen – warum?«

»Wollte melden«, antwortete Wegner, »daß drei Minensperren befehlsgemäß errichtet sind.«

Der Hauptmann musterte ihn wie ein Stück Vieh, das es

gar nicht abwarten kann, zur Schlachtbank geführt zu werden.

»Mann«, kanzelte er ihn ab; »daß um diese Zeit, jetzt ist bereits Mitternacht, die Minen gelegt sind, ist doch eine Selbstverständlichkeit. Außerdem, erstens hätten Sie das schon längst melden müssen; zweitens brauchten Sie das nicht persönlich zu tun; und drittens ist es unverantwortlich, deswegen Ihre Leute sich selbst zu überlassen. Angesichts einer Situation, bei der baldige Feindberührung angenommen wird, ist das ein fatales Fehlverhalten – wenn nichts Schlimmeres!«

Wegner ließ sich nicht aus der Ruhe bringen. »Außerdem wollte ich eine Anregung vorbringen, Herr Hauptmann. Sechs Minen sind übriggeblieben. Mit denen könnte dieses Südgelände vermint werden. Dabei ließe sich, falls gewünscht, zwecks Fernzündung ein Kabel bis zu Ihrem Befehlsstand verlegen. Dadurch wäre ein Teil der derzeitigen Einsatzübungen überflüssig, und zumindest die Nachrichtenhelferinnen könnten...«

»Aha!« unterbrach Crusius ihn mit schneidender Schärfe. »Der Herr Feldwebel geruhen, sich meinen Kopf zu zerbrechen. Was soll denn so was, Mensch! Wollen Sie es darauf ankommen lassen, daß womöglich meine Männer und unsere Mädel bei Kampfhandlungen gegen Ihre Minen getrieben werden? Das ist Schwachsinn – verantwortungsloser!«

»Ich dachte...«

»Mann, das wissen Sie doch, daß wir das Denken den Pferden überlassen – aber vor mir sehe ich nur Esel, die sinnlos ihre Maul auf und zu klappen.« Worauf dann Crusius wütend den Obergefreiten anfuhr. »Und Sie – was stehen denn Sie hier eigentlich herum? Warum beteiligen Sie sich nicht an der Abwehrübung?«

»Ich habe mich um Nachschub und Verpflegung gekümmert, Herr Hauptmann«, erwiderte Koralnik. »Die Erbsensuppe ist warmgestellt worden und kann jederzeit ausgegeben werden. Außerdem liegen Wolldecken bereit, für jeden der hier eingesetzten Kameraden eine. Herr Hauptmann können anordnen, daß eine Ration Rum verteilt wird, eventuell mit heißem Tee...«

»Jetzt reicht es mir aber, und zwar völlig!« schrie Crusius. »Wir veranstalten hier doch keinen Ringelpietz mit Anfassen, wir befinden uns im Kampfeinsatz! Und dabei werden wir uns noch ganz andere Nächte um die Ohren schlagen müssen, ist Ihnen das klar?«

»Von wegen klar – das ist dunkel wie im Arsch, bloß kälter.« Der Feldwebel Wegner vermochte seine Erregung nur mit äußerster Mühe zu unterdrücken.

Doch sein Bemühen um Selbstbeherrschung war vergebens. Crusius brüllte ihn an: »Was sagen Sie da? Was wagen Sie da zu sagen, Sie Pißnelke!«

Woraufhin nunmehr dem Feldwebel sozusagen der Kragen platzte. »Auch und gerade beim Fronteinsatz ist für zureichende Ausrüstung und gut geplanten Einsatz zu sorgen«, sagte er. »Wenn die Truppe nicht das Gefühl hat, maximal und mit aller Sorgfalt betreut zu werden – dann geht deren Moral garantiert in die Binsen.«

Der Hauptmann schien anzuschwellen wie ein Luftballon; es sah aus, als würde er jeden Augenblick in die Höhe steigen oder platzen. Schrill polterte seine Stimme über das Gelände: »Unteroffizier Heinemann mit zwei Mann zu mir!«

Als diese drei herbeigerufenen Gestalten aus der Dunkelheit herantorkelten, befahl denen der Hauptmann: »Der Feldwebel Wegner ist verhaftet und in eine Arrestzelle zu bringen. Sie sorgen für seine Bewachung. Und melden Sie Hauptmann Rommelskirchen, daß ich die Festnahme von diesem Feldwebel veranlaßt habe – wegen Ungehorsam und Wehrkraftzersetzung. Weiteres zu gegebener Zeit!«

Hauptmann Rommelskirchen allerdings war nicht in der Lage, eine solche Meldung entgegenzunehmen. Er lag, vom Alkohol in einen tiefen Schlaf gezogen, im Kampfentalschlößchen auf dem Sofa des Generals. Und dort träumte er vermutlich von besseren Zeiten.

Um der Pflicht Genüge zu tun – und dabei kam es keineswegs darauf an, ob etwas einen Sinn hatte oder nicht –, salutierte Unteroffizier Heinemann vor dem dahinträumenden Vorgesetzten, um den ihm von Crusius aufgetragenen Text herunterzuleiern. »Ja, ja«, lallte der lediglich vor sich hin. Worauf der Unteroffizier den reichlich gleichgültig wirkenden Feldwebel zu der im Kohlenkeller eingerichteten Arrestzelle geleitete. Dort schloß er ihn ein. Den dazugehörenden Schlüssel übergab er jenem Soldaten, der vor der Tür als Wache zurückzubleiben hatte. Er selbst marschierte mit dem zweiten Soldaten wieder davon, um dann jedoch in diesem Bereich bei den auf den Feind wartenden Kameraden nie mehr gesehen zu werden.

In dem Kohlenkeller-Verlies befand sich ein kleines Fenster, das weit offenstand. Dort erschien wenig später Koralnik mit einem Freßpaket und einer Handvoll guter Ratschläge.

»Du bist doch hoffentlich nicht so blöd, Mensch, und schlägst hier Wurzeln. Du kannst jederzeit von hier abhauen. Sonderlich viel Mumm gehört dazu nicht. Denn inzwischen sind unser Führer und sein tausendjähriges Reich zusammengeschrumpft wie eine vertrocknete Zitrone; bloß noch ein paar saure Tropfen drin. Und du kennst ja meine Privatadresse: Freudenstadt, Am Markt 7, Hotelrestaurant ›Zum grünen Kranz‹. Dort erwarte ich dich. Mach's gut, bis dahin, Kumpel!«

Damit war er verschwunden. In seinem Verpflegungslager angekommen, packte Koralnik noch ein paar Beutel, einen Rucksack und einige Kartons. Wobei er überlegte, mit welchem der beiden ihm zur Verfügung stehenden Lastwagen er nun abhauen sollte. »Na, das sind vielleicht Probleme«, grinste er vor sich hin.

Auf dem Kampfgelände an den Südhügeln harrten gezwungenermaßen noch immer die Soldaten und Nachrichtenhelferinnen aus. Sie hockten apathisch da, oder lagen in ihren Deckungslöchern. Sie warteten auf die nächste Angriffsübung, die garantiert kommen würde.

Susanne und Monika, nahezu bis zur Bewußtlosigkeit erschöpft, schienen regelrecht in die Erde hineingekrochen zu sein. Sie klammerten sich aneinander und schliefen ab und zu ein. Die Tragetaschen mit den Handgranaten waren zu ihren Kopfkissen geworden.

Konstantin hatte seinen Mantel Erika Warnke um die Schultern gelegt. Sie saßen beide bei einem mächtigen Baum, hatten ihre Rücken gegen dessen Stamm gelehnt. Stumm, nahezu feierlich, innig vereint – auch wenn sie einander nicht berührten. Von Zeit zu Zeit blickten sie sich in die Augen, soweit das im Mondlicht überhaupt möglich war; sie spürten ihren Atem. Und kamen sich wohl vor, im Bewußtsein ihrer vaterländischen Nibelungentreue, als seien sie nun hehre Recken in des Hunnenkönig Etzels Burg, kurz vor der großen Feuersbrunst. Von Feinden umringt, doch bereit dazu, allen Angriffen tapfer zu trotzen.

Dann dämmerte ein neuer Tag herauf. Und was der auch bringen sollte, ob nun Tod und Niederlage, oder eben Erlösung und Freiheit, es gab wohl nichts, wozu sie nicht bereit waren – nun wohl auch sein mußten.

»Siehst du im Osten das Morgenrot?« fragte Crusius. Und das mit einem Pathos in der Stimme, als gedenke er gleich Gedichte zu rezitieren. »Eine höchst wunderbare Naturerscheinung. Die Nacht gebiert den Tag. Die Sonne überwindet die Finsternis. Neues Leben beginnt.«

Erika blickte ihn zärtlich an. »Wie schön du das sagst, Konstantin. Immer mehr erkenne ich, warum ich dich, nur dich, liebe.«

Worte, welchen es gegeben war, seine Seele vollends zu öffnen; seine germanische Seele. Nun ließ er seiner schöpferischen Fantasie freien Lauf. Wobei er jedoch bei seinem Thema blieb.

Also – das Morgenrot! Das sei die Stunde des großen Sterbens, in der das Blut versiege und alle Helden, die mit der Waffe in der Hand gefallen waren, von den Walküren nach Walhall gebracht würden. Aber auch die Stunde, in der die Seen sich zu Spiegeln des Weltenschicksals wandeln, die Lerchen in den Himmel fliegen und die Berge im allerersten Sonnenlicht von der Schönheit göttlicher Allmacht künden.

»In einem solchen erhebenden Augenblick, beim verglimmenden Lagerfeuer, habe ich in einer unvergeßlichen Vision ganz direkt vor mir den Führer gesehen«, gestand er ein. »In machtvoller, edler Größe und in einem hellen Schein, wie einst Christus. Und mir war, als winke er mir zu...«

Worauf sich Crusius, wie begeistert von seinen eigenen Worten, aufrichtete zu voller Lebensgröße. Er spähte in den leichten Nebel, der das Gelände sanft streichelte. Aber – waren da nicht seltsame Schatten zu erblicken? Sollte da womöglich der Feind das Morgengrauen ausnützen – zum Überraschungsangriff?

Der Hauptmann riß seine Trillerpfeife aus der Tasche, ließ sie grell in den friedlichen Morgen schrillen. Um dann aufzubrüllen, als wäre er der Kriegsgott persönlich: »Alarm!!! Feind greift an!! Vorwärts, mir nach!«

Dabei rannte Crusius los, scheuchte die Soldaten und Blitzmädel aus ihren Löchern, rief denen zu: »MGs in Stellung! Alle Waffen entsichern. Handgranaten wurfbereit. Feuer frei!«

Noch halb erstarrt von der Nachtkälte, aus dem Schlaf oder Halbschlaf gerissen, tauchten die Menschen aus ihren Löchern auf, trotteten taumelnd dahin, rieben sich die Augen, starrten verwundert auf den Hauptmann. Und der rannte nun mit gezogener Pistole vor ihnen her. Anfeuernd. Worauf Maschinengewehre aufheulten, Handgranaten geworfen wurden, die dann feuerspeiend zerbarsten. Splitter zischten durch die Gegend.

Plötzlich ein Aufschrei, ein würgendes Wimmern, das jedoch schnell wieder erlosch. Es kam von dort, wo sich eben noch Crusius befunden hatte – entgegenstürmend seinem Feind. Zwei Handgranaten hatten ihn zerfetzt; vermutlich gleichzeitig geworfene. War es Zufall? Oder Absicht? »Sanitäter!« wurde gerufen. »Den Hauptmann hat's erwischt!«

Zwei Soldaten eilten mit einer Tragbahre herbei. Denen folgte Erika Warnke. Als sie den Toten erblickte, sank sie auf die Knie. Und dann geschah, was hier niemand jemals für möglich gehalten hätte: Sie weinte – hemmungslos.

»Na, damit ist doch wohl diese Übung beendet, was?« fragten einige Soldaten. Und da ihnen niemand widersprach, war dem so.

»Also – dann wollen wir mal einen reinlegen; und zwar den Arsch ins Bett.« Sie fühlten sich mächtig müde, doch nun zugleich auch angenehm erleichtert. »Nun nichts wie pennen«, sagten sie absolut übereinstimmend. »Doch zuvor müssen wir uns den Koralnik schnappen – der hat uns eine Extraerbsensuppe versprochen, die wollen wir haben!«

Während die Soldaten nahezu munter ihren Unterkünften zutrabten, folgten ihnen die Mädel wortlos. Sie hatten ihre Waffen liegengelassen und wollten nun wohl nichts so sehr, wie sich waschen. Dann schlafen – durch die Warnke nicht gestört.

Dabei gelang es, Koralnik gerade noch beim Haupttor abzufangen. Der antwortete von seinem Verpflegungsfahrzeug herab reichlich unwillig. Doch als er die Nachricht vom Tod des Hauptmanns Crusius vernahm, reagierte er eindeutig. »Dann muß ich nun wohl wieder mal!«

Er begab sich zunächst ins Krankenrevier, wohin die Warnke ihren Crusius hatte bringen lassen – und es war, als wolle sich Koralnik überzeugen, daß es diesen Hauptmann nun tatsächlich nicht mehr gab. Er sah ihn auf einer Tragbahre liegen. Davor hockte, wie erstarrt zusammengesunken, der Nachrichtenhelferinnen einstiges Adlerwesen. Der hatte Dr. Säbisch eine starke Spritze verpaßt – was hier seine letzte Amtshandlung war; sodann verzog er sich. Angeblich, um in einem Lazarett in der Umgebung nach seinen Verwundeten zu sehen.

Koralnik sah sodann nach, ob Wegner immer noch im Keller vorzufinden war – der pennte in seiner Zelle. Er wurde unsanft geweckt und aufgeklärt, worauf sich beide zu Hauptmann Rommelskirchen begaben – mit einer Schüssel voll kaltem Wasser und einer Kanne starkem Kaffee.

Der Hauptmann begriff nur mühsam, was geschehen war. Er schüttelte sich geradezu, als er von Koralnik vernahm, daß hier nun wieder alles auf sein Kommando hörte. »Na, was machen wir da nun?« wollte er wissen.

»Na, möglichst keinerlei Dummheit mehr«, wurde ihm empfohlen. »Wer nichts tut, kann auch nichts falsch machen. Wir warten – bis wir nun endgültig im großdeutschen Arsch dieser Welt landen. Könnte aber auch sein, daß wir da in einen ganz anderen Arsch hineingeraten – in einen vergoldeten.« Dann kamen – nach nur wenigen Stunden – die Amerikaner.

Das Nachspiel

Die Amerikaner kamen wie schnelle Wolken, die sich in Windeseile vor die Sonne schieben; wie ein Heuschreckenschwarm, der unaufhaltsam von allen Seiten einbricht. Sie brausten heran.

Panzerfahrzeuge mit scheppernden Ketten, dröhnenden Motoren und abschußbereiten Geschützen, dazu US-Army-Soldaten mit im Anschlag gehaltenen Maschinenpistolen, die alsbald die Stellung der Kommando-Leitzentrale Südwest umkreisten. Die Soldaten der großdeutschen Wehrmacht, Hitlers Blitzmädel dazu, wurden mit bissiger Drohgebärde auf engem Raum zusammengetrieben.

Wobei allerdings festzustellen war: Von den Blitzmädel-Uniformen war kaum noch etwas zu sehen. Denn die Mädel hatten sich, auf Anregung von Koralnik hin, sofort aufgegriffen von Susanne und Monika, ihrer militärisch anmutenden Kleidungsteile entledigt. Woraufhin sie nun auf einmal einen überraschend zivilen Eindruck machten. Was so weit ging, daß sich die US-Soldaten erstaunt fragen mußten: Was wollen denn diese Girls bei der deutschen Wehrmacht?

Aber auch die herumstehenden Männer muteten nicht mehr gerade sonderlich männlich an. Die hatten ihre Waffen abgelegt, die Kopfbedeckung gezogen. Wie in Ergebenheit erstarrt warteten sie auf das, was nun wohl geschehen würde. Lediglich der glasig vor sich hinblickende Hauptmann Rommelskirchen schien, wenn auch sichtlich kapitulationsbereit, um eine gewisse letzte Würde bemüht zu sein.

Als dann die Amerikaner ihre Panzermotoren abstellten, kam ganz plötzlich Stille auf. Nichts und niemand bewegte sich mehr. Eine Szenerie, die anmutete wie ein Marionettentheater am Ende der Vorstellung, doch wie überglänzt von einer mild strahlenden Frühlingssonne.

Sieger und Besiegte sahen sich an, doch so, als wüßten sie nicht, wie sie sich gegeneinander zu verhalten hatten. Bis dann unvermutet von außerhalb dieser Umringung ein Jeep herantuckerte und in dieses Niemandsland zwischen den Blöcken hineinfuhr. Dann schroff und staubwirbelnd aufgebremst wurde. Stehenblieb. Dessen Fahrer war auf den ersten Blick kaum auszumachen; er schien sich hinter dem Lenkrad verkrochen zu haben. Neben ihm saß lässig zurückgelehnt ein Offizier. Ein Colonel. Auf dem hinteren Sitz hockte, eine Maschinenpistole in den Händen, ein Schrank von einem Kerl mit grimmigem Nußknackergesicht.

Der Colonel stieg aus – er erwies sich als ein zierlicher, zugleich ungemein beweglicher Mensch. Unter den linken Arm hatte er ein Notizbrett geklemmt. Mit fast tänzerisch leichten Schritten bewegte er sich auf die deutschen Soldaten zu, musterte sie, als handele es sich um ihm offerierte Kohlköpfe auf einem Wochenmarkt. Sodann begehrte er in klarer, überraschend akzentfreier deutscher Sprache zu wissen: »Wer ist hier der leitende Offizier?«

Hauptmann Rommelskirchen trat einen Schritt vor, salutierte wie in alter Zeit, nannte militärisch knapp Namen und Dienstgrad.

Der Colonel blickte kurz auf sein Notizbrett und stellte fest: »Dann sind Sie also der Adjutant von General Blutenberger. Doch wo ist der?«

»Zur Zeit nicht anwesend, Colonel. Der Herr General hat sich bereits vor zwei Tagen zum Hauptquartier in Marsch gesetzt.«

Colonel Sanders – so hieß er – nickte lediglich. Diese Information schien ihn nicht sonderlich zu überraschen. Ein General war eben ein General. Generäle hatten, in welcher Army auch immer, ihre eigenen Einfälle, solange sie das konnten. Ungleich wichtiger schien ihm seine nächste Frage zu sein: »Und wo befindet sich Ingenieur Wegner?«

»Hier!« sagte Feldwebel Wegner. Er schob sich durch eine Gruppe Soldaten, ging auf den Amerikaner zu, blieb vor ihm stehen.

Der Colonel las von seinem Notizbrett ab: »Anton Wegner, geboren am vierten Dezember neunzehnvierzehn in Königsberg, Diplomingenieur – das sind Sie?«

»Trifft zu!«

»Gut . . . sehr gut!« stellte Colonel Sanders fest. »Dann zeigen Sie mir zunächst einmal Ihre Befehlszentrale im Tiefbunker.« Und zu Hauptmann Rommelskirchen gewandt, befahl er: »Inzwischen warten alle Deutschen auf diesem Platz, bis die Unterkünfte durchsucht sind. Die Angehörigen der Armee der UdSSR, die bisher hier als Kriegsgefangene behandelt wurden, sind ab sofort frei. Weitere Anordnungen folgen.«

Während der Colonel mit Anton Wegner zum Tiefbunker ging, begannen mehrere Kommandos der Amerikaner die Baracken und das Schlößchen zu durchsuchen. Sie entdeckten nichts Besonderes – mit einer Ausnahme: Im Krankenrevier fanden sie einen Toten in der Uniform eines Hauptmanns – und zu dessen Füßen die Leiche einer Frau.

Es handelte sich um Erika Warnke. Sie hatte mit einer Zyankalikapsel Selbstmord begangen.

Im Gänsemarsch schritten sie in den Tiefbunker. Vorweg, sozusagen als Hausherr und Gastgeber, Feldwebel Wegner. Hinter ihm Colonel Sanders. Sodann, schußbereit absichernd, der grimmige Nußknacker-Sergeant mit der Maschinenpistole.

Im Inneren der Befehlszentrale schaltete Wegner sämtliche Lampen an. Der große Raum wirkte gespenstisch, kein Mensch war hier. Niemand saß am Kommandotisch auf dem Podium, niemand an den zehn Tischen mit den Telefonen, Fernschreibern, Funksprechgeräten und Morsetasten. Auf der riesigen Landkarte an der Stirnseite leuchteten in verschiedenen Farben Lichtpunkte auf; es war, als veranstalte ein unsichtbarer Zauberlehrling eine sinnlos anmutende Spielerei.

Der Colonel der US-Army stand da und betrachtete diese flimmernde Darbietung; merkwürdigerweise ohne jedes Anzeichen der Verwunderung. Vielmehr war an seinen Blicken erkennbar, daß er dieses System der Kriegsnachrichtentechnik sachverständig prüfte, und daß ihm nicht das geringste Detail dieser scheinbar geheimnisvollen Demonstration entging. Erst nach Minuten äußerte er anerkennend: »Geradezu imponierend, was Sie da aufgebaut haben. Von General Blutenberger stammt, wie ich weiß, die grundlegende Idee – die dann aber von Ihnen, Herr Wegner, in die Praxis umgesetzt worden ist.«

»Sie sind darüber informiert?« staunte Anton Wegner.

»Ich arbeite ebenfalls auf diesem Gebiet«, erklärte der Colonel. »So etwa, ich habe unter anderem die Entwicklung von tragbaren Funksprechgeräten vorangetrieben. Wir haben eine Reichweite bis zu dreißig Kilometern erreicht.«

»Alle Achtung! Ich habe ähnliche Bauversuche unternommen. Doch wesentlich weiter als neun bis zwölf Kilometer bin ich nicht gekommen.«

Der Colonel wandte sich nun mit prüfendem Blick dem Deutschen zu: »Herr Ingenieur Wegner!« sagte er. »Wären Sie bereit, mit uns – mit mir – zusammenzuarbeiten?«

Wegner war einige Augenblicke sprachlos. Dann fragte er unsicher: »In welcher Hinsicht? Und zu welchen Bedingungen?«

Der Amerikaner begann nunmehr zu lächeln – betont herzlich. »In welcher Hinsicht ich Ihre Mitarbeit benötige und unter welchen Bedingungen – oder sagen wir besser, Spielregeln –, das müssen Sie schon mir überlassen. Noch heute werden einige meiner Mitarbeiter hier eintreffen, mit denen Sie, hoffe ich sehr, zusammenarbeiten werden.«

»Um ihnen diese Anlage zu erklären?«

»Nicht nur das. Ihre Zusammenarbeit wird wesentlich weitergehen. Denn dieses Lager erhält einen Sonderstatus. Unsere Absicht ist es, diese Nachrichten-Leitzentrale wieder funktionstüchtig zu machen. Und was Sie dabei irgendwie benötigen, fordern Sie es an und es wird Ihnen zugeteilt.«

»Dabei gibt es eine Menge Aufgaben zu bewältigen«, gab Wegner zu bedenken. »Zumal bereits etliche Entwürfe für gewisse Verbesserungen und sogar Ausbaumaßnahmen existieren – von General Blutenberger und mir durchgeplant. Deren Realisierung allerdings ist in allererster Linie eine Frage von Finanzierung und Materialanlieferungen.«

Der Colonel winkte gelassen ab. »Das sind keine Probleme. Nicht für uns. Geld und Material werden Ihnen voll zur Verfügung gestellt. Werden Sie dabei deutsche Helfer benötigen? Sie brauchen nur zu sagen: wieviel und wen.«

Wegner überlegte kurz. »Besonders wichtig erscheint mir Hauptmann Rommelskirchen. Denn der hat alle Unterlagen des Generals Blutenberger verwaltet, ist aber auch in die technischen Planungen und finanziellen Erfordernisse eingeweiht. Seine Beteiligung würde eine nun notwendige Neuorganisation erleichtern.«

Der Colonel machte ein nicht unbedenkliches Gesicht. »Ist der ein Nazioffizier?« fragte er.

»Kaum. Eher im Gegenteil.«

»Na gut, dann bin ich einverstanden. Wir könnten diesen Rommel... Rommelskirchen zum hiesigen deutschen Lagerkommandanten ernennen. Damit wäre der mir dann direkt unterstellt.«

»Warum fragen Sie eigentlich nicht«, gab Wegner zu bedenken, »ob ich ein Nazi bin?«

»Aber bitte, wenn Sie das wollen, dann frage ich Sie danach. Also – sind Sie einer?«

»Was wäre, wenn ich nun ›ja‹ sagen müßte?«

»Dann würde ich dennoch mit Ihnen zusammenarbeiten, wenn auch mit gewissen Vorbehalten. Indessen ist uns bekannt, daß Sie kein Nazi sind. Wir haben uns vorbereitend mit Ihnen beschäftigt und dabei einiges nicht Uninteressantes über Sie herausgefunden. Dabei auch dies: Als Sie Blutenberger seinerzeit als Nachrichten-Fachmann haben wollte, mußte er Sie aus einem Strafbataillon loseisen. Und so weiter, und so fort. Doch mit so was verschwenden wir nur Zeit. Also weiter: Auf wen legen Sie sonst noch Wert?«

»Auf einen Obergefreiten namens Koralnik, Colonel. Nichts, was der nicht beschaffen kann – ob Wein oder Wurst, ob Schreibmaschinen oder Spezialmeßinstrumente. Der Mann ist ein Organisationstalent.«

»Ein Typ also, ohne den nirgendwo nichts richtig läuft. Auf so einen haben wir längst gewartet«, rief der Colonel freudestrahlend und drehte sich zu seinem Beschützer mit der Maschinenpistole um: »Das ist dein Mann, Sam!«

Als fiele es ihm jetzt ein, daß er dem Deutschen seinen ständigen Begleiter noch gar nicht vorgestellt hatte, sagte er zu Wegner: »Das ist Sergeant Sam Runner, sozusagen meine rechte Hand und mein Aufpasser. Sam spricht deutsch, zumindest versteht er jedes Wort. Er wird sich um Ihren Organisator Koralnik kümmern.«

Der Sergeant nickte kräftig zustimmend. Wegner hingegen erwies sich als leicht irritiert und meinte nicht unbedenklich: »Ich weiß nicht recht, ob das eine gute Lösung ist, Colonel. Dieser Koralnik ist ein schwer zugänglicher Bursche, und er kann verdammt eigensinnig sein.«

Sanders lachte laut auf. »Das ist doch bestens! Genau so eine Type ist unser Sergeant auch. Mithin könnten die zwei zusammenpassen wie Hammer und Amboß. Lassen Sie nur, mein Runner erledigt das schon – mit der linken Hand!«

Draußen auf dem Appellplatz, umglänzt von Frühlingssonne, standen oder saßen sich noch immer die Deutschen und Amerikaner gegenüber. Sie belauerten sich. Stumm. Voller Erwartung und Unsicherheit.

Sie hatten beobachtet, wie der Colonel mit Feldwebel Wegner im Nachrichtenbunker der Kommando-Leitzentrale verschwunden war. Als dann die Zeit verstrich, gab sich Koralnik besorgt. Und er flüsterte dem vor ihm stehenden Hauptmann Rommelskirchen zu: »Da scheint sich einiges zusammenzubrauen.«

»Keine Unterhaltung!« rief sofort ein Leutnant, der mit baumelnden Beinen auf der Motorhaube eines Jeeps hockte.

»Ami befiehl – wir folgen«, brummte Koralnik vor sich hin. Laut sagte er: »Selbstverständlich, Mister, halten wir die Schnauze. An so was sind wir gewöhnt – schon tausend Jahre lang!«

Dennoch leistete es sich der Obergefreite, den unwirschen Ausruf des US-Officers für eine Art Aufforderung zu einem Gespräch zu halten. »Ist eine Frage erlaubt?« Ohne auf die Genehmigung zu warten, fuhr er gleich fort: »Wie lange müssen wir hier denn noch warten – und worauf?«

»No fraternisation!« sagte der Leutnant in einem knurrigen Amerikanisch. Das immerhin klang gar nicht eindeutig abweisend, sondern irgendwie belustigt.

Koralnik blieb am Mann, nickte sogar freundlich zu seinem ›Gesprächspartner‹ hinüber. »Soviel ich weiß, heißt das: keine Verbrüderung! Muß ja auch nicht sein – nicht sofort.«

»Vorsicht! Wollen Sie sich denn schon wieder einmal Ihr Maul verbrennen?« Die Warnung von Hauptmann Rommelskirchen erfolgte leise – doch immerhin deutlich genug, daß ihn der amerikanische Leutnant verstehen konnte.

Worauf der zu Koralnik hin sagte: »Offenbar haben Sie Interesse an unserer Sprache. Sie können gerne an einem diesbezüglichen Unterricht teilnehmen.«

»Das wär ja 'ne Wucht, Mister – Sir! Das mach' ich sofort stehenden Fußes. Wann geht's los?«

»Nur Geduld, Mann«, sagte der Amerikaner. »Immer eins nach dem anderen.«

»Und was, Sir, ist das eine – und was das andere?«

»Kommt Ihnen etwa das alles hier belustigend vor?« kam die strenge Gegenfrage.

Eine Antwort darauf blieb Koralnik erspart. Denn in diesem Augenblick tauchte der Colonel wieder aus dem Bunker auf, gemeinsam mit seinem Sergeanten und Anton Wegner. Sie blieben erst mal stehen, um sich an das Sonnenlicht zu gewöhnen. Dabei blickte Wegner zu den Blitzmädel hin – suchte Monika Hofer. Und ihm war, als halte auch die nach ihm Ausschau. Verlangend. Inmitten der anderen Blitzmädel auf irgend etwas hoffend, ohne zu wissen auf was.

Worauf sich Wegner an den US-Officer wandte: »Ich möchte mir erlauben, Colonel, noch eine Anregung, eine Bitte vorzutragen.«

»Und das wäre?«

»Diese Mädchen da drüben, die sogenannten Blitzmädel, haben sich hier hilflos verirrt. Die sind wie ausgesetzte Enten in den Sumpf dieses verrückten und unbarmherzigen Krieges geraten. Erst vor wenigen Tagen sind die hier im Lager eingetroffen, um als unwichtige Hilfskräfte Verwendung zu finden. Könnte man sie nicht einfach nach Hause schicken?«

»Wäre ein Verlust für uns!« Der sich hier einmischende

Sergeant wirkte auf einmal gar nicht mehr so militärisch und finster. »Von wegen Enten! Wie Hasen kommen die mir vor, mit denen sich allerlei anfangen...«

»Wir führen keinen Krieg gegen Frauen«, unterbrach ihn der Colonel geradezu streng. »Wir werden also die Personalien dieser ›lightning girls‹, oder eben ›war girls‹, aufnehmen und ihnen dann Entlassungspapiere aushändigen. Zufrieden?«

»Ja, sehr!« sagte Wegner. »Vielen Dank.«

Worauf dann der Colonel auf die Gruppe der eingekreisten Deutschen, nun der Kriegsgefangenen, zuschritt, um zu verkünden: »Der gesamte Lagerbereich untersteht ab sofort der US-Army. Dabei wird eine deutsche Kommandantur gebildet unter Leitung von Hauptmann Rommelskirchen, der mir unmittelbar verantwortlich ist. Grundsätzlich ist es streng verboten, den Lagerbereich zu verlassen – es sei denn, mit ausdrücklicher schriftlicher Genehmigung durch die US-Army. Weitere Anordnungen sind jederzeit zu erwarten.« Ganz strenger Blick!

Dann jedoch, nun nahezu verständnisvoll: »Die hier versammelten Hilfskräfte werden entlassen, nach Feststellung ihrer Personalien. Dabei erwarte ich auf jeden Fall Disziplin – die berühmte deutsche Disziplin! Falls dennoch jemand aus der Reihe zu tanzen oder gar zu fliehen versucht, wird scharf geschossen. Dann hört jeder Spaß auf.«

Trotz Verbrüderungsverbots kam es überraschend schnell zu etlichen deutsch-amerikanischen Freundschaften oder zumindest Sympathiegefühlen. So etwa auch zwischen US-Sergeant Sam Runner und dem deutschen Obergefreiten und Organisationsgenie Koralnik. Als Runner zum erstenmal bei Koralnik aufkreuzte, betrachtete er mit ungläubigem Staunen dessen selbst jetzt noch beachtliche Verpflegungsbestände. Er legte seine Maschinenpistole mitten auf den Tisch. »Um das Wohlergehen unserer neuen german helper brauchen wir uns also kaum Gedanken zu machen«, meinte er.

»Wo Koralnik ist, gibt's immer was zu fressen und zu saufen«, feixte der Obergefreite. »Dabei ist das hier noch längst nicht alles. Auch Sonderangebote von einigen erlesenen Spezialitäten könnte ich offerieren – für Ihre Küche.«

Das Nußknackergesicht von Runner schien um einige weitere Grade grimmiger zu werden; doch gleichzeitig funkelten seine schlauen Luchsaugen recht zufrieden. Nicht zuletzt auch deshalb, weil er in der unsoldatisch weiten, bequemen Überjacke dieses Koralnik eine flache, silberfarbige Flasche entdeckt hatte. »Whisky?« fragte er freudig erregt.

»Bourbon«, erwiderte Koralnik. Diese Flasche holte er hervor, öffnete den Verschluß, reichte sie dem Sergeant.

Sam Runner griff zu, roch daran, probierte kurz und trank dann zwei oder drei große Schlucke; gierig wie ein Verdurstender. »Allerbeste Qualität«, stellte er aufschnaubend fest. »Was hast du sonst noch zu bieten, Kraut?«

Die Anrede ›Kraut‹ akzeptierte Koralnik ohne die geringste Gemütsbewegung; zumal sie ja auch nahezu liebevoll interessiert vorgebracht worden war. »Wie wär's«, sagte er, »mit erstklassigem Champagner oder bestens gebrautem deutschen Bier – gut gekühlt selbstverständlich?«

»Champagner? Bier?« wunderte sich der Sergeant. »Ich besitze einen ganz scharfen Blick, mußt du wissen. Aber so was liegt hier doch gar nicht rum!«

»Das ist ja auch nicht mein Weinkeller. Den habe ich abseits angelegt – nur zugänglich für gute Freunde und liebe Gäste.« Fassungslos schüttelte Sam Runner seinen mächtigen Pferdeschädel. »Wer, Mann, hat denn eigentlich diesen Krieg verloren?« wollte er wissen.

»Niemals mitverlieren, immer mitgewinnen – das ist meine Devise.« Koralnik sagte das mit einladendem Lächeln. »Gehen wir also mal rüber – in mein Versteck?«

»Mann, Kraut!« rief der Sergeant augenzwinkernd, »ich habe da so ein Gefühl, daß wir uns richtig gut verstehen.«

Sie zogen in Koralniks Weinkeller, drei Meter tief unter einer eisenbeschlagenen Falltür. Wobei dann etwas völlig Unglaubliches geschah, was zum Glück Sam Runners Vorgesetzte nicht sehen konnten: Der Sergeant hatte seine Maschinenpistole glatt vergessen!

Der aufmerksame Koralnik trug sie ihm nach. Es sah aus, als müßte ein Gefangener seinen Sieger bewachen.

Am nächsten Tag war es dann Hauptfeldwebel Himmelsheimer gelungen, eine verwaltungstechnische Glanzleistung zu erbringen: Bis Mittag lagen sämtliche Entlassungspapiere der Blitzmädel – jetzt Mädchen ohne Uniform – vorschriftsmäßig bereit. Kontrolliert von Hauptmann Rommelskirchen, abgestempelt von Sergeant Runner, unterzeichnet von Colonel Sanders.

So einfach war das in diesen ersten Nachkriegswirren. Diesbezügliche Personalpapiere hatten die Amerikaner nur höchst oberflächlich überprüft. Sieger, wenn sie klug sind, geben sich großzügig.

Es waren auch Transportfahrzeuge zur nächsten Bahnstation bereitgestellt worden. Und jedes Mädchen erhielt sogar eine Art »Handgeld« – allerdings bestehend aus Reichsmark, mit der nicht sonderlich viel anzufangen war. Wesentlich gewichtiger waren da jene von Koralnik zusammengestellten Freßpäckchen.

Ein Abschied, der die seltsamsten Gefühle erweckte. Ein ziemlich undefinierbares Gemisch aus Freunde, Hoffnung, Wehmut, Angst und Abenteuerlust.

Auch Feldwebel Wegner, oder jetzt besser: Ingenieur Wegner, eilte herbei, dem der US-Colonel einen Raum im ehemaligen Generalstrakt des Kampfental-Schlößchens zugewiesen hatte. Er wollte Monika umarmen, an sich drücken – Susanne auch, zum Abschied, wenn es auch nur ein kurzer werden sollte.

Denn schließlich hatte Koralnik die beiden Mädchen im Hotel ›Zum grünen Kranz‹ angemeldet, das nur wenige Kilometer vom Lager entfernt war. Deshalb verzichteten sie auch darauf, auf einem Lkw mitzufahren, wie ihre Kameradinnen, vielmehr gedachten sie zu ihrer neuen Unterkunft einen schönen gemütlichen Frühlingsspaziergang zu unternehmen.

Wegner und Koralnik riefen Monika und Susanne ein frohes »Auf Wiedersehen!« nach. »Paßt schön auf euch auf!«

Und die Mädchen riefen zurück: »Was kann denn jetzt schon noch passieren?«

Sie winkten heiter und schritten Arm in Arm durch das Lagertor, das weit für sie geöffnet wurde. In diesem Augenblick kamen sie sich glücklich vor, befreit und erlöst. Sie hatten Lust, irgend etwas zu singen.

Doch die nördliche Zugangsstraße zum Lager, über die ihr Spaziergang nach Freudenstadt führte, war blockiert, regelrecht verstellt von einer amerikanischen Lastwagenkolonne. Die dazugehörigen Soldaten standen, saßen, lagen herum – auf neue Befehle wartend. Sie dösten in den Tag hinein.

Doch als sie die auf sie zukommenden jungen deutschen Girls erblickten, wurden sie plötzlich munter, winkten ihnen zu und riefen freudig erregt durcheinander: »Komm her, Fräulein... Du komm zu mir... Nur ein süßer Kuß... Wir gut...!«

Fröhliche Kinder, die Männlichkeit mimten und wohl meinten: so ein Krieg habe sie zu unüberwindlichen Helden gemacht; und kein weibliches Wesen könne dem widerstehen.

Susanne und Monika lachten hinüber zu den Soldaten, auch sie winkten. Sie wollten keine Spielverderber sein, waren aber auch bestrebt, diesen scheinbar so unternehmungslustigen Jungen auszuweichen.

So waren sie bei der mächtigen, majestätisch dastehenden Jahrhunderttanne angekommen. Deren dichter, breiter Schatten versprach Geborgenheit. Die beiden Mädchen verließen die Hauptstraße und stolperten zu Füßen des uralten Baumes dahin – über verschlungene Wurzeln, verfilztes Gras und wucherndes Gestrüpp.

Doch sie strampelten sich frei, lachten und winkten noch einmal den Amerikanern zu. Dabei traten sie auf irgendwelche fremdartigen Gebilde. Daß es sich um Minen handelte, die zu entschärfen nach der ›Befreiung‹ vergessen worden war, ahnten sie nicht.

Und diese Minen zerbarsten nun mit grellem Blitz. Sie spien aus lodernder Flammenwand zerfetzende Eisenteile hervor. Der Höllenlärm der Detonation übertönte jeden menschlichen Schrei. Sekunden später war nichts mehr zu sehen als stinkender, sich bösartig hervorwindender Qualm.

Dann schien es, als habe es Monika Hofer und Susanne Singer niemals gegeben.

Zu registrieren war nur noch deren, wenn auch wohl noch lange nicht aller Kriege Ende.